U0139751

唐宋词选读

中华诗文选读丛书　伍恒山　主编

唐　焱　编著

长江出版传媒　崇文书局

中华诗文选读丛书
编著人员

主　　编　　伍恒山

编 著 者　　（姓氏笔画为序）

　　　　　　王滔滔　　伍恒山　　余瑞思

　　　　　　姜　焱　徐　全　唐　焱

出版说明

"中华诗文选读丛书"是一套实用的、系统的中国古代文学普及读本,面向初、中等文化程度以上的读者。

丛书所选诗文,从先秦至近代,按文学发展的时代脉络分若干段,每时段中,以诗、文、词、曲、联分列编选并加注释、解读,每一编内大致以作者生年先后为序。

一、选编原则

1.代表性。所选诗文以其思想性与艺术性在中国文学史上有相当代表性为原则。

2.普泛性。所选诗文涵盖古文献经、史、子、集四部,比较系统全面。

3.经典性。所选诗文注重质量,以经典美诗、美文为主,情、词、义并茂,有相当的文采和审美价值。

4.可读性。所选诗文和解读不为艰深,务求简约,雅俗共赏。

本编虽以短小隽永、内涵丰富、个性特出、意境较高的美文(诗、词、曲、联)为重,但仍收有一些篇幅较长的文章。如先秦庄周等人的散文,短章径自选入,长篇则择其重要片段;屈原的诗歌《离骚》,有二千余字,比较长,但因为它在文学史上有极为重要的地位,且其内容非常精彩,所以整篇收入。

又因为文学不是孤立的存在,与中国文化的发展有密不可分的关系,所以选诗选文有意作文化与文学的会通,采取了与以往选本不同的视角,适当选择在中国文化史上有重要作用和地位的篇目,以求尽可能反映中国文学或文化的面貌。如汉代董仲舒《粤有三仁对》,其中"正其谊不谋其利,明其道不计其功"的论点是后代儒者着力之处,并被朱熹列入《白鹿洞书院学规》;宋代周敦颐《太极图说》、张载《西铭》等,都是在文化思想史上具开辟性、产生过重要作用、影响和意义的文章。同时兼顾了艺术上的丰富多彩,收录了一般文学选本很少涉及的书、画以及音乐内容,如先秦的《乐记》、汉蔡邕的《笔论》、唐孙过庭的《书谱》、唐末五代荆浩的《画山水赋》等,这些文章既有精美的文采,又有艺术上的指导作用,对后世影响巨大。还有一些倾向于史论、政论、哲学类的文章,如唐慧能的《坛经·自序品》,刘知幾《答郑惟忠史才论》《直书》,明黄宗羲的《明儒学案序》,顾炎武的《正始论》《论廉耻》,近代陈寅恪的"看花愁近最高楼",等等,这些文章或诗歌要么从史学角度出发,要么从思想角度立论,要么因感时伤世抒情,都有如曹丕《典论·论文》中所说是"经国之大业,不朽之盛事",所以是必须让我们现代的读者约略了解的。这也是本套丛书一个重要的特色。

二、选编依据

1.总集(选集):刘义庆编《世说新语》,萧统编《文选》,洪兴祖《楚辞补注》,郭茂倩编《乐府诗集》,王霆震编《古文集成》,元好问编《中州集》,清高宗敕编《唐宋诗醇》《唐宋文醇》,吴之振编《宋诗钞》,沈德潜编《古诗源》《唐诗别裁集》《明诗别裁集》《清诗别裁集》,许梿编《六朝文絜》,董诰等编《全唐文》,彭定求等编《全唐诗》,阮元校刻《十三经注疏》,吴楚材、吴调侯编《古文观止》,严可均辑《全上古三代秦汉三国六朝文》,姚鼐编《古文辞类纂》,李兆洛编《骈体文钞》，蘅塘退士选编《唐诗三百首》，曾国藩编《经史百家杂钞》，黎庶昌编《续古文辞类纂》，陈衍编《近代诗钞》，卢前编《全元曲》，胡君复编《古今联语汇选》，黄涵林编《古今楹联名作选粹》，逯钦立编《先秦汉魏晋南北朝诗》，唐圭璋编《全宋词》，隋树森编《全元散曲》，钱仲联编《近代诗钞》，龚联寿编《联话丛编》，王重民校辑《敦煌曲子词集》，龙榆生编《唐宋名家词选》，任中敏编《名家散曲》，曾昭岷等编《全唐五代词》，张岱年主编《中国启蒙思想文库》，戴逸主编《近代文史名著选译丛书》，钟叔河主编《走向世界丛书》，以及明、清、近代多种诗文选集等。

2.诸子、史、别集：《老子》《关尹子》《孙子》《列子》《墨子》《庄子》《荀子》《韩非子》《晏子春秋》《吕氏春秋》《国语》《战国策》及《史记》《汉书》《后汉书》《三国志》等，以及各大家如李白、杜甫、王维、苏轼等的别集。

三、选读内容

内文内容包含五项：（一）原文；（二）作者简介；（三）注释；（四）解读；（五）点评。其中，第二项，作者有多篇诗文的，"作者简介"就只放置在第一篇诗文的下面；第五项，"点评"是历代名家精到的"点睛"之语，有的点评较多，择优而选，有的没有点评，只能如孔子所说"君子于其所不知，盖阙如也"。注释和解读中，或释典故，或解词语，或点明主旨，或述其内容，或探讨源流，或普及知识，或介绍人物、背景及时代，有的还纠正通常的错误解读，如《明代散文选读》中高启的《游灵岩记》，解读中就纠正了历来以为作者"清高"、不屑与饶介等人为伍的"暗讽"主旨。

《历代名联选读》在体例上稍有例外，它不依上述五项的格式，因为很多名联的作者是佚名的，同时一联中大多上下联都有两位作者,所以"作者简介"不好固定位置,只得随文释义,将它和注释、解读融会在一起加以处理。又坊间对于名联的注释和解读向以道听途说或穿凿附会、习非成是者居多,本书力求破除牵合附会之习,以征信为原则,有理有据,几于每一联下均列出确切出典,以示体例的严谨。

全编搜罗较广,拣择精严,注释、解读务求精切、客观和通达,旨在令读者更好、更全面地了解中国古代文学和文化,并得到阅读的愉悦、知识的增进和身心的陶冶。

编　者

2022 年 5 月 31 日

前　　言

　　词是隋唐之际，配合燕乐（即宴乐）曲调，并以"依调填词"的方式创作的一种新型歌辞，最初称为"曲词"或"曲子词"，后来逐渐与音乐分离而成为诗的别体，称之为"诗余"或"长短句"。

　　流行于盛唐或者更早的民间词，是词的萌芽。据敦煌词的有关资料，无名氏的《菩萨蛮·枕前发尽千般愿》即这一时期的作品。至于文人词，则相传以李白的《菩萨蛮》和《忆秦娥》两首为最早。南宋黄昇认为，李白"《菩萨蛮》《忆秦娥》二词为百代词曲之祖"。

　　到中唐，文人开始有意识地模仿民间的曲子词填制词作，出现了张志和、韦应物、王建、刘禹锡、白居易等人的文人词；元和年间（806－820）后，文人填词逐渐增多，词正式成为一体。

　　但是此时的文人词曲调还非常有限，体制也只是简短的小令，如张志和的《渔歌子》，韦应物的《调啸词》和王建的《宫中调笑》，刘禹锡和白居易的《竹枝词》《忆江南》等，虽然注入了文人词的语言和思想感情，但仍具有明显的民间气息。其中刘禹锡、白居易皆留意民间歌曲，倚声填词方面开晚唐、五代之盛。

　　到晚唐、五代，文人词有了进一步发展。这种发展不仅表现在填词文人和词调的增多，更在于出现了具有鲜明个体风格的词人。晚唐的"花间派"鼻祖温庭筠，注重文采声情，秾艳精致；五代的韦庄善用白描，词风清丽，"似直而纡，似达而郁"，是"花间派"重要作

1

家,与温庭筠并称"温韦";另有皇甫松、李存勖、李璟、欧阳炯、顾夐等各具特色的词人。而五代最为出色的词人还有冯延巳和李煜。冯延巳多写闲情逸致,文人气息浓厚,对北宋初期词人有较大影响。清代刘熙载说:"冯延巳词,晏同叔得其俊,欧阳永叔得其深。"李煜善白描,语言自然、精练而又富有表现力。其词境优美,感情纯真,"粗服乱头,不掩国色",在晚唐五代词中别树一帜,对后世词坛影响深远。

至于宋,词发展到鼎盛状态而成为"一代之文学",故文学史上,词以宋称。不过前期虽有范仲淹、王安石的慷慨开阔之词,但主流上,词人欧阳修、张先、晏殊、晏几道等,基本承袭五代词风,吟风弄月,只是更求细腻深婉、精美和乐。

北宋词始为一变的是柳永。他是北宋第一位专力写词和第一位对宋词全面革新的词人,也是两宋词坛创用词调最多的词人。他将敷陈其事的赋法移植于词,大力创作慢词,更有分为三叠的《夜半乐》《戚氏》等。其词铺叙刻画,情景交融,语言通俗,出之自然,音律谐婉,流传极广,时称"凡有井水饮处,皆能歌柳词"。不过,其词内容仍侧重于相思离别,词风仍是所谓"词家正宗"的婉约风格。与柳永词风相近的还有秦观、周邦彦、张耒等人,其中,周邦彦创作不少新词调,其词语言曲丽精雅,长调尤善铺叙,为格律词派词人所宗。

打破"词为艳科"藩篱的是苏轼。他以诗为词,指出向上一路,令天下耳目一新,使词的内容和写作手法都更加丰富,开豪放一派。他还使词与音乐初步分离而成为独立存在的文学体裁。其间承袭苏词豪放气概的有黄庭坚、晁补之、陈师道等人。贺铸则兼有豪放与婉约之风。

南渡以后,继承苏轼豪放词风的有张孝祥、张元幹、岳飞、辛弃疾、陆游、刘过、陈亮、文天祥、刘辰翁等词人,而与柳永婉约之风相承的则有李清照、姜夔、史达祖、吴文英、周密、王沂孙、张炎等人。

其中张元幹、岳飞、辛弃疾、陆游、文天祥等人以粗犷有力的笔调,慷慨悲歌,抒写激越的爱国之情,形成南宋词坛上一支波澜壮阔的主流。特别是辛弃疾,他"抚时感事",反映广阔的社会生活,并且突破词法、音律限制,以散文化笔调发而为词,兼长用典使事、俚语白描,不仅代表了南宋词的最高成就,而且在整个中国文学史上也占有相当重要的地位。

而婉约词人中值得一提的有李清照和姜夔。李清照的词是由北宋向南宋发展的过渡。前期词多写悠闲生活,明丽清新,后期词多悲身世,流露出对中原的怀念,低徊惆怅、深哀入骨,但词的婉约本色未变。论词强调协律,崇尚典雅情致,提出词"别是一家"之说,反对以诗文之法作词。姜夔精通音律,以清冷刚健的词笔开创了风雅词派,创立了不少词牌,对词的发展有一定贡献。

本书所选词作基本遵循词的发展脉络,自盛唐始,至南宋末止,以龙榆生《唐宋名家词选》为蓝本而有所增删,选词三百首,涵盖花间派、婉约派、豪放派的词人九十六人。所选词作,以词家个体风格代表作为主,尽可能包举更多的词牌和多样化的词风。

选释体例基本由原文、作者简介、注释、解读、点评五个部分组成,部分无名家点评的则略去评点。作者和词牌只在第一次出现时有简介,后不冗述。解读则尽量兼顾内容解说和简略赏析,主旨理解有多元解读的,也有在篇末点出以备参读的。

本次选注解读参考了王国维著的《人间词话》(岳麓书社),胡云翼选注的《宋词选》(上海古籍出版社)等,张燕瑾、杨重贤选析的《唐宋词选析》(天津人民出版社),刘永济选释的《唐五代两宋词简析》(上海古籍出版社)，同时也参读了部分网络诗词爱好者发表的见解，获益匪浅，一并致谢。编者水平有限，不妥或错误之处必然不少，盼读者批评指正为感。

唐 焱

2022 年 9 月

目　　录

1

3

4

唐五代

菩萨蛮^①　　　　　　　李　白

平林漠漠烟如织^②，寒山一带伤心碧^③。暝色入高楼^④，有人楼上愁。　　玉阶空伫立^⑤，宿鸟归飞急。何处是归程，长亭连短亭^⑥。

【作者简介】

李白（701—762），字太白，号青莲居士，唐代浪漫主义诗人，有"诗仙"之美誉。自称祖籍陇西成纪（今甘肃静宁西南），幼时随父迁居绵州昌隆（今四川江油）青莲乡。少年时期受儒道思想影响。唐开元十二年（724）至开元二十三年（735），辞亲远游、结交名流以施展济世抱负，贺知章称之"谪仙人"。天宝元年（742）得玄宗召见，第二年供奉翰林。但因权贵排挤，仅一年余即被赐金放还。安史之乱后入永王李璘幕府，后因李璘反叛受牵连被流放夜郎，中途遇赦，后卒于当涂。存世诗文千余篇，有《李太白集》传世。

【注释】

①菩萨蛮：词牌名，别名"子夜歌"，又名"菩萨鬘""重叠金"等。原为唐教坊曲，据盛唐崔令钦《教坊记》载，开元年间（713—741）即有此曲名。

②漠漠：雾气弥漫貌。烟如织：形容暮霭浓密。

③碧：青绿色。

④暝色：暮色。

⑤玉阶：白石砌成的台阶，以其光洁如玉称；一作"玉梯"。空，白白地。伫立，久久站立。

⑥亭:《释名》卷五:亭,停也,人所停集也。一名"官亭",古时设路边供行人歇息的亭舍。各亭间距离不一,故有"长亭""短亭"之称。连,一作"更"。

【解读】

历来不少论者认为此词是眺远怀人之作,也有人以其为游子思归之辞。细品全词,不妨解读为游子想见思妇眺远怀人情境,而婉曲传达思归之情的歌辞。

上片自远而近,从暮霭笼罩的平林、暗碧的寒山,到暮色中倚楼望远怀人的思妇,偏于客观景物渲染而有浓厚主观色彩。"烟如织"言暮烟浓密,衬托思妇忧愁之浓,此景因是游子想见,故亦暗含游子离愁之浓;"伤心碧"言寒山似因伤心而色深,是伤心人见伤心色。"暝色"句"入"字写暮色渐近,直入高楼,也直入人心,"有人楼上愁"点人物主体和心情,语意流贯。下片由近及远,写思妇凝视投宿的飞鸟而想到归心似箭却人在羁旅的游子,着重主观心理描绘又糅合客观景物描写。"宿鸟"句是思妇眼见实景,也是她触景想知的游子迫切思归之状,且急飞的宿鸟与徒然久立的思妇对照,反衬人的空寞无依,三者融合使"愁"具体鲜明,带出自问自答的内心独白:"何处是归程,长亭连短亭。"身处两地的思妇游子以我心推你心,深知对方思归或盼归的无限愁绪。而与此紧承的却是"长亭连短亭",归程迢递,归期无望,与"空伫立"呼应,思妇游子的离愁自是绵绵无尽,结句不露哀怨而情思蕴藉。

全词看似实写思妇伫楼盼归,实则是游子想见"有人"盼归的虚笔,与杜甫"今夜鄜州月,闺中只独看"异曲同工。

此词简约明朗,朴实流利,是唐代文人词中上乘之作。

【点评】

"凡看唐人词曲,当看其命意造语工致处,盖语简而意深,所以为奇作也。白……《菩萨蛮》《忆秦娥》二词为百代词曲之祖。"([宋]黄昇《唐宋诸贤绝妙词选》)

忆秦娥①　　　　　　　李　白

　　箫声咽②,秦娥梦断秦楼月③。秦楼月,年年柳色,灞陵伤别④。　　乐游原上清秋节⑤,咸阳古道音尘绝⑥。音尘绝,西风残照,汉家陵阙⑦。

【注释】

①忆秦娥:词牌名。世传因李白首制有"秦娥梦断秦楼月"句得名,别名"秦楼月""碧云深"等。

②咽:呜咽,形容箫管曲调低沉悲凉,呜咽如泣。

③秦娥:原为秦穆公之女弄玉别名,词中借指京城女子。

④灞陵:汉文帝陵墓,在今陕西西安东,附近有灞桥,汉唐为送别之所,时有折柳赠别风尚。一作"灞桥"。

⑤乐游原:又叫"乐游园",在长安东南郊,汉乐游苑故址,地势较高,可俯视长安城,是唐代览景胜地。清秋节:指重阳节,时人登高怀远的节日。

⑥咸阳古道:汉唐时由京城往西北的要道。咸阳,秦都,在长安西北。唐人常以咸阳代长安,"咸阳古道"即长安道。音尘:车行走时发出的声音和扬起的尘土,也指音信。

⑦残照:指落日的光辉。汉家:汉朝。陵阙:皇帝的坟墓和宫殿。阙,宫殿,此指陵墓前的牌楼。

【解读】

　　此词描绘一个女子思念爱人的痛苦心情,上片伤别,下片伤逝。

　　西汉刘向《列仙传》中说秦穆公之女弄玉(又名秦娥)嫁善吹箫的萧史,夫妇笙箫和鸣、跨凤仙去。词作落笔反用典故,写独宿的京城女子在月照高楼之夜,被凄凉呜咽的箫声惊醒好梦。"咽"字渲染境界之

3

凄凉,"断"字烘托梦醒的失落。"秦楼月"一句写女子眼见静照楼台的月色和月下年年色青的杨柳,忆起悲伤的灞桥伤别。"秦楼月"顶针反复,将月色柳色贯连,强化环境的孤独凄凉。由"柳色"而"伤别",是因"折柳送别"生发的联想,又是触景怀远的心情刻画。它暗示"梦"是别来相聚的好梦,更借"灞陵"意象为下片的伤逝伏笔。本写秦娥离愁,以"年年柳色"映衬,将个人之愁推及年年岁岁人所共有的别恨。三句贯通,曲尽秦娥梦断后的见与思。

下片首句写秦娥佳节胜地登高远望、音信断绝。"清秋节"点明时间,冷清寂寥;"咸阳古道"令人有天地悠悠过客匆匆的联想,寥廓苍茫;"音尘绝"写尽咸阳古道的寂寥冷落和秦娥独望不见、欲哭无声的悲苦(东汉蔡琰有"故乡隔兮音尘绝,哭无声兮气将咽"句)。次句先用"音尘绝"的反复再次强化景的悲凉和人的哀切,再以肃杀秋风中,残阳空照汉代皇陵的荒凉画面补足秦娥眼前之景,与上片结句呼应,使恨别以外更生怀古伤今之音,气象开阔,意境深远。

【点评】

"太白菩萨蛮之繁情促节,忆秦娥之长吟远慕,……两阕足抵少陵秋兴八首。"([清]刘熙载《艺概》)

"太白纯以气象胜。'西风残照,汉家陵阙',寥寥八字,遂关千古登临之口。"([近代]王国维《人间词话》)

渔歌子① 　　　　张志和

西塞山前白鹭飞②,桃花流水鳜鱼肥③。青箬笠④,绿蓑衣⑤,斜风细雨不须归。

【作者简介】

张志和,生卒年不详,初名龟龄,字子同,婺州金华(今属浙江)人,自号"烟波钓徒""玄真子"。唐肃宗赐名"志和"。因事获罪贬南浦尉，不久赦还。自此隐居。有《玄真子》集。

【注释】

①渔歌子：或作"鱼歌子"，唐教坊曲名，后用为词牌。据《词林纪事》转引载，张志和曾谒见湖州刺史颜真卿，因船破旧了，请颜帮助更换，并作《渔歌子》。

②西塞山：在浙江湖州西面。白鹭：一种水鸟。

③桃花流水：桃花盛开的季节正是春水盛涨的时候，俗称"桃花汛"或"桃花水"。鳜鱼：亦称"桂鱼"，一种鲜美的淡水鱼。

④箬笠：竹叶编的斗笠。箬，竹的一种。

⑤蓑衣：用草或棕毛制成的、披在身上的防雨用具。

【解读】

此词描写江南水乡春汛时的垂钓情景，借表现渔父的安乐生活来表达自己遁迹江湖、怡情山水的隐逸乐趣。

首句"西塞山前"点地点，"白鹭飞"衬托渔父的悠闲自得；次句桃花绿水相映，描绘暮春西塞山前的湖光山色：两句以"青山、绿水、白鹭、红桃花、黄鳜鱼"的意象组合渲染优美环境，为渔父出场作铺垫。三、四句写渔父的装束和情态：戴青箬笠，穿绿蓑衣，在斜风细雨中乐而不归；"斜风细雨"是实写景物，又含人生风雨的深意。全词色泽明丽而浓淡相宜，气氛宁静又充满活力，在秀丽的水乡风光和理想化的渔人生活中，寄托了词人爱自由、爱自然的情怀，也反映他高远、冲澹、悠然脱俗的意趣。

【点评】

"张志和《渔歌子》'西塞山前白鹭飞'一阕，风流千古。……庄叟濠上近之耳。"（[清]刘熙载《艺概》）

调啸词①（二首）　　　　韦应物

胡马,胡马,远放燕支山下②。跑沙跑雪独嘶③,东望西望路迷。迷路,迷路,边草无穷日暮。（其一）

河汉,河汉,晓挂秋城漫漫④。愁人起望江南,江南塞北别离⑤。离别,离别,河汉虽同路绝。（其二）

【作者简介】

韦应物(约737—791),唐代山水田园派诗人,字义博,京兆万年(今陕西西安)人。因做过苏州刺史,世称"韦苏州"。长于诗,五言尤胜。

【注释】

①调啸词:词牌名,又名"调笑令""转应曲""三台令"等,源自中唐。

②胡:古代对北方和西方各族的泛称。燕支山:即焉支山,位于古长城附近,在今甘肃省永昌县西、山丹县东南。

③跑:同"刨"。嘶:马叫声。

④河汉:银河,俗称天河。秋城:秋天的边城。

⑤塞北:边塞以北,古征战疆场。

【解读】

其　一

这首小令以象征手法表现离乡戍卒的孤独和惆怅。

叠词起笔,直言"胡马"被"远放"边地,继而写它搏斗风雪、四下张望和迷道失路,末句"迷路,迷路"是"路迷"的倒转重叠,转应咏叹(这是"调笑令"的定格,此调别名"转应曲"即由此而来),而边草无穷、暮霭笼罩则衬托了胡马失路的迷惘。"远放""独嘶""路迷""无穷"将马的孤苦迷惘与边地的辽阔苍茫形成强烈反差,描写中交织着胡马的复杂情绪。

但词作主旨并非在此。词作对马的拟人化描写具有浓厚的主观感情色彩和象征意味。"远放"说明胡马不是胡地野马,而是远地至此的牧马;"跑沙跑雪独嘶"则说明胡马被放于风雪之中。按常理,放马应在水草丰美的地方和季节,且放马必有主人,不会迷失。由此可知这胡马应是远放边地的离乡戍卒的化身,它的孤苦、焦灼、不安、迷惘正是戍卒的感受与情思,它与风雪搏斗的景象正是戍边战士艰苦生活的写照。

全词描绘边地风光、刻画胡马形象,寄寓戍卒的悲苦孤独和思亲盼归之情,表达对戍卒遭遇的同情和对统治者的不满。语浅蕴深,似直而曲。

其　二

第二首词写征人愁思。

首句描绘秋夜河汉图画,简洁清丽。秋夜天穹渺远湛蓝,银河寒星闪烁,远望犹如悬挂在秋意浓浓的边城……此景凄清,为写征人情思渲染氛围。次句写愁绪满怀的征人夜不能寐,起身见河汉而遥望江南,点明别离相思盼相逢的主旨,愁情鲜明浓深。末句"离别,离别"是依词牌定格对"别离"的转应咏叹,增强抒情意味;历来写牛郎织女星伤离别的诗词,多以两星受阻离居来比人间的同心仳离,此词结句却说征人想到银河相隔的牛郎织女尚有鹊桥相逢,而人间的自己却归期无望乡路迢迢,不由深叹人间路断无鹊桥!以时空的同一衬人间离恨的无穷,沉痛哀绝,感情又跃进一层。

三台词①　　　　　　　　　　　韦应物

　　冰泮寒塘始绿②,雨余百草皆生。朝来门间无事③,晚下高斋有情④。

【注释】

①三台词:唐教坊曲名,或称"三台令""三台曲",别名"翠华引"。

②泮:消融。

③门间:家门。间,里巷的门。一作"门巷"。

④晚下:指夜晚。下,跟在时间名词后,表示某个时节或时间,如"年下""节下"。高斋:高雅的书斋。

【解读】

此词寓情思于景物人事,用语简洁,情思婉致。一、二句描绘春来池水解冻泛绿、雨后草木催发新生的初春图画,三、四句叙写词人从早到晚安闲度日、沉湎诗书的生活景象,写景色泽明丽,清新而充满自然生机,叙事笔调安和,流利而高雅脱俗,流露出词人对优美自然和闲适生活的喜爱,寄寓他淡泊高雅的意趣。

宫中调笑①(二首)　　　王　建

团扇,团扇,美人病来遮面②。玉颜憔悴三年,谁复商量管弦③。弦管,弦管,春草昭阳路断④。(其一)

杨柳,杨柳,日暮白沙渡口。船头江水茫茫,商人少妇断肠。肠断,肠断,鹧鸪夜飞失伴⑤。(其二)

【作者简介】

王建(约767—约830),字仲初,许州(治今河南许昌)人。唐大和初年官至陕州司马,世称王司马。长于乐府诗,和张籍齐名,人称"张王";小词以《宫中调笑》写宫中妇女哀怨,别具一格。

【注释】

①宫中调笑:词牌名,即"调笑令",又称"转应曲"。

②团扇:圆形的扇子,古代歌女在演唱时常用以遮面。

③管弦:管乐器和弦乐器的合称,指用丝竹做的乐器,如琴、箫、笛。后借以泛指乐器或音乐。

④昭阳:昭阳殿,汉代宫殿。汉成帝宠妃赵飞燕曾居,后世泛指皇帝和宠妃享乐之地。

⑤鹧鸪:鹧鸪鸟,相传鸣声听起来像"行不得也哥哥",极易勾起人们对旅途艰险的联想和离愁别绪。

【解读】

其 一

汉代班婕妤《怨歌行》:"新裂齐纨素,皎洁如霜雪。裁成合欢扇,团团如明月。出入君怀袖,动摇微风发。常恐秋节至,凉飚夺炎热。弃捐箧笥中,恩情中道绝。"团扇,是美人的衬托,也是宫妇被弃悲惨命运的写照。

王建以比兴手法咏扇及人,首写美人抱病,自惭色减而以扇遮面,看似纨扇与玉颜掩映,实则传达美人"红颜未老恩先断"的悲慨。次句由表及里,从以团扇"遮面"的外部动态过渡到悲慨命运的内心活动,"玉颜憔悴三年"句说自己被冷落三年之久而无人顾问,黯然神伤,饱含痛苦辛酸;而"复"字则曲达由承恩到失宠的怨叹,别具深意。末句借昭阳宫的典故言"君恩"已断,点明宫怨之意。不直言自己失宠是君王喜新厌旧所致,而托言春草萋萋遮断通往昭阳殿的去路,言在此而意在彼,凄怨决绝。

【点评】

"结语凄怨,胜似宫词百首。"([清]陈廷焯《白雨斋词话》)

9

【解读】

其 二

此词写一商人少妇江头盼归人而不见的怅惘、孤独、悲凉,反映当时商人奔波逐利惯别离,而令留守思妇翘首望归的社会现实,寄寓了词人对他们的同情。

起句叠用"杨柳",寓别离之意而反复歌咏,并用日暮时分和白沙渡口这两个意味着流逝与漂泊的时间、地点,渲染伤感惆怅空落的氛围,为人物的出场作铺垫。次句将茫茫江水与翘首盼归的少妇交叠,并将地点由"渡口"转向"船头",江流在船头滚滚而逝,少妇的思潮也如江流一般涌动,有期盼,有担忧,也有迷惘与悲伤。末句叠用"肠断,肠断"既是转应曲的定格,也直抒胸臆,强化了思妇盼归而不见的伤心难过。紧承此情,又特写夜空中失伴独飞的鹧鸪,以鸟比人,并将其置于失伴且夜空独飞哀鸣的情境中,写尽思妇的孤独凄苦。时间由"日暮"至"夜",见苦苦等待的时间之长与内心煎熬之久,凄苦更添一层。

竹枝词^① 刘禹锡

巫峡苍苍烟雨时^②,清猿啼在最高枝。个里愁人肠自断,由来不是此声悲^③。

【作者简介】

刘禹锡(772—842),字梦得,洛阳(今属河南)人,有"诗豪"之称。政治上主张革新,是王叔文派政治革新活动的中心人物之一,永贞革新失败被贬为朗州司马,迁连州刺史;晚年回到洛阳,任太子宾客等闲职;卒后赠户部尚书。世称刘宾客、刘尚书。诗文俱佳,与柳宗元并称"刘柳",与韦应物、白居易合称"三杰",与白居易合称"刘白"。刘禹锡、白居易皆留意民间歌曲,倚声填词方面开晚唐、五代之盛。

【注释】

①竹枝词:词牌名,原名"竹枝""竹枝歌""竹枝曲",本乐府曲名,最早为巴蜀民歌。刘禹锡谪任夔州刺史,便采用这种民歌曲谱,吸收其题材手法,仿屈原"九歌"制成新的"竹枝词"。

②巫峡:长江三峡之一,西起重庆市巫山县东至湖北省巴东县,峡长谷深,奇峰突兀,当地渔者有歌曰:"巴东三峡巫峡长,猿鸣三声泪沾裳。"苍苍:(烟雾)迷茫的样子。

③个里:此中,其中。由来:历来,自始以来。

【解读】

此词状写巫峡的清幽与人的悲愁,传达一种通透的人生沉思。

自古写三峡的诗文都少不了写那里的猿声,而写猿声则离不开"哀、凄、悲、愁、惨"的字眼,北魏郦道元说"高猿长啸,属引凄异,空谷传响,哀转久绝",唐杜甫说"殊方日落玄猿哭",孟郊说"猿啼三声泪滴衣"……这种移情于物、以物传情的写法几成定格。

刘禹锡也说"清猿啼在最高枝",也写人的愁绪哀情,但他反弹琵琶,说其实猿声并不悲愁,是来到这里听闻猿声的人自己满怀愁绪。词的起句写巫峡的烟雨迷蒙,为次句写猿声渲染凄清的氛围,两句相连,从视听两个角度写出巫峡的幽深峻峭;三、四句紧承第二句的猿声生发议论,认为猿声本是猿声,它与人的悲愁了无关涉。这种对客观景物与主观感情的明分了断,看似无情,实则有情有理:既有听闻猿声的人的悲愁,又有诗人的哲思——人生就是这样,你的悲喜其实就是你的悲喜,它不能也不应该"传染"给他人。

全词景、情、理三者融合,层次井然而连贯。

【点评】

"夔州营妓……歌刘尚书《竹枝词》九解,尚有当时含思宛转之艳,他妓者皆不能也。"([宋]邵博《邵氏闻见后录》)

竹枝词

刘禹锡

　　杨柳青青江水平,闻郎江上唱歌声。东边日出西边雨,道是无晴却有晴①。

【注释】

①晴:与"情"谐音。《全唐诗》作"情"。却,一作"还"。

【解读】

这是初恋少女内心独白的爱情歌辞。明快流丽,含蓄细腻。

"杨柳青青江水平"描写春江杨柳,兴中兼比,情丝如柳丝,缠绵柔顺,心境如江水,爱意满满而平和深切,情思婉曲动人;"闻郎江上唱歌声"写少女忽然听到江面飘来心上人的歌声,与上句的心如江平结合起来,可知这歌声必定惊动了平静的江面,更撩动了少女的内心,使之泛起层层感情波澜。"东边日出西边雨,道是无晴却有晴",写姑娘听到歌声后的心理活动,借用天气的让人捉摸不定来暗指心上人的情意让姑娘捉摸不定,写出初恋少女的忐忑不安与羞涩内敛。谐音双关,把天"晴"和爱"情"这两件不相关的事物巧妙关联,达情既含蓄又明朗,一个羞涩可爱的初恋少女形象跃然纸上;同时"东边""西边""无情""有情"的对举使音韵和谐回环,增添了词作的民歌风情。

【点评】

"刘禹锡曰'东边日出西边雨,道是无情还有情'措辞流丽,酷似六朝。"([明]谢榛《四溟诗话》)

"此诗起首二句,则以风韵摇曳见长。后两句言东西晴雨不同,以'晴'字借作'情'字,无情而有情,言踏歌之情费人猜想。双关巧语,妙手偶得之。"([近代]俞陛云《诗境浅说》)

杨柳枝①（二首）　　　　刘禹锡

金谷园中莺乱飞②，铜驼陌上好风吹③。城东桃李须臾尽，争似垂杨无限时④。（其四）

轻盈袅娜占年华⑤，舞榭妆楼处处遮。春尽絮花留不得⑥，随风好去落谁家。（其九）

【注释】

①杨柳枝：此调本为隋曲，与隋堤有关。传至唐开元年间，为教坊曲名。白居易翻旧曲为新歌，时人相继唱和，亦七言绝句。刘禹锡晚年作《杨柳枝》词九首言长安、洛阳风物，题材皆咏杨柳，今选其四、其九。

②金谷园：西晋豪富石崇建有金谷园，所造花园，位于洛阳东北。后用以泛指贵族园林。

③铜驼：即铜驼街，因洛阳城汉时铸造两只铜骆驼而得名，洛阳繁华游冶之地。亦有借指闹市者。此代指洛阳。

④争似：怎似。

⑤袅娜：柔软细长貌。

⑥絮花：一作"絮飞"。

【解读】

其　四

此词描绘暮春景象，赞美杨柳生机蓬勃，暗含社会生活哲理。

起首两句并呈，一写奢华的贵族园林里黄莺穿梭于绿树花林，一写繁华的铜驼街上春风骀荡，"乱"字见黄莺之多而飞舞不息，"好"字见风之和暖舒服和人之心旷神怡。三、四句对举，一写桃花李花春光

13

短暂纷纷凋谢,一写垂杨生机蓬勃枝叶长青,"须臾"见花之凋零迅速,与杨柳长久的繁茂青翠形成鲜明对比,表达了对杨柳的生命力久盛不衰的赞美。同时也是暮春三月真实景象,春光满眼的繁华里,有的美景转瞬即逝,有的美景永驻长存——盛衰寿夭在同一时空的并存,又何尝不是社会人生的景观呢?生活中,宇宙中,总有一些东西须臾失却,也总有一些东西千秋恒在。

其　九

此词写杨柳的盛衰变化,借杨花柳絮喻漂泊之感。

首句写杨柳姿态柔美占尽春光。"轻盈"言柳枝轻柔漂亮,"袅娜"言柳丝柔软细长,"年华"既指春光,也指时光、岁月。次句说杨柳繁茂,遮掩舞榭歌台,实际是着笔于空间,写杨柳身处繁华艳地的风华岁月。三、四句说春到尽头时,杨柳无法留住美好,只能任由杨花柳絮随风飘忽,连最后飘落何处也了然不知,只能默默挂念,愿它好好飞去,充满了衰败零落、漂泊无凭的幻灭、怅惘与迷茫。此种时过境迁的漂泊沦落具有鲜明的象征意味:是风华逝去而身无寄托的风尘女子,也是年岁老去而漂泊不定的仕途之人,或者,就是晚年的词人自己。

全词对比杨柳的风华之盛与零落之衰,于反差中凸显其命运衰变,托物抒怀,寄寓人世的变迁与飘零之伤。

【点评】

"刘宾客《柳枝词》,虽乏曹、刘、陆机、左思之豪壮,自为齐梁乐府之将帅也。"([宋]黄庭坚《山谷题跋》)

浪淘沙①（二首）　　刘禹锡

汴水东流虎眼文②，清淮晓色鸭头春③。君看渡口淘沙处，渡却人间多少人④！（其三）

八月涛声吼地来⑤，头高数丈触山回。须臾却入海门去⑥，卷起沙堆似雪堆。（其七）

【注释】

①浪淘沙：词牌名，原为唐教坊曲。又名"卖花声"。刘禹锡辗转于夔州、和州、洛阳等地，作《浪淘沙》九首，今选其三、其七。

②汴水：起于今河南省荥阳市，东流经安徽，至江苏入淮河。唐人所称汴河习指隋炀帝所开的通济渠的东段，即运河入淮的一段。虎眼文："文"通"纹"。形容水波纹很细。李白有诗曰："欲往泾溪不辞远，龙门蹙波虎眼转。"王琦注：虎眼转，谓水波旋转，有光相映，若虎眼之光。

③鸭头春：唐时称一种颜色为鸭头绿，这里形容春水之色。

④渡却：渡过。却，去，掉。

⑤八月涛：指钱塘江潮。钱塘江归称"浙江"。钱塘潮以农历八月十八最为壮观，故称。

⑥海门：钱塘江口有两座山，南边的称为"龛"，北边的称为"赭"，并峙于江海汇合之处，称为"海门"，意为江潮入海之门。

【解读】

其　三

此词见流水与渡口而伤怀悟理，感叹世事的流变消亡与物是人非，唤起人们领悟世事无恒常的哲理。

起首两句从汴河入笔而至淮河，写汴河水波和淮河水色，虎眼纹既状微波荡漾又绘波光粼粼，鸭头绿后着一"春"字更见水的澄碧清澈和灵动有光泽，一幅优美的悠悠春水图呈现于眼前。但这远不是词人的要旨所在。其一，汴河在唐人眼里是隋炀帝骄奢败亡的历史见证，引人怀古伤今；其二，流水悠悠，引人伤逝；其三，汴水在江苏流入淮河，所以当词人目光顺着汴河而向淮水，自然就投射到"渡口淘沙处"，从而引发三、四句的感慨。三、四句以"君看"呼告领起，将读者带入情境，引发共鸣："渡口淘沙处"，河水流淌日夜不息、泥沙滚滚随水远去，由此想到古往今来不知有多少人从渡口匆匆走过远去不见……这是眼前汴河淮水渡口的景观，更是历史长河中的景观，对世事流变消亡的感叹中，蕴含了一种洞明世事的通透。

全词触景生情，情中含理。语浅意深。

其　七

此词描写八月十八钱塘江大潮涨落的壮观景象。前二句描写涨潮，后二句描写退潮，写涨潮见其气势磅礴，写退潮实显其伟力非凡。

首句"八月"点大潮时节，"涛声吼地来"写潮来之势，"吼地"突出江涛逼近时声响惊人、堤岸震动的感觉，来势凶猛。次句写潮势达到顶点时的壮观场面。凶悍而湍急的潮头昂扬着数丈高的身躯，撞击山崖而后跌回，继首句听觉、触觉的震撼，从视觉上再壮其势。"吼地来"和"触山回"对照，衬托出潮势的奔腾急遽。三、四句写退潮的景象。"须臾"承第二句，写潮水退去的迅疾，与来时的凶猛呼应。又由开头的动态描写转入对潮去之后的静态描写。但"卷起沙堆似雪堆"的静态中又蕴含波涛汹涌的气概，以潮去后留下的奇景，进一步衬托出八月潮吼地而来、触山而回的壮观场面，具有"此时无声胜有声"的艺术效果。

潇湘神① 刘禹锡

斑竹枝②,斑竹枝,泪痕点点寄相思。楚客欲听瑶瑟
怨③,潇湘深夜月明时④。

【注释】

①潇湘神:词牌名,一名"潇湘曲"。湖南潇水、湘江间有祭祀舜妻
娥皇、女英的习俗。相传舜帝南巡,舜之二妃追至洞庭而不及。途中
舜死于湘南九嶷山,二妃闻之悲泪洒竹成斑,后投湘江死,成湘水女
神。刘禹锡贬官朗州,依当地的迎神曲之声制词二首,创此词调,今选
其一。

②斑竹:即湘妃竹。

③楚客:本指屈原,此处为作者自况。瑶瑟:以美玉装饰的琴瑟。
瑟,古代管弦乐器。

④潇湘:潇水在今湖南永州市苹州入湘江,称潇湘。

【解读】

这首词题咏湘妃故事,曲达自己政治受挫和无辜被贬的怨愤。

"斑竹枝,斑竹枝,泪痕点点寄相思。"叠词和比兴兼用起句,反复
咏叹,强化斑竹枝这一洒泪成斑的意象以及相关的传说故事,唤起哀
情,又托斑竹泪而联想到人的泪痕和相思之情。

"楚客欲听瑶瑟怨,潇湘深夜月明时。"由斑竹转向瑶瑟,依然是对
湘水女神的咏叹,用"怨"字将神话与"楚客"也就是词人自己的情思关
联起来。"楚客"本指流放于沅湘之间的屈原,刘禹锡当时贬居的湖南
常德,是遭流放的屈原曾到之地,故作者用"楚客"自比;屈原《楚辞·
远游》有"悲时俗之迫阨兮,……使湘灵鼓瑟兮"句,湘灵即湘水神。刘
禹锡沟通湘灵、屈原和自己的处境与心境,想象湘灵鼓瑟必哀怨,而这

哀怨也正是词人的心音。所以说,夜深月明时徘徊于潇湘之滨,会忍不住想要一听"瑶瑟",借以一诉哀情。至此,点点泪痕的斑竹、深夜静流的潇湘水、夜空孤寂的明月、如泣如诉的琴声、深夜徘徊于江滨的楚客合成画面,营造了凄清空漾而深幽的意境,传达出词人哀怨深婉的情思。

忆江南①

刘禹锡

　　春去也! 多谢洛城人②。弱柳从风疑举袂③,丛兰裛露似沾巾④,独坐亦含颦⑤。

【注释】

　　①忆江南:本为唐教坊曲名,名"望江南"或"梦江南",据说是唐李德裕为悼念爱妾谢秋娘所作,故又名"谢秋娘"。后因白居易曾依其句格而做《忆江南》三首,故又叫"忆江南"或"江南好",至晚唐、五代成词牌名。

　　②多谢:殷勤致意的意思。谢,辞谢。洛城人:即洛阳人。

　　③疑:好像。袂:衣袖。

　　④裛(yì):同"浥",沾湿。

　　⑤独坐:一作"独笑"。含颦(pín):谓皱眉。形容哀愁。"颦"一作"嚬"。

【解读】

　　这是一首伤春词。刻画了一个多情多思、爱春惜春的少女形象,抒发惜春而伤春归去的感情。

　　开篇"春去也"三字写少女眼见春天过去的感叹,熔铸了不愿春去又留春不住的难舍、无奈、伤感,爱春惜春之情凸显;紧承慨叹,将临去的春天拟人化，视角由人及春，描绘它临去时化成柳树、香兰向人殷勤辞别，一会儿举袂挥手作别，一会儿泪湿衫巾感伤离去。本是人伤春去，却从春天不忍别人而去着笔，借春天的深情依恋与郁郁心伤深切地传达人送春去的感伤惆怅，这是别致婉转的对写法。最后一句"独坐亦含颦"，又将视角转向人，摹写少女神态，展示她爱春惜春的丰富内心，表达伤春题旨。一个"亦"字，大有昔日赏春之乐终究难敌今日伤春之愁的意味，足见愁绪缠绵而无法排遣，惜春伤春之情淋漓尽致。

全词构思新颖别致，视角转换灵活自如，情感细腻婉转，别具特色和情韵。

【点评】

"唐贤为词，往往丽而不流，与其诗不甚相远也。刘梦得《忆江南》'春去也'云云，流丽之笔，下开北宋子野、少游一派。唯其出自唐音，故能流而不靡，所谓'风流高格调'，其在斯乎？"（[清]况周颐《惠风词话》）

章台柳^①寄柳氏　　　　　韩翃

章台柳，章台柳，往日依依今在否^②。纵使长条似旧垂，也应攀折他人手。

【作者简介】

韩翃，生卒年不详，字君平，南阳（今属河南）人，唐代诗人，"大历十才子"之一。建中年间，因作《寒食》诗被唐德宗赏识而提拔至中书舍人。有《韩君平诗集》。

【注释】

①章台柳:词牌名,又名"忆章台"。章台街是汉代长安的一条繁华街道,因位于战国秦宫章台之下而得名。六朝、唐人已用其事与杨柳相连。据唐孟棨《本事诗》载,唐天宝年间,韩翃在长安与舞姬柳氏一见倾心并成婚。后韩翃及第,留下柳氏,回老家省亲。遇安史之乱,两人失散。后唐肃宗收复失地,韩翃托人寻访柳氏并附《章台柳》词,用"章台柳"喻柳氏,并以此为调名。而柳氏为人所劫,已作他人妇,只得还《杨柳枝》一首以寄。

②依依:轻柔飘摇的样子。"往日依依"一作"颜色青青"或"往日青青"。

【解读】

此词以柳喻人,语意双关,表达对柳氏的眷恋、关切、牵挂与担忧,切合寻访旨意。

首句"章台柳,章台柳"呼告叠用凸显寻觅探问的急切,表达日思夜想的眷恋牵挂。紧承其后,迫切一问:过去婀娜多姿的你如今还在不在人世?战乱流离中,别后的关切、担忧、不安都由此一问表达出来。后两句"纵使长条似旧垂,也应攀折他人手"说即使今日人尚在,即使风姿依旧,在兵荒马乱的年月,恐怕也已被人摧折掳掠。"也应"二字揣测语气带有极大的肯定成分,将词人的担心与不安着意强化,足见忧思之深,令人扼腕。

全篇字字写杨柳而关柳氏,言简意丰,语浅情深。

【点评】

"君平(韩翃字)赠句本只是诗,后人采入词谱,即以起句为名。其柳姬答词,亦以起句名《杨柳枝》,句法与此相同。"([清]万树《词律》)

杨柳枝① 答韩员外 　　柳　氏

　杨柳枝,芳菲节②,可恨年年赠离别③。一叶随风忽报秋,纵使君来岂堪折④。

【作者简介】

柳氏,其名和生卒年不详,唐天宝至大历年间的长安舞姬。

【注释】

①杨柳枝:此词以首句"杨柳枝"为词牌名,别于刘禹锡"杨柳枝"。
②芳菲节:指美好的春天。芳菲,花草芳香而艳丽。
③可恨:可惜,令人遗憾。
④堪:可以,能够。

【解读】

　此柳氏和答韩翃《章台柳》之词,同样语带双关,以杨柳在春秋代序中衰残暗比自己在离乱岁月的际遇,表达自己已为人妇而不能再入君怀的深切遗憾、无奈和伤感。

　起首两句,一写杨柳在春天的美好,"芳菲节"描绘春天的花草芳香美好,暗指人曾有的青春芳华;一以唐人折柳赠别之俗,喻指与韩翃长年分离,不得团聚,"可恨"二字传达不忍离别而不得不饱受离乱的痛苦;"一叶随风忽报秋"句化用《淮南子》"见一叶落而知岁之将暮"的典语,写杨柳在秋天的衰残,"一叶随风"状秋风一扫杨柳随即萧瑟残败,暗指自己战乱被劫为人妇的迫不得已;"纵使君来岂堪折"是对韩词"纵使长条似旧垂,也应攀折他人手"的回应,用的也是假设揣测,"岂堪折"反问语气表感叹,语意更加肯定截然,含有强烈的叹惋之情。

　全词字字以杨柳喻际遇,伤离乱,痛危苦,感情哀深。

花非花[1]

白居易

　花非花,雾非雾。夜半来,天明去。来如春梦不多时[2],去似朝云无觅处[3]。

【作者简介】

　白居易(772—846),字乐天,晚年号香山居士,祖籍太原(今山西太原市西南)人。唐代现实主义诗人。与元稹共同倡导新乐府运动,世称"元白",与刘禹锡在倚声填词方面开风气之先,并称"刘白"。有《白氏长庆集》传世。

【注释】

①花非花:白居易自制的诗篇,因颇具歌谣情趣,后人作曲唱之。
②如:好像。不多时:一作"几多时",指时间短暂。
③朝云:早上的云彩。

【解读】

　此词历来有不同解说。有人认为是作者在家修菩提果,从真实的自然现象参悟"人生如梦幻泡影,如露亦如电"的佛理而生发的感慨。有人认为是对"大都好物不坚牢,彩云易散琉璃脆"的感伤或悼亡之作。还有人认为它通篇隐喻,旨在抒写男女欢爱之情,咏叹当时供官僚消遣驱使、夜来朝去的官妓。

　诗无达诂,此词不妨就视作对世间一切美好事物的感叹。"花非花""雾非雾",即是似花而非花,似雾而非雾,取彼两物作喻,所咏者何? 未明,但花与雾都是美感意象,又似是而非,给人捉摸不定、难以把握之感。"夜半来,天明去",言所咏者夜来朝去,美好而驻留短暂;顺此又推进一步,再引两个比喻"春梦"和"朝云"来描摹所咏事物,这两个喻体也是美好的,同时还是虚幻易散、了无踪迹的。至此,词人始终没有言明所咏对象,但借助于一个又一个的比喻(这种以多个喻体描述同一本体的比喻称之为博喻)反复描摹,在回环往复的咏叹中,让读者对被咏主体有着既朦胧(不知具体为何事物)又鲜明(特征明了)的印象,且将感叹意味融入其中,有一种言有尽而意无穷的深远。

此词意象美好缥缈,意境朦胧而空灵,旨意含蓄而不晦涩,耐人寻味。

竹枝词①(二首)   白居易

瞿塘峡口冷烟低②,白帝城头月向西③。唱到竹枝声咽处,寒猿晴鸟一时啼④。(其一)

巴东船舫上巴西⑤,波面风生雨脚齐⑥。水蓼冷花红簇簇⑦,江蓠湿叶碧萋萋⑧。(其三)

【注释】

①竹枝词:唐元和十四年(819),诗人由江州司马改任忠州刺史,形同谪居,思想苦闷,作《竹枝词》四首,今选其一、其三。

②瞿塘峡:为长江三峡之首,也称夔峡。冷烟:江面上泛着冷意的烟霭。一作"水烟"。

③白帝:在今重庆奉节东瞿塘峡口。

④晴鸟:即青鸟。神话传说中为西王母取食传信的神鸟。

⑤巴东、巴西:均为郡名,前者在今重庆奉节一带,后者在今四川阆中一带。船舫:泛指船。

⑥雨脚:随云飘行、长垂及地的雨丝。

⑦蓼:一年生或多年生草本植物,花小,白色或浅红色,生长在水

边或水中。簇簇:丛列成行貌。

⑧蓠:水中生长的一种藻类植物。

【解读】

其 一

此词写有人在瞿塘峡唱《竹枝》歌的悲凄情景,流露哀婉悲戚之情,折射词人寂寞悲苦的心境。

"瞿塘峡口冷烟低,白帝城头月向西"交代地点、时间和周围的环境。"冷烟低"写江面上烟雾迷漫,有压抑感;"月向西"明时间已晚,寂寞凄冷。两句结合,为歌声的出场渲染了凄清沉郁的氛围。"唱到竹枝声咽处,寒猿晴鸟一时啼"先用"声咽"直点歌唱者情绪悲伤抑郁,以致音调"哽咽",歌声必是悲伤凄惨,继而以宿猿栖鸟齐声悲啼来烘托,足见歌声极具感染力,且满含悲情。本来三峡的猿声素有悲鸣之音,而青鸟作为西王母的信使,自是通人情的神鸟,故亦能感知歌声的悲怆,从而一同悲歌。

全词四句,除第三句"声咽"正面写歌声,其余三句均为侧面烘托,情境氛围浓郁,哀怨动人。

其 三

此词描绘诗人于江楼上所见雨景,营造凄清寒冷的氛围,隐约传达词人凄寒孤寂的心境。

前两句描绘舟行风雨中。小船给人以漂泊孤独之感,而江风、江涛、大雨组合成小船行驶的背景,更添风雨飘摇的凄苦。三、四句由第二句生出,绘水边景致。"冷花""湿叶",凄风苦雨,冷气逼人;"红簇簇""碧蓠蓠",描绘歌乡雨景,红与碧本是明丽色彩,但红蓼纤弱,江蓠草叶柔软,在风雨中,这些江岸水边醒目的花草就显得格外楚楚可怜了。

杨柳枝

白居易

　一树春风万万枝①，嫩于金色软于丝。永丰西角荒园里②，尽日无人属阿谁③？

【注释】

①万万枝：一作"千万枝"。

②永丰：永丰坊，唐代东都洛阳坊名。

③阿(ā)谁：疑问代词。犹言谁，何人。

【解读】

　此词前两句写柳的风姿可爱，后两句抒发感慨，写景寓意，咏物言志。

　首句说春风吹拂，千丝万缕的柳枝随风起舞，抓住"一树而万万枝"的形态写杨柳枝条繁盛，借"春风"之美好暗写杨柳舞姿优美。次句从柳枝色泽和质感两方面写柳条的嫩黄和细软，以"金色"和"丝"作比，叠用"于"字接连比况，言其比黄金还富有光泽，比丝缕还要柔软，更突出了新柳的色"嫩"质"软"。一、二句将垂柳之生机横溢、秀色照人、轻盈袅娜写得极生动，欣喜赞美之情洋溢。后两句一写杨柳处境，一写词人感慨。第三句交代垂柳生长之地——"永丰西角荒园里"，"西角"为背阳阴寒地，"荒园"为无人所到处，这样的地理位置与杨柳自身的美好反差强烈，意在强调杨柳生而不得其所，再以"尽日无人属阿谁"言其无人一顾、终日寂寞的处境，表达对杨柳深切的惋惜与同情。

　白居易生活于中晚唐，当时朋党斗争激烈，不少有才能的人都受到排挤。诗人也曾因此外放离京。故此词实际是对时政埋没人才的讽喻，寄寓自己怀才不遇的感慨。

忆江南 (三首)　　白居易

江南好^①，风景旧曾谙^②。日出江花红胜火^③，春来江水绿如蓝^④。能不忆江南？（其一）

江南忆，最忆是杭州。山寺月中寻桂子^⑤，郡亭枕上看潮头。何日更重游？（其二）

江南忆，其次忆吴宫^⑥。吴酒一杯春竹叶^⑦，吴娃双舞醉芙蓉^⑧。早晚复相逢。（其三）

【注释】

①江南：泛指长江下游一带。

②谙(ān)：熟悉。

③红胜火：颜色鲜红胜过火焰。

④绿如蓝：绿得堪比蓼蓝。蓝，蓼蓝，蓝草，其叶可制青绿染料。这里用蓝草的颜色形容江水的深和清澈。

⑤桂子：桂花。

⑥吴宫：指吴王夫差为西施建的馆娃宫，在苏州灵岩山上。

⑦竹叶：酒名。即竹叶青。亦泛指美酒。

⑧吴娃：泛指吴地美女。

【解读】

白居易早年曾漫游江南并任过苏杭两地刺史，这三首词是词人晚年居洛阳而写的抚今追昔之作，既各自独立成篇又互为联系，适合放在一起解读。

先看第一首。起句"江南好"直抒赞美眷恋之情，又以"风景旧曾谙"统摄，选取江南春天最富代表性的意象"江花"和"春水"，用色彩艳丽的辞藻，显示江南春色的迷人，生机盎然，光彩明艳。"日出江花红胜火"写初日映照下的江畔春花红得胜过火焰，表现出春天花卉的生机勃勃，凸显江南春色浓艳、热烈之美。次句说"春来江水绿如蓝"。春水荡漾，碧波千里，说它比蓝草还要绿。词人别出心裁地从"江"下笔取景，又通过"红胜火"和"绿如蓝"异色相衬，展现绚丽夺目的江南春景。最后以"能不忆江南？"感叹作结，直书对江南美景热爱与眷恋之情，令素未到过江南的人顿生向往之心。

紧承第一首以"面"的描写来总体展示"江南好"后，第二、第三首则通过苏、杭两地的"点"的绘画来具体表现"江南好"。

苏杭历来被人喻为人间天堂，足见其美景之胜。词人同样各选最能体现苏杭特色的典型意象加以描绘，以一当十地表现苏杭之美。杭州选的是月中桂子和钱塘江潮，苏州选的是美酒和舞女。

宋钱易《南部新书》载："杭州灵隐寺多桂，寺僧曰：'此月中种也。'至今中秋望夜，往往子堕，寺僧亦尝拾得。"词人选取这一富有神话色彩的寺中月桂，用"寻"字将静态的月桂图转化成动态的月夜寺中寻桂图，描绘丹桂飘香的美景，展示杭州的不同凡俗之美和词人的浪漫情怀。次句"郡亭枕上看潮头"则描绘杭州钱塘潮的奇观。"枕上看潮"，足见"郡亭"位置高拔、视野开阔，也见江潮的壮观和看潮人的安然惬意，同样将自然景观转化为生活画面，一"山"一"水"集中展示了杭州风物和生活的多姿多彩，令人神往。

苏州有当年吴王夫差为美人西施修建的馆娃宫等风景名胜古迹，是游乐胜地。词人选取了最能体现游乐的美酒和舞女来展示苏州之美。"春竹叶"，其名给人以春意荡漾、竹叶青青的联想，令人陶醉；而吴宫舞女姿容美好、舞姿曼妙有如风中沉醉的荷花，令人迷醉。两句结合，笔简意丰，写出苏州的风情万种。

三首词各自独立而又互为补充，分别描绘江南的景色与风物之美和生活与游乐之美，每首都以"江南好"开篇，而以直接深情之句作结，意境优美,词人对江南风光人情的赞美、眷恋与热爱溢于言表,令人读之而心驰神往。

菩萨蛮（二首）　　温庭筠

小山重叠金明灭①,鬓云欲度香腮雪②。懒起画蛾眉③,弄妆梳洗迟④。　　照花前后镜,花面交相映。新帖绣罗襦⑤,双双金鹧鸪⑥。（其一）

南园满地堆轻絮,愁闻一霎清明雨。雨后却斜阳,杏花零落香。　　无言匀睡脸,枕上屏山掩⑦。时节欲黄昏⑧,无聊独倚门。（其三）

【作者简介】

温庭筠(?—866),原名岐,字飞卿,太原(今山西太原市西南)人,"花间词派"鼻祖。文思敏捷,入试押官韵,八叉手而成八韵,故有"温八叉"之称。精通音律,诗词兼工,诗并李商隐称"温李";词并韦庄称"温韦"。

【注释】

①小山:眉妆名,指小山眉。另外一种理解为:小山是指屏风上的图案,由于屏风是折叠的,所以说小山重叠。金:指唐时妇女眉际妆饰之"额黄"。金明灭:女子额上涂成梅花图案的额黄有所脱落而或明或暗。

②鬓云:形容发髻蓬松如云。度:遮盖,形容鬓角延伸向脸颊,逐渐轻淡,像云影轻度。欲度,将掩未掩的样子。香腮雪:香雪腮,雪白的面颊。

③蛾眉:女子的眉毛细长弯曲像蚕蛾的触须,故称。

④弄妆:梳妆打扮,修饰仪容。

⑤罗襦:丝绸短袄。

⑥鹧鸪:贴绣上去的鹧鸪图。当时衣饰,是用金线绣好花样,再绣贴在衣服上,谓之"贴金"。

⑦屏山:如屏之山,指屏风;床头小屏,亦名枕屏、枕障。

⑧欲:将要。

【解读】

其　一

此篇所写只一件事,便是"梳妆"。首句写眉,次句写鬓。此两句写女子晨间待起而未起床的情景,山、云、雪的喻体组合,见妆容凌乱又不失美感。三、四句紧接写晓起梳妆,"画娥眉""弄妆"与"梳""洗"分别对应"小山重叠""鬓云欲度""香腮雪",脉络清晰;"懒"字写起床的慵懒无精神,"弄"字写反反复复理妆以消遣时光,"迟"字写心意散淡、意兴阑珊,三字彼此呼应,传达女子因无人欣赏爱悦而百无聊赖的空虚、寂寞与惆怅。下片一写梳洗后对镜自照的动作细节,一写"双双金鹧鸪"的服饰细节。"照花前后镜,花面交相映"化用"人面桃花相映红",既写面容姣好,也有人面如花易凋零的感慨,传达内心的惆怅;短袄上成双成对的金鹧鸪则反衬女子形单影只的孤独。

全词运用比喻、反衬等修辞,刻画了一个无人爱悦而满怀幽怨的寂寞美人形象,流露了词人怀才不遇的感慨。

其　三

此词写黄昏时候闺中女子空虚寂寞的愁思。

上片写时节景物。柳絮春雨、夕阳杏花,构成一幅暮春图。"轻絮"而"堆"见花絮落积之厚,是暮春景象;次句言明节候,"一霎"的雨是急来的阵雨,"愁闻"露出听雨人的心绪,使景物带有了人的主观感受;"雨后"两句写暮春阵雨后的光景:雨后气清,斜阳在天,落花带香,清明而凄艳,令人生惜春伤春的怅惘。下片描写女子情态,凸显百无聊赖的心情。"无言"见其冷寂的心情和独处香闺的孤单处境。"匀睡脸"则是由冷寂心情产生的懒散——脸上睡意朦胧,她只略匀面脂而未着意梳妆。"枕上"写她起身轻掩床头枕屏,暗露起身后离开枕屏时感到的空虚。末二句写她黄昏无聊而依门张望,"黄昏"见光景暗淡,"无聊""独"见人情黯然,但所望何人,所思何事,词人却不明言,留白处给人以想象空间。

全词情境索寞,情思细腻委婉。结合词人生平,也可将此闺中女子的寂寞空虚与愁思视为词人心境的寄托。

【点评】

"温庭筠最高,其言深美闳约。"([清]张惠言《词选序》)

"飞卿《菩萨蛮》十四章,全是变化楚骚,古今之极轨也。"([清]陈廷焯《白雨斋词话》)

"温飞卿词精妙绝伦,然类不出乎绮怨。"([清]刘熙载《艺概》)

更漏子^①(二首)　　　　　温庭筠

柳丝长,春雨细,花外漏声迢递^②。惊塞雁^③,起城乌^④,画屏金鹧鸪^⑤。　　　香雾薄,透帘幕,惆怅谢家池阁^⑥。红烛背^⑦,绣帘垂,梦长君不知。(其一)

玉炉香,红蜡泪,偏照画堂秋思^⑧。眉翠薄^⑨,鬓云残^⑩,夜长衾枕寒^⑪。　　　梧桐树^⑫,三更雨,不道离情正苦^⑬。一叶叶,一声声,空阶滴到明。(其二)

【注释】

①更漏子:词牌名。此调创于晚唐,以温庭筠《更漏子·玉炉香》为正体。古人用铜壶滴漏来计时,将一夜分为五更,唐人称夜间为"更漏","更漏子"调名本义即为咏唱深夜滴漏报更的小曲。

②漏声:即深夜滴漏报更的声音。迢递:遥远。

③塞雁:北雁,春来北飞。

④城乌:城头上的乌鸦。

⑤画屏:有图饰品的屏风。金鹧鸪:金线绣成的鹧鸪。

⑥惆怅:失意、烦恼。谢家池阁:豪华的宅院,这里即指女主人公的住处。谢氏为南朝望族,居处多有池阁之胜。

⑦红烛背:背向红烛;一说以物遮住红烛,使烛光不向人直射。

⑧画堂:华丽的内室。

⑨眉翠:用翠黛描画的蛾眉。

⑩鬓云:鬓发如云。

⑪衾:被子。

⑫梧桐:落叶乔木,古人以为是凤凰栖止之木。

⑬不道:不理会。

【解读】

其 一

此词写女子春夜的相思愁苦。上片由景写起,以动寓静,写女子春夜难眠的情状。柳丝如情丝,细雨湿心田,春花如华年,对长夜难眠之人来说,都是触发情思之景物。恰在此时,又听得更漏之声不绝,"惊""起"了雁、乌,甚至惊起了画屏上的金鹧鸪,两句皆移情于物,以惊飞的鸟来暗示思妇不安的心情,又以鹧鸪的成对反衬女子的孤独,而"惊""起"的动态又可衬托夜的寂静与人的寂寞。且更声迢递,女子的思绪也随之飘向远方,引出下片的情怀抒写。

下片写人事，以静寓动。薄薄的香雾透过帷幕缭绕不散，正像女子相思的惆怅难以驱散。后两句说背对着红烛任它燃尽，只管把帐帷落下。因为"蜡烛有心还惜别，替人垂泪到天明"，垂泪红烛引人愁思，故背对红烛是为回避相思；而放下帷幕就可不再听见漏声，也为回避相思。然而此情无计相回避，"梦长君不知"一言相思入梦，二言妾有深情君无心！下片写人兼写境，以女子的心境来写女子的处境，暗显"君"的无情冷漠，"君不知"写出女子的惆怅凄苦，以景见意，委婉含蓄。

全词动静相生，从以暗示手法写景物人事上，反映相思之情的寂寞愁苦，言简情深，曲致动人。

其 二

这首《更漏子》借"更漏"夜景咏思妇离情之苦。

上片写室内所见所感，以内室环境、容貌形态和心境来总写女子的"秋思"。开头三句写景而有感情色彩：炉烟袅袅，暗示愁思无限，"红蜡泪"暗示人的悲伤。"玉炉"言香炉如玉，精美而色洁，"红蜡"则色泽明艳而撩人情思，闺中的冷清寂寞隐隐流露。"画堂"句中"画堂"与"玉炉""红蜡"相映衬；"秋思"是悲秋的情思，红蜡本不能"照"人情思，言"偏照"，则说蜡烛不仅照人内心情愫，且是有意而照，以对"蜡烛"的责怨来透露人内心的愁绪。三句勾连，炉烟、蜡烛泪与人浑融一体，愁绪悲情借助景物呼之而出。"眉翠薄，鬓云残"两句写人。翠黛描眉见眉之美，鬓发如云知人之美。但用"薄"字形容眉黛褪色，以"残"字描绘鬓发不整，反映她辗转反侧的苦闷。"夜长衾枕寒"写思妇感受：长夜漫漫且衾枕生寒。足见她彻夜不眠的孤独与凄冷。

下片写室外所闻所感，总写秋雨梧桐加重了人的愁思。"三更"点夜雨时间，见女子深夜未眠；梧桐与夜雨相连，更添悲苦意境；"不道离情正苦"呼应"偏照画堂秋思"，可见"秋思"即离情。"一叶叶，一声声，空阶滴到明"既写秋雨无尽,也是女子对秋雨不理会人情的责怨,暗示彻夜不眠、离情有如彻夜不止的秋雨,"空"字更添环境的空寂与人的空虚,愁情更添凄苦。

全词融情入境,似直而实纡。

【点评】

"庭筠工于造语,极为绮靡,《花间集》可见矣。《更漏子》一首尤佳。"([宋]胡元任《苕溪渔隐丛话》)

"'惊塞雁'三句,此言苦者自苦,乐者自乐。"([清]陈廷焯《白雨斋词话》)

杨柳枝 　　　　　温庭筠

宜春苑外最长条①,闲袅春风伴舞腰②。正是玉人肠断处③,一渠春水赤栏桥④。

【注释】

①宜春苑:古代苑囿名。秦时在宜春宫之东,汉称宜春下苑。即后所称曲江池者,唐代为教坊乐妓所居之地,故址在今陕西西安。长条:指细长柔软的柳枝。

②舞腰:比况之词,状杨柳细软若舞腰。

③玉人:美人。肠断:一作"肠绝",形容极度痛苦悲伤。

④赤栏桥:长安城郊桥名,后多泛指男女或朋友相会地。

【解读】

此词咏杨柳赋离情。起句点题,"宜春苑外"点出杨柳所在之地,"最长条"勾勒柳枝形姿。柳向以长条拂地为美,言柳先写其"长条"而着一"最"字,既状写垂杨之姿,又融入了人的观感——柳条细长柔软、随风摇摆,似与人难舍难分,最能勾起离情别绪。因此描摹柳的"长条",已暗示人的伤怀,以物喻人。次句"闲袅"咏柳枝柔细俏美,并用美人的纤软舞腰形容柳枝在春风中舞动的轻柔美妙,生动可爱。"伴"字说柳条与春风结"伴",即与春风共舞,赋予杨柳人情,得物之神韵,引起"玉人"感怀。

三、四句借柳而赋离情。说"玉人肠断",言其悲伤;"正是"则与首句"最"字呼应,表明正是春风中摇动的长长的柳条,惹起"玉人"的离情别绪,表露感伤离别的题旨。尾句"一渠春水赤栏桥"借"春水"与"桥"的意象,暗用水边桥头折柳送别的典故,且春水绵长有如愁思无尽,以景写情,令人感伤、断肠。

此词运用暗示、联想和借代、比喻、用典等手法将咏物与写人融合,渲染离别意绪,言简意深。

南歌子① 温庭筠

　手里金鹦鹉②,胸前绣凤凰。偷眼暗形相③。不如从嫁与④,作鸳鸯⑤。

【注释】

①南歌子:唐教坊曲名。又名"春宵曲""南柯子""风蝶令"等。后用为词牌。以温庭筠词为正体。

②金鹦鹉:金色的鹦鹉,指女子绣件上的花样。下句"绣凤凰"同。

③偷眼:偷看,窥视。形相:端详,观察。

④从嫁与:嫁给(他)。从,跟随,因古代女子"出嫁从夫",故言。

⑤作鸳鸯:比喻结为夫妻。

【解读】

此词描写待嫁女子心思情态。

前两句女子手里和胸前刺绣架子上一小一大两个绣件,鹦鹉、凤凰是绣件上的刺绣花样。这两种鸟都是美好吉祥的象征,由此着笔,暗示女子待嫁闺中,也以物比况,刻画女子的美好形象。第三句是神态与行为细节,"偷眼"和"暗"写出女子察看时的羞怯可爱,见察看慎重,令人物添沉稳内敛之美。至于"偷眼"的对象则未明言。最后一句是女子内心独白,与前面的"偷眼""暗"察的羞怯不同,这一独白直白大胆。两句结合,一个内心热烈纯真而外表含蓄羞怯的待嫁女子形象跃然眼前。由此推知,她"偷眼""暗"看的对象不管是人是物,一定与她心里托许的那个"他"密切相关,给人以心领神会的意趣,情思动人。

此词率直地表达女主人公郑重而真切地托许终身的情思,与温词一般的婉约风格有所不同,有借鉴民歌的影子。

梦江南 (二首)　　　　　　　　温庭筠

千万恨①,恨极在天涯②。山月不知心里事,水风空落眼前花,摇曳碧云斜③。(其一)

梳洗罢,独倚望江楼。过尽千帆皆不是,斜晖脉脉水悠悠④,肠断白蘋洲⑤!(其二)

【注释】

①恨:离恨。

②天涯:天边,言遥远。

③摇曳:犹言摇荡。

④斜晖:夕阳的光辉。脉脉:含情相视的样子。

⑤肠断:形容极度悲伤难过或愁苦。白蘋洲:一作"白苹洲"。长满蘋草的水洲,因蘋草花色白,故言。

【解读】

其　一

此词写思妇月下怀远，表现她的悲戚和哀伤。

"千万恨，恨极在天涯。"直出两个"恨"字，且以"千万"和"极"言恨，足见恨之多而无穷，纠结零乱与强烈；"在天涯"则直说恨到极点之事：所恨之人远在天涯不归，怨恨明归一旨。直抒胸臆后，"山月不知心里事，水风空落眼前花。"两句又侧面借山月与风的不解人情来进一步写人的哀怨。心中有事，若有人知，总是一份宽慰与舒解。女子心有"千万恨"，却只有山月不时临照，孤寂无聊之情可以想见；但山月又"不知"女子心中事，反而朗照夜空，引人更多更浓的思念，足见这山月频来相照简直比不照更惹人心愁。且明月逾山尖而照入人家，时间必在夜深，这又暗示女子夜深难眠，更多一层寂寞愁苦。"水风"句写白天看花，夜间望月多生恨，白天看花亦如此。此句借花被风吹落比喻自己年华易谢，又以"空"字修饰，意为无缘无故地吹落，对风之无情摧折大有怨怪；而且这风是水面上的风，吹落的花自然也就随水而逝了，联想女子的青春华年在孤寂中的空耗，有"流水落花春去也"的伤感沉痛。"摇曳碧云斜"，夜怨山月，昼惜落花，而在昼夜交替的黄昏，看到的则是远空倾斜摇曳的青云，摇曳是一种轻微的动荡，云的轻微动荡女子都能看得出来，足见是长时间地凝望天空，凝望的背后，自然是消磨时光的百无聊赖，说明从前一晚上到另一黄昏，一夜一天的光阴又在这样的悲凄空虚中过去了。不着"恨"字而"恨极"之意再显。

全词细节入微，哀情深切。

其　二

此词写倚楼颙望、盼归人而不见的思妇，表现她从希望到失望最后"肠断"的愁恨。

起句"梳洗罢,独倚望江楼。"交代了时间、地点和人事。"梳洗罢"说女子梳洗完毕前往江楼,一见此前未曾梳妆打扮,二见此时特意梳妆打扮,两者结合,暗示平日里"首如飞蓬"的寂寞孤独和眼下盼夫归来的热切向往,表现她"女为悦己者容"的痴情。"独倚"暗含登楼远眺的孤独,也隐露渴望远人归来的迫切。景、人、事、情融于一句。其后却推出一句"过尽千帆皆不是",将满怀热切期待的女子推向失望的深渊。"过尽千帆"见船和归人之多,也见女子望江时间之久和目不转睛及于千帆之中寻寻觅觅的急切与渴盼,而"皆不是"三字则传达她一次次期望又一次次失望的心路历程,一个痴情、执着、专一而深深失望、痛苦的思妇立于江楼,令人无限叹惋同情。于是,景因情生,幻想破灭后,女子看到的便是"斜晖脉脉水悠悠",是令人肠断的"白蘋洲"。夕阳的光辉、远去的流水、水中的白蘋洲,本来都是无情的客观自然景物,但在盼归而失望的女子眼里,夕阳似乎同情她而含情脉脉不忍离去,流水似乎懂得她的心情而默默无语地流淌,景语情语,交融一体。而"肠断白蘋洲"作结,更将伤心的情感推向极致。因为"白蘋洲"在古代是送别的代名词,孟浩然就有"赠君青竹杖,送尔白蘋洲"之句;此前望夫心切竟不见洲,现在"千帆过尽"后,"白蘋洲"赫然于眼前,令思妇不由想起昔日离别之景,而今久驻倚盼却换来一场空等,怎不肠断?

全词语言朴实精练,风格清丽自然,感情婉转起伏而余意不尽,在温词中别具一格。结合词人生平,思妇之悲情,也可看作是词人对自我际遇的寄托与感慨。

【点评】

"痴迷,摇荡,惊悸,惑溺,尽此二十余字。"([明]沈际飞《草堂诗余别集》)

"绝不着力,而款款深深,低徊不尽,是亦谪仙才也。吾安得不服古人?"([清]陈廷焯《云韶集》)

浪淘沙 皇甫松

蛮歌豆蔻北人愁①,蒲雨杉风野艇秋②。浪起鸂鶒眠不得③,寒沙细细入江流。

【作者简介】

皇甫松,生卒年不详,晚唐文学家。字子奇,自称檀栾子。睦州新安(今浙江淳安)人。早年屡试不第,未能出仕;后期隐居不出。著有诗词、小说等,词最为称著,收录在《花间集》。

【注释】

①蛮:泛指南方的人。豆蔻:植物名。豆蔻花含苞待放时称含胎花,古人常以此来指代美丽的少女。

②蒲雨杉风:蒲丛杉林被风雨笼罩。一作"松雨蒲风"。蒲,植物名,生池沼中,又称香蒲。杉,一种常绿乔木。艇,小舟。

③鸂鶒(jiāo jīng):水鸟,又名赤头鹭、菱鸡。

【解读】

这首词言在此而意在彼,隐含各人处境不同,欢戚也不同之意。

首句说南方人的欢歌北方人听来却是悲愁,由此可见同一事物不同处境的人感受可能截然相反,慨叹中深藏人生的切身体验。后三句看似撇开首句别写它景,实则景中带有主观感情色彩,暗承首句的"愁"而展开:这一"愁"是用一个深秋寒夜、蒲雨杉风、江流细细的环境来表现的。"浪起鸂鶒眠不得"字面说鸟因波浪扰扰不得安眠,赋予水鸟以人的心理情感,其实是主人公愁思的外射,不言己愁而愁自出。结尾一句细沙随江流而悠悠逝去,潜藏着人生的无限慨叹:事物之变,如细沙暗流,不动声色而日夜累积终致变迁。可谓桑田沧海,一语破尽。

【点评】

"风雨扁舟,浪惊沙鸟,煞是有情,景色亦妙。"([清]黄叔灿《唐诗笺注》)

"有受谗畏讥之意,寄托遥深,庶几风人之旨。"([近代]李冰若《栩庄漫记》)

梦江南　　　　　　皇甫松

兰烬落①,屏上暗红蕉②。闲梦江南梅熟日③,夜船吹笛雨萧萧④。人语驿边桥⑤。

【注释】

①兰烬:指灯烛之火,蜡烛余烬状似兰心,故称。

②暗红蕉:谓更深烛尽,画屏上的美人蕉暗淡模糊。

③梅熟日:指江南夏初黄梅时节,时阴雨连绵。

④萧萧:同"潇潇",形容雨声。

⑤驿:馆驿。古代官吏住宿、换马之处。驿边有桥称驿桥。

【解读】

此词写人在羁旅的愁思和对故乡的深深思念。

起句言灯花掉落、灯火燃烧将尽而舍内灯光暗淡以致画屏上的美人蕉图案都模糊暗淡了。夜深人静,灯火微弱,正是入睡时刻;而灯花寥落又给人孤寂之感,且环境的暗淡隐约透出人的心情黯然:这样的烘托渲染,为写梦境作了铺垫。"闲梦江南梅熟日"三句进入梦境,写梦中的江南:梅子正熟,风景绝佳,情调安闲;夜雨潇潇,小船浅泊,笛声悠扬;春水碧波,人语轻悄,清闲驿桥。这样的梦境,有景有人,有声有色有人情,意境朦胧,愉悦美好。梦里江南无限好,梦外旅舍夜凄冷,两相对比,词人此刻的孤寂惆怅以及对江南故乡的深情怀念便自然显露。其中"人语驿边桥"句,意境散淡安闲,给人以无穷想象与回味。

【点评】

"梦境化境,词虽盛于宋,实唐人开其先路。"([清]陈廷焯《白雨斋词话》)

"情味深长,在乐天、梦得上。"([近代]王国维《人间词话》)

采莲子①(二首)　　　　　　　　　皇甫松

菡萏香连十顷陂(举棹)②,小姑贪戏采莲迟(年少)。晚来弄水船头湿(举棹),更脱红裙裹鸭儿(年少)③。(其一)

船动湖光滟滟秋(举棹)④,贪看少年信船流(年少)⑤。无端隔水抛莲子(举棹)⑥,遥被人知半日羞(年少)。(其二)

【注释】

①采莲子:唐教坊曲名,后用为词牌名。

②菡萏(hàn dàn):荷花。陂(bēi):水池。"十顷陂"犹言"十顷池"。举棹:词中的"举棹""年少"均无实际意思,是采莲歌中群歌相随的和声,如今人唱号子时"嘿嗬""哟嗬"之类。

③鸭儿:船家喂养的小鸭。

④滟滟:水光摇曳晃动。

⑤信船流:任船随波游荡。信,听由,任凭。

⑥无端:无缘无故。端,理由,来由。

40

【解读】

这两首采莲曲互为映照,是一幅清新纯美的江南少女采莲组图,适合一起品读。

第一首表现采莲女纵情玩乐的率真可爱。"菡萏香连十顷陂(举棹)",说荷花的清香把荷塘十顷连了起来,也吸引着采莲女船入荷塘深处,一幅荷叶田田掩映着小船、荷花亭亭映衬着采莲少女的脸庞衣裙、清香远飘的美图呈于眼前,英姿焕发而有空灵之妙。但句尾和声"举棹"又使这绘景兼有众少女打桨荡舟时的歌咏,令人仿佛听闻一女歌声方余音袅袅,众少女已齐声相和,欢乐漫溢其间。"小姑贪戏采莲迟(年少)",小姑就是这些唱歌的少女,她们借着荷叶的掩护,抛却了平日闺阁中的拘束,而清清的水波更荡开了她们的心扉。于是不禁放飞自我,贪玩戏水,以致拖延了采莲的正事,"贪戏"与"迟"映照,写出她们沉于玩乐的率性可爱。"晚来弄水船头湿(举棹)"句中"晚来"承"采莲迟","弄水"映"贪戏"进一步写她们的玩乐,采莲船也给浇得水淋淋,其兴致高涨和憨顽之态尽显。而尾句"更脱红裙裹鸭儿(年少)"则再宕一笔,加上句尾和声,姑娘们的无拘无束,憨态可掬,笑声一片如在耳目。

第二首表现的是采莲女热烈追求爱情的勇气和初恋少女的羞涩。"船动湖光滟滟秋"说船儿激荡了湖波,湖光荡漾中映出一派秋色,此句一见满湖秋水澄明,二则点明了采莲季节,三还借"船动"荡起湖波而引出"贪看少年信船流":原来是英俊少年吸引了姑娘的眼目,她一心贪看,以致船儿随水漂动也顾不上了。这大胆无邪的目光和"信船流"的痴情憨态,把采莲女纯真热情的个性和对爱情的热烈渴求表现得淋漓尽致。其后,姑娘竟抓起莲子隔着清流向小伙子抛掷过去。由于"莲子"与"怜子"的谐音双关,因此这抛莲子的行为是姑娘表达爱慕之心的举动,此句不仅进一步表现出江南水乡姑娘的大胆热情,而且富有地方风情,显现江南民歌特色。但文人词借鉴民歌又不失蕴藉。

词的最后两句即有含蓄美。"抛莲子"后,笔锋一转写姑娘的举动被人远远看见了,以致她一下子非常难为情,半天里还在害羞。"无端"透露出姑娘有点懊恼、有点羞惭的复杂心情;"半日羞"的窘态则展现了情窦初显的少女特有的羞怯,纯真可爱。

这两首词清新爽朗,音调和谐,既有民歌的大胆直率,又有文人词的委婉细腻,两者浑然天成,相映成趣。

【点评】

"写出闺娃稚憨情态,匪夷所思,是何笔妙乃尔。"([清]况周颐《餐樱庑词话》)

"此二首写采莲女子之生活片段,……盖唐时礼教不如宋以后之严、妇女尚较自由活泼也。"(刘永济《唐五代两宋词简析》)

闲中好^①题永寿寺　　　　　　郑　符

闲中好,尽日松为侣^②。此趣人不知,轻风度僧语^③。

【作者简介】

郑符,生卒年月不详,字梦复。《酉阳杂俎》载,唐武宗会昌三年(843)曾与段成式、张希复联句唱和。

【注释】

①闲中好:词牌名。兴于唐代。唐会昌三年(843),段成式与郑符、张希复游长安永寿寺时同作此词,因词中有"闲中好"句,故名。一般以段词为正体。

②尽日:整日。

③度:飞越,此处意为飘送。

【解读】

此词写游永寿寺时人在山松树荫下安坐,听得松风飘送僧人言语的自在惬意,流露清闲无忧的心态,传达禅意般的耳听静趣。首句"闲中好"言清闲之平和喜悦,并点明"好"的内容:尽日松为侣。不言人整日坐松下,而说寺中山松整日为侣,显松与人情意相通,惬意之情自见。次句言此中意趣他人不能知晓,唯松下安坐的人能怡然自乐,有"只可意会不可言传"的禅意。末句写松风飘送僧人言语,显得缥缈而清静,闲情悠远,回味无穷。

闲中好 段成式

闲中好,坐务不萦心①。坐对当窗木②,看移三面阴③。

【作者简介】

段成式(约803—863),字柯古。临淄(今山东淄博市临淄区北)人,志怪小说家,工诗,有文名,与李商隐、温庭筠齐名。著有《酉阳杂俎》等。

【注释】

①坐务:世俗事务。萦:盘踞,萦绕。

②当:正对着。

③阴:太阳投射的光影。面向窗口,与树正对,一整天则可观日光移动、三面而来的投影,故言"三面阴"。

【解读】

此词写游永寿寺时人在窗前与树正对,而白昼久坐静观日移影转以致日落影尽的清闲无事,于心驱目移的痴态中传达具有禅意的眼目静趣。首句"闲中好"直言清闲之平和喜悦,并点明"好"在心中了无世俗事务的牵绊,展现超脱世俗的自我形象,并引出三、四句的整日安坐、静观日影。"移"字见日光的荏苒,光影的慢慢移动,也见人的心与眼随着日影而慢慢移动,这样的慢节奏展示了词人内心的安闲自在与恬静,传达了闲放自适的意趣。

全词浑朴自然,清新隽永。

【点评】

"直是宋齐间,才悟剩膏。"([清]吴瑞荣《唐诗笺要》)

"郑言人在松荫,但听风传僧语……段言清昼久坐,看日影之移尽,……皆写出静者之妙心。"([近代]俞陛云《唐五代词境浅说》)

浣溪沙^①　　　　　　韦　庄

　　夜夜相思更漏残,伤心明月凭阑干^②,想君思我锦衾寒^③。　　咫尺画堂深似海^④,忆来唯把旧书看^⑤,几时携手入长安?

【作者简介】

韦庄(约836—910),字端己,唐时长安杜陵(今陕西西安东南)人。年近六十方举进士。后入蜀为王建掌书记,并终身仕蜀。卒谥"文靖"。工诗词,与温庭筠同为"花间派"代表,并称"温韦"。所著诗《秦妇吟》与《孔雀东南飞》《木兰诗》并称"乐府三绝"。

【注释】

①浣溪沙:词牌名。本唐代教坊曲名,因西施浣纱于若耶溪,故又名"浣溪纱"或"浣纱溪"。

②凭:倚靠。阑干:即栏杆。

③锦衾:丝绸被子。

④咫尺:形容距离很近。

⑤旧书:往日的书信。

【解读】

此词痛伤离别。宋杨湜《古今词话》"韦庄以才名寓蜀,王建割据,遂羁留之。庄有宠人,资质艳丽,兼善词翰。建闻之,托以教内人为词,强庄夺去。庄追念恼怅,作《小重山》及《空相忆》"云云,由此可知,本词或也是爱人被人生生强夺之后的沉痛哀歌。

上片从深夜寝不安席、凭栏望月的深深思念着笔,进而推想对方也在思念自己而深感凄寒。以"夜夜"言相思,是说相思从未止息过;以"伤心"饰明月,是伤心人见伤心月;漏尽更断不成眠,是思念之愁积压心头无法排遣。景语情语,别恨笼罩。其后又说"想君思我锦衾寒",以"对写法"由自己的思念,想见对方也正惦念自己形单影只、枕冷衾寒,这是爱的进一层表现,也更添痛苦,将相思之情推向一个新的高潮——明明是两心相悦的彼此,却被人生生隔离!由此带出下片。

下片抚今追昔。"咫尺画堂深似海"化用唐人崔郊"侯门一入深似海,从此萧郎是路人"句意,以极短的距离(咫尺)和不可逾越的鸿沟(深似海)对比,爱姬近在咫尺,却被蜀主王建紧锁后宫,从此有情人音尘隔绝!这正是夜夜相思的情结所在,有深切的沉痛、悲愤和凄怨,较前面的相思之深又极言相见之难,语意更深一层。万般无奈与痛苦中,"忆来唯把旧书看"。"唯把"二字融入了多少爱而不见、别无他法寻找感情寄托的无奈与伤心,而一封封"旧书"又凝聚了多少抚今追昔的怅惘悲情!语淡意深,事常情切。结句"几时携手入长安"既承上句的深情,又不在追忆中沉沦,而是宕开一笔,转向茫然不可知的"几时",表明不管多痛多难,不管希望多渺茫,词人始终没有放弃与爱姬携手回归长安的念想,其对爱情的持守,对脱身双双归去的渴盼,令人扼腕。

此词感情的潮水从肺腑自然流至笔端,沉哀入骨,真切动人。

【点评】

"端己相蜀后,爱妾生离,故乡难返,所作词本此两意为多。此词冀其'携手入长安',则两意兼有。"([近代]俞陛云《唐五代两宋词选释》)

菩萨蛮^①　　　　韦　庄

　　人人尽说江南好,游人只合江南老^②。春水碧于天,画船听雨眠。　　　垆边人似月^③,皓腕凝霜雪^④。未老莫还乡,还乡须断肠^⑤。(其二)

【注释】

①菩萨蛮:这组词为联章词,共五首,是一整体,作于韦庄晚年寓居蜀地时期,为回忆游于洛阳、江南之作。今选其二。

②游人:指漂泊江南的人,即作者自谓。只合:只应。

③垆边:指酒家。垆,旧时酒店用土砌成酒瓮卖酒的地方。

④皓腕:形容双臂洁白。

⑤须:必定,肯定。

【解读】

此词写词人远适江南的生活,抒发对江南的喜爱与眷恋,更述说自己漂泊异乡、有家难归的痛苦。

"人人尽说江南好,游人只合江南老。"开篇明旨并贯穿全词。"人人尽说"足见江南之好千真万确,其间隐藏之意乃游子有不欲久留江南故人人相劝；"游人只合江南老"即"人人"劝言游子留居江南，浅层句意还是说"江南好"以至于并非江南人的游子都只应在此老去，但细思量，"只合"则又是劲劝游子不可归故乡，蕴含了词人思归而不得归的苦衷。接下来三句具体描绘江南好：风景美、生活美、人物美。"春水碧于天"言春水清澈澄明，"画船听雨眠"言生活惬意安适，"垆边人似月，皓腕凝霜雪"言当垆卖酒的江南女子容色如月光彩照人、双腕如雪洁白撩人。白描兼比喻，风韵天成。末两句"未老莫还乡，还乡须断肠"。呼应"游人只合江南老"，一者再劝游子"莫还乡"，又见江南好，二者"莫"字重申故乡不可归去之意，三者则江南虽好终非故土，老了终究还得还乡。至于为何苦劝"莫还"，直言"还乡须断肠"。外人断定的语气，一则说江南令归乡的游子思念而断肠，二则说游子故乡处处不尽人意甚至满目疮痍令游子伤痛而断肠。联系韦庄饱经离乱、流落江南的生平，可知描绘江南好的背后，是漂泊异乡思归不得的沉痛。

【点评】

"强作欢快语，怕断肠，肠亦断矣。"（〔清〕谭献《谭评词辨》）

"韦端己词，似直而纡，似达而郁，最为词中胜境。"（〔清〕陈廷焯《白雨斋词话》）

归国遥^①　　　　　　韦　庄

金翡翠^②，为我南飞传我意。曷画桥边春水^③，几年花下醉？　　别后只知相愧^④，泪珠难远寄。罗幕绣帏鸳被^⑤，旧欢如梦里。

【注释】

①归国遥：一作"归国谣"，唐教坊曲名，后用为词牌。

②金翡翠:此指神话中的青鸟,代指传信的使者。

③罨(yǎn)画:彩色画。

④相愧:相互感到惭愧,这里偏重于己方,有自感愧疚不安之意。

⑤罗幕:质地轻柔的丝织帏幕。绣帷:绣花的帐子。鸳被:绣有鸳鸯的被子。

【解读】

词的发端直呼青鸟代传情意,呼告手法奠定全词抒情基调,见情意真挚迫切;而青鸟乃神话传说中的信使,这一意象又添路途迢递洪荒渺茫之感,有此情现实中无以抵达的苦衷。"罨画"以下是词人请"青鸟"传达的具体内容,"罨画桥边春水,几年花下醉?"是对昔日彩绘桥边两人欢悦幸福的记忆,一说昔日的美好让我念念不忘,二是那欢乐幸福如今不可重来。抚今追昔,昔日欢乐的大好春光反衬了今日孤苦的凄凉岁月,不言眷恋而自见眷恋。

下片坦露心情:一是愧疚当初的远离,二是痛苦如今的相思难寄。行文上还照应了发端的请青鸟代传心意。末两句先列举三种绮罗香泽而系人愁思的事物:罗幕、绣帷和鸳被,此境本是温馨和暖的男女欢情画面,但由于人隔远地,便只能引发物是人非的伤感,故词人说"旧欢如梦里",往事如梦,渺不可寻,睹物思人,伤悲而已。

此词借男女欢情事,于愧悔和相思中寄托对故国的眷恋,语淡而悲,意深而婉。

【点评】

"五代词有语极朴拙而情致极深者,如韦庄'别后只知相愧,泪珠难远寄'是也。"([近代]李冰若《栩庄漫记》)

荷叶杯①

韦 庄

记得那年花下，深夜，初识谢娘时②，水堂西面画帘垂③，携手暗相期④。 惆怅晓莺残月，相别，从此隔音尘⑤。如今俱是异乡人，相见更无因⑥。

【注释】

①荷叶杯：原唐教坊曲名，后用作词牌。隋殷英童《采莲曲》有"莲叶捧成杯"句，取以为名。

②谢娘：晋王凝之妻谢道韫有文才，后人因称才女为"谢娘"。

③水堂：临近水池的堂屋。

④相期：相约会。

⑤音尘：消息。隔音尘，即音信断绝。

⑥因：缘由，这里指机会。

【解读】

这是一首相思词。上片写爱情的欢乐，下片写别离的哀痛。

开篇"记得"二字直贯，一个"深夜""花下"的镜头，将思绪推到过去："深夜"是相会时刻，"水堂西面"的"花下"是相会地方，"画帘垂"照应深夜，"携手"写两情相投，"暗相期"写缠绵不忍别离……情深爱笃，十分美好。然一切都是过去，故昔日欢情愈热烈，此时心情愈凄凉，是乐景写哀情。

下片照应上片的昔日欢情，说别后离恨与相见无因。"晓莺"承"花下"，"残月"承"深夜"，"相见更无因"承"携手暗相期"，层层照应。"晓莺残月"状离别的凄清环境，流露人的凄苦寂寞之情；"从此"句言别后各一方，音信断绝，无由相见。直白平朴的陈述，传达内心的沉痛。

此词也是因思念被蜀王强夺的爱姬而作,语淡而情悲,情意深长。

【点评】

"韦端己之词,骨秀也。"([近代]王国维《人间词话》)

清平乐^①

韦　庄

莺啼残月,绣阁香灯灭^②。门外马嘶郎欲别,正是落花时节。　　妆成不画蛾眉,含愁独倚金扉^③。去路香尘莫扫^④,扫即郎去归迟。

【注释】

①清平乐(yuè):原为唐教坊曲名,取用汉乐府"清乐""平乐"两个乐调而命名,后用作词牌。又名"清平乐令""醉东风""忆萝月"。

②绣阁:旧时女子闺房。香灯:闺中的灯。

③金扉:闺阁房门的美称。

④香尘莫扫:香尘,指遗留有郎君香气的尘土,古代民间习俗,家中有人出门,是日家人忌扫门户,否则行人将无归期。

【解读】

这是青年情侣的惜别词。

上片写别时情景,用残月、落花、莺啼、马嘶等景象渲染凄凉气氛,衬离别之伤。破晓时分,莺鸟啼叫,残月西沉,明灯熄灭,表明离别在即;也说明二人沉浸于离别的痛苦中,灯下互诉衷情,竟不知黑夜已过去,以致听到鸟鸣、看到残月才意识到天亮,离情深浓。"马嘶"句以不通人情的马儿偏又门外长声嘶叫催促,写离别时刻迫近和二人难舍难分。而"正是落花时节"交代分别在暮春并描画出落红纷纷景色,这是女子出门送郎而见的凄凉之景,哀伤痛苦之情更增。"正是"强调了景物对人的感染。

下片抒写离别之思,描绘女子的行为举止、意态心理和内心独白式语言,传达她刚刚送走丈夫就盼他早日平安归来的心思。"妆成不画蛾眉"写她对镜梳妆突然心中涌起无限愁思而懒得画眉的意态和心理,刻画了因悦己者不在身边而心灰意冷、无心打扮的少妇形象,传达她独守绣户深感容颜易老、虚度年华的痛楚。于是她"含愁"走到门边凝望丈夫出门时走过的小路,因思念而起的牵挂与盼归让她不由情急而脱口吩咐"去路香尘莫扫,扫即郎去归迟":一是那小路上还留着丈夫出行时的足迹,时时看见,则仿佛他才刚刚离去,聊可慰人情怀;二则扫了这尘土犯了忌讳,更让人担心郎君归来迟。痴心痴情,无理而妙。

此词语言秀美,情致深婉。

天仙子①

韦　庄

　梦觉云屏依旧空②,杜鹃声咽隔帘笼,玉郎薄幸去无踪③。　　一日日,恨重重,泪界莲腮两线红④。

【注释】

　①天仙子:原为唐教坊曲名,本名"万斯年"或"万斯年曲",后用作词调名。因皇甫松词有"懊恼天仙应有以"句,取以为名。

　②云屏:屏风,用云母镶饰的画屏。

　③玉郎:形容男子美貌,爱称。薄幸:负心、薄情。

　④泪界:泪水双流所印下的两条红线。界,有"印"的意思,此处用作动词。

此词写一个被弃青年女子的怨恨。

上片写梦醒见闻感受,言眼前只有云母屏,耳畔只有杜鹃声。"依旧空"和"咽"为景物著鲜明感情色彩,传达女子梦醒后的寂寞和哀怨。"依旧"见夜夜有梦,夜夜梦醒,夜夜空寂如旧,虽未言梦中欢好,而梦里景象自现,梦里梦外的反差,传达女子的思念和失落的怨念。"咽"字言杜鹃啼声哀切,且音似"不如归去",故梦后鸟声入耳,平添伤感,同时又以杜鹃声的多情劝归反衬玉郎一去杳无信息的薄情,既有人不如物之怨叹,又仍称"玉郎",爱恨交加。下片以泪痕深印的细节直写爱恨。"一日日"三句说随着时间推移,女子对薄情人的爱恨也层层累积,化为两行泪水日夜流淌,以至于泪痕在脸庞留下了深深的印迹。"界"字言泪痕之深而明显,如界线将脸颊一分为二,足见泪流之多与时间之长,而这泪正是心中情感的外化,泪痕有多深,女子的爱、痛、恨就有多深,可谓一字千金。

此词刻画了一个深切渴望和真挚追求美好爱情的青年女子形象,并以男方薄幸衬托女方的痴情,哀婉动人。

思帝乡①

韦 庄

春日游,杏花吹满头。陌上谁家年少?足风流②。妾拟将身嫁与,一生休③。纵被无情弃,不能羞④。

【注释】

①思帝乡:本唐教坊曲名,后用作词牌。调名本义即咏出逃在外的唐昭宗思念帝京,又名"两心知"。

②陌(mò):田间东西方向的道路,这里泛指野外的道路。年少:即

"少年",小伙子。足:非常。风流:洒脱放逸,风雅潇洒。

③妾:古代女子对自己的谦称。拟:必、定。一生休:一辈子就这样罢了,意谓一生有了依托,一生满足。

④纵:纵使,即便。不能羞:意谓不会感到害羞后悔,即也不在乎。

【解读】

此词以白描手法刻画一位春游中被爱情激发强烈冲动的少女形象,抒写她在婚姻生活上要求自由选择的强烈愿望。

一、二句写春游光景,点明时间、场景和人事,渲染春意盎然、欢乐迷醉的氛围。"春日游"是广角画面,有明媚的春景,有兴致勃勃的游人;"杏花吹满头"是特写镜头,有春风吹拂,有杏花缤纷盛美,有少女衣袂飘飘、青丝缭绕,"吹"字赋予画面撩动活泼之美,"满"字使画面充斥着杏花的形色芬芳,洋溢着少女沉醉在自然的爱抚与青春的美好之中的风流情怀,为她狂热大胆的爱情追求作了充足的铺垫。"陌上谁家年少?足风流。"是少女看见路上的一位翩翩少年而情不自禁地脱口自问,这一问足可看出几点:一是少年与少女素昧平生、萍水相逢,二是少女对风流少年一见倾心,三是少女被内心的爱情激起了强烈的渴望。接下来三句是少女的内心独白,"妾拟将身嫁与,一生休。"是一见倾心基础上作出的大胆决定;"纵被无情弃,不能羞。"是斩钉截铁式的爱情宣言。为求所爱,甘冒风险,也可见少女内心追求的是两心相悦的爱情。其对爱情的大胆追求与死心塌地令人动容。

此词语言质朴明快,具有民歌风味,在花间词中独具一格。结合韦庄的生平,该词很可能也是"托为绮词"的思唐之作。

【点评】

"小词以含蓄为佳,亦有作决绝语而妙者,如韦庄'陌上谁家年少?足风流。妾拟将身嫁与,一生休。纵被无情弃,不能羞'之类是也。"([清]贺裳《皱水轩词荃》)

女冠子①（二首）　　　　　　韦　庄

四月十七，正是去年今日，别君时。忍泪佯低面②，含羞半敛眉③。不知魂已断，空有梦相随④。除却天边月，没人知。（其一）

昨夜夜半，枕上分明梦见，语多时。依旧桃花面⑤，频低柳叶眉⑥。半羞还半喜，欲去又依依⑦。觉来知是梦，不胜悲。（其二）

【注释】

①女冠子：唐教坊曲名，后用作词牌。小令起于温庭筠，长调起于柳永。女冠，亦称女黄冠、道姑。因唐代俗女子无冠，惟女道士着黄冠，故名。子，曲子的省称。

②佯：假装，掩饰。

③半：又，还，一面里。敛眉：皱眉。

④空：徒然，只有。

⑤桃花面：唐诗人崔护尝于清明独游，见一女子倚桃伫立，而意殊厚。来岁清明，崔又往寻之而不遇，题诗曰："去年今日此门中，人面桃花相映红。人面不知何处去，桃花依旧笑春风。"后遂以"桃花面"来指代思念的美女。

⑥频：频繁，多次。柳叶眉：细眉如柳叶。

⑦依依：恋恋不舍的样子。

【解读】

刘永济先生《唐五代两宋词全文赏析》评道："此二首乃追念其宠姬之词。前首是回忆临别情事，后首则梦中相见之情事也。明言'四月十七'者,姬被夺之日,不能忘也。"结合韦庄际遇和两词的抒写口吻,我们将两词放在一起解读。

先说第一首。

上片回忆相别。"四月十七,正是去年今日,别君时。"开篇连用记载日期的二句开头,漫笔中见此日刻骨铭心,"正是"二字令人深感对当日"别君"记忆犹新,赋予"今日"强烈感情色彩,凝聚绵绵情思,既直又曲,既显又深。且"别君时"又巧妙地将笔触从时间过渡到事件,点明离情,为写别离场景作了铺垫。"忍泪佯低面,含羞半敛眉。"用白描摹写细节,"佯"是感情上的克制,因而是"忍泪"低下脸来,是一面含羞一面又双眉紧蹙,"含羞"是迫于强权,纵有千言万语也难以启齿,"敛眉"是真情终难掩饰的自然流露,委曲有致而真切动人。下片抒发别后眷恋。"不知魂已断,空有梦相随。"由去年的离别想到目下的相思。"不知"二字言自己的情思对方无从知晓,痴情之中更多的是咫尺天涯、尘音隔绝的伤痛。"空有梦相随",一说梦中相随,见思念不可释怀,二说人难随,见现实凄楚之无法消解,故言"空有",语意甚悲。"除却天边月,没人知。"说相思之情无人理解、无处倾诉,一轮天边月竟成唯一知音,何其孤独苦恼!天边月乃西天残月,足见词人又独自相思而通宵未眠。

再看第二首。

上片写入梦及梦中情景。"昨夜夜半,枕上分明梦见,语多时。"夜半入梦乃是日有所思;梦而分明,是梦中景象真切,记忆深刻;梦中语多足见两心相悦、情意绵绵。"依旧桃花面,频低柳叶眉。"写梦中伊人的容貌与神态细节,与第一首的"忍泪佯低面,含羞半敛眉。"遥相呼应而互为补充,写尽恋人的美丽娇羞,满含爱意和深情。同时又暗用崔护《题都城南庄》的典故,有"人面不知何处去"的悲慨。下片写梦中情景和梦醒。"半羞半喜"写恋人的羞涩与真率,"欲去依依"写不得不离去又不忍离去的矛盾,爱意浓浓,别情深深,与"语多"的情景结合,整个梦境真挚缠绵。"觉来知是梦,不胜悲。"写梦醒时分的景与情,一个"知"字有顿然大悟之意,传达由"梦"的"迷恋"到"觉"的"清醒",梦里两情缱绻,觉来孤栖独宿,万般凄苦涌上心头,"不胜悲"言悲从中来,不可断绝。末两句言"悲"与前面所有语句的"乐"强烈对比,感慨万千。

两首词都脉络分明,看似简约清瘦,实则情深意浓,充分体现韦庄词"运密入疏,寓浓于淡"的特征。

【点评】

"端己词清艳绝伦。"([清]周济《介存斋论词杂著》)

木兰花①   韦　庄

独上小楼春欲暮,愁望玉关芳草路②。消息断,不逢人,却敛细眉归绣户。　　坐看落花空叹息,罗袂湿斑红泪滴③。千山万水不曾行,魂梦欲教何处觅。

【注释】

①木兰花:即"木兰花令",唐教坊曲,后用作词牌名,以韦庄词为正体。有"玉楼春""减字木兰花""偷声木兰花""木兰花慢"等变体。

②玉关:玉门关,这里泛指征人所在的远方。

③袂(mèi):衣袖。红泪:泪从涂有胭脂的面上洒下,故为"红泪"。又解,血泪,指女子悲哭的泪水。

【解读】

此词写思妇感伤时令、怀念征人的春愁。

上片写小楼远望。"独上小楼春欲暮"两句景物人事交融传情,写出思妇的孤独、寂寞与芳华渐去和思念征人的愁绪。"独上"与"愁望"感情色彩强烈;"春欲暮"是登楼时间,更是美人迟暮的情绪;"玉关"是远望的地点,更是怀远的心思;"芳草路"既是远望所见的实景,更是"芳草萋萋,王孙不归"的叩问,因为芳草天涯正是离恨的象征、盼归的触媒。"消息断,不逢人,却敛细眉归绣户。"是"愁望"后的所感所行,表现失望而无奈的伤感。远望所见让她深感音信全无、人影杳然的失落,只好紧锁眉头,怏怏地下楼回屋。上片就这样连用"独""愁"两个形容词和"上""望""却""敛""归"五个动词,结合暮春芳草之景,展示思妇满脸的愁容和落寞的身影,传达她寂寞的春心。

下片写空闺叹息。"坐看落花空叹息,罗袂湿斑红泪滴。"再次将景物人事合一,尽写思妇的春愁。望落花而叹息,叹的不仅是春花的凋零,更是自己的芳华渐老;于是潸然泪下,悲哭的泪水,打湿了罗衣襟袖,也打湿了无人慰藉的春心。故结句中,思妇将一番凄楚归向千山万水:山水重重将自己与征人遥隔,而这千山万水自己都不识路,不会走,故而又担心自己梦里想要追寻远人的踪迹也不知道该去往何处。此处别开生面,以"残忍"的笔法让思妇与征人不仅现实中隔了千山万水,就连梦里也因山迢水远而无法相见,孤独寂寞的苦情更胜一筹。下片也连用了"坐看""叹息""湿""滴"和"觅"等动词描写思妇一系列外在行为和心理活动,让读者如见如闻,心有所感。

全词景、物、人、情交融,用语简约而情感真切。

忆仙姿① 李存勖

曾宴桃源深洞②,一曲清歌舞凤③。长记别伊时,和泪出门相送。如梦,如梦,残月落花烟重。

【作者简介】

李存勖(885—926),本姓朱邪氏,沙陀部人,其祖父有功于唐而被赐姓李。小名"亚子",晋王李克用之子,908 年继晋王位,923 年称帝,国号"唐",史称"后唐",是为"后唐庄宗"。通晓音律,能度曲。存词四首,载《尊前集》。

【注释】

①忆仙姿:词牌名,五代时后唐庄宗李存勖自度曲。后人嫌其名不雅,遂取尾句"如梦,如梦,残月落花烟重"中的"如梦"改名《如梦令》。

②桃源:南朝刘义庆《幽明录》记述,刘晨、阮肇入天台山采药迷路,于桃源谷遇仙女,仙女因邀刘、阮还家,酒酣作乐,继而与之结为夫妇。

③一曲清歌舞凤:一作"一曲舞鸾歌凤"。鸾凤,鸾鸟和凤凰,传说中吉祥美丽的鸟。

【解读】

这首词采用刘晨、阮肇天台遇仙女事作题材,描写刘、阮和仙女离别时的依依不舍,表达了别后对佳人的深深思念。

首句点明初会往事。"舞凤"即"凤舞"的叶韵倒用,言伊人如凤起舞的美好姿态。桃花幽谷,清歌凤舞,足见风光旖旎,欢乐无比。次句跳跃而写离别景象。"长记"见难忘,结构上接"曾宴"而启"和泪出门相送",写送别之悲痛,见依依不舍的深情。"如梦,如梦"是追忆往事时的感叹,一言往事美好情深,更言如梦般虚幻,不可重现,叠用"如梦"增强感叹意味,表达强烈的惆怅感伤。"残月落花烟重"写眼前景象,既与上片追忆中的美好欢乐景象呼应对比,凸显现实处境的凄凉,又以景写情,乃伤心人见伤心色:残月是夜阑之景,落花云烟是暮春景色,三者组合,营造孤寂迷蒙的意境,传达人的孤独、落寞与伤心。

全词虚实互补而对比,绵绵情思于此中自然流露。

"'残月落花'句,以闲淡之景,寓浓丽之情,遂启后代词家之秘钥。"([近代]俞陛云《唐五代两宋词选释》)

浣溪沙 薛昭蕴

倾国倾城恨有余①,几多红泪泣姑苏②,倚风凝睇雪肌肤③。 吴主山河空落日④,越王宫殿半平芜⑤,藕花菱蔓满重湖⑥。

【作者简介】

薛昭蕴,生卒年不详,晚唐五代词人。字澄州,河中宝鼎(今山西荣河)人。擅诗词,好唱《浣溪沙》词。有词十九首。

【注释】

①倾国倾城:形容女子的姿色艳美绝伦。《汉书·外戚传》:李延年尝在汉武帝前起舞作歌曰:"北方有佳人,绝世而独立。一顾倾人城,再顾倾人国。"

②姑苏:山名,在苏州市西南,古姑苏台于其上。

③凝睇:凝聚目光而视。这里是微微斜视而含情的意思。雪肌肤:形容肌肤白嫩、细滑。

④落日:喻亡国。一说"空落日",意指山河不再,空剩落日。

⑤芜:乱草,指田野荒废,丛生野草。

⑥菱蔓:菱角的藤蔓。重湖:湖泊相连,一个挨着一个。

【解读】

这是一首借西施传说和吴越变迁来抒发历史兴亡感慨的咏史词。

上片咏叹西施。起句用典，咏叹西施的绝色美貌和内心苦恨。"有余"见恨意之多。二、三句承"恨有余"说西施入吴后，不知在歌舞升平的姑苏台流了多少眼泪；有着如雪肌肤的她心绪万千，却只能临风凝睇。"红泪"是女子悲哭的血泪，见西施的痛苦，"凝睇"是双目凝聚而视，见心事之重和愁眉不展。联系越王勾践进献西施的意图可知，被迫肩负以色媚惑吴王的使命而远离家乡的西施，心情是矛盾、无奈而痛苦的。所以词人说她"恨有余"，既是对西施的同情，更是对吴越争霸的批判否定，为下片的感慨作了铺垫。下片写吴越。"吴主山河空落日"三句，既是眼前之景，更是词人心中感慨。当年吴王伐越大胜，如今吴国早已如落日西沉，消失于天际一样消失于历史长河；越王灭吴称霸，当年那些宫殿矗立之地已遍生乱草，一片荒芜。与兴衰都成过去对应的，是那红荷绿菱仍密密覆盖着湖面，年复一年。前两句的繁盛俱成空和第三句的菱荷"满重湖"反差强烈，人事变迁的沧桑感慨不言而出。

此词借史实与景色变迁写尽胸中苍凉和惆怅，充满悲凉、凄婉的凭吊气氛。

望江怨①　　　牛峤

东风急，惜别花时手频执②，罗帏愁独入③。马嘶残雨春芜湿④。倚门立，寄语薄情郎，粉香和泪泣。

【作者简介】

牛峤（生卒年不详），字松卿，一字延峰，祖籍安定鹑觚（今甘肃灵台），后迁陇西。"花间派"词人。博学多才，以歌诗著称。有《牛峤歌诗》三卷，词收于《花间集》。

【注释】

①望江怨：词牌名，调见《花间集》。

②花时：花开时节。手频执：多次执手，表示依依惜别。

③罗帏：丝制帷幔，代绣楼。

④马嘶：马嘶鸣。春芜：春天的草野。

【解读】

此词写送别场面，表现主人公的离愁别恨。前三句写惜别之时两情依依，"马嘶"句起写别后女子的见闻感受和临别寄语。

开篇直陈离别场景"东风""花时"，点明离别时令，而以"东风急"领起，节奏急促，造成离别在即的紧迫感。"花时"本是良辰美景，但对惜别的离人来说，美景只会反衬离愁更加凄恻；以"频"字写执手，写出两情的深挚热切、难舍难分。"罗帏"句一"愁"一"独"，写女子送走情郎、步入闺阁的孤独愁苦，展现离情。"马嘶残雨春芜湿"句从视听角度写别后女子的见闻感受，渲染离情。骏马嘶鸣意味着行人远去，牵动女子情思，无限怅惘；"残雨春芜湿"既点眼见实景，说时断时续的雨水打湿了萋萋春草，也言雨水打湿了女子的心，隐喻女子内心的悲泣；且春草萋萋恰如离愁别绪满怀，字字是景，又字字是情。末两句是女子寄语表白，称行人为"薄情郎"，是爱之深而恨之切的怨怪，说自己"和泪泣"是伤心痛苦而寄予热切期待的倾诉，传达其执着痴心。

全词哀怨、惆怅、失望、期待等思绪交织，文情往复，情调凄恻。

【点评】

"有急弦促柱之妙。"（[清]许昂霄《词综偶评》）

"次第写来，情调凄恻。"（[近代]俞陛云《五代词选释》）

醉花间①
毛文锡

　　休相问,怕相问,相问还添恨。春水满堂生,鹭鹚还相趁②。　　昨夜雨霏霏③,临明寒一阵④。偏忆戍楼人⑤,久绝边庭信⑥。

【作者简介】

　　毛文锡,生卒年不详,唐末五代时人,字平珪,高阳(今属河北)人,一作南阳(今属河南)人。《花间集》称毛司徒,著有《前蜀纪事》《茶谱》,今有王国维辑《毛司徒词》。

【注释】

　　①醉花间:唐教坊曲名,后用作词调名。"花间",即花丛中。调名本义即咏醉酒于花丛中。调见《花间集》。

　　②鹭鹚:一种水鸟,常雌雄一起戏水游耍,是双栖双随的爱情鸟,又称紫鸳鸯。

　　③霏霏:雨雪盛貌。

　　④临明:即将天明。

　　⑤戍楼:古时边防驻军筑以望远的楼。

　　⑥边庭:边塞。

【解读】

　　此词以思妇口吻念征人。上片"休相问,怕相问,相问还添恨",口语化直言,兼用反复、顶针修辞,将思妇内心蕴藏已久的强烈"恨"意表达得鲜明直白。接下来却不承此说"恨",而是折入写景,描绘池塘春意:春水满溢,水面上浮游着成双成对的紫色鹭鹚。画面动静相映而色彩明丽,春意盎然。春水满溢显时令特征,且暗示人的情思也如水满溢,而"鸂鶒相趁"则暗示水鸟爱情的美满,"趁"字写鸂鶒趁着春水满溢双双相嬉、爱抚。此知思妇之"恨"应是独居的离恨。下片承接"春水满堂生"而倒叙昨夜情景:夜雨纷纷、黎明春寒阵阵,自己不禁关心起戍边丈夫的冷暖,由此又想起他很久没有了音信。至此,开篇的"恨"就愈发明确:恨的缘起,是对戍边远人的关切、牵挂、担忧与不安。因此"休相问"的话里,不仅有春心春恨,有终日牵挂与惊忧怅悲,更有强忍心头万千情绪的忧思与凄苦,可谓首尾回环,言有尽而意无穷。

此词亦质直,亦婉转,情思缠绵而极有韵致。

【点评】

"语淡而真,亦轻清,亦沉着。"([清]况周颐《餐樱庑词话》)

应天长①　　　　毛文锡

平江波暖鸳鸯语,两两钓船归极浦②。芦洲一夜风和雨③,飞起浅沙翘雪鹭④。　　　渔灯明远渚⑤,兰棹今宵何处⑥?罗袂从风轻举⑦,愁杀采莲女。

【注释】

①应天长:词牌名,又名"应天长令""应天长慢"。小令始于韦庄,以韦庄词为正体。长调始于柳永。
②极浦:目光望不到的水边。
③芦洲:芦苇洲。
④翘雪鹭:高翘长颈的白鹭。

⑤渚:水中小块陆地。

⑥兰棹:兰木做的桨,这里指离别的情人所乘的船。

⑦罗袂:罗袖。从风:随风。举:腾起,飘飞。

【解读】

此词写别后的孤独、挂念等离愁别绪,上片描绘一和乐一凄清的两幅画面,以景衬情,下片直抒别恨离愁。

上片开头两句写水满波平而又温暖融合,鸳鸯嬉戏软语;渔船结对归向江边,优美和谐,恬静和乐,为乐景。"芦洲"两句写一夜风雨后的洲渚景象:芦苇零落,栖息于沙浅滩头的白鹭,因风雨的袭击而惊飞,凄清寒冷,为哀景。两幅看似冲突的画面,实际都可烘托女子内心的离情。因为鸳鸯是和美爱情的象征,白鹭是自在安适生活的写照,故写鸳鸯嬉戏共语,实际透露了女子对鸳鸯的羡慕和内心离恨,是乐景哀情;而白鹭被风雨惊飞,暗寓人生的颠沛流离,流露了女子面对离别的悲苦凄楚。下片借远处渔船的灯火将女子的目光和思绪引向远处,引出"兰棹今宵何处?"的问询,这是设想对方此去行程漂泊,满含牵挂。末两句思绪由远人回到自身,写自己伫立风中,愁绪满怀的样子。江风中衣袂飘飘的形象见外在的楚楚可怜和内在的思绪缭乱,以景作结,情意深沉而绵远。

有人认为此词是行人叙写踏上征途时与采莲女作别,及别后人在舟中想见采莲女伫立江边的种种景象,以此抒发漂泊无依和离别亲人的情怀,亦可。

【点评】

"毛文锡《应天长》云:'渔灯明远渚,兰棹今宵何处?'简质而情景具足。"([清]况周颐《餐樱庑词话》)

生查子①

牛希济

春山烟欲收②,天澹星稀小。残月脸边明,别泪临清晓。　　语已多,情未了,回首犹重道③。记得绿罗裙,处处怜芳草。

【作者简介】

牛希济(872?—?),五代词人,陇西(今甘肃)人。以词闻名,收于《花间集》及《唐五代词》,皆清新自然,无雕琢气。今有王国维辑《牛中丞词》。

【注释】

①生查子:亦称"楚云深",原为唐教坊曲名,后转作词调。据传"生查子"的"查"字本是"楂"字,通"槎"。《白香词谱》认为"生查"即"星槎",系往来于天河的木筏。

②烟欲收:山上的雾气正要收敛。

③重道:再次说。

【解读】

这首词写情人伤别。

开篇两句写拂晓景色:春山的雾气开始收退,天色变淡,天星变得寥落微小,意即天色渐亮,山色山形渐渐明朗,既点别离的时间与环境,更表明离别在即,为伤别渲染氛围,暗含不忍离别而不得不离别的黯然与无奈。紧接着,"残月脸边明,别泪临清晓",由景及人,"别泪"点题旨,暗示天亮前的含泪话别,传达离别之伤;而残月映照人脸和脸上泪点的特写更将月与人融合,使离情达到一个极点。因为残月是西天将落的月亮,月色暗淡而有缺月之感,它与人脸的映照,衬托出人脸

65

的黯然落寞,再衬以泪滴点点,分外凄楚。

"语已多,情未了,回首犹重道。"与上片"别泪"照应,写尽情人别时千叮咛万嘱咐犹不够的情意绵绵,"回首"写女子狠心诀别而去又放心不下于是重回过来再次话别的复杂心理,此三句平白简洁而内涵丰富,引出结句:"记得绿罗裙,处处怜芳草。"这里利用草色与女子罗裙色相同这一相通点合理联想,将天涯芳草与女子合而为一,表达女子希望丈夫时时处处勿忘自己的心思,一句叮嘱蕴含了她的珍重、眷恋和担心,寓意丰富深远,为人称道。

【点评】

"'记得绿罗裙,处处怜芳草',词旨悱恻温厚,而造句近乎自然。"([近代]李冰若《栩庄漫记》)

南乡子①　　　　　　欧阳炯

岸远沙平,日斜归路晚霞明。孔雀自怜金翠尾②,临水③,认得行人惊不起。

【作者简介】

欧阳炯(约896—971),益州华阳(今四川成都)人,工诗文,尤长于词,是花间派重要作家。

【注释】

①南乡子:词牌名,又名"好离乡""蕉叶怨",唐教坊曲名,单调始自五代后蜀欧阳炯,双调始自五代南唐冯延巳。

②自怜:自爱。金翠尾:毛色艳丽的尾羽。

③临水:言孔雀临水照影。

【解读】

这首词咏的是南国风光中的原野暮色,画面清新明丽,流露词人对南国风光的喜爱。

"岸远沙平,日斜归路晚霞明。"展示江滩平远、晚霞灿烂的景象,行人披着晚霞走在暮归路上,画面优美恬静,为下面写孔雀的临水自赏铺垫。"孔雀自怜金翠尾,临水,认得行人惊不起。"写南国特有的风物孔雀在水边自在徜徉,不仅描写了孔雀临水开屏、自照自赏的怡然自得,还写了它因为"认得行人"而不受惊扰的自在安详,从而展示人与孔雀、人与自然皆自得其乐的和谐之美,清新娴雅而富有南国风情,折射了身经离乱的词人对安和平静生活的喜爱与向往,是富含余思的以景作结。

【点评】

"欧阳炯《南乡子》词最工。"([宋]尤袤《全唐诗话》)

"欧阳炯词,艳而质,质而愈艳,行间句里,却有清气往来。"([清]况周颐《历代词人考略》)

献衷心①

欧阳炯

见花好颜色,争笑东风,双脸上,晚妆同。闭小楼深阁,春景重重。三五夜②,偏有恨,月明中。　　情未已,信曾通,满衣犹自染檀红③。恨不如双燕,飞舞帘栊④。春欲暮⑤,残絮尽,柳条空。

【注释】

①献衷心:词牌名,唐教坊曲有"献忠心"。敦煌曲子词有唐人作《献忠心》词三首。五代词名"献衷心",格律与敦煌曲子词大同小异。

②三五夜：农历十五之夜，即月圆之夜。

③檀：浅绛色。

④帘栊：窗帘与窗牖。

⑤欲暮：即将到晚春，即将逝去。

【解读】

这首词写男女欢会而别后的深深思恋。

上片因花想见女子的思恋。"见花好颜色"四句比兴兼用，写词人忽见春花笑迎东风、争妍竞放而生联想，想起了所爱的貌美如花的她，像又一次目睹了她晚妆后的容颜。爱恋与思念于联想中自然流露。"三五夜，偏有恨，月明中。"是想见女子月圆之夜思念自己的景象：圆月朗照本是良辰美景，但她却无心赏月而满怀幽恨。"偏有"二字将月圆人不团圆的悲感含蓄写出，情思婉致。

下片写词人的万千离恨。"情未已，信曾通，满衣犹自染檀红。"一见情思绵绵无尽，二见音信阻隔，三见昔日的难舍难分，四见今日的睹物伤怀、旧情难忘。"曾"字写双方通信时间之久与信虽通而人始终不见的失望之大。"满衣犹自染檀红"，有人认为是词人想见对方"满衣犹自染檀红"，有人认为是词人自己"满衣犹自染檀红"，无论何解，都是睹物而追忆往事的伤怀。檀红本是当时妇女涂口唇或晕眉而用的染料颜色，这里意为当日相见而别时，女子的眼泪沾上了檀红而染得衣服泪痕斑斑。"满衣"言泪痕多，见离别时难舍难分的悲情，"犹自"说时间已久而泪痕依旧，见泪痕之深和情意之浓，也更添睹物思人的伤感惆怅。"恨不如双燕，飞舞帘栊。"写与恋人遥隔不见，因而羡慕自由双飞的燕子，表达想与她自由栖飞的渴望。"恨不如"三字将写景化为抒怀，感情强烈。"春欲暮，残絮尽，柳条空。"以景作结，"暮、尽、空"三字将春光将尽写得形象生动，写出词人面对此境的焦灼无奈，强化了相思之情的热切，语淡意浓。

全词虚实结合，将相思之情次第写来，真切婉转。

河传①
顾 夐

棹举②,舟去,波光渺渺,不知何处?岸花汀草共依依③,雨微,鹧鸪相逐飞④。　　天涯离恨江声咽,啼猿切,此意向谁说。倚兰桡⑤,独无聊,魂销⑥,小炉香欲焦⑦。

【作者简介】

顾夐(xiòng),五代词人,字琼之,生卒年、籍贯不详。入后蜀累官至太尉。《花间集》称顾太尉。善艳词,词风似温庭筠。今有王国维辑《顾太尉词》一卷。

【注释】

①河传:词牌名。名始于隋代,其词则创自温庭筠。有"怨王孙""月照梨花"等别名或变体。

②棹:船桨。

③汀:水边平地。

④鹧鸪:鸟名。其鸣声似"行不得也哥哥",故常用于表达乡思。

⑤兰桡:兰舟。

⑥魂销:即销魂,形容极度悲伤难过。

⑦欲焦:将要烧成灰烬。

【解读】

此词写行人旅思。上片描绘辽阔的水上行舟图,渲染离情。烟雨苍茫,江面浩渺,孤舟漂荡,水岸芳草凄迷,更有鹧鸪相逐而飞。整个画面给人以凄迷茫然、孤单漂泊之感,而特写鹧鸪鸟在雨中相逐而飞,一是鹧鸪声声勾起行人乡思,二是雨中鸟的翻飞与江中行人的漂泊映衬,更显凄苦无依,传达了行舟人的苦况和凄楚。下片写行人离恨。

"天涯离恨江声咽,啼猿切"两句移情于景,以景写情。所谓江声呜咽、猿啼悲切,都是行舟人的羁旅愁绪的外化,是行人漂泊凄苦处境与心境的写照。"此意向谁说",言乡思无处倾诉,于漂泊思家之情而外又添孤独苦情,"倚兰桡,独无聊,魂销"三句写他百无聊赖只好舟中凭栏消遣的孤独伤心,羁旅愁苦深切。末句"小炉香欲焦",炉中熏香即将燃尽,营造冷寂氛围,流露行人的心灰意冷,且"焦"字又添一份焦愁之苦,以景作结,含蓄蕴藉。

诉衷情① 顾 敻

永夜抛人何处去②?绝来音。香阁掩,眉敛③,月将沉。争忍不相寻④?怨孤衾⑤。换我心,为你心,始知相忆深。

【注释】

①诉衷情:唐教坊曲名,温庭筠取《离骚》"众不可户说兮,孰云察余之中情"之意,创制此调,作词牌名。

②永夜:长夜。

③眉敛:指皱眉愁苦之状。

④争忍:怎忍。

⑤孤衾:喻独宿。

【解读】

此词写空闺旷怨,爱怨交织。

"永夜抛人何处去?绝来音。"开篇追问并自答,语气急切,"永""绝"二字点出薄情人的绝情寡义和女子的痛苦怨恨。"香阁掩"三句,笔墨由对方转向自己,写闺门紧闭、眉头紧皱、斜月将落与长夜将尽,足见终宵坐候之难耐,再次表达对薄幸者的怨。"争忍"一句写自己思之不已而苦苦追寻,情感有对薄情人的怨更有不忍弃之的爱,显示女子深陷情感旋涡的痴心迷恋与无法自拔。此是一转。然而,孤衾独处、负心人杳无踪影的现实残忍地摆在眼前,女子的爱意很快被驱散。由此,她的"怨"重上心头且愈发强烈,直言"怨孤衾"。此是二转。"换我心"三句说要跟对方"换心",只有那样对方才知自己的心情,可谓怨有多深,爱就有多深,女子痴心不改再次显现。语出无理,意在有情,此是三转。

全词揭示被弃女子的心灵创伤,流露了词人对其不幸遭遇的同情,侧面鞭挞了薄幸者的寡信无情,具有一定的社会意义。

【点评】

"顾太尉'换我心,为你心,始知相忆深',自是透骨情语。"([清]王士禛《花草蒙拾》)

"有专作情语而绝妙者","此等词,求之古今人词中,曾不多见。"([近代]王国维《人间词话》)

醉公子①
顾 夐

岸柳垂金线,雨晴莺百啭②。家住绿杨边,往来多少年。　　马嘶芳草远,高楼帘半卷。敛袖翠蛾攒③,相逢尔许难④。

【注释】

①醉公子:唐教坊曲名,后用作词牌。俞陛云认为此词意境与《杨柳枝》相似。

②莺百啭:形容莺的啼叫声非常动听。

③敛袖:整理衣袖。翠蛾攒:即攒眉皱眉。翠蛾,指眉毛。古代女

子以黛画眉,黛为青黑色颜料,故称翠蛾。

④尔许:如许,这样。

【解读】

这首词写闺阁女子的春思。

上片写春日景象和女子的家居环境,是一种情境铺垫,下片写她盼望和想念心上人的情思。

开篇两句描绘杨柳吐金、风和日丽、黄莺娇啼的融融春光,为女子的怀春之思渲染氛围;"家住绿杨边"两句写女子家门口的美景以及宅前路上青年人来来往往的情景,撩人情思,含蓄地表明女子春心萌动,引出"马嘶芳草远,高楼帘半卷"的叙写:马嘶声声,高楼上的女子以为心上人前来,满心欢喜又半含羞涩地半卷珠帘张望,结果看到的是芳草连天无穷碧,是伴随马蹄声远去的别人家的翩翩少年。"芳草远"和"帘半卷"含蓄而细腻地写出女子的渴盼与失落,情思美好动人。结句"敛袖翠蛾攒,相逢尔许难。"言女子因不见心上人的身影而眉峰紧锁,并发出与心上人见面太难的嗟叹,表达了女子内心的惆怅与无奈,有愁绪而不过于悲苦,哀而不伤。

【点评】

"五代艳词上驷也。""工致丽密,时复清疏。以艳之神与骨为清,其艳乃益入神入骨。"([清]况周颐《餐樱庑词话》)

临江仙①   鹿虔扆

金锁重门荒苑静②,绮窗愁对秋空。翠华一去寂无踪③。玉楼歌吹,声断已随风。　　烟月不知人事改,夜阑还照深宫。藕花相向野塘中④。暗伤亡国,清露泣香红。

【作者简介】

鹿虔扆(yǐ)，五代词人，生卒年、籍贯、字号均不详。其词含思凄婉，秀美疏朗，风格近于韦庄，收于《花间集》，今有王国维辑《鹿太保词》一卷。

【注释】

①临江仙：原为唐教坊曲名，后用作词牌。一说系纪念湘灵(舜帝妃娥皇和女英)而作。

②荒苑：荒废的皇家园林。

③翠华：皇帝仪仗所用的旗子。这里代指皇帝车驾。

④藕花：荷花。

【解读】

此词写荒苑之景，托亡国哀思。

"金锁重门荒苑静，绮窗愁对秋空。翠华一去寂无踪。玉楼歌吹，声断已随风。"开篇即将读者带入一个铁锁封闭着重门、满目荒芜萧瑟、昔日繁华消失殆尽、只留一片空寂的皇家园林。"荒""静""愁""寂""断"等词语，充分展示了这座昔日皇家园林此时的荒凉败落，而"金锁""绮窗""翠华""玉楼"等意象又讲述着这里曾经的繁华，昔盛今衰的对比中暗含故主之念与故国之思。

下片是"点"的描绘，进一步渲染凄清悲切的气氛。在这组特写镜头里，薄云掩映的月亮不知人事更改而夜深依旧临照寂阔的深宫；荒僻的野塘中无人理会的荷花暗伤亡国、清露有如悲泪悄然滑落。此景感情色彩浓厚：月的"无知无情"反衬词人的深痛悲哀，有如刘禹锡之"淮水东边旧时月，夜深还过女墙来"；荷花的泣泪凝珠暗喻词人的孤寂悲泣，类似杜甫的"感时花溅泪"。而深宫与荷塘又是昔日繁华的影子，故景中凄凉又饱含今昔感慨与历史哲思，富于沧桑感和纵深感。

此词格调悲伤惆怅，感情沉郁苍凉，具有寄托深微之妙。

菩萨蛮

尹 鹗

陇云暗合秋天白^①，俯窗独坐窥烟陌^②。楼际角重吹^③，黄昏方醉归。 荒唐难共语，明日还应去。上马出门时，金鞭莫与伊^④。

【作者简介】

尹鹗，生卒年不详，成都人。累官至参卿。《花间集》称尹参卿，工诗词，词风近于柳永，存《花间集》《尊前集》中。今有王国维辑《尹参卿词》一卷。

【注释】

①陇：通"垄"，田垄。暗合：阴沉沉地聚合一块。

②陌：田间东西方向的小路，泛指道路。

③角：号角声。

④金鞭：黄金做的马鞭，言骑者富贵。伊：他，那个人。

【解读】

此词写富家女子所嫁不德而愁守空闺的悲苦无奈。

"陇云暗合秋天白，俯窗独坐窥烟陌。"叙写女子秋日独守闺楼苦盼丈夫归来的景象。"秋""暗""白"与"烟陌"交代时令、时间，也写秋云阴沉暗淡、天空灰白惨淡的气象，更是移情于景，暗示女子心情的黯淡阴郁，"独"与"窥"状女子独坐窗口，一边期盼一边半卷绣帘，偷偷寻找远处路上丈夫归来的身影，"窥"是富家女子不可抛头露面的偷看，显示她羞涩的情态，与"独"字结合，更见女子终日幽居闺楼空守的孤寂和悲苦。"楼际角重吹"两句说黄昏城楼关闭城门的凄清号角声吹响了一遍又一遍，丈夫才醉醺醺地归来，"方"字透露她苦盼一天终见

74

丈夫归来的喜悦,和见到他醺醺醉态的失望交织的复杂心绪,折射她对丈夫的爱意与空等一场的悲苦,悲情更深一层。"荒唐难共语"两句写丈夫归来后满嘴荒唐,让人无从说上片言只语的可恶之态和女子推测丈夫明日又将继续寻花问柳、买醉而归的忧思,满怀悲怨和无奈,悲情再添一层。"上马出门时"两句是说女子面对浪荡无度的丈夫无法阻止,只能暗自思忖待他明日出门时,将他的马鞭藏起,传达了女子渴望丈夫在家陪伴,却无计可施的无奈、无力与无助,际遇与心境的悲苦再次深入一层。

全词简净成句而层层递进,意境明浅而曲尽情思。

【点评】

"慧心密意,令人叫绝。"(〔清〕陈廷焯《白雨斋诗话》)

渔歌子 　　　　　　李 珣

荻花秋^①,潇湘夜^②,橘洲佳景如屏画^③。碧烟中,明月下,小艇垂纶初罢^④。　　水为乡,篷作舍^⑤,鱼羹稻饭常餐也。酒盈杯,书满架,名利不将心挂。

【作者简介】

李珣(生卒年不详),字德润。家居梓州(治今四川三台),以秀才预宾贡(指地方向朝廷推举人才,待以宾礼,贡于京师)事前蜀,国亡不仕,有《琼瑶集》,已佚。

【注释】

①荻(dí):多年生草本植物,生长在路边和水旁。
②潇湘:两水名,在今湖南境内。

③橘洲:在长沙市境内湘江中,又名下洲,旧时多橘,故又称"橘子洲"。

④垂纶(lún):垂钓。纶,钓线。

⑤篷:船篷,此处代船。

【解读】

此词写隐逸生活,寄托无意仕途的心志。

上片写景。"荻花秋"三句点明时间、地点,描绘地处潇湘的橘子洲秋夜美景,荻花临风,风景如画,流露喜爱与愉悦之情。"碧烟中"三句由景带出人事,月光皎洁,江波澄碧,云烟淡淡,词中人垂钓收线,划着小艇回家,宁静安和,自在惬意。

下片写归家后的生活片段,进一步展示自己的隐逸生活及乐趣。云水为家,船为屋舍,吃着家常的鱼羹稻米饭,杯中斟满美酒,架上摆满书籍,朴实本真的生活和其乐陶陶的情态尽显。结句"名利不将心挂"说自己这样的隐逸生活,不将名利在心头记挂,直抒胸臆,表达志趣。

此词写景淡笔而出,情怀超脱,意境淡远。

巫山一段云① 李珣

古庙依青嶂②,行宫枕碧流③。水声山色锁妆楼④,往事思悠悠。　　云雨朝还暮⑤,烟花春复秋⑥。啼猿何必近孤舟⑦,行客自多愁。

【注释】

①巫山一段云:词牌名,又名"巫山一片云""金鼎一溪云"。原属唐教坊曲名。唐昭宗李晔咏巫山神女事,为创调之正体。

②古庙:指巫山脚下供奉神女的祠庙。青嶂(zhàng):即十二峰。嶂,高险像屏障的山峰。

③行宫:京城以外供帝王出巡时居住的宫室,此处指楚细腰宫。枕碧流:意为行宫临水而建。

④妆楼:寝楼,指细腰宫中宫妃居所。

⑤云雨:指宋玉《高唐赋序》中的楚怀王梦中幽会巫山神女之事。

⑥烟花:泛指自然界艳丽的景物。

⑦啼猿:巫峡多猿,猿声凄厉如啼。

【解读】

此词缘题发挥,借行客过巫山时的见闻感受发思古伤今之情怀。

上片写舟中所见。起句说行客乘船经过巫峡时,从舟中远望,看见神女祠好像依偎着屏障一样的山峦,行宫好像将碧水作枕。"依""枕"二字将古庙、行宫、山、水这些景点连缀起来,构成一幅山环水绕的和谐画卷,展示了这里人工建筑与自然环境相依相衬的完美。接下来的"水声山色锁妆楼"句,转笔于山水环抱的妆楼,以少总多,以点展面,状写细腰宫里宫妃的寝殿,"锁"字给人以幽居紧闭之感,引人联想居住在这里的宫妃深锁重门的处境和孤寂难耐的心境,从而带出"往事思悠悠",引人遐想,开启下片"巫山云雨"的叙写。

下片抒舟中所感。"云雨朝还暮"两句化用宋玉《高唐赋序》中楚王昼梦神女"且为朝云,暮为行雨"的故事,既紧扣上片的古庙与行宫之景,又写春秋易节、时序交替给那些宫妃带来的凄楚感受,"还"与"复"状写宫女日复一日、年复一年供楚王寻欢作乐而至老去、至消逝于时间的长河里,充满深沉的悲慨。结句"啼猿何必近孤舟,行客自多愁。"借猿声和孤舟、行客,又将思绪从过去拉回到现实,写孤舟行客触景伤怀的幽思。"自多愁"既可理解为遥想悠悠往事而自然生发的思古之愁,也可理解为孤舟漂泊本来就心怀的羁旅之愁,这样,将思古与伤今融为一处,蕴藉丰富而深沉。

南乡子①

李　珣

乘彩舫②,过莲塘,棹歌惊起睡鸳鸯③。游女带香偎伴笑④,争窈窕⑤,竞折团荷遮晚照⑥。

【注释】

①南乡子:词牌名,又名"好离乡""蕉叶怨",原为唐教坊曲名。以欧阳炯《南乡子·画舸停桡》为正体。南乡即南国,唐人称南中。

②彩舫:画船。

③棹歌:行船时所唱之歌。

④游女:出游的女子。

⑤窈窕:姿态美好。

⑥团荷:圆形荷叶。晚照:夕阳的余晖。

【解读】

此词描绘南国水乡的少女们春游莲塘、芳心荡漾而相与戏谑的美好画面,反映南国水乡的风土人情。

开篇三句写一群少女坐着彩饰华美的游船漫游莲塘,歌声无意中惊动了莲叶间沉睡的鸳鸯。画面声色并茂,和乐美好。而鸳鸯双栖双飞,自然触发了少女们萌动的春心,引出了"游女带香偎伴笑,争窈窕,竞折团荷遮晚照。"的下文。"游女带香偎伴笑"紧承"惊起睡鸳鸯"而来,描画少女春心荡漾、憧憬美好爱情的甜美快乐。"带香"与"偎伴笑"的描绘给人以气若幽兰、色如夭桃之美。"争窈窕"既言个个姿态美好,又言各有千秋,有如百花争妍,洋溢着青春的气息。"竞折团荷遮晚照"说她们为了掩饰春思焕发而纷纷折了圆圆的荷叶来假装遮挡夕阳的光照而遮掩自己的脸庞,写尽少女的羞涩可爱和小小心机,具有无限情趣。阳光、绿荷、笑脸交相辉映成一幅色彩明丽的风情画。

此词精致秀美,人物传神,具有鲜明的地域风情和生活气息,别具民歌意趣。

【点评】

"绝无曲折,却极形容之妙。"([清]况周颐《蕙风词话》)

"咏南荒风景,惟李珣《南乡子》……为词家特开新采。"([近代]俞陛云《唐五代两宋词选释》)

江城子①(二首)　　　　　和　凝

竹里风生月上门②。理秦筝③,对云屏④。轻拨朱弦⑤,恐乱马嘶声⑥。含恨含娇独自语:今夜约,太迟生⑦!(其二)

斗转星移玉漏频⑧。已三更,对栖莺。历历花间⑨,似有马蹄声。含笑整衣开绣户⑩,斜敛手⑪,下阶迎。(其三)

【作者简介】

和凝(898—955),五代词人。字成绩。郓州须昌(今山东东平西南州城镇西北)人。好文学,长于短歌艳曲。

【注释】

①江城子:词牌名,又名"江神子""水晶帘"。和凝《江城子》是五首一体的组词,今选其二、其三。

②竹里风生:风吹竹丛,竹叶瑟瑟有声,好像风是竹丛里生发的一样。月上门:月亮初升,照上门楣。

③理:弹奏。秦筝:即筝,原出于秦地,故言。

④云屏:用云母装饰的屏风,一说指上有云彩图饰的屏风。

⑤朱弦:用熟丝制的琴弦。

⑥恐:担心。

⑦太迟生:即太迟,意谓时间过得太慢。生,语尾助词,无意。

⑧玉漏频:指计时的漏声频频传来。指时间的推移。

⑨历历:分明可数,形容马蹄声非常清晰。

⑩绣户:绣花的门帘。

⑪敛手:拱手,表示恭敬。

【解读】

其　二

这首词描述一位初恋女子盼望恋人赶快到来时的情态,及久盼而恋人未至所产生的含恨含娇的意绪。

起句"竹里风生月上门"描绘约会的环境和时间。夜幕降临,微风从竹林吹过,瑟瑟有声,月亮偷偷爬上门楣,四周一片幽静。句中的"生"和"上",分别描绘"风"和"月"的到来,画面幽静而富于动感,增添了良辰美景的动人情致。"理秦筝,对云屏"写女子对着云屏弹筝,从后面的"轻拨朱弦,恐乱马嘶声"可知,此时的弹琴,是她热切盼望心上人早点到来,一边等待一边借弹琴来打发时间,消减等待的焦灼,一"理"一"对"两个动词,状写她一会儿拨动筝弦,一会儿对着屏风出神的情态,足见其因热切渴盼而不能平静的内心。"轻拨朱弦,恐乱马嘶声"写她一边弹琴一边担心琴声干扰听觉,淹没了心上人到来时的马嘶声,"轻"字和"恐"字结合,写尽她满怀心思,急切盼望与心上人相会,因此生怕筝声淹没马嘶声而小心翼翼地轻轻拨弦、一面凝神谛听辨别的神态。末两句写她自言自语。"含恨含娇独自语"写自语时的神态,半恨半娇,展示她丰富的内心世界和痴情娇羞的形象。"今夜约,太迟生"是自语的内容,因心上人迟迟未至(其实是她自己的心太急),她转而恼恨和怨责自己与人家约的时间太晚,将她的思恋渴盼之情推向一个新的高峰,并展示了她的纯真可爱,使全词充满意趣。

【点评】

"'轻拨''恐乱'二语熨帖入微,似乎人人意中所有,却未经前人道过,写出柔情蜜意,真质而不尖纤。"([清]况周颐《餐樱庑词话》)

【解读】

<h2 style="text-align:center">其 三</h2>

此词紧承第二首,写女孩终于等来心上人时心情由忧愁转欢喜的变化,展示了初恋少女的动人情思。

起句写斗转星移、玉漏频催,不仅表示时间的推移,也暗示随着等待时间的延长,女孩内心情感的变化。"转""移""频"三个动词连用,表达少女对时光流逝的焦虑和等待的急迫,"对栖莺"则表明她独坐苦等、无以排遣情思而移情于物,仿佛想向黄莺倾诉她对心上人深夜未至的愁怨,又似乎有人不如鸟的感叹,幽思无穷。"历历花间,似有马蹄声"是全词的转折点。"历历"的分明清晰与"似有"的不太真切、不太确定看似矛盾,实则生动地展示了当盼望已久的马蹄声出现时,她又是兴奋喜悦又是难以置信的微妙心理。"含笑整衣开绣户,斜敛手,下阶迎"写她满心欢喜整理衣饰打开门户,轻快地走出去,迎接心上人的到来,"含笑"与"斜敛手"的神态与动作细节,逼真地展示了她掩饰不住的喜悦和对心上人的热爱。

此词通过自然景物和人物神态、动作的描绘,展示了初恋少女约会心上人的动人意境,人物形象呼之欲出。

【点评】

"尤为浑雅,进乎高诣。"([清]况周颐《餐樱庑词话》)

思帝乡

孙光宪

如何①,遣情情更多②。永日水堂帘下,敛羞蛾③。六幅罗裙窣地④,微行曳碧波⑤。看尽满池疏雨,打团荷⑥。

【作者简介】

孙光宪(约895—968),字孟文,自号葆光子,陵州贵平(今四川仁寿东北)人。性嗜经籍,聚书凡数千卷。著有《北梦琐言》《荆台集》等,仅《北梦琐言》传世。

【注释】

①如何:为什么。

②遣情:排遣情怀。

③永日:整天。敛羞蛾:意谓紧皱眉头。

④六幅:六褶。罗裙:丝罗制的裙子。窣地:拂地。

⑤微行:轻缓的脚步。曳:拉。

⑥疏雨:稀疏小雨。团荷:圆圆的荷叶。

【解读】

此词写闺情。

开篇两句自问自答,言一心想排遣内心情味,而情味却越发增添许多,写出情思萦绕与无可奈何。"永日水堂帘下,敛羞蛾"写愁容难消,"永日"点明时日漫长难挨,含有因相思难遣日更长的意味。"水堂帘下,敛羞蛾"展示的是一个物质生活精致,而精神上愁绪满怀却又羞涩内敛的美貌女子形象。"六幅罗裙窣地,微行曳碧波"写女子的妆束与风姿。罗裙拖地和凌波微步写她的优雅轻盈之态,"微行"二字见她行走时若有所思、隐隐愁情在心头的样子。末句"看尽满池疏雨,打团荷"写她百无聊赖而心有千千结的孤独惆怅。"看尽"与"满池"见她终日无所事事而看遍整个池塘以消磨时光,"疏雨,打团荷"则一见雨点大而着力,二见荷叶被雨滴不断敲打的凄苦,更触动女子内心的无限愁思和伤感。

词以"遣情"开端,以"情更多"作结,回环往复,感情深婉。

【点评】

"常语常景,自然丰采。"([清]王闿运《湘绮楼词选》)

浣溪沙 孙光宪

蓼岸风多橘柚香①,江边一望楚天长②,片帆烟际闪孤光③。　　月送征鸿飞杳杳④,思随流水去茫茫,兰红波碧忆潇湘⑤。

【注释】

①蓼岸:开满蓼花的江岸。

②楚天:古时长江中下游一带属楚国。一般泛指南方的天空。

③片帆:指孤舟。孤光:指片帆在日光照耀下的闪光。

④征鸿:远飞的大雁。杳杳:深远貌。

⑤兰红:即红兰,植物名,秋开红花。

【解读】

此词描绘长江沿岸深秋景色,抒发炽热的惜别留恋之情。

上片写送别场景。首句写送别时的江岸景象,点明送别时间与地点,并以蓼花盛开、清风徐来、橘柚成熟的美景作离别的背景,有乐景哀情的效果。"江边一望楚天长"写送行人远眺长空,"一望"表现了她随着远目眺望,心情由喜悦瞬间转忧愁的神态。"片帆烟际闪孤光"写远望见到的景象,"烟际"见江面浩渺迷茫,"片帆""孤光"见行船的渺小和遥远,孤舟飘摇远去的画面具有强烈的漂泊感,折射人的迷惘、孤独与担忧。下片写送别心绪。"月送征鸿飞杳杳,思随流水去茫茫",上句写明月追随征鸿一路相送到天际,其实有"我"寄情思与明月,随君飞万里的意思,所以下句说"我"的思绪也随着远去的流水飘荡,传达对远去行人的依恋不舍与无尽牵挂。结句"兰红波碧忆潇湘"将景与情结合,遥想远行人心思,愿他怀念这江岸的红兰碧波,实际就是说愿对方也怀念自己。以景作结,呼应开篇,情感上与"思随流水去茫茫"句映衬,见双方对对方的眷恋之情,含蓄蕴藉。

【点评】

"'片帆'七字,压遍古今词人。'闪孤光'三字警绝,无一字不秀炼,绝唱也。"([清]陈廷焯《云韶集》)

"'兰红波碧'四字,惟潇湘足以当之,他处移用不得,可谓善于设色。"([近代]李冰若《栩庄漫记》)

浣溪沙 张　泌

马上凝情忆旧游①,照花淹竹小溪流,钿筝罗幕玉搔头②。　　早是出门长带月,可堪分袂又经秋③,晚风斜日不胜愁。

【作者简介】

张泌,生卒年不详,《全唐诗》称"字子澄,淮南人"。五代后蜀词人,花间派代表人物之一。其词用字工炼,章法巧妙,描绘细腻,用语流便。

【注释】

①旧游:旧时的游客或游侣。

②钿筝:嵌金以为装饰的筝,言其华美。罗幕:帷帐。玉搔头:即玉簪。

③早是……可堪:类似于"早已是……哪堪",表示语意的递进。可堪:怎能经受得住。分袂:分手;袂,衣袖。

【解读】

这首词写行役之人旅途中追念旧游的情怀。

上片写旧日景致,点明旧游景致之美与人之娇艳,引入对旧游情境的回忆。"马上凝情忆旧游"写人在羁旅的游子鞍马劳顿之际凝神远思,情系旧游,引领下文对旧游情事的描述,也为全词创造了深沉哀伤的感情基调。"照花淹竹小溪流,钿筝罗幕玉搔头"追想旧游之地和旧游之人。前句写溪流映照鲜花翠竹,见溪流之清澈澄明和花与竹倒影于水中的摇曳生姿,后句写人与情事,以列锦手法将"钿筝、罗幕、玉搔头"三个名词叠加,构成一幅美人弹筝的图画,有声有色,充满诗情画意。

下片写别后情况,言旅途之劳顿与别后思念之情。"早是出门长带月"两句叙写别后常是披星戴月、辛劳奔波、匆匆又已经年的景象和难以忍受的分别日久的相思之苦,"早是……可堪"的句式层层递进,增哀叹之感。结句"晚风斜日不胜愁"描绘晚风萧瑟、斜阳惨淡、游人在寂寞苍凉的景色中触目伤情、愁绪无穷的情景。回应借苍茫暗淡的暮色,渲染晚风斜阳中满怀愁绪的行客形象,衬出哀伤愁苦,语深意长。

【点评】

"以'忆旧游'领起全词,实处皆化空灵,章法极妙。"([近代]李冰若《栩庄漫记》)

蝴蝶儿①

张　泌

蝴蝶儿,晚春时。阿娇初着淡黄衣②,倚窗学画伊。

还似花间见,双双对对飞。无端和泪拭燕脂③,惹教双翅垂。

【注释】

①蝴蝶儿:词牌名,调见《花间集》,取词中起句为名。

②阿娇:汉武帝的陈皇后小名阿娇。此泛指少女的小名。

③无端:无故。燕脂:一作"胭脂"。

【解读】

此词写一位少女在描画蝴蝶过程中的情思。开篇"蝴蝶儿,晚春时"将蝴蝶儿置于莺飞草长、繁花盛开的暮春三月,展示一派蝴蝶翩飞、春光明媚的灵动美好景象,春意盎然,为后文写少女的春思铺垫情感氛围。"阿娇初着淡黄衣,倚窗学画伊"写少女倚靠窗前,一边看蝴蝶儿一边学着描画,"初着淡黄衣"写她刚刚换上淡黄色的春装,轻盈清爽而妩媚动人。"还似花间见,双双对对飞"说女孩画的蝴蝶犹如在花间翩飞,"双双对对"的叠用既突出了所画蝴蝶的特点,也为写女孩的情思变化伏笔。"无端和泪拭燕脂,惹教双翅垂"说女孩画着画着忽然无来由地流下了眼泪,她和着眼泪擦拭画上胭脂,以至于画上的蝴蝶受了感染,看起来好像一双双翅膀纷纷下垂。人见蝴蝶成双而落泪,蝴蝶见人泪水而垂翅,巧妙而含蓄地传达了少女触景伤怀的春情。"和泪"写出她的悲伤和含蓄,"双翅垂"状写蝴蝶受到情绪感染而丧失了先前的活泼生机与趣味,侧面渲染少女的悲伤之深切动人,婉转细腻而富有感染力。

全词摄取少女画蝴蝶时情绪的细微变化这一个瞬间来描摹,不言情思而情自现,隽永有味。

鹊踏枝①（二首）　　冯延巳

谁道闲情抛掷久②？每到春来，惆怅还依旧。日日花前常病酒③，不辞镜里朱颜瘦④。　　河畔青芜堤上柳⑤。为问新愁，何事年年有？独立小桥风满袖，平林新月人归后⑥。（其一）

几日行云何处去⑦。忘了归来，不道春将暮⑧。百草千花寒食路⑨，香车系在谁家树。　　泪眼倚楼频独语。双燕飞来，陌上相逢否。撩乱春愁如柳絮，悠悠梦里无寻处。（其八）

【作者简介】

冯延巳（903—960），又作冯延嗣，字正中，广陵（今江苏扬州）人。五代南唐词人。词多写闲情逸致，文人气息浓厚，对北宋初期词人有较大影响。有词集《阳春集》。

【注释】

①鹊踏枝：词牌名，原为唐教坊曲名。冯延巳《鹊踏枝》十四首，今选其一、其八。

②闲情：即闲愁，无端无谓的愁绪。

③病酒：饮酒过量引起身体不适甚至生病。

④不辞：不怕。朱颜：指红润的脸色。

⑤青芜：青草。

⑥平林：平原上的树林。新月：农历每月初出的月牙。

⑦行云：宋玉《高唐赋》记巫山神女云："妾在巫山之阳，高丘之阻。旦为行云，暮为行雨，朝朝暮暮，阳台之下。"后世多借指行踪无定的美

人,此指所思情郎。

⑧不道:不知不觉。

⑨寒食:节令名,在清明前一日。

【解读】

其 一

此词表达一种无端无谓的惆怅孤寂。

上片反复写想要抛却而无法摆脱的无端愁绪,表现内心的惆怅痛苦。开篇"谁道闲情抛掷久"以反问句表现郁结心头、不知由来且欲挥之而不能去的愁苦,见内心的抑郁与挣扎。"每到春来,惆怅还依旧"写闲情无法摆脱。多愁善感的人总易在季节更替里生出无限惆怅,这就是所谓的"闲情",它不是某一具体人、事、物引发的愁绪,而是不知所起、也难以有终的伤感与迷惘,因而也让人更为寂寞和无奈;"每到""还""依旧"三词连用,足见这惆怅的久存长在,见"抛掷"的徒劳。"日日花前常病酒,不辞镜里朱颜瘦"写面对无法抛却的惆怅,词人干脆对花饮酒来一意承受的决然无悔。"花前"见哪怕面对春花美景而惆怅依旧无法摆脱;"病酒"和"朱颜瘦"加上"日日"言除饮酒度日自我沉醉别无他法的痛苦与无奈;"不辞"言即使饮酒至自己生病消瘦也在所不惜,这种决意无悔的背后是深深的无奈。下片写年年与时常新的愁绪,苦情更深一层。"河畔青芜堤上柳"兼用比兴,写春来河畔丛草蔓生、岸上烟柳阴翳,意境凄迷,引发"为问新愁,何事年年有"的疑惑与追问,让人感受到词人对愁绪的困惑无奈,反反复复,不知所以,不知所终,见其被闲愁包围困扰的无处可逃。"年年有"照应开篇的"谁道闲情抛掷久?每到春来,惆怅还依旧。"而之所以说是"新愁",一则经过一段时间的"抛掷"挣扎,是"春来"之后又被重新触动而复苏的愁绪;二则正如草与柳的岁岁常新一样,同是闲愁,词人的感受却是一年比一年同中而有异的;三则旧恨不曾抛却,春来又有新愁,悲苦之情又更为深切了。而强烈追问后,词人却将笔墨宕开写"独立小桥风满袖,平林新月人归后"的景物情事以作结:"小桥""平林""清风""新月"构成夜深人定的画面背景,迎风独立到中宵的词人是画面中心,夜的寂寥、空阔、凄寒与人的孤苦伶仃相互映衬,将挥之不去的惆怅与孤寂传达得深远绵长。

此词一意而三致,回环顿挫,令人回味。

其　八

此词写闺中女子对丈夫在外冶游寻欢不知归家的幽怨。

上片以飘荡不归的行云比浪子,写闺中女子对对方的幽怨与惦念。"几日行云何处去"三句以"行云"喻在外四处游荡忘记归家的心上人,流露闺中女子的挂念与幽怨。"不道春将暮"说不知不觉春光将尽,暗指美好年华将逝,充满悲叹之情。"百草千花寒食路"两句说女子举目眺望,见路上春光烂漫,心里不禁暗想:不知道丈夫的车马停在谁家树下。此语双关,"百草千花"暗指花枝招展、招蜂惹蝶的女人,"香车系在谁家树"意指丈夫在哪一处驰荡冶游,含蓄地传达了女子的幽思。下片写闺中少妇的孤独与凄苦。"泪眼倚楼频独语"三句写她想到丈夫在外沾花惹草的悲伤与无助。"倚楼"写她对丈夫的担忧与盼望;"频独语"写她伤心到无法自已却无处倾诉。"双燕飞来,陌上相逢否"写她频频问那归来的双燕路上是否见到自己的夫君,流露她对丈夫的深切惦念和急切盼望他归来的痴情。"撩乱春愁如柳絮"两句写她问燕而燕无语之后内心的惆怅、悲痛与烦乱。以缭乱的柳絮形容内心的春愁,写极愁绪的多而纷乱;以到悠长的梦中寻觅丈夫踪迹而不得写她的痴情与哀怨、痛苦,婉转而真切。

此词借三个问句将主人公的情思层层推进,最终以悠悠梦境作结,怨而不怒,蕴藉深婉。

【点评】

"忠爱缠绵,已臻绝顶。"([清]陈廷焯《白雨斋词话》)

谒金门①

冯延巳

风乍起②,吹绉一池春水。闲引鸳鸯香径里③,手挼红杏蕊④。　　斗鸭阑干独倚⑤,碧玉搔头斜坠⑥。终日望君君不至,举头闻鹊喜。

【注释】

①谒金门:原唐教坊曲名,后用作词调名。西汉武帝以西域大宛马铜像立于皇宫鲁班门外,因改鲁班门称金马门。西汉时的文士东方朔、扬雄、公孙弘等曾待诏金马门,称"金门待诏"。调名本义即咏朝官等待君王召见。

②乍:忽然。

③闲引:无聊地引逗着玩。

④挼:揉搓。

⑤斗鸭阑干:镶嵌有斗鸭装饰的阑干。斗鸭,官僚显贵的娱乐活动之一。独:一作"遍"。

⑥碧玉搔头:一种碧玉做的簪子。

【解读】

此词写贵族少妇春日思念丈夫而百无聊赖的苦闷心情。

"风乍起,吹绉一池春水"一语双关,既写景,言本来水波不兴,忽然风来吹皱了满池的春水;也写情,说春回大地触动女子的心湖,她的内心动荡不安,起伏不平静。"闲引鸳鸯香径里"两句说闺中女子时而引逗徘徊在园中小路上的鸳鸯,时而用手揉搓红杏的花蕊,实际是说她百无聊赖以此排遣寂寞。而鸳鸯是成双栖飞的爱情鸟,所以引逗鸳鸯时又显出人的孤单,而红杏又不免让她联想自己的芳华,勾起烦恼,引起对心上人的怀念,故而都只是片刻的欢乐,不能真正消除心愁。

接下来的"斗鸭阑干独倚"两句说她心绪不佳,独自靠着有斗鸭装饰的栏杆站着,头上的簪随便斜插着、快要掉下来。"独倚"见其无所事事与孤独,"碧玉搔头斜坠"的细节勾画她因悦己者不在眼前而整日愁思缱绻、无心梳妆打扮的懒散。"终日望君君不至,举头闻鹊喜"句中,因传统习俗认为鹊声为喜讯预兆,故此句意为正当女子一天到晚心念迟迟没有出现的对方而失落愁闷时,忽然听到了喜鹊的叫声,一"闻"一"喜",传达她内心的惊喜、期盼,开启她新一轮的等待,再生"风乍起,吹皱一池春水"之感,全词以此作结,言有尽而意无穷,可谓画龙点睛。

归自谣①

冯延巳

春艳艳,江上晚山三四点,柳丝如剪华如染②。
香闺寂寂门半掩。愁眉敛,泪珠滴破燕脂脸③。

【注释】

①归自谣:古词牌名,又名"风光子""思佳客""归国谣"。
②华:同"花"。
③燕脂:即胭脂。

【解读】

此词写闺中女子寂寞相思之情。

开篇"春艳艳"三句描绘一幅远山、江水、晚照、杨柳、春花相映成趣的春光图。"春艳艳"点节令绘春光,画面明媚灿烂;"剪"字有春风如剪刀的联想,展示柳条的纤细、柔美而富有动态;"染"唤起万紫千红的遐想;而且"剪"和"染"还将大自然人格化,写出自然创造的神奇,绘出春天的蓬勃生机,为下片写春思垫笔。下片转写人事人情。"香闺寂寂门半掩"三句写闺中女子半掩门扉、愁眉紧蹙、泪湿脸庞的寂寞和春愁。"寂寂"与上片的"艳艳"鲜明对照,可见恼人的春色撩动了她的情怀,勾起了她的幽怨。"门半掩"的细节透露她独处闺中的孤寂无聊与内心渴盼,"泪珠滴破燕脂脸"既看到她的妆容精美,也见她内心的痛苦悲伤,展示了一个妩媚多情而黯然神伤的闺中女子形象,惹人爱怜。至于女子是独居闺楼因春光触动、思念远行人而生旷怨,还是赏春惜春而生好景难长、红颜易老的感伤,词人没有明言。戛然而止,给人以回味和想象的空间。正因如此,所以不少论者认为此词不是简单的代闺中人立言,而是托闺情以书自己的人生感怀。

长命女①

冯延巳

春日宴,绿酒一杯歌一遍②,再拜陈三愿:一愿郎君千岁,二愿妾身常健③,三愿如同梁上燕,岁岁长相见。

【注释】

①长命女:唐教坊曲名,后用作词调名。有"薄命女""长命西河女"等别名,以冯延巳《长命女·春日宴》为正体。

②绿酒:古时米酒酿成未滤时,面浮米渣,呈淡绿色,故名。

③妾身:古时女子自称。

【解读】

此词是一个贤淑妻子向郎君祝酒的陈愿词,表达她对丈夫的忠贞和两情久长、岁岁相见的真挚愿望。

"春日宴,绿酒一杯歌一遍,再拜陈三愿"从春日酒宴说起,切入祝酒正题。明媚和煦的春日不但是良辰美景,也象征着宝贵的青春时光。丰盛的酒宴和悦耳的情歌不但是赏心乐事,也象征着人生的美满。"绿"字写新酒浅绿动人的颜色,使人如闻其醉人芳香,增加了生活美好的感觉,为祝酒陈愿烘托了喜悦美好的心情。"再拜"则又见出祝酒的郑重,是女子感情深重的外化。"一愿郎君千岁,二愿妾身常健"是说愿夫妻双方都健康长寿,意思相同而分两句重说,更见意愿集中而单纯;"三愿如同梁上燕,岁岁长相见"说惟愿夫妇相守长久,这是情意最为深长的一愿,"梁上燕"的比喻见女子对夫妻和美的期许,也是春日画堂的眼前景物。这样,春日融融、绿酒芬芳、燕语呢喃的美景很好地烘托了爱情的和美。

此词清新明丽,笔法简洁传神,语浅情深,富有民歌风情。

【点评】

"留为章法,词则俚鄙。"([清]沈雄《古今词话·词辩》)

喜迁莺① 　　　　　　冯延巳

宿莺啼②,乡梦断,春树晓朦胧。残灯和烬闭朱栊③,人语隔屏风。　　香已寒,灯已绝④,忽忆去年离别。石城花雨倚江楼⑤,波上木兰舟。

【注释】

①喜迁莺:词牌名,又名"鹤冲天""万年枝""春光好"等。
②宿莺:栖息在巢过夜的鸟。
③烬:灯烛燃烧后的灰。栊:窗棂,窗户。
④绝:燃尽而灭,熄灭。
⑤花雨:花季所降的雨。

【解读】

此词借晓来梦觉的见闻、感受、思想来写游子乡思。

上片写拂晓梦醒景象。"宿莺啼"三句言游子被莺啼惊断思乡梦，醒来发现天刚破晓，帘外树色朦胧。既点景，也写情：既有尚未完全消失的梦中归乡的欣悦，更有梦被惊扰而断的懊恼责怨，还有客居的冷清孤独与内心怅然若失的凄迷。"残灯和烬闭朱栊，人语隔屏风"写门窗紧闭，而帘内残灯、残香犹在，人语分明。"残灯和烬闭朱栊"既照应拂晓，又营造寥落萧索的氛围，烘托游子梦醒后的落寞孤寂，"人语隔屏风"以屏风另一边的人语分明衬屏风这一边的寂静与孤独，"隔"字与"闭"字将游子置于与外界阻隔的境地，而帘外的莺声人语又是外界给他的烦扰，前者断梦，后者使梦无法再续，懊恼之情更添一层。是何人在语？所语何事？隔了屏风，不甚了然，言有尽而意无穷。下片言灯绝香寒之际，忽忆去年故乡送别情景，让人凄动于中。"香已寒，灯已绝"写时间推移，暗示续梦未成，"寒"与"绝"流露游子内心的凄寒和乡梦不能再续的失望；"忽忆去年离别"写乡思难以驱散而自然唤起离别的回忆，"去年离别"可见别后经年而未归，也见乡愁之深切浓厚；"石城花雨倚江楼"两句是联想去年的别离之景。大雨滂沱中，送行人倚楼目送行舟远去，游子乘着小船在浩荡的江流之上飘摇远行，送行与远行的画面彼此映衬，写尽当时的牵挂与不舍，更写尽此刻追忆的万千凄恻与思念。以景作结，情感蕴藉而深切动人。

三台令　　　　冯延巳

春色！春色！依旧青门紫陌①。日斜柳暗花嫣，醉卧谁家少年。年少，年少，行乐直须及早②。

【注释】

①青门紫陌：指京城繁华盛丽之地。青门，青琐门，宫门上所绘的青色图案花纹。紫陌，指京城的道路。

②直须:应当。

【解读】

此词写见春色美好而劝人趁早游玩享乐,寄托叹迟暮、惜春光的感慨。

"春色!春色!依旧青门紫陌"叠用"春色"是"三台令"的词调定格,增添咏叹抒情意味,使人眼见春色灿烂之景,心感爱春惜春之情。"依旧青门紫陌"摄取"青门紫陌"场景,以一点状万千,生动地描绘出万物争荣、姹紫嫣红的骀荡春光和无限春意,"依旧"二字赞叹春色如昔,也暗含物是人非的感慨。"日斜柳暗花嫣,醉卧谁家少年"既承上句的春色依旧,又由景及人,写一少年在春日夕阳的光辉下醉卧在花前柳下,使得柳绿花红的画面更加活泼而富有生气。至于这"醉卧"是狂欢痛饮而沉醉呢,还是因妩媚动人的春色而陶醉? 词里没有明说。但"谁家"二字的惊呼,让人想见少年俊美的风姿和尽兴潇洒的意态,也感受词人的惊叹与艳羡。所以,词人直抒胸臆地呼告少年郎:"年少,年少,行乐直须及早。""年少"取上句尾"少年"颠倒而叠言之,也是"三台令"的定格。叠用与呼告加强了抒情意味,劝少年趁早享受春光、及时玩乐的背后,暗含人生短促、青春难驻的慨叹。

【点评】

"冯延巳词,晏同叔得其俊,欧阳永叔得其深。"([清]刘熙载《艺概》卷四)

摊破浣溪沙①(二首)　　　　李　璟

菡萏香销翠叶残②,西风愁起碧波间③。还与韶光共憔悴④,不堪看⑤。　　　　细雨梦回鸡塞远⑥,小楼吹彻玉笙

95

寒⑦。簌簌泪珠多少恨,倚栏干。(其一)

手卷珠帘上玉钩⑧,依前春恨锁重楼⑨。风里落花谁是主?思悠悠⑩。　　青鸟不传云外信⑪,丁香空结雨中愁⑫。回首绿波春色暮⑬,接天流。(其二)

【作者简介】

李璟(916—961),即五代南唐元宗,初名景通,曾更名瑶,字伯玉。徐州(今属江苏)人,五代时南唐第二位皇帝,后因受后周威胁削去帝号,改称国主,史称南唐中主。好读书,多才艺。其词感情真挚,风格清新,语言不事雕琢。诗词收于后人所辑《南唐二主词》。

【注释】

①摊破浣溪沙:词牌名。又名"添字浣溪沙""山花子""南唐浣溪沙",是将四十二字的《浣溪沙》上下阕末句扩展成两句而成的双调,所以叫"摊破浣溪沙",有的版本也作"浣溪沙"。

②菡萏:荷花的别称。

③碧波:一作"绿波"。

④韶光:美好的时光。泛指光阴。

⑤堪:忍受。

⑥清漏永:清漏,清晰的滴漏声。永,漫长。有的版本作"鸡塞远"。

⑦彻:大曲中的最后一遍。吹彻,吹到最后一曲。玉笙寒:玉笙以铜质簧片发声,以吹久而簧片凝水,有寒意。

⑧珠帘:以珍珠编织之帘,或为帘之美称。一作"真珠"。玉钩:帘钩之美称。

⑨依前:依然,依旧。锁:这里形容春恨笼罩。

⑩悠悠:形容忧思不尽。

⑪青鸟：传说曾为西王母传递消息给汉武帝的神鸟。此指带信的人。

⑫丁香：此处用以象征愁心。

⑬春色暮：一作"三楚（指南楚、东楚、西楚）暮"或"三峡暮"。

【解读】

其　一

此词写秋思秋愁。

上片着重写景。"菡萏香销翠叶残"写荷花香的消退与荷叶色的衰枯，秋色凋残，使人惆怅。"西风愁起碧波间"写秋风秋水，以一"愁"字将秋风秋水拟人化，渲染浓重的萧瑟气氛。"还与容光共憔悴，不堪看"由景生情，说荷花的清芬、荷叶的秀翠，风与水的姿容都随着人的容颜风采一起憔悴了，景物的萧瑟中平添人的悲凉凄清。"不堪看"言景物萧瑟让本就容颜憔悴的词人更加触景伤情，产生无穷的痛苦和哀怨，传达深沉的人生悲感。下片着重抒情。"细雨梦回清漏永"托梦境诉哀情。一梦醒来，雨声细细，梦境若有还无，只听到滴漏的清响，让人感觉夜的漫长。"清漏永"是梦醒时分的实况，更是词人的心理感受，传达出深夜梦醒的孤寂，而"小楼吹彻玉笙寒"则以笙声在孤寂之外更添清寒。风雨高楼，玉笙因吹久而凝水，笙寒而声咽，映衬了人的寂寞凄清。"簌簌泪珠多少恨"细节描写与直抒胸臆结合，尽显人事悲凉与心中怨恨。流不完的泪，诉不尽的恨；泪因恨洒，恨依泪倾。结语"倚栏干"，无语独倚栏，多少孤寂、悲凉、愁苦熔铸其中，语已尽而意无穷。

其　二

此词借抒写春恨表达词人的人生愁恨与感慨。

上片写重楼春恨，落花无主。开篇两句写女子上得高楼、手卷珠帘，意欲赏看春景以舒畅怀抱，殊不知，眷恋之后，却是愁绪依旧，"锁"

97

字言愁之在心，有如桎梏枷锁，解开不得。"风里落花谁是主？思悠悠"写女子眼见春花风中零落无人顾问，不免触景感怀，自伤身世，可谓旧愁未去，反添新忧。花的凋零让人联想青春芳华的易老易衰；花在风中飘荡而无所归依，更令人添身世飘零、无所依托的感伤，所以，女子不免思绪万千，忧愁不已。下片紧承"思悠悠"写愁肠百结，固不可解，使春恨更进一层。"青鸟不传云外信，丁香空结雨中愁"句，先反用青鸟传信的典故点明"春恨"的缘由在于所思主人远在云外，青鸟也不为之传信。再用"丁香花"花蕾固结难解的特性比喻心中郁结不散的愁绪，并且将丁香结置于雨中，则愁苦之外又添凄冷之感，愁情更加凄楚动人，令人心生怜惜，婉约而浓郁。末两句"回首绿波春色暮，接天流。"写女子高楼回望远眺，只见暮色苍茫、江流接天而涌。借暮色苍茫衬人心的迷惘，以浩荡而奔涌不息的江流喻绵绵不尽、极度深广、在内心起伏翻涌的愁思。至此，愁情的境界由一般的思妇春愁而拓展至高远阔大的境界，联系词人身处后周威胁之下的国主身份和处境，则此词很可能寄托了他危苦之境的深愁大忧。

【点评】

"'还与韶光共憔悴，不堪看。'沉之至，郁之至，凄然欲绝。后主虽善言情，卒不能出其右也。"（[清]陈廷焯《白雨斋词话》）

"南唐中主词：'菡萏香销翠叶残，西风愁起碧波间'大有'众芳芜秽''美人迟暮'之感。"（[近代]王国维《人间词话》）

一斛珠①

李　煜

晓妆初过②，沉檀轻注些儿个③。向人微露丁香颗④。一曲清歌⑤，暂引樱桃破⑥。　　罗袖裛残殷色可⑦，杯深旋被香醪涴⑧。绣床斜凭娇无那⑨。烂嚼红茸⑩，笑向檀郎唾⑪。

【作者简介】

李煜(937—978),初名从嘉,字重光,号锺隐、莲峰居士,五代南唐最后一位国君。精书法、工绘画、通音律,诗文均有一定造诣,尤以词的成就最高。他直抒胸臆,倾吐身世家国之感,使词成为多方面言怀述志的新诗体;他善白描,语言自然、精练而又富有表现力。词境优美,感情纯真,在晚唐五代词中别树一帜,对后世词坛影响深远。诗词收于后人所辑《南唐二主词》。

【注释】

①一斛珠:词牌名,又名"醉落魄""怨春风""章台月"等,原为唐教坊曲名。李煜《一斛珠·晓妆初过》为此调首见。

②晓:早晨。晓妆初过,指早晨起床刚刚梳洗打扮完毕。一作"晚"。

③沉檀:一种妇女妆饰用的颜料,唐宋时闺妆多用之于眉端或口唇。沉,带有润泽的深绛色。檀,浅绛色。轻注:轻轻点画。些儿个:方言,意谓一点点。

④向:一作"见"。丁香颗:指女人口内之舌齿。

⑤清歌:清脆响亮的歌声。也指不用乐器伴奏的独唱。

⑥引:使得。樱桃破:指女人张开娇小红润的口。

⑦罗袖:质地较薄的丝衣的袖。裛(yì):熏蒸,这里指香气。残:指香气消失殆尽。殷:深红色。可:意近"可可",这里是模模糊糊、隐隐约约的意思。

⑧杯深:指酒杯斟酒斟得很满,意谓酒喝得过量。旋:很快地。香醪(láo):美酒,醇酒。涴(wò):沾污,污染;一作"污"。

⑨绣床:铺着织绣的床,这里指歌女的床。娇:一作"情"。娇无那(nuò):形容娇娜无比,不能自主的样子。

⑩红茸:一作"红绒"。刺绣用的红色丝线。

⑪檀郎:西晋文学人潘岳是个出名的美男子,小名檀奴,后世文人

因以"檀郎"作妇女对夫婿或所爱男子的美称。

【解读】

此词描写男女欢情，应是李煜前期作品。

上片描写歌女为情人歌唱的情景。"晓妆初过，沉檀轻注些儿个"写晓起梳妆之事，既点时间，又暗示应该有约会之类的重要事情，否则不会清晓就已经梳妆好了。而且，聚焦"点唇"，以点带面的同时，开启了围绕"佳人口"而着笔的描写。"向人微露丁香颗。一曲清歌，暂引樱桃破"三句，用丁香颗和樱桃来比喻佳人的齿舌和唇口，娇美别致。"向人微露"和"暂引樱桃破"写歌女唱歌时的丹唇轻启、齿舌未露的情态，妩媚动人。三句结合展示了歌女神态情貌的欢愉艳美，侧面衬托歌声的迷人动听。下片描写歌女与情郎在一起欢会调笑的情态。"罗袖裛残殷色可，杯深旋被香醪涴"写尽宴会时的热闹兴奋和歌女酒醉时的骀荡恣意。前一句写女子衣袖间香气渐消和唇间的深红色唇彩隐隐约约，暗示欢歌时间已久；后一句写女子大杯喝酒全然不顾酒痕污染了衣袖，"杯深"与"旋"尽写歌女因与情郎欢会而贪杯忘情的天真欢愉，为结尾三句写歌女醉后的行动与情态作铺垫。"绣床斜凭娇无那。烂嚼红茸，笑向檀郎唾"前一句写斜倚绣床的娇憨妩媚，后一句写将烂嚼的红茸笑着吐向心上人的纵情欢闹。美人声情笑貌之娇憨妖冶如在眼前，可见其恃宠撒娇的得意。

此词反映词人寄情声乐，荡佚不羁的早期生活，写人细致传神，场面情趣盎然，虽格调不够高雅，但艺术技巧颇有堪称之处。

【点评】

"李后主……非词中正声，而其词无人不爱，以其情胜也。"（〔清〕陈廷焯《白雨斋词话》）

子　夜①　　　　　　　李　煜

　　花明月暗笼轻雾②，今朝好向郎边去③。刬袜步香
阶④，手提金缕鞋⑤。　　　画堂南畔见⑥，一向偎人颤⑦。奴
为出来难⑧，教君恣意怜⑨。

【注释】

①子夜：词牌名，亦名"子夜歌"，"菩萨蛮"之别名。

②笼轻雾：笼罩着薄薄的雾；笼，一作"飞"。

③今朝：一作"今宵"。

④刬(chǎn)：《全唐诗》及《南唐书》中均作"衩"。刬袜，只穿着袜
子着地。步：这里作动词用，意为走过。

⑤金缕鞋：指鞋面用金线绣成的鞋。

⑥画堂：古代宫中绘饰华丽的殿堂，这里也泛指华丽的堂屋。南
畔：南边。

⑦一向：霎时间；一作"一晌"。偎：紧挨着。颤：由于心情激动而
身体发抖。

⑧奴：古代妇女自称的谦词，也作奴家；一作"好"。出来：一作"去
来"。

⑨教君：让君，让你；一作"教郎"，一作"从君"。恣(zì)意：任意，放
纵。怜：爱怜，疼爱。

【解读】

此词描写词人与小周后幽会情景，素以狎昵真切著称。

上片前往赴约。"花明月暗笼轻雾，今朝好向郎边去"，前一句写
夜景，月色暗淡，夜雾迷离，春花明艳，既交代时间，为幽会渲染了朦胧
柔和美好的氛围，以暗影中的明艳花朵象征前来幽会的少女的娇媚和

青春;后一句写前往赴约,一个"好"字和一个"郎"的爱称,极显女子的欣喜激动和芳心已许的爱悦。"刬袜步香阶,手提金缕鞋"写女子脱下鞋子只穿罗袜行走的"非常"之举,既见其幽会怕惊动他人的谨慎与紧张,又可见她行路的步履轻盈和手提金缕鞋、四下顾盼的天真可爱。将少女初次密会心上人的神情写得生动传神。下片写幽会。"画堂南畔见,一向偎人颤"写她一番担惊受怕后来到了践约的画堂南畔,眼见心上人早已等候在此,于是猛扑过去依偎在他怀里,因为紧张激动,以至于浑身颤抖。一"见"一"向"一"颤",描摹女子瞬间的激动和亲昵,如在眼前。"奴为出来难,教君恣意怜"是女子对郎君所言:越礼密会,来之不易,所以就让你好好地肆意怜爱吧!如此大胆,如此直白,如此真切,见情之炽热浓烈。"恣意"二字,可谓虽万千怜爱亦不足矣!

此词情真景真,毫无伪饰,用语浅显而意境深远。

【点评】

"'花明月暗'一语,珠声玉价。"([明]卓人月《古今词统》卷五引徐士俊语)

"结语极俚极真。"([明]潘游龙《古今诗余醉》)

"'刬袜'二语,细丽。'一晌'妙,香奁词有此,真乃工绝。后人着力描写,细按之,总不逮古人。"([清]陈廷焯《云韶集》)

清平乐 李 煜

别来春半①,触目愁肠断。砌下落梅如雪乱②,拂了一身还满。 雁来音信无凭③,路遥归梦难成④。离恨恰如春草,更行更远还生。

【注释】

①春半:即半春,春天的一半。别来春半,意思是自分别以来,春

天已过去一半,说明时光过得很快。

②砌(qì)下:台阶下。落梅:指白梅花,开放较晚。

③雁来音信无凭:鸿雁来了,却没将书信传来。古代有凭借雁足传递书信的故事。

④遥:远。归梦难成:指有家难回。

【解读】

此词写人见春色而触景生情,思念离家在外的亲人的情景。

开篇"别来春半,触目愁肠断"点出触春景而伤别怀远。"春半"既点眼前春景,又言别来时光不觉流逝,故也是抒情。"砌下落梅如雪乱,拂了一身还满"承"触目"写纷下白梅纷扬、铺陈,"如雪乱"说落梅多而纷乱,且梅白如雪,画面冷寂萧索,流露人的孤寂冷落和离情的悲凉。"乱"语意双关,见人思绪之纷乱。"拂了一身还满",亦以拂了复来且满身的落梅象征拂去仍来的离愁,婉曲中见情思。此两句将感时伤别愁绪与大自然融为一体,展现一个天然纯真、深情满满的怀人形象,词境优美而高洁。下片"雁来音信无凭,路遥归梦难成"呼应开篇的"别来"二字写见传书的鸿雁却不见有书信传来,离愁更深一层。而"路遥归梦难成",则更从自身的盼归人而跳跃到对方,写对方路途遥远、欲归不能,两心相思而隔离,是对离愁又深一层的写法。信亦无,梦亦难,故只有绵绵无尽的离恨了,结句便水到渠成:"离恨恰如春草,更行更远还生。"将怀人的情思比作天边无论你走多远都不断衍生、满目皆是的春草,再次景情交融,"更行""更远""还生"三个短词复迭而层递,让读者的眼目和心绪跟随行人而置于广阔迢远的时空,满腔的离愁别绪瞬间化成了春草,化入了漫漫时空,委婉深沉而了无涯际。

【点评】

"后主词思路凄惋,词场本色,不及飞卿之厚,自胜牛松卿辈。"([清]陈廷焯《白雨斋词话》)

103

乌夜啼^①

李　煜

林花谢了春红^②，太匆匆！常恨朝来寒重晚来风^③！
胭脂泪^④，留人醉^⑤，几时重^⑥？自是人生长恨水长东！

【注释】

①乌夜啼：词牌名，原唐教坊曲名。正名"相见欢"，南唐后主作此
调时已归宋。故宫禾黍，感事怀人，有不堪回首之悲，因此又名"忆真
妃"。宋人则又名之为"乌夜啼"。

②谢：凋谢。

③常恨朝来寒重：一作"无奈朝来寒雨"。

④胭脂泪：原指女子的眼泪，女子脸上搽有胭脂，泪流时沾上胭脂
的红色，故云。这里的"胭脂"是指林花着雨的鲜艳颜色，故"胭脂泪"
指代美好的花。

⑤留人醉：一作"相留醉"。

⑥几时重：何时再度相会。

【解读】

此词作于公元975年李煜被俘后，写沦为阶下囚时"此中日夕，只
以眼泪洗面"的苦恨。

上片写花谢之恨。"林花谢了春红，太匆匆！常恨朝来寒重晚来
风！"起笔即呈现一幅林花凋谢、遍地落红的画面。"春红"代花，见其
美好鲜艳，却是"谢了"而且"太匆匆"，场景令人惋惜感叹，一个"太"字
有深切感叹，又有责怨恼恨。"常恨朝来寒重晚来风！"直抒胸中之恨，
原来这林花凋谢"太匆匆"是因为"朝来寒重晚来风"的摧残。"常恨"
见非一时触景生情，即此种怨恨早已积压在心，自然也见这风雨摧残
非一时相加，"朝来""晚来"的互文言林花所受摧残昼夜无止息，怨恨

之外,又添一层无可躲避无可抗争的悲苦。下片写不能重见之恨。"胭脂泪,留人醉,几时重?自是人生长恨水长东!"词人将风雨寒冷摧折的满地落红比喻成美人脸上和着胭脂流淌的眼泪,这样的联想让人感受到落花的零落悲催,更感受到词人的无奈伤痛,哀艳动人;其后词人又以"留人醉"直抒悲凄,于是花的泪雨和人的泪水合而为一,陷入深深叹惋的词人便忍不住相问:何时能再重逢?恋春、惜春之情尽显。然而"自是人生长恨水长东","自是"与"长"字的运用,东逝流水的比喻让人明白:此种苦恨乃是人生常态,落红不可重上枝头,就如流水东逝不复西一样。言下之意,美景一去则永无重逢,只有绵绵无尽的苦恨。

联系词人的际遇,这谢了不复重见的林花,何尝不就是词人自己和他的江山家国?这对林花的哀悼,对风雨的怨恨,这如江流一样无止休、无尽头的恨情何尝不就是他深广的家国之恨?

此词用笔天然,只是随手抒写,然满腔真情自肺腑倾泻,感人至深。

【点评】

"后主之词,真所谓以血书者也。"([近代]王国维《人间词话》)

捣练子令①　　　　李　煜

深院静,小庭空,断续寒砧断续风②。无奈夜长人不寐③,数声和月到帘栊④。

【注释】

①捣练子令:词牌名,一名"捣练子"。练是一种白丝熟绢,须用木杵在砧石上捶击而成;令指小令,是短歌的意思。

②寒砧：指寒夜里的捣衣声。砧，捣衣石，这里代捣衣声。

③无奈：一作"早是"。不寐：不能入睡；一作"不寝"。

④数声：几声，这里指捣衣的声音。帘栊：挂着竹帘的格子窗。

【解读】

这首小令表现秋夜捣练声给因孤独苦闷而彻夜难眠的词人带来的内心感受，传达了难以言传的隐秘心理与复杂情绪。

"深院静，小庭空，断续寒砧断续风"，从视听两方面写环境的寂静，衬托词人内心的孤寂。"深院静，小庭空"由远及近、由全景到局部地组合了一个幽深寂静的空寂画面，虚空冷落，让人体会到词人内心的寂寥空虚与孤独难耐。"断续寒砧断续风"写捣衣声被阵阵悲凉的秋风荡来，时轻时重，时断时续，无止无休，渲染寂静冷清的氛围，加深了主人公的孤寂感。"断续"一词叠用加重复，逼真地传达出捣练声在秋风中的飘忽不定，这种似往而还，若断若生，飘忽空荡的感觉，应和的是词人内心情感的时起时伏与幽微难诉。为后面抒写人情充分铺垫。"无奈夜长人不寐，数声和月到帘栊"，直抒胸臆的同时，借"秋月"这一悲凉冷清的意象和"捣衣声"这一唤起人的离恨愁思、故园故国之念的意象，写长夜漫漫词人彻夜难眠，而捣衣声偏偏随同那凄冷惨白的月光透过窗棂穿入室内，一声一声地敲打在他耳畔、搅扰着他本就不得安宁的心，让他无可奈何、无处可逃，传达出烦恼、郁闷、焦虑、无奈、惘然等一言难尽的复杂心绪。

此境语言自然朴素而意境迷离朦胧、情思婉致幽曲。清代词人纳兰性德评此为"兼饶烟水迷离之致"。

虞美人① 李　煜

春花秋月何时了②,往事知多少。小楼昨夜又东风,故国不堪回首月明中③。　　雕阑玉砌应犹在④,只是朱颜改⑤。问君能有几多愁⑥,恰似一江春水向东流。

【注释】

①虞美人:词牌名,双调。原为唐教坊曲名,初咏项羽宠姬虞美人,因以为名。

②了:了结,完了。

③故国:指南唐故都金陵(今南京)。回首:回忆。

④砌:台阶;雕栏玉砌,借指南唐宫殿。应犹:应该还在;一作"依然"。

⑤朱颜改:指所怀念的人已衰老。

⑥君:作者自称。能:一作"都""还""却"。

【解读】

此词借自然永恒与人生无常的强烈对比,抒发了亡国后顿感生命落空的深广悲哀,是李煜囚居三年后被毒死前夕所作,堪称绝命词。

"春花秋月何时了,往事知多少。"以突兀起笔告知读者:原本美好的春花秋月如今只是勾起无穷往事,因而词人希望它早日完结,让人深感词人生不如死和往事不堪回首的双重苦恨。"小楼昨夜又东风,故国不堪回首月明中。"说昨夜在这囚居的小楼东风又一次吹临,春花将又一次开放,心中无限往事又会被唤起,苦恨将又一次吞噬自己的心。"又"字既是时序更替的又一次春临,更是屈辱偷生又过一年,心中苦恨又历一轮,写极苦恨的累积深叠,又自然引出对故国的回忆。"不堪回首"既言回忆带来今昔巨变的伤痛悲愤,也含对往事的追悔。

"雕阑玉砌应犹在,只是朱颜改。"追怀故国景象,想到的是雕栏玉砌"犹在"和朱颜已"改",以"雕栏玉砌"代故国宫殿,以"朱颜"代宫娥,也代当年的一切美好人事,一"在"一"改"道尽物是人非的痛与恨,而"应"字的猜想又让人觉得故物宫殿也可能一样不复存在,饱含对国土更姓,山河变色的感慨和沉痛。悲情的积蕴,从而引出直抒胸臆的千古名句:"问君能有几多愁,恰似一江春水向东流。"在这一句,词人自问自答,先点"愁",再用奔流的江水为喻作答:滚滚东逝的满江春水比喻满腹的愁恨,显示了愁恨的悠长深远、多而无尽和汹涌翻腾,充分体现愁情的深广度和力度,境界阔大雄浑。

全词以愁纵贯,行笔曲折回旋而流走自如,凄楚中不无激越,真切中自显沛然,令人不忍卒读。

【点评】

"诗有一联一字唤起一篇精神。……李后主词:'问君能有几多愁?恰似一江春水向东流。'"([宋]俞文豹《吹剑录》)

"一声恸歌,如闻哀猿,呜咽缠绵,满纸血泪。"([清]陈廷焯《云韶集》)

破阵子令①　　　　　　李　煜

四十年来家国②,三千里地山河。凤阁龙楼连霄汉③,玉树琼枝作烟萝④,几曾识干戈⑤。　　一旦归为臣虏,沈腰潘鬓销磨⑥。最是仓惶辞庙日⑦,教坊犹奏别离歌⑧,垂泪对宫娥⑨。

【注释】

①破阵子令:即"破阵子",词牌名,又名"十拍子""破阵乐"。原为

唐教坊曲名,出自《秦王破阵乐》。

②四十年:南唐自建国至李煜作此词,为时三十八年。此处四十年为约数。

③凤阁龙楼:指帝王居所;凤阁,一作"凤阙"。

④玉树琼枝:形容树的美好;一作"琼枝玉树"。烟萝:形容树枝叶繁茂,如同笼罩着雾气。

⑤识干戈:经历战争。识,一作"惯"。干戈,武器,代战争。

⑥沈腰潘鬓:沈指沈约,《南史·沈约传》:"言已老病,百日数旬,革带常应移孔。"后用沈腰指代人日渐消瘦。潘指潘岳,潘岳曾在《秋兴赋》序中云:"余春秋三十二,始见二毛。"后以潘鬓指代中年白发。

⑦辞庙:辞,离开;庙,宗庙。古代帝王供奉祖先牌位的地方。意指亡国被俘入宋。

⑧犹奏:一作"独奏"。

⑨垂泪:一作"挥泪"。

【解读】

此词是李煜降宋后的词作,追忆了当年战败被迫降宋时告别美好家园和美好生活的景象,表达国破家亡的悔恨与痛苦。

上片写南唐建国几十年的繁华和不曾经历战乱侵扰的安乐,礼赞自己的家园,寄托故国之思,并以"几曾识干戈"开启下片的叙写。"四十年来家国,三千里地山河",纵向写建国历史,横向写幅员辽阔,是对故国的大好河山作整体描述。"凤阁龙楼连霄汉,玉树琼枝作烟萝",转笔描绘宫殿楼宇:宫中危楼高阁,雕龙绘凤,耸立云霄;御园内名花奇树,草木繁盛,烟聚萝缠,一派豪华浓艳景象。"几曾识干戈"言豪奢的宫廷生活里,从未经历也从不知道有战争这回事,在追忆过去安乐生活的同时,也饱含了安逸享乐、忘却危机以致亡国的自责与悔恨。并由此生出下片亡国而屈为臣虏的情景。下片描写国家顷刻覆亡、自己仓皇辞庙的情景,写出国破的惨状与悲凄痛苦。"一旦归为臣虏,沈腰潘鬓销磨"连用沈约老病消瘦和潘岳中年白发的典故,从外貌的骤变写出内心极度的凄楚痛苦,"一旦"见归为臣虏的悲惨命运突然而至,饱含沉痛。"最是仓惶辞庙日,教坊犹奏别离歌,垂泪对宫娥",特写当时拜别祖庙、与昔日的宫娥及美好安乐生活告别的情景。"最是"令人想见词人从一国之君沦为阶下囚时的慌乱无措与狼狈惨绝,"犹奏"则大有欢歌来不及退场就不得不变成哀歌的感慨,"垂泪"状写千言万语无从说起,只能以泪与宫女、与宗庙、与家国作别情景,沉痛惨怛。

全词由建国的极盛极乐写到亡国的极衰极悲,饱含对故国的眷念与亡国的苦恨,是一个丧国之君痛苦的内心自白。

浪淘沙 李 煜

帘外雨潺潺①,春意阑珊②。罗衾不耐五更寒③。梦里不知身是客④,一晌贪欢⑤。　　独自莫凭栏!无限江山,别时容易见时难。流水落花春去也,天上人间。

【注释】

①潺潺:形容雨声。

②阑珊:衰残;一作"将阑"。

③罗衾(qīn):绸被子。不耐:受不了;一作"不暖"。

④身是客:指被拘汴京,形同囚徒。

⑤一晌:一会儿,片刻;一作"一饷"。贪欢:指贪恋梦境中的欢乐。

【解读】

此词基调低沉悲怆,透露绵绵不尽的故土之思,是一曲宛转凄苦的哀歌。

开篇三句写暮春时分，五更梦醒的孤寒。帘外潺潺雨声，室内衾被不暖，这样的残春寒夜，自然使囚居已有三年的词人倍增凄苦。"梦里不知身是客，一晌贪欢"写梦醒后追忆梦中情景：在梦里，竟然忘了自己身为臣虏，以至于贪享那虚幻的片刻欢娱。这一句，以梦里片刻贪欢之乐来写梦醒后的痛苦，倍增其哀。

"独自莫凭栏！无限江山，别时容易见时难"，一言故国遥遥，"凭栏"远眺也见不到那"无限江山"。二言自己已是丧失了人身自由的臣虏，江山也已易主，纵使想见也不可能，凭栏只会引发伤感沉痛，所以"莫凭栏"。"流水落花春去也，天上人间"，前一句说水流逝、花凋零、春离去，一切美好都逝去了，怎不令人生悲生叹；后一句说昨日人生与今日境况，一是天上，一是人间，此言今昔反差令词人难以承受，见处境之凄惨，内心之绝望：因为春去还会有来年，而词人呢？江山已属他姓，华年已成往昔，其苦感悲感更甚于自然。

此词以白描手法诉说词人亡国后囚居生涯中的危苦，深刻地表现了他的亡国之痛和囚徒之悲，哀婉动人。

乌夜啼 　　　　李　煜

无言独上西楼，月如钩。寂寞梧桐深院锁清秋①。
剪不断②，理还乱，是离愁③，别是一般滋味在心头④。

【注释】

①锁清秋：被秋色所笼罩。

②剪：一作"翦"。

③离愁：指去国之愁。

④别是一般：另有一种意味；别是，一作"别有"。

【解读】

此词写去国而身为臣虏的复杂苦恨。

首句"无言独上西楼"叙事直起人事,"无言"二字画出词人的愁苦神态,"独上"二字勾勒出登楼的孤独身影,开篇即揭示内心深处种种不能倾诉的孤寂与凄楚。"月如钩,寂寞梧桐深院锁清秋"描绘登楼所见之景:天空缺月如钩。"如钩"写月的残缺,寂寥清冷,让人有悲欢离合的联想,勾起离愁别恨。庭院梧桐叶落,孤立在冷月秋风中,就连这清秋也被幽深的庭院闭锁。这些景色都带有浓厚的主观感情色彩,一个被高墙深院囚居的亡国之君,满怀孤寂凄苦和亡国之恨、故国之思,因而所见之景,无不孤寂凄凉,从而为下片的抒情作好了铺垫。下片用婉转而无奈的笔调直抒心中复杂而不可言喻的愁苦与悲伤。"剪不断,理还乱,是离愁",用"丝"来比喻心中离愁别绪,并用"剪不断,理还乱"来状写其涌动不息,对于从"天上"跌落至"人间",领略过荣华富贵而痛失帝王江山、饱受世态炎凉和亡国痛苦的词人来说,此六字饱含了他诸多愁苦——这种愁难以言喻、难以道尽。所以,紧承其后便说"别是一般滋味在心头"。以"别是""滋味"言愁,且根植于人的内心深处,思、苦、悲、悔、恨……各种情味囊括其中,感受独特而深切,纷繁凄婉。

此词情景交融,感情沉郁而笔力顿挫。

【点评】

"七情所至,浅尝者说破,深尝者说不破。破之浅,不破之深。'别是一般滋味在心头'句妙。"([明]沈际飞《草堂诗余续集》)

菩萨蛮

佚　名

枕前发尽千般愿，要休且待青山烂①。水面上秤锤浮，直待黄河彻底枯。　　白日参辰现②，北斗回南面③。休即未能休④，且待三更见日头。

【注释】

①休：罢休，双方断绝关系。

②参（shēn）辰：星宿名。参星在西方，辰星（即商星）在东方，晚间此出彼灭，不能并见；白天一同隐没，更难觅得。

③北斗：星座名，以位置在北、形状如斗而得名。

④即：同"则"。

【解读】

这首《菩萨蛮》是敦煌曲子词，唐代无名氏作，是一位恋爱中人向所爱者发的誓言。

开篇"枕前发尽千般愿"点明主题，"发尽"显示发誓人的热切坚定。紧承其后，词人先举出"青山烂""水面上秤锤浮""黄河彻底枯"这三件不可能的事为喻，表明其情之坚贞不渝、永无止休。常言说"青山不老，绿水长流"，可见山水本是永恒的象征；而有日常事理常识的人都知道，"水面上秤锤浮"也是绝不可能出现的现象。以此三例言爱情当"休"的条件，表明的正是爱情如山河一样永不改变，爱情的休止如"水面上秤锤浮"的事一样绝不可能发生。下片紧承上片继续发愿，但将喻体从地面移到了天空。"白日参辰现""北斗回南面""三更见日头"三例分别从星辰错时、错位的角度设喻，表明爱情的变故绝不可能出现。参辰二星本是此出彼没，永不并现，更不可能白日显现；北斗七星例当在北，其南移自是绝无可能；而三更乃夜色正浓，此时的日出有悖于常情也显而易见。词人用这些"逆天"想象发誓，不过是极力强调爱情的天长地久。

此词感情激越绝烈，设喻富于想象、奇妙贴切，行文突起骤止而一气呵成，将愿爱情永存的誓言表现得生动有力，坚定感人。

望江南

佚　名

　　天上月，遥望似一团银①。夜久更阑风渐紧②，为奴吹散月边云③。照见负心人④。

【注释】

①团银：一团银子，这里采用谐音的修辞手法。团，即"圆"，象征团圆。"银"，与"人"谐音。

②更阑：更残，即夜深。更，古代夜间计时单位名称，一夜分为五更，一更约两小时。阑，尽，完。

③奴：古代女子自称。

④负心人：辜负心意的人，这里指女子的意中人。

【解读】

这首《望江南》是敦煌曲子词，写一女子独自望月怀人到深夜，而男子已经变心的悲剧，表现被弃女子的痛苦和痴情。

"天上月，遥望似一团银"，比兴兼用，写景抒情。"天上月"与"遥望"给人以月上中天的印象，表明时已半夜，足见思妇夜不能寐，起而望月，暗示她被相思所苦的心境。"遥望似一团银"写思妇眼中所见月亮的特点：团圆而冷白。这一视觉印象其实也是自然物象与主观感受的结合。一来深夜月形圆满、月色皎洁，远望有如银盘；二来思妇眼中的"一团银"是渴望"月圆人圆"的情感投影。思妇遥望的是月，也是

114

人。"遥"明写月的遥隔,暗写"负心人"的远离。表达女子的孤寂和痛苦。"夜久更阑风渐紧,为奴吹散月边云"两句写深夜时间推移和气象变化,言思妇望月时间之久和思念难以排遣。夜阑天变,风起云生,月被云遮,但思妇并未因此而不再望月、离身就寝,反而呼唤夜风为她吹散月边云,这样的憨痴之请,缘由即在于后一句——"照见负心人"。由此看来,女子虽口称对方为"负心人",似有怨责,但其实根本放不下对方,全心的渴望都在一个"见"字上,痴心痴情立见。

此词情景浑然一体,感情真切;语言明白如话,活泼生动。

鹊踏枝

佚 名

匠耐灵鹊多谩语①,送喜何曾有凭据?几度飞来活捉取,锁上金笼休共语②。 　　比拟好心来送喜③,谁知锁我在金笼里。欲他征夫早归来④,腾身却放我向青云里⑤。

【注释】

①匠(pǒ)耐:不可忍耐。谩语:欺骗的话。

②金笼:坚固而又精美的鸟笼。休共语:不要和它说话。

③比拟:打算,准备。或当作"本拟"。

④征夫:出远门的人。

⑤腾身:跃身而起。

【解读】

此词写思妇思念征夫之怨,以模拟少妇与灵鹊的口吻直陈情事,妙趣横生。

上片写思妇对灵鹊的责怨和将灵鹊锁入金笼的惩罚,表现她思念征夫而不见音信的怨情。"匠耐灵鹊多谩语,送喜何曾有凭据"写女子责怨喜鹊无凭无据谎报喜讯，表达她渴盼丈夫归来却不见其归的焦灼不满。"叵耐"意为不可忍受，可见喜鹊报信不是一次两次，思妇希望落空也不是一次两次，以至于终不能忍，责怪它说了太多的骗人之语。"几度飞来活捉取，锁上金笼休共语"写思妇想象自己将喜鹊活捉关入笼子，并发誓再不跟它说话，这迁怒的言行一则与"叵耐"照应，二则暗示此前思妇曾多次与灵鹊共话，多次渴盼和相信它会捎来好消息。因此无理迁怒反映的是她思念丈夫却多次失望，而至最后绝望的心情。下片写灵鹊鸣屈以及被放出金笼、飞向云天的愿望。"比拟好心来送喜，谁知锁我在金笼里"写灵鹊为自己好心报喜反被锁金笼而抱屈，"欲他征夫早归来，腾身却放我向青云里"写灵鹊也盼望思妇的丈夫早日归来，好让她满心欢喜，从而放自己出去，勾连四句可见灵鹊报喜的善意和对思妇的同情，折射了思妇怨怼之后又不放弃希望的痴情。

此词上下两片的"人语"和"鹊言"类似于传统赋的"主客问答"式对话，其实这种想象出一个"客体"的对话即是主人公自己的两段心理历程：由盼望而绝望，又由绝望而重寄希望，在纠结矛盾的心理推移过程中，将思妇的怨情与痴情呈现。这种巧妙的构思将灵鹊人格化，显得有情有趣。

两宋

忆余杭①（二首）　　　　　潘　阆

长忆钱塘②，不是人寰是天上③。万家掩映翠微间④，处处水潺潺。　　异花四季当窗放，出入分明在屏障⑤。别来隋柳几经秋⑥，何日得重游？（其一）

长忆观潮，满郭人争江上望⑦。来疑沧海尽成空，万面鼓声中⑧。　　弄潮儿向涛头立⑨，手把红旗旗不湿。别来几向梦中看，梦觉尚心寒⑩。（其五）

【作者简介】

潘阆（？—1009），字梦空，号逍遥子，大名（今属河北）人。居钱塘（今浙江杭州）宋初隐士、文人，为人疏狂不羁。有诗名，风格类孟郊、贾岛，亦工词。

【注释】

①忆余杭：词牌名，见《湘山野录》。潘阆自度曲，因忆西湖诸胜，故名。共十首，今选其一、其五。

②长：经常。

③人寰：人间。

④翠微：本指山色青翠，这里指山。

⑤屏障：指山峰。

⑥隋柳：隋炀帝开通济渠，沿河筑堤种柳。

⑦郭：外城。

⑧万面鼓声中：潮将来时，潮声像万面金鼓齐发，声势震人。

117

⑨弄潮儿:周密《武林旧事》说,八月十五钱塘大潮,吴地少年善游水者数百人,都披散着头发,身上刺满花纹,手持大旗,争先恐后,迎着潮头,在万丈波涛中出没腾飞,做出各种姿势,旗帜却一点儿没有沾湿。这些少年被称作"弄潮儿"。

⑩觉:睡醒。心寒:感觉惊心动魄。

【解读】

其 一

此词回忆杭州山水人家胜景,表现杭州山水如画、草木珍奇的美好景象,表达对杭州的喜爱、赞美与眷念。

开篇首句,"长忆"见难以忘怀,"不是人寰是天上"言杭州美景非人间所有,乃天上仙境,此夸张极言杭州风景之胜,引领下文的描写。"万家掩映翠微间,处处水潺潺"描绘家家户户都在山水掩映之间,突出杭州山清水秀。"翠微"言山之葱葱郁郁,"潺潺"状流水的清越有声,"万家"和"处处"言到处山环水绕,此两句整体着笔,写出杭州这一江南水乡的明秀。"异花四季当窗放,出入分明在屏障"是近距离特写,言家家户户一年四季奇花异草繁茂绽放,以至于人在家中出出进进就仿佛在画屏中行走,这一比喻充分表现了杭州风景美如画。"别来隋柳几经秋,何日得重游"写景而兼抒情,说与杭州一别,隋堤的杨柳又经历了几度春秋,不由自问哪一天还能故地重游。这一问句呼应了开篇的"长忆",描绘了杭州又一经典美景,并借隋堤杨柳这一意象兼顾离别之思,含眷念的依依深情,寄寓了放浪湖山的情怀。

其 五

此词回忆钱塘江观潮盛况,尽显涨潮的壮美奇伟及人们观潮的壮观和弄潮的豪迈。

词的上片描写观潮盛况。起首"长忆观潮,满郭人争江上望"写杭州人倾城而出，拥挤在钱塘江边，万头攒动，争看江面潮涨。"长忆"见胜景难忘，"争"和"望"写人们盼潮的殷切，足见江潮的吸引力之大，为潮水的涌现造声势，作铺垫。"来疑沧海尽成空，万面鼓声中"两句，运用夸张和比喻手法，从视听两方面写江潮涌来的排山倒海、声容俱壮，可谓惊心动魄。下片描写弄潮情景。"弄潮儿向涛头立，手把红旗旗不湿"纯用白描，写弄潮儿的勇立潮头、搏击风浪的无畏与身手不凡、履险如夷的豪迈，可谓跃然纸上。结句"别来几向梦中看，梦觉尚心寒"由回忆转向现实，写别后壮观的钱江潮涌仍频频入梦，以至梦醒后尚感惊心动魄。既回应开篇的"长忆"，又再次强化了江潮的雄壮，以梦作结，使词的意境阔大而悠远。

此词于江潮的雄奇壮观和弄潮儿的无畏豪迈中，亦可领略到词人狂逸不羁的风貌。

阳关引①　　　　　寇準

塞草烟光阔②，渭水波声咽③。春朝雨霁④，轻尘敛⑤，征鞍发。指青青杨柳，又是轻攀折⑥。动黯然⑦，知有后会甚时节⑧？　　　更尽一杯酒，歌一阕⑨。叹人生里，难欢聚，易离别。且莫辞沉醉，听取阳关彻⑩。念故人，千里自此共明月⑪。

【作者简介】

寇準(961—1023)，字平仲，华州下邽(今陕西渭南北)人。北宋政治家、诗人。谥"忠愍"，爵"莱国公"，故后人多称"寇忠愍"或"寇莱公"。善诗文，七绝尤有韵味，有《寇忠愍公诗集》三卷传世。与白居易、张仁愿并称渭南"三贤"。

①阳关引：词牌名。此调始于宋寇準词，见宋胡仔《苕溪渔隐丛话》。本隐括王维《阳关曲》而作，词中有"听取阳关彻"句，故名。晁补之词名"古阳关"。

②塞（sài）草：指边草。烟光：景色迷蒙。

③渭水：渭河。咽：呜咽。

④雨霁：雨过天晴。

⑤轻尘敛：轻微的尘土因被雨润而不再荡起。一作"轻尘歇"。

⑥攀折：古人有折柳赠别的习俗，因"柳"与"留"音谐，折柳即以示挽留。

⑦黯然：指别离之情。江淹《别赋》："黯然销魂者，唯别而已矣。"

⑧甚：什么。

⑨阕：本指一段音乐，这里指歌曲。

⑩阳关：在今甘肃敦煌西南。王维《渭城曲》："劝君更尽一杯酒，西出阳关无故人。"彻：一首歌曲终了。

⑪千里自此共明月：本自谢庄《月赋》"美人迈兮音尘阙，隔千里兮共明月"。

【解读】

此词为饯别故人之作，表达惜别之情。其最大特点是化用了唐代诗人王维的《送元二使安西》（又名《渭城曲》或《阳关曲》）而能出乎其外。

上片铺叙远行者出发时的情景，并由景及情，点明离别。开篇写边草迷蒙一片，渭水波声呜咽，景色凄迷伤感，融入了远行人和送行者的感情意味，为后文书写离别营造氛围。"春朝雨霁"三句写雨后初霁、一尘不染的春日早晨行人踏上征途，画面清新，点明别离之事，透出淡淡的离情。此五句化用"渭城朝雨浥轻尘"句，但铺叙而出，意境开阔而含情。"指青青杨柳"两句写临别折柳相赠，离情渐渐变得浓郁,比起王诗"客舍青青柳色新"的引而不发,此处点出黯然神伤的情怀,并以不知后会在几时来增强别时的沉郁,惜别氛围更浓一层,引出下片的直抒胸臆。下片进一步抒发惜别之情,同时又汇入了歌唱和别易聚难的感叹,感情更加深广。"更尽一杯酒"至"听取阳关彻"化用王诗"劝君更尽一杯酒"句,但增添了离歌唱彻和感叹人生聚难别易的悲慨,离别之伤与人生之悲融合,悲恻动人,而"听取阳关彻"又暗含"西出阳关无故人"的语意,引出结句:"念故人,千里自此共明月。"但相比王维诗的"无故人",这里又拓展一层:有明月。虽人隔天涯,但有明月可共,这既是对即将远行的故人的安慰,更是彼此心心相印的写照,这样的结尾,情意绵长美好,原本沉郁的情感因以上扬,境界也就开阔明朗不少。

苏幕遮^①　　　　范仲淹

　　碧云天^②,黄叶地^③。秋色连波,波上寒烟翠^④。山映斜阳天接水^⑤。芳草无情,更在斜阳外。　　黯乡魂^⑥,追旅思^⑦。夜夜除非^⑧,好梦留人睡。明月楼高休独倚。酒入愁肠,化作相思泪。

【作者简介】

　　范仲淹(989—1052),字希文,苏州吴县(今江苏苏州)人。其"先天下之忧而忧,后天下之乐而乐"的思想和仁人志士的节操对后世影响深远。谥号"文正",世称范文正公。有《范文正公集》传世。

【注释】

　　①苏幕遮:词牌名,此调为西域传入的唐教坊曲名。宋代词家用此调另度新曲。

②碧云:青云,碧空中的云。

③黄叶:指秋天枯黄的落叶。

④波上寒烟翠:水波映着的蓝天翠云青烟。

⑤山映斜阳:远山被夕阳的余晖映照。

⑥黯乡魂:心神因怀念故乡而悲伤。黯,黯然,形容心情忧郁悲伤。

⑦追旅思:撇不开羁旅的愁思。追,紧随,可引申为纠缠。

⑧夜夜除非:"除非夜夜"的倒装。

【解读】

此词抒羁旅乡思,以沉郁雄健笔力写低回宛转的愁思。

上片写秋景,时而俯仰交替,时而平视远眺,秋之万千气象交相辉映:碧云蓝天,大地黄叶。秋色无边融入江流碧波;江面浩渺,笼罩寒烟,一片空蒙青翠。落日的余晖映照峰峦;大江的流水与天相接。芳草绵延直到落日余晖不及的遥遥天际。物象典型而境界宏大,易于触发词人秋思,因而眼中之景,皆成心中之情的写照:秋景之凄清迷蒙是情思的忧伤迷惘,秋景之寥廓苍茫是忧思的茫无涯际;秋景之绵延不绝是忧思的无穷无尽。天地江山的层层铺写,为思乡怀旧层层铺垫,从而有了"芳草无情"不理人恨的感慨,将乡思推上第一个高峰。下片紧承芳草天涯,触景生情。前两句互文叠用,点出"乡魂""旅思",说思乡的情怀黯然凄怆,羁旅的愁绪无法撇开,强调羁泊异乡时间之久与乡思离愁之深。"夜夜除非,好梦留人睡"说乡思旅愁有好梦则可消除,实际是言其难以排遣。"明月楼高休独倚。酒入愁肠,化作相思泪"作结,写夜不能寐,先是想到高楼赏月而深觉独倚高楼览明月只会让人更加思乡;后写饮酒消愁,结果却是杯酒化作相思泪,一样反添了相思之苦,至此,郁积的乡思旅愁又达到一个新高潮,全词于苍凉之悲中戛然而止,耐人寻味。

此词绘秋景清远而不萧瑟,抒离情深挚而不衰颓,有豪放气象。

【点评】

"大笔振迅。"([清]谭献《谭评词辨》)

渔家傲①

范仲淹

塞下秋来风景异②,衡阳雁去无留意③。四面边声连角起④。千嶂里⑤,长烟落日孤城闭。   浊酒一杯家万里,燕然未勒归无计⑥。羌管悠悠霜满地⑦。人不寐⑧,将军白发征夫泪。

【注释】

①渔家傲:词牌名,又名"吴门柳""荆溪咏"。以晏殊词《渔家傲·画鼓声中昏又晓》为正体。

②塞:边界要塞之地,这里指西北边疆。

③衡阳雁去:因衡阳有回雁峰,古人相传,北雁南飞,到衡阳而止。

④边声:边塞特有的声响,如大风、号角、羌笛、马啸的声音。

⑤千嶂:绵延而峻峭的山峰。

⑥燕然未勒:指战事未平,功名未立。燕然,燕然山,即今蒙古国境内的杭爱山。《后汉书·窦宪传》载,东汉窦宪率兵追击匈奴单于,去塞三千余里,登燕然山,刻石勒功而还。勒,雕刻。

⑦羌管:即羌笛。悠悠:形容声音飘忽不定。

⑧寐:睡,不寐就是睡不着。

【解读】

此词写边塞秋色,抒征人乡思与忧愤。

开篇"塞下秋来风景异",点时令、地点,并以"异"字统摄下文。

"衡阳雁去无留意"说大雁毫不留恋地飞往南方,到衡阳的回雁峰越冬去了,言边塞秋来寒至,候鸟南迁。"衡阳雁去"是"雁去衡阳"的倒装。词句写雁,既是秋景,亦是人情:一者大雁遇寒迁移,让人生发身处寒地冷秋而不能像鸟一样迁徙的伤感,二者大雁往南飞越而勾起征人遥念南方家园的乡思。两者结合,乡愁浓郁。"四面边声连角起"说军中号角吹动,于是四面八方的牛马嘶鸣、长风呼啸等边塞的声响便随之而起,让人深切感知边地驻军要塞的特色,感知军民融合一体的雄浑,悲凉中不乏壮阔与力量。"千嶂里,长烟落日孤城闭"展示边塞的苍茫寂寥,同时也突出边塞的安稳和牢固。"长烟""落日""孤城"有广袤背景下的孤独悲凉,但同时千峰连绵如屏障,边城城门紧闭,又有山河险固、边防牢靠的雄壮。

下片转笔驻守边地的征人。"浊酒一杯家万里,燕然未勒归无计"写他们一边饮酒一边思念遥远的家乡,但想到抗敌卫国的功业还未完成,作为军人,自然不能像大雁那样"无留意"地去边,这一句是全词的核心与灵魂,展示边防军人既有人之深情又有家国大义的饱满形象,有"先天下之忧而忧,后天之乐而乐"的感人心魂的力量。"羌管悠悠霜满地"三句进一步写边防军人的思乡与忧国之情。羌笛声的忧怨和满地的寒霜渲染了悲凉哀伤的氛围,亦景亦情;白发苍苍的将士深夜不眠、怆然泪下,联系北宋轻武的基本国策可知,这将士泪,既有乡思之苦,更有忧国之痛,还有国家战备不振以至于边关将士年迈而不得归家的怨愤。

全词写景阔大,感情强烈,悲凉伤感中不失英雄壮气。

御街行①

范仲淹

纷纷坠叶飘香砌②。夜寂静,寒声碎③。真珠帘卷玉楼空④,天淡银河垂地⑤。年年今夜,月华如练⑥,长是人千

124

里。　　愁肠已断无由醉⑦。酒未到，先成泪。残灯明灭枕头欹⑧，谙尽孤眠滋味⑨。都来此事⑩，眉间心上，无计相回避。

【注释】

①御街行：词牌名，又名"孤雁儿"。

②香砌：有落花的台阶。

③寒声碎：寒风吹动落叶发出的轻微细碎的声音。

④真珠：珍珠。

⑤天淡：天空清澈无云。

⑥月华：月光。练：白色的丝绸。

⑦无由：无法。

⑧明灭：忽明忽暗。欹（qī）：倾斜，斜靠。

⑨谙尽：尝尽。

⑩都来：算来。

【解读】

这是一首抒写离愁的怀人之作。

上片扣秋声秋色绘秋夜寒寂景象，由景入情，引出秋思。开篇三句写落叶飘零而铺满石阶，寒夜寂静而坠叶声声，不言秋而秋味浓。"真珠帘卷玉楼空"两句由景及人，写主人公高楼卷帘望月，以"真珠"暗示月色皎洁，以"玉楼空"暗点怀人，以"天淡银河垂地"状秋夜高旷的天宇，将人的目光和情思转向高远天穹，带出下一句的对月抒情："年年今夜，月华如练，长是人千里。"说年年的今夜都月色皎洁如白练，却又年年人隔千里，此见别离之日久，望月怀人之夜多，路遥相见之难，"年年"和"长是"尽写离愁别绪的深切沉郁。景中寓情，引出抒写孤眠愁思的情怀。下片扣"愁"字写酌酒垂泪的愁意，挑灯倚枕的愁态,攒眉揪心的愁容,句句见情。"愁肠已断无由醉。酒未到,先成泪"运用比喻、通感,言本想借酒消愁,无奈酒非但不能让人沉醉忘愁,反而未入愁肠先催悲泪,倍添凄切。"残灯明灭枕头欹,谙尽孤眠滋味"写深夜难眠的孤独愁苦。"残灯明灭"见夜深,更以昏暗寥落的灯火烘托心情的黯然,"枕头欹"状孤枕难眠姿态,"谙尽"写饱受难眠之苦的煎熬,见愁苦深重。"都来此事,眉间心上,无计相回避"以白描写愁外在攒聚眉头,内在萦绕心头,实在无法回避,可谓情极之语。

醉垂鞭①

张　先

双蝶绣罗裙,东池宴,初相见。朱粉不深匀②,闲花淡淡春。　　细看诸处好,人人道,柳腰身。昨日乱山昏,来时衣上云。

【作者简介】

张先(990—1078),字子野,乌程(今浙江湖州)人。北宋词人。尝知安陆,人称"张安陆"。张先能诗及乐府,词与柳永齐名,含蓄工巧,情韵浓郁,于两宋婉约词史上影响颇大。因有"云破月来花弄影""娇柔懒起,帘幕卷花影""柔柳摇摇,坠轻絮无影"三词句而得称"张三影"。

【注释】

①醉垂鞭:词牌名,此词调最早出于张先《醉金鞭·双蝶绣罗裙》。
②朱粉不深匀:指不浓妆艳抹,只略施淡妆。

【解读】

此为酒筵中赠妓之作。

开篇"双蝶绣罗裙"三句记相见的地方和场合,写裙装上绣着双飞的蝴蝶,见着装引人注目,点明对方筵席劝酒助兴者的身份。"朱粉不深匀"两句写女子妆容面貌,直写淡施脂粉,又以淡淡春色的"闲花"作比,写出她美丽娴雅的神韵,在酒宴行乐场合,可谓一枝独秀。"细看诸处好,人人道,柳腰身"用倒装句法,言人人都说她身材好,但据词人细看,则不只是身材婀娜,而是"诸处好",此三字极言完美,"细看"又与开篇的"初相见"相应,使"诸处好"真切可感。结尾"昨日乱山昏,来时衣上云"呼应开篇,再写其人衣饰,说她昨日来时衣袂飘飘,像从昏暗的群山中翩然而至,衣裙上飘满了朵朵白云,亦实亦虚,既见她衣裙上满幅云烟的淡雅,又渲染周身云烟缭绕的幻象,烘托她飘然若仙的独特神韵,令人浮想联翩。

此词人物形象富有神韵,意境亦真亦幻,留有余味。

谢池春慢^①玉仙观道中逢谢媚卿^②   张 先

缭墙重院③,时闻有,啼莺到。绣被掩余寒,画阁明新晓④。朱槛连空阔,飞絮无多少。径莎平⑤,池水渺。日长风静,花影闲相照。　　尘香拂马⑥,逢谢女,城南道。秀艳过施粉,多媚生轻笑。斗色鲜衣薄,碾玉双蝉小。欢难偶,春过了! 琵琶流怨,都入相思调。

【注释】

①谢池春慢:词牌名。以张先《谢池春慢·玉仙观道中逢谢媚卿》为正体。

②玉仙观:在汴京城南,是时人游春的名胜场所。谢媚卿:北宋名伎。

③缭墙重院:高墙缭绕的深宅大院。

127

④画阁:一作"画幕"。

⑤径莎平:路上长满了莎草。

⑥尘香拂马:指往玉仙观途中,尘土和着花香扑面而来。

【解读】

这是一首艳遇词。

上片写家居景象和感受。起首"缭墙重院"三句写高墙环绕、院宇深邃,时闻莺啼,点词人居所和时令,营造庭院深深的寂寥感,黄莺娇啼又引出下一句人事的描述。"绣被掩余寒"两句写清晓被莺啼唤醒后室内的景象,罗被未叠,春寒犹在,天已大亮。"朱槛连空阔,飞絮无多少"承上句"画阁明新晓",将目光和思绪转向室外,既与"缭墙重院"的寂寥相应,又暗点暮春,借柳絮无多流露惜春情绪。"径莎平"四句写庭院暮春景象,为写外出邂逅谢娘伏笔。小路野草成片,池面平广,风平浪静,时有花影倒映。"日长风静"与"闲"营造落寞萧索的气氛,暗示词人在小园芳径徘徊不定、百无聊赖的心绪。下片写外出艳遇情景和情感。"尘香拂马,逢谢女,城南道。"点明邂逅场景,"尘香拂马"烘托佳人之香艳动人,流露词人一见慕悦的欣喜。"秀艳过施粉"四句写她秀色天然而明艳胜于敷过胭脂,妩媚轻笑而撩人心魂,春衫薄薄而身段窈窕,面容如玉、鬓如蝉翼而精致玲珑,尽显词人的一见倾心。然而,结句却是"欢难偶,春过了!琵琶流怨,都入相思调。"的逆转。此四句写尽彼此倾倒爱悦却相见恨晚的无限惆怅。其中"琵琶流怨,都入相思调"见二人的心灵相通,亦见难以成偶的遗恨。"春过了"一语双关,惜春的伤感与相逢太晚的怅恨交融,情景一体。

全词基调伤感,行笔曲折,情感真切动人。

江南柳①

张　先

隋堤远②，波急路尘轻③。今古柳桥多送别④，见人分
袂亦愁生⑤，何况自关情⑥。　　斜照后⑦，新月上西城⑧。
城上楼高重倚望，愿身能似月亭亭⑨，千里伴君行。

【注释】

①《江南柳》：词牌名，即《忆江南》之别名。

②隋堤：隋炀帝开通济渠，河渠旁筑御道，栽种柳树，是为"隋堤"。

③路尘：道路上飞扬的灰尘。

④柳桥：柳荫下的桥。古人常折柳赠别，因以泛指送别之处。

⑤分袂：离别；分手。

⑥关情：牵动情怀。

⑦斜照：斜阳的余晖。

⑧新月：农历每月初弯细如钩的月亮。

⑨亭亭：形容高远而立的样子。

【解读】

此词写别情。

上片扣"隋堤"叙写古今离别，进而推及别时情事。开篇"隋堤远，
波急路尘轻"说这里是水陆交通的要道，暗示送别之地。"远"字写隋
堤延伸，有长路漫漫之感，"波急"言水路，"路尘轻"言陆路，展现"路迢
水远"的图景，暗含别情。"今古柳桥"三句点送别事与情。"今古柳桥
多送别"句将人的目光和思绪带向时间的纵深，让人仿佛看见自古至
今的人在此来来往往，折柳分袂，由此体会到一波波离人普遍都有的
离愁别恨。"何况自关情"由古今之"人"推及眼前的自己，点离别情
事，以"何况"二字推进别情。下片写别后送行者城楼远望情景。"斜

照后,新月上西城"写别后的时间推移,由"斜照"到"月上西城",见别后伫立之久,表现对远行人的牵挂与不舍;"新月"如钩,渲染凄凉氛围,暗示其内心凄切。"城上楼高重倚望"三句写送行者月上西天后再次远眺,"重倚望"见其极目张望,"愿身能似月亭亭,千里伴君行"写希望像明月一样亭亭而立于高天、陪伴对方远行千里,传达殷切挂念、依依不舍的深情。亭亭如月的意象美好高洁,以此作结,含蓄隽永。

此词主要以古今别情和别后情景烘云托月,感情深婉,别具一格。

一丛花令① 张 先

伤高怀远几时穷②?无物似情浓。离愁正引千丝乱③,更东陌飞絮蒙蒙④。嘶骑渐远⑤,征尘不断,何处认郎踪?

双鸳池沼水溶溶,南陌小桡通⑥。梯横画阁黄昏后⑦,又还是斜月帘栊⑧。沉恨细思,不如桃杏,犹解嫁东风⑨!

【注释】

①一丛花令:词牌名,原名"一丛花"。

②伤高:登高的感慨。穷:穷尽,了结。

③千丝:指杨柳的长条。

④东陌:东边的道路。此指分别处。

⑤嘶骑:嘶叫的马声。

⑥小桡:小桨,代小船。

⑦梯横:可搬动的梯子已被横放起来,即撤掉了。

⑧栊:窗。

⑨解:知道。嫁东风:比拟手法,本义是随东风飘去。

【解读】

此词写闺中女子念远伤怀。

上片写登高怀远的感受感想。开篇慨叹登阁远望的伤怀不得了断,是长久离别、多次伤怀后悲情郁结的感慨。"无物似情浓"言世间唯有情最浓,揭示伤怀无穷的原因,点闺怨。"离愁正引千丝乱"两句,说离愁引得柳丝纷乱,移情于物,使蒙蒙飞絮成了女子烦乱、郁闷心情的外化,"千丝"谐音"千思",见愁情之多而深切。"嘶骑渐远"三句写登高而回想当初心上人远去的情景。时日已久而往事历历,见用情之深,与"几时穷"呼应;"何处认行踪"展示她高楼远眺、极目寻找心上人远去踪迹的神态及不见行踪的焦急,见挂念之情,与"伤高怀远"呼应。下片写相思无奈的"沉恨"和空虚。"双鸳池沼水溶溶"两句是登上画阁所见南面池沼景象:鸳鸯成双戏水让她回想往日两人成双的甜美,倍感时下形单影只,添相思;小船往来将思绪引向过去同舟共渡的时光,亦添相思。"梯横画阁黄昏后"两句写黄昏后下得楼来,但思念并未消退,"又还是斜月帘栊"言景色依旧,流露追怀往昔、难耐时下的寂寞,月照空楼的凄凉空落烘托内心的悲凉凄苦和落寞,让她忍不住"沉恨细思",而"思"的结论是:"不如桃杏,犹解嫁东风!"说她发现桃杏倒还能随东风而去,自己却独守空闺,便有"不如桃杏"的嗟叹,怨恨之情极深极切。以此作结,收束有力。

【点评】

　　"张子野词,……有含蓄处,亦有发越处。但含蓄不似温、韦,发越亦不似豪苏腻柳。规模虽隘,气格却近古。"([清]陈廷焯《白雨斋词话》)

天仙子　　　　　　　　　　张　先

　　时为嘉禾小倅①,以病眠,不赴府会②。

　　水调数声持酒听③,午醉醒来愁未醒。送春春去几时回?临晚镜,伤流景④,往事后期空记省⑤。　　　　　沙上并禽池上暝⑥，云破月来花弄影⑦。重重帘幕密遮灯，风不定，人初静，明日落红应满径⑧。

【注释】

①嘉禾小倅：嘉禾，秀州别称。倅，副职，指任秀州通判。

②不赴府会：不去赴官府的聚宴。

③水调：曲调名。相传隋炀帝凿汴渠成，自造"水调"。

④流景：像水一样逝去的年华。

⑤后期：以后的约会。记省（xǐng）：记志省识。

⑥并禽：成对的鸟儿，指鸳鸯。暝：天色昏暗。

⑦弄影：指花被风吹动，影子也随着摇晃。弄，摆弄。

⑧落红：落花。

【解读】

这是一首临老伤春的闲愁词。

上片写难以排遣的愁绪。"水调数声"两句说把酒听乐，至醉而醒，结果却酒醒"愁未醒"，见愁情深植人心。"送春春去几时回"写伤春之愁。春来春去本自然常态，词人却郑重其事地"送春"归去，见惜春；又送春时即问春何时再来，见眷恋不舍和盼春早日归来，流露不愿春去又不得不送它归去的伤感无奈，及不知它何时再来的迷惘。"临晚镜，伤流景"写临老伤逝，是春去之伤触发的愁绪。自然界的春天不可强留，人生的春天也已逝去，"临晚镜"是一日时近傍晚，又是人生近于晚景，两者交叠，年岁流逝的悲愁深重。"往事后期空记省"写往事成空、后期无凭之愁。往事历历，但"空"字又说一切记忆不过惘然，因世事沧桑、时光流转，未来一切都不可期待。这种万事成空、未来迷茫的忧愁更加深广沉重，令人悲切。下片绘暮春夜色以烘托伤春情怀。"沙上并禽池上暝"，以鸳鸯的双栖言自己的孤单寂寞；"云破月来花弄影"写风起云开、月出明照、花影移动,一"来"一"弄"写出月的想要临照人间春色和花的自赏自爱,流露惜春情怀,成千古名句。"重重帘幕"四句写词人回到室内的景象和感想。"重重帘幕密遮灯"暗写风大,以"重重""密遮"营造压抑感,暗示心境抑郁不乐;"风不定,人初静"写夜已渐深的寂静,显露人未眠的寂寞;"明日落红应满径"是基于暮春风大的推想和担心,有好景不长的伤感、迷惘和自嗟迟暮的愁绪。

全词将慨叹年老位卑、前途渺茫之情与暮春之景交融,沉郁伤感,情蕴景中。

【点评】

"听'水调'而愁,为自伤卑贱也。'送春'四句,伤其流光易去,而后期茫茫也。'沙上'之句,言其所居岑寂,以沙禽与花自喻也。'重重'三句,言多蔽障也。结句仍缴送春本题,恐其时之晚也。"([清]黄苏《蓼园词选》)

"'云破月来花弄影',着一'弄'字而境界全出矣。"([近代]王国维《人间词话》)

千秋岁①   张 先

数声鶗鴂②,又报芳菲歇。惜春更把残红折。雨轻风色暴,梅子青时节。永丰柳③,无人尽日花飞雪④。   莫把幺弦拨⑤,怨极弦能说。天不老,情难绝。心似双丝网,中有千千结。夜过也,东方未白凝残月⑥。

【注释】

①千秋岁:词牌名,又名"千秋岁引""千秋万岁"等。
②鶗鴂:即子规,杜鹃鸟。

③永丰柳:永丰,坊名,当在洛阳。白居易《杨柳词》:"永丰东角荒园里,尽日无人属阿谁。"

④花飞雪:指柳絮。

⑤幺弦:琵琶的第四弦,音色清脆尖细。亦可借指琵琶。

⑥凝残月:一作"孤灯灭"。

【解读】

此词写悲欢离合之情。

上片写春光逝去的景象,借惜春暗示爱情逝去的沉痛。"数声鶗鴂"两句说子规哀啼诏告春光又去。"歇"意为中止,暗示美好情事的逝去应是受阻而断,"又"明写春光一再消逝,暗示爱情一再受阻,以惜春言伤情。"惜春更把残红折"说因惜爱春光而将残花折来存留,表达对遭受摧残的爱情的珍爱与呵护。"雨轻风色暴"四句说梅子青时,无情的风暴突袭,永丰园里无人眷顾的柳絮随风飘散,见春的落寞和心的寒冷,生痛惜之情。下片直抒怨恨忧思。"莫把幺弦拨"两句直言怨愤。幺弦弦声清越,传怨情,怨极则生不平与抗争,故言其后以"天不老"类比"情难绝",表达反抗摧折、捍卫爱情的最强音。又用"心似双丝网,中有千千结"表明爱情的坚不可摧。"双丝网"谐音"双思网",意为两心相连,"千千结"相系,任何阻隔破坏都是徒劳。"夜过也"两句写长夜已过去,东窗尚未白亮,残月犹明。如此以景作结,暗示眼前的"最黑暗",苦怨中有坚忍熬过黑暗、迎来光明的心志,言尽而味永。

青门引①

张　先

乍暖还轻冷②,风雨晚来方定。庭轩寂寞近清明,残花中酒③,又是去年病④。　　楼头画角风吹醒⑤,入夜重门静。那堪更被明月,隔墙送过秋千影。

【注释】

①青门引:词牌名,又名《玉溪清》。以张先《青门引·乍暖还轻冷》为正体。

②乍暖:突然变暖。

③中(zhòng)酒:病酒。

④病:字承上"中酒"来,言酒病。

⑤画角:古代军队中绘有彩色图案的管乐器。

【解读】

此词伤春怀旧,抒写生活孤寂、因景触发的怀旧情怀和忧苦心境。

起首"乍暖还轻冷"两句写对春日天气的感受,言春日忽暖还冷,轻寒的风雨,一直到晚才止住。"乍""还""轻""方"等词见天气冷暖反复无常,也见词人心思之敏锐细密。气候的频繁变化,总是最易引发敏感者人事沧桑的悲慨。"庭轩寂寞"三句由天气转人事,点清明时令,出伤怀主旨:春迟暮、花凋零,是伤春;人事沧桑、借酒浇愁、旧病缠身,是伤己。"又是"表明人生苦境之久,忧苦自明。"楼头画角"两句承"中酒"来,写在凄厉的角声中人被轻冷的晚风吹醒,醒来已是入夜,重门紧闭,四周一片寂静。此两句写景,字字是情:角声添悲,晚风添冷,静夜与重门添孤寂与黯然。自伤之情又重一层。"那堪"两句,看似写景物(月下幽微的秋千影),实则写人事(昔日荡秋千的故人影),点"怀旧","那堪"二字将伤感情绪推进一层,深刻表现词人的忧思痛苦。

【点评】

"怀则自触,触则愈怀,未有触之至此极者。"([明]沈际飞《草堂诗余正集》)

"末句那堪送影,真是描神之笔,极希微窅渺之致。"([清]黄苏《蓼园词选》)

浣溪沙（二首）　　　　晏　殊

　　一曲新词酒一杯^①，去年天气旧亭台，夕阳西下几时回？　　无可奈何花落去^②，似曾相识燕归来，小园香径独徘徊^③。（其一）

　　一向年光有限身^④，等闲离别易销魂^⑤，酒筵歌席莫辞频^⑥。　　满目山河空念远，落花风雨更伤春，不如怜取眼前人^⑦。（其二）

【作者简介】

　　晏殊(991—1055)，字同叔，北宋抚州临川（今江西抚州）人。封临淄公，谥号元献，世称晏元献。以词著于文坛，风格含蓄婉丽，与其子晏几道并称"大晏""小晏"，又与欧阳修并称"晏欧"，亦善诗文。存有《珠玉词》《晏元献遗文》等。

【注释】

　　①一曲：一首。因词配合音乐吟唱，故称"曲"。新词：刚填好的词，指新歌。

　　②无可奈何：不得已。

　　③香径：因落花满地而充满幽香的小路。

　　④一向：一晌，片刻。年光：时光。有限身：有限的生命。

　　⑤等闲：平常。销魂：形容极度悲伤。

　　⑥莫辞频：不要因次数多而推辞。

　　⑦怜取：珍惜，怜爱。

【解读】

其　一

此词伤春惜时，感慨抒怀。

上片联通今昔，思昔伤逝。"一曲新词酒一杯"两句写亭台上饮酒唱词而想起"去年天气"和当时人事。"新""旧"的今昔对举传达时光流逝的怅惘和物是人非的怀旧情绪，伤今之情深婉。"夕阳西下几时回"写面对夕阳即景兴感，包含了对美好景物情事的流连，对时光流逝的怅惘，和对美好事物重现的期盼与微茫的希望。下片借眼前景物，惜春伤怀。"无可奈何花落去"两句写面对落花与归燕的感慨。以"无可奈何"言落花凋零，见欲留春而留不住的惜爱与伤感；以"似曾相识"言飞燕春归，看似是旧时相识的欣喜，实际"似曾"透露的不确定，传达了变迁的感叹：就像"去年天气旧亭台"，"一样"之中暗含了时光流逝中的"不一样"；"去""来"对举，"来"的旧燕触动的是对"去年"的光景一去不重来的伤感和怅惘，一时一物的变迁中，包含了深广的天地万物皆有变迁的人生哲思。此两句对仗精巧自然，情致缠绵，是名句。"小园香径独徘徊"说词人独自在落花满地、充满幽香的小路上踱来踱去，表现孤寂怅惘的心境，"香径"二字又透着一丝淡淡的愉悦，使全词不至于过分低沉哀伤，显得闲雅蕴藉。

其　二

此词抒写伤短暂、惜当下的情怀。

开篇"一向年光有限身"两句说人生短暂，离别寻常而易让人伤心。"一向"言光阴倏忽即逝，"等闲"言离别寻常，令人慨叹。因此，"酒筵歌席莫辞频"意为人生短暂且离别常有，所以有机缘聚会宴饮就不要推辞，暂且对酒当歌，自遣情怀，慰藉有限人生。"频"字言酒宴频繁，表现及时行乐的思想。"满目山河空念远"两句说等到登临时放眼辽阔的河山去怀念远人，那时人隔天涯怀念也是徒然，等到风雨中看到落花再去惜春已是太晚，只会令人更加伤感。言下之意，斯人已远、斯景已逝时再去珍爱是空有深情。由此转出结句："不如怜取眼前人。"此句紧承全词伤短暂、伤无常、伤逝去即不可重来的悲慨而发出活在当下、珍惜眼前的劝词,既应酒宴及时享乐之景,更传达不要被人生各样悲伤所困的旷达之情。

此词感慨关乎人生短暂虚无,但用笔刚健,气象宏阔,感情旷达爽朗,读来无衰颓之感。

采桑子①

晏　殊

时光只解催人老②。不信多情,长恨离亭③,泪滴春衫酒易醒。　　梧桐昨夜西风急。淡月胧明,好梦频惊,何处高楼雁一声。

【注释】

①采桑子:词牌名。唐教坊大曲有《杨下采桑》,"采桑子"是从大曲截取一段而成独立的一个词牌。又名"丑奴儿令""罗敷媚"。

②只解:只知道。

③离亭:古代送别之所。

【解读】

此词抒发叹流年、悲迟暮、伤离别的人生感慨。

开篇用拟人手法言时光不理会人的离别伤痛而催人老去,"多情"二字总领全词,暗含多情人总易感伤离别而在岁月流逝里匆匆老去的感慨,叹流年、悲迟暮、伤离别兼而有之。"长恨离亭"两句说有情之人总是因分离而生出怅恨,想借酒浇愁,酒醒后又"泪滴春衫",此言离恨无可化解。"梧桐昨夜西风急"三句说彻夜西风急骤,一次次将人从梦中惊醒,醒来听得风声瑟瑟,桐叶萧萧,见得月色幽微朦胧,此视听之景,烘托夜梦惊醒后的凄冷落寞,"好梦频惊"写每当想在好梦里停留时,却屡受各种惊扰而断,见现实中的惊扰之多而纷乱,见梦醒时分置身现实的怅恨,感情沉郁、思绪纷扰。"何处高楼雁一声"写词人郁情凌乱之际,高楼上忽闻一声孤雁哀鸣,这一高亢的雁鸣声令人心惊,似乎暗示寒秋正深,令人怀远的离恨、迟暮的悲感、现境的孤独都愈加沉重深远,可谓百感交集,惆怅至极。

此词体物写意自然贴切,感情悲凉而境界高远。

蝶恋花①　　　　　　　　晏　殊

槛菊愁烟兰泣露②。罗幕轻寒③,燕子双飞去。明月不谙离恨苦④,斜光到晓穿朱户⑤。　　昨夜西风凋碧树⑥。独上高楼,望尽天涯路。欲寄彩笺兼尺素⑦,山长水阔知何处?

【注释】

①蝶恋花:词牌名,"鹊踏枝"的别名。

②槛:古建筑常于轩斋四面房基之上围以木栏,上承屋角,下临阶砌,谓之槛。

③罗幕:丝罗的帷幕,富贵人家所用。

④不谙:不了解。谙,熟悉。离恨:一作"离别"。

⑤朱户:犹言朱门,指大户人家。

⑥凋:衰落。碧树:绿树。

⑦彩笺:彩色信笺,供题咏、写信用。兼:一作"无"。尺素:书信的代称。古人写信用素绢,长约一尺,故称。

【解读】

此词怀远伤离。

起句写秋日清晨庭院中的菊花笼罩着轻烟薄雾,看上去脉脉含愁;兰花上沾有露珠,像在默默饮泣。用"愁烟""泣露"将菊、兰人格化,移情于物,透露词人的哀愁。"罗幕轻寒"两句写一对燕子穿过透着轻寒的帷幕飞走了,以景写情,传达词人凄清落寞的心境:以"双燕"反衬人的孤单,以"轻寒"言内心凄寒,以燕子离去透露心中的落寞。"明月不谙离恨苦"两句追写昨夜深夜至黎明时分月光透过门窗照进屋子、照在满怀离情的词人心头,"离恨苦"点明主旨,情感鲜明强烈。对明月的埋怨,表现备受离恨煎熬而对月彻夜无眠的情景,有触景伤怀的苦恨。"昨夜西风凋碧树"三句继续追写昨夜情景:昨夜西风凛冽肃杀而至碧树凋零,词人彻夜不眠而独上高楼排遣愁绪、望远寄情,久久伫立凭高远望而不见所思。此句以西风凌厉的肃杀与天涯路远的苍茫写人伫立远望的孤独惆怅,"望尽"二字显其执着深情和沉浸于远望的心理满足,境界宏阔广远,离情深婉而不颓靡,是历来传诵的名句。结句"欲寄彩笺兼尺素,山长水阔知何处"对照而写音书寄远的强烈愿望与音书无寄的可悲现实,"山长水阔知何处"与"望尽天涯路"呼应,突出空有念远之情的悲慨,传达渺茫无可寄托的怅惘。

此词情致深婉动人而境界寥阔高远,在婉约词中独树一帜。

【点评】

"晏元献公长短句,风流蕴藉,一时莫及。"([宋]王灼《碧鸡漫志》卷二)

"晏同叔……和婉而明丽,为北宋倚声家初祖。"([清]冯煦《宋六十一家词选例言》)

破阵子 　　　　晏　殊

燕子来时新社①,梨花落后清明。池上碧苔三四点②,叶底黄鹂一两声。日长飞絮轻③。　　巧笑东邻女伴④,采桑径里逢迎⑤。疑怪昨宵春梦好⑥,元是今朝斗草赢⑦。笑从双脸生⑧。

【注释】

①新社:社日是古代祭土地神的日子,以祈丰收,有春秋两社。新社即春社,时间在立春后、清明前。

②碧苔:碧绿色的苔草。

③飞絮:飘荡着的柳絮。

④巧笑:形容少女美好的笑容。

⑤逢迎:相逢。

⑥疑怪:诧异、奇怪。这里是"怪不得"的意思。

⑦斗草:古代妇女的一种游戏,也叫"斗百草"。

⑧双脸:指脸颊。

【解读】

此词写春日乡村风物风情。

上片写自然景物。开篇两句摹写时令风物、点明季节:梨花落后,新燕飞来,清明在望,春社即至。一切都美好清新,蕴含喜悦的情意,营造一种明朗和谐的意境,为全词写风物风情定下基调。"池上碧苔三四点"三句写春水池塘点缀着点点青苔,密林深处传来黄莺的啼唱;白昼渐长,柳絮轻扬,显示春日明丽晴和的景象。上片五句,有声、有色、有姿、有态,写足春光的秀美明丽、娇娆动人,为下片绘足了美好的背景。下片写人物情事。"巧笑东邻女伴,采桑径里逢迎"写词中女主人公在采桑路上碰上笑意盈盈的东邻女伴,"巧笑"二字让人如见其笑容、如闻其笑声,"逢迎"二字如见两人在路上不期而遇的欣喜,用白描手法状其外在神态,展示其内在的美好可爱。"疑怪昨宵春梦好"三句是东邻女伴与女主人公交谈的话语和说话时的神态。"疑怪昨宵春梦好,元是今朝斗草赢"说怪不得昨晚做了好梦,原来是今天斗草我会赢,见"斗草赢"的满心欢喜,"笑从双脸生"是一边说"斗草赢"的美事,一边不由得又满脸欢笑,让人充分感受斗草场面的趣味横生和东邻女伴的纯朴天真,与上片生气盎然的春光构成和谐画面,有情韵美,令人有春光无限的遐想。

全词用笔明丽清婉,画面优美和谐,洋溢着乡间风物风情的芬芳。

山亭柳^①赠歌者　　　　　晏 殊

家住西秦^②,赌薄艺随身^③。花柳上^④,斗尖新^⑤。偶学念奴声调^⑥,有时高遏行云^⑦。蜀锦缠头无数^⑧,不负辛勤^⑨。

数年来往咸京道,残杯冷炙谩消魂。衷肠事,托何人?若有知音见采,不辞遍唱《阳春》。一曲当筵落泪,重掩罗巾。

【注释】

①山亭柳:词牌名。以晏殊词为正格。

②西秦:今陕西甘肃一带,春秋战国时属秦国,故称。

③赌薄艺随身:争得一点随身的小技艺(以谋生)。

④花柳:泛指一切歌舞技巧。

⑤斗:竞争。

⑥念奴:唐代天宝年间著名歌女。

⑦高遏行云:《列子·汤问》说古有歌者秦青"抚节悲歌,声振林木,响遏行云"。遏,止。

⑧蜀锦:蜀地的名贵丝织品。

⑨负:辜负。

【解读】

此词写一位歌女曾经红极一时,因年老色衰而遭弃绝的悲剧,流露不平而鸣的悲慨。

上片写歌女出色的才艺和昔日的当红。"家住西秦,赌薄艺随身"交代出身之地,总写才艺。曹植《侍太子坐》有句"歌者出西秦",故"家住西秦"有出身名区之意,"赌薄艺随身"的"赌"意为竞争,"薄艺"的自谦流露的实是自信与自负。"花柳上"四句先用"斗"写歌舞技艺别出心裁和能与人相争的出众;再以"念奴"和"高遏行云"的典故,写善唱。随便学唱,声调高亢激越,可让行云止步谛听,足见声色的感染力和吸引力。"蜀锦缠头无数,不负辛勤"写令众人倾倒,博得赏赐无数的当红,追怀昔日的春风得意,侧面表明技艺高超。以上都是歌者追忆往事所言,所以自负的背后都有一种不平与悲慨。下片写失意的冷落辛酸和内心的悲愤。"数年来往咸京道,残杯冷炙谩消魂"写失意后凄凉冷落境遇和内心悲伤。"残杯冷炙"与上片的"蜀锦缠头无数"对比鲜明,今非昔比的落差中饱含幽怨不平;"衷肠事,托何人"写她盼望找一个懂得自己的人,却难以找到的迷惘;"若有知音见采"两句言若有人赏识接纳,定当竭尽心力回报对方,仍是慨叹知音难有;结句"一曲当筵落泪,重掩罗巾"说筵前唱罢一曲,想起当年的满堂喝彩,感眼下的凄清冷落,又流下了眼泪,"重掩罗巾"既见歌者屡次落泪悲哭,又见她流泪而不愿人见的强装欢颜,哀感沉痛又深一层。

有论者认为此词是晏殊被贬时,慨叹不平境遇的寄托之作。此词与词人其他酒宴歌舞之作确实大不同,寄托说不无道理。

玉楼春^①

宋 祁

东城渐觉风光好^②,縠皱波纹迎客棹^③。绿杨烟外晓寒轻^④,红杏枝头春意闹^⑤。　　浮生长恨欢娱少^⑥,肯爱千金轻一笑^⑦。为君持酒劝斜阳^⑧,且向花间留晚照。

【作者简介】

宋祁(998—1061),字子京,小字选郎。谥景文。开封雍丘(今河南杞县)人。曾与欧阳修等合修《新唐书》,进工部尚书。与兄长宋庠并称"二宋"。诗词语言工丽,因《玉楼春》词中有"红杏枝头春意闹"句,世称"红杏尚书"。

【注释】

①玉楼春:词牌名,又名"木兰花""西湖曲"等。

②东城:泛指城市之东。

③縠(hú)皱波纹:形容波纹细密如皱纱。縠皱,有褶皱的纱。棹(zhào):船桨,此指船。

④烟:指笼罩杨柳的薄雾。

⑤春意:春天的气象。闹:浓盛。

⑥浮生:飘浮无定的短暂人生。

⑦肯爱:岂肯吝惜,即不吝惜。

⑧持酒:端起酒杯。

【解读】

此词抒发惜爱春光、热爱生活、及时享乐的情感。

上片讴歌春色,描绘生机勃勃、色彩鲜明的早春景象。"东城渐觉风光好"两句先用"好"字直白赞赏东城春光,再以拟人手法写春波荡漾,像是欢迎游船的到来,尽写春水的亲切多情和富有灵性,显现东城的春光明媚。"绿杨烟外"两句写岸上春景:远处的杨柳在薄薄的晨雾笼罩下如烟朦胧,近处的红杏热烈绽放,红绿相衬,远近结合,春意盎然,色彩明丽。"闹"字写杏花,见其热烈繁盛、竞相绽放,画面一片大好。下片抒发人生如梦匆匆即逝,因而要及时行乐、尽享春光的感想。"浮生长恨"两句言人生如梦短暂虚幻、苦多乐少,因此不要吝啬钱财而轻易放弃了欢愉享乐的时光,抒写对春光的喜爱和春游的尽兴,也有春光短暂的惜春之意,从而引出"为君持酒劝斜阳,且向花间留晚照"说要举杯劝留斜阳,让它的余晖多一点时间停留,临照美好春色,充分表达对春光、时光的喜爱与留恋。

此词写景华美而情感深挚。

离亭燕①

张　昇

一带江山如画②,风物向秋潇洒③。水浸碧天何处断④?霁色冷光相射⑤。蓼屿荻花洲⑥,掩映竹篱茅舍。

云际客帆高挂⑦,烟外酒旗低亚⑧。多少六朝兴废事⑨,尽入渔樵闲话⑩。怅望倚层楼,寒日无言西下。

【作者简介】

张昇(992—1077),字杲卿,韩城(今属陕西)人。北宋大臣、诗人。卒后赠司徒兼侍中,谥康节。

【注释】

①离亭燕:词牌名。又名"离亭宴"。以张先《离亭宴·公择别吴兴》为正体。

②一带:指金陵(今南京)一带。

③风物:风光景物。潇洒:清凉幽雅。

④浸:液体渗入,此处指水天交接。断:接合处。

⑤霁色:雨后初晴的景色。冷光:秋水反射出的波光。相射:互相辉映。

⑥蓼屿:指开满蓼花的高地。荻花洲:长满荻草的水中沙地。

⑦客帆:即客船。

⑧低亚:低垂。

⑨六朝:指东吴、东晋、宋、齐、梁、陈六个朝代,均在南京建都。

⑩渔樵:渔翁樵夫,代指老百姓。

【解读】

这首怀古词是张昇退居江南、北宋由盛转衰时期所作。

上片描绘金陵山水的雨后秋色,为怀古垫笔。开篇两句概写金陵的山水之美和秋日风光,突出秋光的萧疏清凉与风致幽雅。接着"水浸碧天"两句由远及近绘秋色:远处水势浮空而天幕低垂,有如江水浸染了天空,两者浑然不可分割;近处晴空的澄澈光辉与江波凄冷的水光相映照,"射"字将静态画面点化。"蓼屿"两句写江洲上蓼荻繁茂,竹篱茅舍隐现其中,笔触由自然界转向人家,为抒发感慨作铺垫。下片怀古,寄托对六朝兴亡盛衰的感慨。"云际客帆高挂"两句写江上客船和烟外酒旗,透露金陵的人烟盛事,导出关于人事的情思。"多少六朝兴废事"两句言金陵曾经六朝的盛衰兴亡,全成了渔父樵夫们的闲聊谈资,意为这些兴替未被后来者引以为鉴,透出对时势的忧思。于是,结尾说自己怀着惆怅的心情登高远望,只看见泛着寒意的落日默默西沉。如此移情于物,流露沉重落寞孤寂的心绪,言有尽而意悠悠。

此词层层抒写,章法严密,有由婉约转向豪放的气息。

蝶恋花 庭院深深深几许　　　欧阳修

　　庭院深深深几许①。杨柳堆烟②,帘幕无重数。玉勒雕鞍游冶处③,楼高不见章台路④。　　雨横风狂三月暮⑤。门掩黄昏,无计留春住。泪眼问花花不语,乱红飞过秋千去⑥。

【作者简介】

　　欧阳修(1007—1072),字永叔,号醉翁、六一居士,吉州吉水(今属江西)人,因吉州原属庐陵郡,以"庐陵欧阳修"自居。谥号文忠,世称欧阳文忠公。与韩愈、柳宗元、苏轼合称"千古文章四大家"。与韩愈、柳宗元、苏洵、苏轼、苏辙、王安石、曾巩被世人称为"唐宋八大家"。

【注释】

　　①几许:多少。
　　②堆烟:形容杨柳浓密。
　　③玉勒雕鞍:极言车马的豪华。玉勒,玉制的马衔;雕鞍,精雕的马鞍。游冶处:指歌楼妓院。
　　④章台:汉长安街名。
　　⑤雨横:指急雨、骤雨。
　　⑥乱红:形容各种花瓣纷纷飘落的样子。

【解读】

　　此词写闺中少妇伤春。

　　上片写少妇深闺寂寞,阻隔重重,想见意中人而不得的哀伤怨叹。开篇三句写"庭院深深"的境况,"深深"的叠用见幽居的深邃,"深几许"的提问含怨艾之情;"杨柳堆烟"状柳树繁密,见庭院寂静阴森;"帘

147

幕无重数"写闺阁的封闭隔绝。三句结合写出女子形同囚居的孤独苦境和内心的寡欢怨恨。"玉勒雕鞍"两句写女子登楼远眺在外骀荡游冶、眠花宿柳的男子而不见其踪影,可知男子的薄幸,亦见女子的痴情与无奈,语含幽怨。下片写美人迟暮,盼意中人回归而不得,抒幽恨怨愤。"雨横风狂"三句明写狂风暴雨对春花的摧折和春光难留,暗示生活的凄风苦雨对女子的摧残和她的芳华难驻,幽怨中添愤恨。结尾二句写女子的痴情与绝望:"泪眼问花花不语",实即含泪自问,见其痴情与无处可问、无人理会的孤独痛苦;"乱红飞过秋千去"写落花凋零、飘散沦落,既是花之伤,也是人之痛,花的境况即人的命运象征和写照。

全词以写景状物暗示烘托人物思绪,深稳妙雅,蕴藉婉曲。

【点评】

"永叔词云'泪眼问花花不语,乱红飞过秋千去',此可谓层深而浑成。何也? 因花而有泪,此一层意也;因泪而问花,此一层意也;花竟不语,此一层意也;不但不语,且又乱落,飞过秋千,此一层意也。人愈伤心,花愈恼人,语愈浅而意愈入,又绝无刻画费力之迹,谓非层深而浑成耶?"([清]王又华《古今词论》引毛先舒)

采桑子　　　　　　　欧阳修

　　群芳过后西湖好①。狼籍残红②,飞絮蒙蒙③,垂柳阑干尽日风④。　　　笙歌散尽游人去⑤。始觉春空,垂下帘栊⑥,双燕归来细雨中。

【注释】

①群芳过后:百花凋零后。西湖:指颍州西湖,在今安徽阜阳西

148

北,风景佳胜。

②狼籍残红:残花纵横散乱的样子。残红,落花。狼籍,同"狼藉",散乱的样子。

③蒙蒙:细雨迷蒙的样子,此以形容柳絮飞扬。

④阑干:纵横交错。

⑤笙歌:笙管伴奏的歌筵。散:消失,指曲乐声停止。

⑥帘栊:窗帘和窗棂,泛指门窗帘子。

【解读】

这是欧阳修晚年退居颍州时的词作,抒写寄情湖山的情怀。

上片描写群芳凋谢后西湖的恬静清幽。首句总写"群芳过后"景象,"好"字统领,直显赏爱赞美之情。"狼籍残红"三句一反残春景象与伤春之情,写暮春落花与杨柳之美好,构成落红满缀、柔条斜拂、飞絮轻扬、和风煦暖的暮春图,折射愉悦舒畅的心情。下片写环境的清幽和生活的闲适。"笙歌散尽游人去"实写游春的热闹景象过后的安静,突出环境的清幽,在这清幽里才猛然发觉喧闹繁华已远去,留下的是若有所失的虚空,但这虚空里又别有静谧闲散意味,所以"群芳过后"西湖依然"好"。结尾"垂下帘栊,双燕归来细雨中"说双燕从蒙蒙细雨中归来,词人轻轻放下了帘栊,人与双燕就这样安于一室而和谐共处了。此句以细雨衬托春空后的清寂气氛,又以双燕飞归增添一份生趣,画面安闲和美,心境恬淡安和,余味隽永。

此词写残春而不伤感,清冷空寂中有安宁静谧的美趣,折射词人闲淡的胸怀,别具一格。

朝中措① 送刘仲原甫出守维扬　欧阳修

平山阑槛倚晴空②,山色有无中。手种堂前垂柳,别来几度春风③。　　　　文章太守④,挥毫万字⑤,一饮千钟⑥。行乐直须年少⑦,樽前看取衰翁。

【注释】

①朝中措:词牌名。宋以前旧曲,一名为"照江梅""芙蓉曲"。

②平山阑槛:平山堂的栏槛。

③别来:分别以来。作者曾离开扬州八年,此次是重游。

④文章太守:作者知扬州府时,以文章名冠天下,故自称"文章太守"。一说是指被送的晚辈友人刘敞。太守,汉代官名,即宋代的知州。

⑤挥毫万字:作者当年曾在平山堂挥笔赋诗作文多达万字。一说赞刘敞倚马可待的文才。

⑥千钟:饮酒千杯。

⑦直须:应当。

【解读】

此词为前往扬州任太守的晚辈朋友刘敞饯别而作。平山堂为欧公任扬州太守时建。

上片追想平山堂景色。首句写平山堂凌空矗立,其高无比的气势。为下文抒情定下豪迈基调。"山色有无中"写凭阑远眺情景,言青山隐隐、时有时无,给人迷蒙邈远之感,添追思怀想的悠远诗意。"手种堂前垂柳"两句追怀平山堂前的柳树,"手种"二字流露缅怀昔日的深情,"几度春风"见杨柳生机盎然,也牵动词人依依深情,又为即将前往此地的朋友添了美好的愿景,使词脱离伤别基调。下片写当年寄情山水的生活和及时行乐的豪情。"文章太守"三句写当年在平山堂挥毫为文、饮酒作乐的情景,刻画了词人号称"文章太守",气度豪迈、才华横溢的自我形象,表达纵情山水的豪放潇洒。结尾二句,先劝朋友此去及时行乐,放浪山水,又写自己如今的年迈衰老,发出深切真挚的人生感慨,既有人生易老、须及时行乐的意味,又有且趁年华的洒脱达观,苍凉中有笑对人生的风范。

踏莎行①

欧阳修

候馆梅残②,溪桥柳细,草熏风暖摇征辔③。离愁渐远渐无穷,迢迢不断如春水④。　　寸寸柔肠⑤,盈盈粉泪⑥,楼高莫近危阑倚⑦。平芜尽处是春山⑧,行人更在春山外。

【注释】

①踏莎(suō)行:词牌名。又名"柳长春""喜朝天"等。以晏殊《踏莎行·细草愁烟》为正体。

②候馆:迎宾候客之馆舍。

③草熏:小草的清香侵袭。征辔(pèi):行人坐骑的缰绳。

④迢迢:漫长而遥远。

⑤寸寸柔肠:柔肠寸断,形容愁苦到极点。

⑥盈盈:泪水满溢的样子。粉泪:泪水与粉妆和在一起。

⑦危阑:高楼上的栏杆。一作"危栏"。

⑧平芜:平坦地向前延伸的草地。

【解读】

此词抒写早春行旅的离愁。

上片实写行人客旅愁思。开篇三句选取残梅、细柳、熏草、暖风、征马等意象,绘制一幅初春行旅图,梅柳风草显初春明媚和暖之光彩,"摇征辔"见行人骑马顾盼徐行的情景。其中梅柳皆勾起行人相思离愁;"草熏风暖"勾连旅人与闺中思妇的情事。"离愁渐远"两句即物生情,以春水设喻,言行人越走越远、离愁越来越浓而无止息,情景一体。下片以行人想象虚写思妇怀想。"寸寸柔肠,盈盈粉泪"言她怀想行人而柔肠寸断、悲泪和妆而流,由内而外写深切离情。"楼高莫近危阑倚"三句实写行人对思妇的挂念与嘱托,即愿她不要登高远眺渐行渐远的自己,以免平添重山阻隔、望而不见的悲伤;又虚写楼头思妇凝目远望、神驰天外,透她目光越过重重春山、追随渐行渐远的行人的情景,虚实相映,两心相牵,情意深长而哀婉欲绝。

全词寓情于景,细腻委婉,含蓄深沉,是为人称道的名篇。

【点评】

"春水写愁,春山骋望,极切极婉。"([明]李攀龙《草堂诗余隽》)

"'平芜尽处是春山,行人更在春山外。'此淡语之有情者也。"([明]王世贞《艺苑卮言》)

生查子① 欧阳修

去年元夜时②,花市灯如昼③。月上柳梢头④,人约黄昏后。 今年元夜时,月与灯依旧。不见去年人,泪湿春衫袖⑤。

【注释】

①生查(zhā)子:亦称"楚云深"。原唐教坊曲名,后用作词牌。此首《生查子·元夜》一说是朱淑真所作。

②元夜:元宵之夜。农历正月十五为元宵节。自唐朝起有观灯闹夜的风俗。北宋时从十四到十六三天,开宵禁,游灯街花市,通宵歌舞,盛况空前。

③花市:民俗每年春时举行的卖花、赏花的集市。灯如昼:灯火像

152

白天一样。

④月上：一作"月到"。

⑤泪湿：一作"泪满"。春衫：年少时穿的衣服，也指代年轻时的自己。

【解读】

此词写相思，述去年与情人相会的甜蜜与今日不见情人的痛苦。

上片追忆去年元夜欢会：花市灯亮如白昼，让人想见节日盛况和人的欢乐。"月上柳梢头，人约黄昏后"以明白简洁之语写与佳人约会，以月、柳烘托约会的柔情蜜意。下片写今年元夜重临故地，想念伊人的伤感。"月与灯依旧"，举月与灯，实际也应包括花和柳，言佳节良宵，景物依旧；"不见去年人，泪湿春衫袖"写物是人非的悲伤，"湿"状泪雨滂沱，尽显故人不再、旧情难续的伤情。

此词用白描而对比，今昔情景形成哀乐迥异的反差，真情不加掩饰，亲切感人。

玉楼春 (二首)　　　　欧阳修

尊前拟把归期说①，未语春容先惨咽②。人生自是有情痴，此恨不关风与月。　　离歌且莫翻新阕③，一曲能教肠寸结。直须看尽洛城花④，始共春风容易别。(其一)

别后不知君远近，触目凄凉多少闷⑤。渐行渐远渐无书⑥，水阔鱼沉何处问⑦？　　夜深风竹敲秋韵，万叶千声皆是恨。故欹单枕梦中寻，梦又不成灯又烬。(其二)

【注释】

①尊前：即樽前，饯行的酒席前。

②春容：如春风妩媚的颜容。此指别离的佳人。

153

③离歌:指饯别宴前唱的送别曲。翻新阕:按旧曲填新词。阕,乐曲终止。

④洛城花:指牡丹。洛城即洛阳,盛产牡丹,故称。

⑤多少:意为不知有多少。

⑥书:书信。

⑦鱼沉:鱼不传书。古代有鱼雁传书的传说,这里指音讯全无。

【解读】

其　一

此词咏叹离别,蕴含平易而深刻的人生体验。

开篇说饯别的酒席上打算把归期说定,结果欲说未说时佳人就先自凄哀低咽,此是叙写眼前情事,以"拟说归期"和"未语先惨咽"抒写依依深情和离别伤感,透出对"春容"的爱怜与对世事无常、归期难说的悲慨。"人生自是有情痴"两句说人生而痴情,故易自伤离别,这凄凄别恨其实与眼前的清风、明月毫无关涉。这是一种人生哲理上的反省,透过理性反思,更见出深情难以排解。"离歌且莫翻新阕"两句说饯别宴前,不要再唱新词表心声,清歌一曲,已让人愁肠郁结。"且莫"表恳切劝止,见离恨本已难耐,思绪又由理性而转向樽前话别的痴情。故下句说"一曲能教肠寸结",以柔肠寸结言哀痛伤心。"直须看尽洛城花"两句以看尽洛城花言尽情享受眼前欢愉,以淡然无憾告别春风言洒脱面对离别。只是"洛城花"终究有"尽","春风"也毕竟要"别",此乃人生难以逃脱的悲慨。

此词景、事、情、理融合一体,悲慨中不失豪放,蕴含深切的人生体验。

【点评】

"永叔'人生自是有情痴,此恨不关风与月','直须看尽洛城花,始共春风容易别',于豪放之中有沉着之致,所以尤高。"([近代]王国维《人间词话》)

【解读】

其　二

此词以代言体(即女性第一人称)形式表达闺中思妇深沉凄婉的离情别绪。

开篇两句直写离恨及缘由:不知行人踪迹,故触景皆生出凄凉、郁闷。"多少"意为"不知有多少",言愁闷之多。"渐行渐远"两句抒写远别的情状与愁绪。叠用三个"渐"字,状思妇的心绪紧紧追寻爱人足迹而从近处延伸至远方;但追寻的结果是音讯全无,雁绝鱼沉,无处寻踪。"无书""水阔鱼沉"与首句的"不知"和"远"照应,且欲知无凭,欲问无门,愁苦之状哀怨痛切。"夜深风竹敲秋韵"两句移情于物,写思妇空床独宿,风竹之声都似离恨悲鸣,渲染她彻夜不眠的愁苦;"故欹单枕梦中寻"两句刻画思妇的内心,写她为慰藉思念之情而特意倚靠枕头,以便入睡成梦去追寻心上人,结果美梦终未成,而灯烛却燃烧到只剩灰烬。此景物细节烘托了环境的昏暗凄冷,表现思妇的黯然神伤,也暗示她的命运有如这孤灯,暗淡无光,凄冷苦寒,深含哀婉幽怨。

此词景中寓婉曲之情,情中带凄清之景,深曲婉丽。

【点评】

"此首写别恨,两句一意,次第显然。分别是一恨。无书是一恨。夜闻风竹,又揽起一番离恨。而梦中难寻,恨更深矣。层次深入,句句沉着。"(唐圭璋《唐宋词简释》)

浪淘沙　　　　　　　　欧阳修

把酒祝东风①,且共从容②。垂杨紫陌洛城东③。总是当时携手处④,游遍芳丛。　　　聚散苦匆匆,此恨无穷。今年花胜去年红。可惜明年花更好,知与谁同?

①把酒:端着酒杯。祝:祈祷。

②从容:留恋不舍。

③紫陌:此指洛阳的道路。洛阳曾是东周、东汉的都城,据说当时曾用紫色土铺路,故名。

④总是:大多是。

【解读】

此词为春日与友人梅尧臣在洛阳城东旧地同游有感而作,伤时惜别,抒发了人生聚散无常的感慨。

上片由眼下同游的美景而追忆去年同游之乐。首句写举酒祈祷东风留下来一起共赏春光,移情于物,见游赏之乐和对春光的惜爱留恋。"垂杨紫陌洛城东"写风暖柳拂的迷人景色,兼点游赏地点。"总是当时携手处,游遍芳丛"言眼前赏玩胜地正是去年同游处,顺此追忆去年赏花遍游的欢乐。下片抒发人生聚散匆匆的感慨,并由此推想未来之境,于人生遗憾的感叹中曲达对眼前人事的珍惜。"聚散苦匆匆,此恨无穷"感发欢聚难而离别多的人生遗憾,蕴含对友人的深情厚意。其后三句从眼前之景来推想明年景象,抒写别情,照应"聚散匆匆"。"今年花胜去年红"一说今年的花比去年开得更加繁盛艳美,呼应上片的"当时",含对过去的美好回忆;二见此别经年,欢聚同游难得,愿与友人好好共赏这比去年更好的春光;三则春光有更替,人生多别离,念此感伤,乐景中有哀情。末两句言明年这花还将比今年开得更好,但自己和友人将天各一方,那时不知同谁再来共赏!惜别之中兼人生无常的感慨,既见与友人的情谊深重,又暗含珍惜当下的深味。

此词借与友人同游而将三年的花交叠比较,以惜花写伤别惜时,构思新颖而婉丽隽永。

"(欧阳修词)疏隽开子瞻(苏轼),深婉开少游(秦观)。"([清]冯煦《宋六十家词选例言》)

"因惜花而怀友,前欢寂寂,后会悠悠,至情语以一气挥写,可谓深情如水,行气如虹矣。"([近代]俞陛云《唐五代两宋词选释》)

苏幕遮

梅尧臣

露堤平,烟墅杳①。乱碧萋萋②,雨后江天晓。独有庾郎年最少③。窣地春袍④,嫩色宜相照⑤。　　接长亭,迷远道。堪怨王孙⑥,不记归期早。落尽梨花春又了。满地残阳,翠色和烟老。

【作者简介】

梅尧臣(1002—1060),字圣俞,宣州宣城(今属安徽)人。宣城古称宛陵,世称"梅宛陵"。以欧阳修荐为国子监直讲,累迁尚书都官员外郎,故世称"梅直讲""梅都官"。诗主写实平淡,与苏舜钦并称"苏梅",与欧阳修并称"欧梅"。有《宛陵先生文集》。

【注释】

①墅:田庐。杳:幽暗,深远。

②萋萋:形容草生长茂盛。

③庾郎年最少:庾郎指庾信。庾信,南朝梁代文士,得名甚早。这里借指一般宦游的少年才子。

④窣地春袍:指踏上仕途,穿起拂地的青色章服。窣地,拂地。宋代刚释褐入仕的年轻官员,一般穿青袍。这里形容宦游少年的英俊

风貌。

⑤嫩色宜相照:嫩绿的草色与袍色相辉映,十分相宜。

⑥王孙:贵族公子。

【解读】

此词是行旅中见草色而作的咏物抒怀词。

上片开篇四句咏春草,为写人事铺垫。一、二句写长堤上绿草平整、露光闪烁;田庐房舍在如烟绿草掩映下幽深杳远;第三句总写芳草萋萋;第四句写雨后晴明的环境,点染春草的浓郁春意和蓬勃生机:为少年的出场作铺垫。"独有庾郎年最少"三句由物及人,用遍地春草与宦游少年的映衬相宜写他的春风得意。下片转写宦游少年春尽思归的情怀。"接长亭,迷远道"化用李白的"何处是归程?长亭连短亭"和白居易的"远芳侵古道,青翠接荒城"。借"长亭""远道"传达思归之情,芳草萋迷映照内心凄迷。"堪怨王孙,不记归期早"化用王维的"芳草年年绿,王孙归不归?""堪怨""不记"的自怨之辞,显现对宦游的厌倦和思归之情的强烈。"落尽梨花春又了"感叹又一个春天过去,暗示年岁流逝和仕途春光的消失。"满地残阳,翠色和烟老"以景结情,借残阳暮霭和草色渐衰,表达人生迟暮的伤感,春草的由"嫩"变"老"暗寓伤春,也是词人嗟老、倦游心情的写照。

全词上下片对照写草,抒发惜春情怀,寄寓宦游羁旅、人生迟暮的身世之感,意境深远。

甘草子①

柳 永

秋暮,乱洒衰荷②,颗颗真珠雨③。雨过月华生④,冷彻鸳鸯浦⑤。　　池上凭阑愁无侣⑥,奈此个单栖情绪⑦。却傍金笼共鹦鹉⑧,念粉郎言语⑨。

【作者简介】

柳永(约987—约1053),原名三变,字景庄,后改名永,字耆卿,因排行第七,又称柳七,崇安(今福建武夷山市)人。婉约派词人。自称"奉旨填词柳三变",并以"白衣卿相"自诩。他是北宋第一个专力写词和第一位对宋词全面革新的词人,两宋词坛创用词调最多的词人。他将敷陈其事的赋法移植于词,大力创作慢词。其词铺叙刻画,情景交融,语言通俗,音律谐婉,流传极广,时称"凡有井水饮处,皆能歌柳词"。有《乐章集》。

【注释】

①甘草子:词牌名。始于寇準《乐章集》注"正宫"。

②衰荷:将败的荷花。

③真珠雨:像珍珠样的雨珠。

④月华:月光,月光照射到云层上,呈现在月亮周围的彩色光环。生:出现。

⑤彻:程度极深,透的意思。鸳鸯浦:鸳鸯栖息的水滨。浦,水边或河流入海处。此指水塘。

⑥凭阑:靠着栏杆,"阑"通"栏"。

⑦奈:奈何,怎么办。单栖:独宿。

⑧却:回身,转身。傍:靠近。

⑨念:道白,说。粉郎:原指三国魏玄学家何晏。曹操纳晏母为妾,晏被收养,得操宠爱。少以才秀知名,喜敷粉,人称"傅粉何郎"。这里指所思之人。

【解读】

这是一首闺情小令。上片写池边秋暮的乱雨冷月,以景达情。开篇"秋暮"三句,以"秋暮"点时令并触动寂寥悲秋的情思,"乱洒"二句写雨打衰荷、跳珠乱溅景象,揭示闺妇凭栏观雨时空虚无聊而烦乱的

159

心绪。"雨过月华生,冷彻鸳鸯浦"写雨后寒月冷照水滨,营造空寞清冷的氛围,暗示女子伫立时间之长和内心的孤寂凄冷。下片写凭栏孤单和逗弄鹦鹉,表达她的孤寂和对心上人的思念。"池上凭阑愁无侣,奈此个单栖情绪"从独倚和孤眠两方面写女子无人陪伴的愁闷孤苦,收束所写情景,点出空无烦乱孤寂的缘由。"却傍金笼共鹦鹉,念粉郎言语"写女子教鹦鹉学说所思之人的言语,婉达她对心上人无法排遣的思念和内心的空虚。逗弄背后透着一份无奈与凄凉,令人叹惋。

曲玉管^①

柳 永

陇首云飞^②,江边日晚,烟波满目凭阑久。立望关河萧索^③,千里清秋。忍凝眸^④?

杳杳神京^⑤,盈盈仙子^⑥,别来锦字终难偶^⑦。断雁无凭^⑧,冉冉飞下汀洲^⑨。思悠悠。　　暗想当初,有多少幽欢佳会,岂知聚散难期,翻成雨恨云愁。阻追游^⑩。每登山临水,惹起平生心事。一场消黯^⑪,永日无言^⑫,却下层楼。

【注释】

①曲玉管:原唐教坊曲名,后用为词牌。以柳永《曲玉管·陇首云飞》为正体。

②陇首:亦称陇坻、陇坂,今陕西与甘肃交界处险塞。

③关河:关塞河流,这里泛指山河。

④忍:怎能忍受。凝眸:目光凝聚在一起,指注视。

⑤杳杳:遥远渺茫。神京:京都,这里指汴京(今开封)。

⑥盈盈:形容女子娇媚可爱的神态。仙子:比喻美女,这里指词人所爱的歌女。

⑦锦字：又称织锦回文。《晋书·窦滔妻苏氏传》载，窦滔妻苏氏善属文。滔被徙流沙。苏氏织锦为回文旋图诗以赠滔，宛转循环以读之，词甚凄婉。后用以指妻寄夫之书信。难偶：难以相遇。

⑧断雁：指鸿雁没有传来书信。

⑨冉冉：慢慢飞落的样子。汀：水中或水边的平地。

⑩阻追游：被阻碍而不能自由追寻。

⑪消黯：黯然销魂。

⑫永日：长日。

【解读】

此词抒写羁旅中的怀旧伤离情绪。

首句写凭栏所见，"云飞""日晚"隐含"凭阑久"；"烟波满目"暗示心情沉郁。"立望"是伫立远望，关河千里清秋，境界阔大；"忍凝眸"由景及情，有对景怀人、不堪久望之意。"杳杳神京"三句承"忍凝眸"而虚写情事："杳杳神京"写所思之人在汴京；"盈盈仙子"写所思之人的姿容；"锦字"化用典故言别后恋人音信无凭，传达怀人情思。"断雁无凭"三句又回到眼前实事：大雁飞过却无传书，让人触景伤怀思念悠悠，表达既得不着信又见不了面的惆怅。"思悠悠"与"忍凝眸"呼应，情感更深一层。"暗想当初"至"阻追游"是"思悠悠"的铺叙：追怀往事诸多旧欢，怎料相爱相离难相期，重重阻隔难再见，于是昔日欢情都化作了今日惆怅，愁苦怅恨全在其中。"阻追游"隐含难言的无奈与辛酸，愁恨再深一层。"每登山临水，惹起平生心事"宕开笔墨，以"每"指出登高怀远乃常有之事，愁情更加沉重郁结。"一场消黯，永日无言，却下层楼"又收笔眼下情境：在黯然销魂的伤怀里，久久地默然无语而走下楼来，尽显沉郁心绪，遥接"凭阑久"，首尾圆合。

此词围绕"凭阑"而铺写见闻感想，收放自如，情感血脉贯通。

雨霖铃①

柳 永

寒蝉凄切②,对长亭晚,骤雨初歇③。都门帐饮无绪④,留恋处、兰舟催发⑤。执手相看泪眼,竟无语凝噎⑥。念去去⑦,千里烟波,暮霭沉沉楚天阔⑧。 多情自古伤离别。更那堪冷落清秋节⑨。今宵酒醒何处,杨柳岸、晓风残月。此去经年⑩,应是良辰好景虚设。便纵有千种风情⑪,更与何人说⑫。

【注释】

①雨霖铃:词牌名,也作"雨淋铃"。相传唐玄宗入蜀时在雨中听到铃声想起杨贵妃,作此曲。调含哀伤。

②凄切:凄凉急促。

③骤雨:急猛的阵雨。

④都门:国都之门。这里指北宋都城汴京(今河南开封)。帐饮:郊外设帐饯行。

⑤兰舟:古代传说鲁班曾刻木兰树为舟,这里是对船的美称。

⑥凝噎:喉咙哽塞,欲语不出的样子。

⑦去去:重复"去"字,表示行程遥远。

⑧暮霭:傍晚的云雾。沉沉:深厚的样子。

⑨那堪:即哪堪,怎能忍受。

⑩经年:年复一年。

⑪纵:即使。风情:情意;一作"风流"。

⑫更:又、还;一作"待"。

【解读】

此词写离情别绪,是词人仕途失意、离开京都时作。

上片写饯行时的难分难舍。起首三句写环境,点出离别时间、地点,并移情入景,渲染凄凉萧瑟的氛围,暗寓别意。后两句中,"都门帐饮无绪"写离别在即的心情烦乱无头绪;"留恋处、兰舟催发"写难分难舍而船家又声声催促,透露不忍离别又不得不离别的痛苦。"执手相看泪眼,竟无语凝噎"以白描手法写离人伤心失魄情状,表达彼此悲痛、眷恋又无可奈何的心情。"念去去"三句想象别去情景。"去去"意为越去越远,一路暮霭深沉、烟波千里是离人心情沉郁迷茫的写照,也暗含词人身不由己、流落江湖的无限凄楚。离愁之深、别恨之苦满溢。下片想象别后凄楚情景。"多情自古伤离别"谓伤离惜别自古皆然。"自古"两字从个别而得出普遍广泛的人生哲理,扩大了词的意义。"更那堪冷落清秋节"又强调自己此时此境比常人、古人承受的痛苦更多更甚,交织着人生失意与离别之伤。"今宵酒醒何处"两句虚写酒醒后情景,杨柳依依、晓风凄冷、残月破碎,将离人凄楚惆怅、孤独忧伤的心境表现得充分真切,是"一切景语皆情语"的名句。"此去经年"四句更深一层推想别后纵有良辰美景,也因不能与心爱之人共话而惨不成欢的境况,将思念之情、伤感之意刻画殆尽,传达出彼此关切的心情。

全词围绕"离别"铺写环境、人事、景物、心绪,虚实相生,情景交融,人生失意与离别之痛交织,给人以强烈共鸣。

佳人醉①

柳永

暮景萧萧雨霁,云淡天高风细。正月华如水,金波银汉②,潋滟无际③。冷浸书帷梦断④,欲披衣重起,临轩砌⑤。

素光遥指⑥,因念翠蛾⑦,杳隔音尘何处?相望同千里。尽凝睇⑧,厌厌无寐⑨,渐晓雕阑独倚。

【注释】

①佳人醉：词牌名，《乐章集》注"双调"。

②金波：本谓月光，月光浮动若金之波流，借指月亮。银汉：银河。

③潋滟：水波荡漾的样子。此指星光月光交相辉映。

④书帷：书斋中的帷帐，代指书斋。

⑤轩砌：屋前台阶。

⑥素光：月光。

⑦翠蛾：妇女细而长曲的黛眉，此处借指词人的妻子。

⑧凝睇：凝望，注视。

⑨厌厌：无精打采。

【解读】

此词应为早年远游时思念家室之作。

上片写夜景和梦断不眠。"暮景萧萧雨霁"两句写暮雨初霁后天宇的恬静、幽美和辽阔。"萧萧雨霁"点明时间背景并烘托雨后的寂静氛围。"云淡天高"显境界阔大，"风细"暗写环境幽静。"正月华如水"三句承"暮景"写月色。夜空中明月与银河辉映，波光闪闪月色如水，天地合一。"月华"与"银汉""潋滟无际"，显得博大壮丽，浩瀚无垠，烘托了词人的怀人之情。"冷浸书帷梦断"三句呼应"风细"，由景物及人事，写难耐月夜清冷而梦醒，再也无法入睡，只好"披衣重起"来到台阶上，"重"字暗示词人无法入眠而一次次披衣起床。三句叠加，刻画了心事重重而一次次梦断的词人形象，有月夜感怀的思绪。下片写倚楼怀远。"素光遥指"三句点念远怀人，"因念翠蛾"道出词人梦断重起的原因：人在千里，音讯难通。想到"相望同千里"而"杳隔音尘"，生出相望不相闻、思之而不得的惆怅。于是"尽凝睇，厌厌无寐，渐晓雕阑独倚"言自己一直注视着夜空明月，孤独惆怅而难以入眠，天色将明仍独倚雕阑，尽显内心哀伤。

全词以明月为主线贯穿相思，情感深挚而语言清雅。

婆罗门令①

柳永

　　昨宵里，恁和衣睡②，今宵里，又恁和衣睡。小饮归来，初更过，醺醺醉。中夜后，何事还惊起？霜天冷，风细细。触疏窗，闪闪灯摇曳。　　空床展转重追想③，云雨梦，任攲枕难继④。寸心万绪，咫尺千里。好景良天，彼此空有相怜意，未有相怜计。

【注释】

①婆罗门令：词牌名。调见柳永《乐章集》。

②恁：如此，这样。和衣睡：穿着衣服睡觉。

③展转：即"辗转"。

④攲枕：斜倚枕头。攲，同"倚"。

【解读】

此词写中宵酒醒情景，抒离愁和相思之情。

开篇两句从"今宵"联系到"昨宵"，连写两夜"和衣睡"，写尽游子羁旅的苦楚和孤眠滋味。"小饮归来"三句插叙睡前自饮至初更而大醉，传达内心愁苦。"熏熏醉"补写"和衣睡"的缘由，为下片的辗转重追美梦伏笔。"中夜后"至"闪闪灯摇曳"自问自答，写半夜被寒冷惊醒，天冷、风细、残灯摇曳，凄寒苦境是梦中惊醒的感受，表现忧思寂寞、黯然神伤的心境。"空床展转"三句承梦醒而写醒后空床孤枕、想重温好梦而不可得的寂寞孤苦。以梦境的美好反衬现实的孤苦，相思情切而好梦难继，对比中倍添悲凉。"寸心万绪，咫尺千里"将"寸心"与"万绪""咫尺"与"千里"对比，凸显千愁万绪的沉郁和有梦难成的无奈惆怅。"好景良天"至"未有相怜计"说彼此空有相思、良辰好景也因

165

无计相见而虚设,由写自己的相思而推及对方悲苦,见心心相印,悲情更深一层。"空有"与"未有"对照映衬,凸显内心渴盼与残酷现实的矛盾,悲中添怨恨。

全词从睡前、睡梦、醒后等方面叙写中宵梦醒情景,以双方情思作结,层次清晰而情感丰富。

凤栖梧①

柳 永

伫倚危楼风细细②。望极春愁,黯黯生天际③。草色烟光残照里,无言谁会凭阑意?　　拟把疏狂图一醉④。对酒当歌⑤,强乐还无味⑥。衣带渐宽终不悔⑦,为伊消得人憔悴。

【注释】

①凤栖梧:"蝶恋花"之别名。

②危楼:高楼。

③黯黯:迷蒙不明。

④拟把:打算。疏狂:粗疏狂放,不合时宜。

⑤对酒当歌:语出曹操《短歌行》。当,与"对"意同,面对。

⑥强乐:强颜欢笑。

⑦衣带渐宽:指人逐渐消瘦。

【解读】

这是一首怀人词。

上片写登高望远生离愁。"伫倚危楼风细细"写词人登高远眺,"伫倚"见出凭栏之久与怀想之深。"望极春愁,黯黯生天际"写远眺所感,言遥接天际的满目迷蒙触发心中"春愁",流露怀远盼归心绪。不说"春愁"滋生于心,而说它生于天际,使无形的愁绪变得有形可据,沟通了景与情的关联。"草色烟光残照里"展示望断天涯所见之景,渲染迷茫惆怅的氛围,为抒怀蓄势。"无言谁会凭阑意"是徒自凭栏、心曲难诉的慨叹。下片写离愁无法消解。"拟把疏狂"三句说为释怀离愁而决意痛饮狂歌,但终觉"无味",见愁绪深重、无法消解。结尾两句"衣带渐宽终不悔,为伊消得人憔悴"言自誓甘愿为伊人而日渐消瘦憔悴,极写愁情,更见执着深情与坚毅果决。词的意境因而超出一般的思念之旨、得到升华。

此词写景抒怀照应融合,情感深挚感人,境界阔大高远。

二郎神①

柳　永

炎光谢②,过暮雨、芳尘轻洒③。乍露冷风清庭户④,爽天如水⑤,玉钩遥挂⑥。应是星娥嗟久阻⑦,叙旧约、飙轮欲驾。极目处、微云暗度⑧,耿耿银河高泻⑨。　　闲雅⑩,须知此景,古今无价。运巧思、穿针楼上女⑪,抬粉面、云鬟相亚⑫。钿合金钗私语处,算谁在、回廊影下?愿天上人间,占得欢娱,年年今夜⑬。

【注释】

①二郎神:唐教坊曲名,后作词牌名。《乐章集》注"林钟商"。

②炎光谢:暑气消退。谢,消歇。

③"过暮雨"句:为"暮雨过、轻洒芳尘"的倒装,意谓暮雨过后,尘土为之一扫而空。

④乍露:刚刚结露。

⑤爽天如水:夜空像水一样清凉透明。爽天,清爽晴朗的天空。

⑥玉钩:喻新月。

⑦"应是"二句：意谓此时应是织女叹长久别离，欲重叙旧约，驾飙车启程了。星娥，指织女。飚轮，即飙车，御风而行的车。

⑧微云暗度：淡淡的云朵不知不觉中移动。

⑨耿耿：明亮的样子。高泻：指银河高悬若水流泻。

⑩闲雅：娴静幽雅。闲，通"娴"。

⑪"运巧思"句：谓女子乞巧。农历七月七日夜（或农历七月六日夜），穿着新衣的妇女们在庭院向织女星乞求智巧，称为"乞巧"。

⑫云鬟（huán）：高耸的环形发髻。相亚：相似。

⑬"钿合金钗"五句：用唐玄宗与杨贵妃七夕誓世世为夫妻典。钿合，亦作"钿盒"，镶嵌金、银、玉、贝的首饰盒子。

【解读】

此词咏七夕佳节，描绘欢乐祥和、幸福温馨的七夕夜色图，发出珍惜良宵、莫负美景的呼唤。

上片主要写天上情景。开篇"炎光谢"三句点出初秋时令，再从暮雨导出七夕，尘土被暮雨一扫而空，暗示气候宜人和夜空清爽。"乍露冷风"三句承上写庭户清爽、碧天如水、新月如钩，目光由人间而至天上，交代七夕的场所和环境，为写织女牛郎约会布设背景，引出"应是星娥嗟久阻，叙旧约、飚轮欲驾"。此三句说人们猜想织女嗟叹与牛郎分离太久，赴会心切而驾风轮飞渡银河，使七夕佳节充满了人情的美好；"极目处"三句写人们观望夜空所见：云彩飘飞、银河高悬、夜空明亮如水，画面幽静美好，让人感受到牛郎织女终于欢聚的喜悦，也寄寓了人们对他们幸福团圆的祝愿和对美好爱情的向往。下片主要写人间情景。"闲雅"三句转笔人间。"闲雅"是对上片的总结，"须知此景，古今无价"。是词人感受，高度赞赏中可见对七夕佳节的珍视，开启对人间七夕习俗的描写。"运巧思"三句写七夕女子望月穿针，向织女乞取巧艺的活动。"抬粉面、云鬟相亚"。写她们手执金针，仰望夜空，乌云般的发鬟向后低垂，显现她们追求巧艺的热切与虔诚。"钿合金钗"

句,借唐玄宗与杨贵妃的故事写七夕的另一活动:有情男女七夕定情,交换信物,夜半私语。这是七夕节序的特定内容,也是词人浪漫情怀的体现。结尾"愿天上人间"三句表达对天下有情人的美好祝愿和人们对幸福生活的渴望,展示了词人热诚而广阔的胸怀。

戚　氏①

柳　永

　　晚秋天,一霎微雨洒庭轩②。槛菊萧疏,井梧零乱,惹残烟。凄然,望江关③,飞云黯淡夕阳间。当时宋玉悲感④,向此临水与登山。远道迢递⑤,行人凄楚,倦听陇水潺湲⑥。正蝉吟败叶,蛩响衰草⑦,相应喧喧。　　孤馆度日如年。风露渐变,悄悄至更阑⑧。长天净,绛河清浅,皓月婵娟。思绵绵。夜永对景,那堪屈指,暗想从前。未名未禄,绮陌红楼⑨,往往经岁迁延。　　帝里风光好,当年少日,暮宴朝欢。况有狂朋怪侣,遇当歌、对酒竞留连。别来迅景如梭⑩,旧游似梦,烟水程何限!念利名、憔悴长萦绊。追往事、空惨愁颜。漏箭移、稍觉轻寒⑪。渐呜咽、画角数声残。对闲窗畔,停灯向晓,抱影无眠。

【注释】

①戚氏:词牌名,始见《乐章集》,长调慢词。以柳永词为准。

②一霎:一阵。庭轩:庭院里有敞窗的厅阁。

③江关:疑指荆门,荆门、虎牙二山夹长江对峙,古称江关,战国时为楚地。

④宋玉悲感:战国楚宋玉作《九辩》,以悲秋起兴,抒孤身逆旅之寂寞,生发不逢时之感慨。

⑤迢递:遥不可及貌。迢,高远貌。

⑥陇水:陇头流水。潺湲:水流貌。

⑦蛩(qióng):蟋蟀。

⑧更阑:五更将近,犹言夜深。

⑨绮陌红楼:犹言花街青楼。绮陌,繁华的道路。

⑩迅景:岁月,光阴易逝,故称。

⑪漏箭:古时以漏壶滴水计时,漏箭移即光阴动也。

【解读】

据前人考证,"戚氏"当为柳永独创,且仅见其《乐章集》中,当写于词人年过五十而外放荆南、心情苦闷之时。

上片开头写微雨后的薄暮景色。"晚秋天"点时令,再写驿馆内的衰残景色,创设凄凉基调。晚秋悲凉引人伤感,而"一霎微雨"带着薄凉洒于庭轩,自然更引得多愁善感的词人思绪缥缈。"槛菊萧疏"三句融情入景、以景写情,"惹"字言淡薄的"残烟"非关天气或雾气,而是庭轩中的"零乱""萧疏""惹"来的,尽显园中景物的萧索。"凄然"三句笔触转远,写远望云色憔悴,夕阳西坠,令人不由想到悲秋的宋玉曾在此"临水与登山",流露登高怀远的悲情。下接"远道迢递"三句,重回眼前:面对长路漫漫,"凄楚"的"行人"(词人自己)连路上的流水潺湲都已"倦听",足见对羁旅的厌倦与疲惫不堪。"正蝉吟败叶"三句契合"晚秋天"写景,烘托心绪的烦躁凌乱。在"相应喧喧"的蝉嘶蛩鸣中,结束衰秋哀情的叙写,为抒情作铺垫。

中片由傍晚入深夜,先景后情。"孤馆度日如年"自述身世,言羁旅孤独难熬,"风露渐变,悄悄至更阑"言对时令渐冷和时间流逝的感受,传达内心孤索寒凉。"长天净"三句写凝望夜空的所见所感。"绛河清浅"两句写凄凉难耐,皓月当空勾起怀远之情,所以说"思绵绵。夜永对景,那堪屈指,暗想从前"。一面追忆往事,一面深觉不堪回首,尽显郁闷。"未名未禄"三句是对往事的回顾,字面上说自己流连于

170

"绮陌红楼"而"未名未禄",联系柳永的坎坷际遇和人在仕途的现况,深味此言的辛酸和凄苦,与其说是悔恨,不如说是怨叹。

下片继续追忆,写狂放不羁的少年生活。"帝里风光好"五句尽写年少时的欢乐风光和奢靡生活,寄寓时光易逝、年华似水的感慨。而下文"别来迅景如梭"三句则道出了空忆当年的痛楚。"迅景如梭,旧游似梦"的比喻叹息往日欢娱的迅速逝去和不再返回,"烟水程何限"叹奔波劳碌何时是尽头,见其落寞与茫然。"念利名"几句重又回到现实,揭示痛苦的根源,透露人生的无奈:追怀往事,想着自己不曾放弃对名利的追逐,却憔悴一生,空留残容愁颜。"漏箭移"两句说辗转思量间,不觉又过了一夜:"稍觉轻寒"后,惊觉"漏箭移";听闻远处"渐鸣咽、画角数声残",惊觉长夜行将过去——这样的惊觉见词人彻夜无眠时的思绪万千。结尾"对闲窗畔,停灯向晓,抱影无眠"写思绪渐趋于平静,守着孤独等候黎明的到来,平静中见内心的孤寂。

全词由傍晚到深夜、由深夜至黎明,由眼前望江关,由孤馆怀帝京,描情叙景,铺叙怀旧,大开大阖,一气贯穿。可说是词人一生的总括。

【点评】

"离骚寂寞千载后,戚氏凄凉一曲终。"([宋]王灼《碧鸡漫志》)

夜半乐①

柳　永

冻云黯淡天气②,扁舟一叶,乘兴离江渚。渡万壑千岩,越溪深处。怒涛渐息,樵风乍起③,更闻商旅相呼,片帆高举。泛画鹢、翩翩过南浦④。　　望中酒旆闪闪⑤,一簇烟村,数行霜树。残日下,渔人鸣榔归去⑥。败荷零落,衰杨掩映,岸边两两三三,浣纱游女。避行客、含羞笑相语。

到此因念,绣阁轻抛,浪萍难驻。叹后约、丁宁竟何据⑦?惨离怀、空恨岁晚归期阻。凝泪眼、杳杳神京路,断鸿声远长天暮。

【注释】

①夜半乐:唐教坊曲名,后用为词牌。盖借曲名另倚新声。常以柳永词为准。

②冻云:冬天浓重聚积的云。

③樵风:指顺风。乍起:突然吹起。

④画鹢(yì):船首画鹢鸟,以图吉利,这里代指舟船。相传鹢是一种水鸟,不怕风暴,善于飞翔。翩翩:形容穿行轻快的样子。南浦:南岸的水边,泛指水滨。

⑤望中:在视野里。酒旆(pèi):酒店招引顾客的旗幌。

⑥鸣榔:用长木棒敲击船舷。渔人用它敲船,或为使鱼受惊入网,或以为唱歌节拍,这里用后者,即渔人击节而歌回家。

⑦后约:约定以后相见的日期。丁宁:同"叮咛",郑重嘱咐。何据:有什么根据,是说临别时相互的约定、嘱咐都无法实现。

【解读】

上片首句点明时令,交代出发时的天气。"冻云"句说明时已初冬,天色暗淡。"扁舟"二句写自身,以暗淡天色反衬自己乘舟驶离江渚时极高的兴致。"乘兴"是上片文眼。从"离江渚"到"过南浦",词人一直保持着饱满的游兴。"渡万壑"二句总写路程,给人轻舟过重山之感。"怒涛"四句写扁舟继续前行的见闻:船已从万壑千岩的深处出来,到了开阔江面,浪头渐小,吹起顺风,听见经商过往的船客彼此招呼,船只高高地扯起了风帆。"片帆高举"见顺风扬帆时独立船头、怡然自乐的情状。"泛画鹢、翩翩过南浦"以"翩翩"遥应"乘兴",写舟行

172

和心情的轻快。

中片由"望中"生发写舟中所见,时间是傍晚,地点是南浦以下的江村。词人乘兴翩翩而行,乐赏眼前风光:岸上高挑的酒帘风中闪动,烟霭朦胧中隐约可见村落,其间点缀着几排霜树;残日映照的江面上渔人"鸣榔归去";浅水滩头芰荷零落,临水岸边杨柳枝条衰残,三三两两浣纱归来的女子含羞笑相语,这样由景物及人事,景物色彩渐添冷落色调,人事落在一个"归"字,从而开启下片抒情。

下片由景入情,写去国离乡的感慨,用"到此因念"四字展开,引出离愁别恨。"绣阁轻抛,浪萍难驻"悔当初轻率离家,叹如今浪迹他乡。"轻抛"二字显后悔意;"浪萍"喻眼下行踪不定的生活,见漂泊之情。"叹后约"四句从不同角度抒写难以与亲人团聚的感慨,凄楚更深一层:一叹旧约归期难兑现,二叹岁暮不能回家而空自遗憾,三叹目前羁旅路远而只得"凝泪眼",四叹犹如空中离群的孤雁,望神京而不见……情景交融,尽写去国离乡的离愁和羁旅行役的苦况,令人心神惨然。

此词上、中片写景铺排有序,末片抒情一吐为快。通篇转承自然,体现了柳永词长于铺叙的特点。

望海潮①

柳　永

东南形胜,三吴都会②,钱塘自古繁华。烟柳画桥,风帘翠幕,参差十万人家。云树绕堤沙。怒涛卷霜雪,天堑无涯③。市列珠玑,户盈罗绮,竞豪奢。　　重湖叠巘清嘉④。有三秋桂子,十里荷花。羌管弄晴,菱歌泛夜,嬉嬉钓叟莲娃。千骑拥高牙⑤。乘醉听箫鼓,吟赏烟霞。异日图将好景,归去凤池夸⑥。

【注释】

①望海潮:词牌名。始见于《乐章集》。

②三吴:即吴兴、吴郡、会稽三郡,泛指今江浙一带。

③天堑:天然的壕堑,此指钱塘江。

④重湖:西湖分为里湖和外湖,故称重湖。叠巘(yǎn):重叠的山峦。清嘉:清秀美丽。

⑤高牙:高矗的牙旗。牙旗,将军之旌,竿上饰以象牙,故云。这里代杭州知府孙何。

⑥凤池:全称凤凰池,原指皇宫禁苑中的池沼。此处指朝廷。

【解读】

这是一首干谒词,写杭州的富庶壮丽以夸于杭州知府孙何,求得举荐。

上片写杭州的风光和都市的繁华。开篇统摄全貌,点出杭州位置的重要、历史的悠久,揭示主题。称"三吴都会",言其为东南三吴地区的重要都市。自"烟柳"句起,铺写"三吴都会":"烟柳画桥"写街巷河桥的美丽,"风帘翠幕"写居民住宅的雅致,"参差十万人家"写都市户口的繁庶,"参差"写楼阁房舍高低错落的都市景象。"云树"三句转笔郊外,铺写"东南形胜":江堤上树木如云,郁郁苍苍,"绕"字写出长堤迤逦曲折的态势;"怒涛"句写钱塘江潮的澎湃迅猛和森森寒气;"天堑"形容钱塘江壮阔浩荡。"市列"三句铺写"自古繁华":"珠玑""罗绮"以点带面,写出市场繁荣、市民殷富,暗示杭城声色之盛。"竞豪奢"明写商品琳琅满目,暗写商人比斗奢华,反映民殷财阜的繁盛。下片重点描写西湖风光,反映杭州人生活的和美。先以"重湖叠巘清嘉"概括湖山之美,再写山上桂子、湖中荷花。以不同季节之花凝练西湖以至整个杭州最具特色的美景。其后写杭州人的游乐。"羌管弄晴"三句写百姓游乐:"羌管弄晴,菱歌泛夜"互文见义,说白天或夜晚,湖面上都荡漾着优美的笛曲和采菱的歌声。"弄"字见吹笛人的悠然自得,"泛"字见乐声飘荡的悠扬。"嬉嬉钓叟莲娃"则写老老少少的欢乐神态,生动地描绘了国泰民安的游乐图卷。"千骑"以下各句写官员的游乐。"千骑拥高牙"写官员身份和随从众多,声势显赫。"乘醉听箫鼓,吟赏烟霞"写饮酒赏乐和笑傲山水间的欢乐,表现官员的儒雅风流,衬托山水的美丽。"异日图将好景,归去凤池夸"说当达官贵人们召还之日,合将好景画成图本,献与朝廷,夸示于同僚,再次烘托杭州之美。

全词铺叙形容,浓墨重彩地展现了杭州的繁荣、壮丽景象。音律协调,情致婉转,令人对杭州心生向往。

【点评】

"承平气象,形容曲尽。"([宋]陈振孙《直斋书录解题》)

玉蝴蝶①

柳 永

望处雨收云断,凭阑悄悄,目送秋光。晚景萧疏,堪动宋玉悲凉②。水风轻、蘋花渐老③,月露冷、梧叶飘黄。遣情伤④。故人何在?烟水茫茫。　难忘。文期酒会⑤,几孤风月⑥,屡变星霜⑦。海阔山遥,未知何处是潇湘⑧。念双燕、难凭远信,指暮天、空识归航。黯相望。断鸿声里,立尽斜阳。

【注释】

①玉蝴蝶:词牌名。一名"玉蝴蝶慢"。

②宋玉悲凉:宋玉《九辩》有句:"悲哉!秋之为气也,萧瑟兮草木摇落而变衰!"引申为悲秋。

③蘋花：一种夏秋间开小白花的浮萍。

④遣情伤：令人伤感。遣，让。

⑤文期酒会：文人们相约饮酒赋诗的聚会。期，约。

⑥几孤风月：辜负了多少美好的风光景色。几，多少回。孤，通"辜"，辜负。风月，美好的风光景色。

⑦屡变星霜：经过了好几年。星霜，星一年一周天，霜每年而降，因称一年为一星霜，亦以之喻年月也。

⑧潇湘：此处指所思念的人居住的地方。

【解读】

此词怀念湘中故人。

"望处雨收云断"写即目所见，雨停云散，清秋疏朗。"凭阑悄悄，目送秋光"写独自倚阑远望秋色的忧思。"晚景萧疏，堪动宋玉悲凉"写面对向晚的萧疏秋景想起千古悲秋之祖宋玉，引发了情感共鸣。"水风轻"四句，捕捉了水风、蘋花、月露、梧叶等秋日景物，用"轻""老""冷""黄"四字烘托，交织成秋光景物图：秋风轻拂水面，白蘋花渐老，月寒露冷，梧桐叶黄，片片飘下，写出清秋萧疏衰飒、凄清沉寂的感受，为下文抒情作铺垫。"蘋花渐老"既写眼前景物，也寄寓漂泊江湖、华发渐增的感慨。"遣情伤"由景及情，引出"故人何在？烟水茫茫"两句，为全词主旨。"烟水茫茫"是迷蒙景色，也是因思念故人而生的茫然心绪。下片"难忘"二字唤起回忆，写怀念故人之情。回忆与朋友一起"文期酒会"的赏心乐事，至今难忘。分离后，物换星移、秋光几度，不知有多少良辰美景因无心观赏而白白过去。"几孤""屡变"言离别之久，见离别怅惘。"海阔山遥"句又从回忆转到眼前的思念。"潇湘"指友人去地，不知故人何在，故云"未知何处是潇湘"。"念双燕"两句写不能与思念中人相见而无可奈何的心情。双双飞去的燕子不能向故人传递消息，寓与友人欲通音讯而无人可托。盼友人归来却又一次次地落空，故云"指暮天、空识归航"，见思念的深沉、诚挚。"黯相望"

176

句用断鸿的哀鸣衬托自己的孤独怅惘,声情凄婉。"立尽斜阳"写久久伫立夕阳残照中,沉浸在回忆与思念里,"立尽"二字言凭栏伫立之久,念远怀人之深,羁旅不堪之苦言外自现。

全词以抒情为主,写景和叙事、忆旧和怀人、羁旅和离别、时间和空间融汇一体。

望远行①

柳　永

长空降瑞,寒风翦②,渐渐瑶花初下。乱飘僧舍,密洒歌楼,迤逦渐迷鸳瓦。好是渔人,披得一蓑归去,江上晚来堪画。满长安、高却旗亭酒价③。　　幽雅。乘兴最宜访戴④,泛小棹、越溪潇洒。皓鹤夺鲜,白鹇失素⑤,千里广铺寒野。须信幽兰歌断⑥,彤云收尽⑦,别有瑶台琼榭⑧。放一轮明月,交光清夜。

【注释】

①望远行:唐教坊曲名,后用为词牌。令词始于韦庄,慢词始于柳永。

②翦:形容风轻微而带寒意。

③高却:抬高;却,介词,相当于"于",引出对象。旗亭:酒楼;悬旗为酒招,故称。

④访戴:即《世说新语·任诞》王子猷雪夜访戴故事:王子猷居山阴,夜大雪,眠觉,开室命酌酒。四望皎然,因起彷徨,咏左思招隐诗。忽忆戴安道。时戴在剡,即便夜乘小舟就之。经宿方至,造门不前而返。人问其故,王曰:"吾本乘兴而行,兴尽而返,何必见戴?"

⑤白鹇(xián):鸟名,又称银雉。

⑥须信幽兰歌断：相信这场雪终有停下来的时候。幽兰，本指兰花，此处借宋玉《讽赋》中："臣援琴而鼓之，为幽兰白雪之曲。"用幽兰代指白雪。

⑦彤云：密布的阴云。

⑧瑶台琼榭：指积雪的楼台洁白晶莹有如玉砌。

【解读】

此词咏雪。每两节转换一个场面，依时间和空间变换形成四段。

上片第一段"长空降瑞"至"迤逦渐迷鸳瓦"，视线由上而下，从雪始降写起，描述雪从僧舍飘洒到歌楼、鸳瓦的景象。其中"乱飘僧舍，密洒歌楼"化用郑谷"乱飘僧舍茶烟湿，密洒歌楼酒力微"句，展现大雪纷扬的画面，为第二、第三段场景铺垫。"好是渔人"至"千里广铺寒野"结合前人诗文典故，由实而虚，描写想象中的雪中景事："好是渔人，披得一蓑归去，江上晚来堪画"是郑谷诗句"江上晚来堪画处，渔人披得一蓑归"的迁移，写出江雪薄暮的静美；"满长安、高却旗亭酒价"是郑谷"雪满长安酒价高"句的变用，侧面表现大雪严寒，"满长安""旗亭酒"展示雪花漫天、酒旗翻飞的场面；"幽雅。乘兴最宜访戴，泛小棹、越溪潇洒"借用王子猷雪夜访戴的典故，不仅突出了大雪带来的幽雅景致，也流露词人的潇洒情怀和隐逸趣味；"皓鹤夺鲜，白鹇失素，千里广铺寒野"使用谢惠连《雪赋》中的成句"皓鹤夺鲜，白鹇失素"，侧面凸显雪的晶莹洁白，行笔慢慢由虚转实，回到眼前千里雪覆原野的景象，从而引出第四段的雪晴云出，视线由下复至上，写雪停云开，明月当空的清夜景象，清寒静谧，给人以回味的余地。

全词多角度、多方位地描画了一幅幅翔实生动的雪景图，实景铺陈与联想想象浑然一体。

八声甘州①

柳　永

对潇潇、暮雨洒江天，一番洗清秋。渐霜风凄惨，关河冷落，残照当楼。是处红衰翠减②，苒苒物华休。惟有长江水，无语东流。　　不忍登高临远，望故乡渺邈，归思难收。叹年来踪迹，何事苦淹留？想佳人、妆楼颙望③，误几回、天际识归舟④。争知我、倚阑干处，正恁凝愁。

【注释】

①八声甘州：又名"甘州""潇潇雨""宴瑶池"，是从唐教坊大曲《甘州》截取一段改制的，后用为词牌，因全词前后片共八韵，故名八声，以柳永词为正体。

②是处红衰翠减：到处花草凋零。

③颙望：抬头远望。

④误几回、天际识归舟：多少次错把远处驶来的船当作心上人回家的船。

【解读】

此词抒写羁旅悲秋，相思愁恨，大约作于游宦江浙时。

上片写景。开头两句写秋江雨景："对"字引领，写出登临纵目、望极天涯的境界。"潇潇"状风雨急骤；"洒江天"状暮雨漫天的浩大，"洗"状雨后江天澄澈如洗的清爽。"渐霜风"三句以"渐"字承上启下。写雨后感受及景象：雨洗暮空后，凉风凄然，遒劲而急迫，直令游子有不可抵挡之势，"关河冷落，残照当楼"见苍茫萧瑟与清寂高远，三句贯连，悲秋之气直袭人心，暗示游子登楼远眺，引出登楼所见所感。"是处红衰翠减，苒苒物华休"写近处草木凋落、一片残衰，"苒苒"与"渐"

呼应，"物华休"隐喻青春年华的消逝，寓有无穷的感慨愁恨，情思深致低回。下句"惟有长江水，无语东流"由近及远，与"物华休"比对，写尽短暂与永恒、变与不变的宇宙人生感慨，暗示惆怅、悲愁如江水之连绵不尽，由景入情。"不忍登高"写感受，以"不忍"曲达深情：一伤遥望故乡触发"难收"的"归思"；二苦羁旅萍踪，游宦淹留；三怜"佳人凝望"，相思太苦。层层铺叙，将思乡怀人之情与怀才不遇的愤懑融合，哀婉至深。其中悬想佳人痴望江天、误认归舟的相思苦况，是推己及人的对写，而结句"争知我、倚阑干处，正恁凝愁"又由佳人转自身，哀怜佳人怎知我此刻也在倚栏凝望！"倚阑""凝愁"又照应登高临远和篇首的"对""望""叹""想"，细密圆合，写出两心苦念的深挚愁情。

此词长于铺叙而情景交融，将志士悲慨与儿女柔情结合，刚柔相济。

【点评】

"以沉雄之魄，清劲之气，写奇丽之情。"（［清］郑文焯《与人论词遗札》）

木兰花慢①   柳　永

拆桐花烂漫，乍疏雨、洗清明。正艳杏烧林，缃桃绣野，芳景如屏。倾城，尽寻胜去，骤雕鞍绀幰出郊坰②。风暖繁弦脆管，万家竞奏新声。　　盈盈，斗草踏青③，人艳冶、递逢迎。向路旁往往，遗簪堕珥，珠翠纵横。欢情，对佳丽地，信金罍罄竭玉山倾④。拚却明朝永日⑤，画堂一枕春醒。

【注释】

①木兰花慢："木兰花令"的变体。

②绀幰(gàn xiǎn)：深蓝色的帷幔。郊坰：郊野，郊外。

③踏青：春季郊游。旧俗以清明节为踏青节。

④罍(léi)：古器名，容酒或盛水用，形似壶。

⑤拚(pàn)却：宁愿，甘愿。永：长，兼指时间或空间。

【解读】

此词描绘清明的旖旎春色和郊游盛况。

上片绘清明踏青游乐图。起笔以桐花开点时令，兼写清明乍雨、群花烂漫，点出春日郊游的特定风物。"拆"字写桐花烂漫的风致。"洗清明"写经一阵疏雨，郊野特别晴明清新，点清明之"明"。同时选择了"艳杏"和"缃桃"等色彩艳丽的景物，用"烧""绣"等雕饰性动词，突出春意浓烈鲜妍，为春游张本。自"倾城"句开始描述游春盛况。"倾城"五句整体描述游春场面。"雕鞍""绀幰"借代车马，见游人众多和排场盛大；"风暖"两句以万家之管弦新声渲染节日气氛。下片着重表现江南女子郊游的欢乐。先以"盈盈"句写众多妇女占芳寻胜，玩着斗草游戏，后选取艳冶妖娆、珠翠满头的市井女子，以点带面写清明郊游盛况：她们艳冶出众，尽情享受春的欢乐和赐予。"向路旁往往，遗簪堕珥，珠翠纵横"见当日排场之盛，暗示游乐人群是豪贵之家。这是欢乐情景的高潮，也极尽词人对春之美好和生之欢乐的体验。接下来设想人们在佳丽之地饮尽美酒，陶然大醉如玉山倾倒。结句"拚却明朝永日，画堂一枕春醒"是推想人们甘愿明日醉卧画堂，今朝也非尽醉不休，尽显他们的纵情狂欢和在这难得的自由机会里迸发的生命快乐。

此词长于铺陈渲染，有繁复之美。

忆帝京①

柳　永

薄衾小枕凉天气②,乍觉别离滋味。展转数寒更③,起了还重睡。毕竟不成眠,一夜长如岁。　　也拟待、却回征辔。又争奈、已成行计。万种思量,多方开解,只恁寂寞厌厌地④。系我一生心,负你千行泪。

【注释】

①忆帝京:词牌名,柳永制曲,盖因忆在汴京之妻而命名。

②薄衾(qīn):薄薄的被子。小枕:稍稍就枕。

③展转:同"辗转",(躺在床上)翻来覆去。数寒更:因睡不着而数着寒夜的更点。古时自黄昏至拂晓,将一夜分五个时段,谓之"五更"或"五鼓"。每更又分为五点,更则击鼓,点则击锣,用以报时。

④只恁(nèn):只是这样。厌厌:同"恹恹",精神不振的样子。

【解读】

此词抒写词人的离别相思。

上片写秋寒夜不成寐的感受。起首两句写初秋天气渐凉而触发离别之思:"薄衾"见天凉而未冷,"小枕"写词人拥衾独卧;"乍觉"写因独居的寒凉而触发感情波澜。"展转数寒更"四句具体描述"别离滋味":空床辗转,夜不能寐,默默计算着更次;起床后又躺下来,无论如何都不能入睡,感觉一夜漫长如一年⋯⋯区区数笔尽写词人辗转反侧,忽睡忽起,不知如何是好的情状,将"别离滋味"形象传达。下片写游子思归,表现词人理智与感情冲突的复杂内心。"也拟待、却回征辔"写离开所爱的人没多久而已难遣离情,心里不由涌起了掉转马头回家的念头,但"又争奈、已成行计"——已经踏上征程,又怎能返回原地？四句写尽归又归不得、行又不愿行的无奈。"万种思量，多方开解，只恁寂寞厌厌地"说自己只好自宽自解，却又神思颓唐，表明离恨无法开解。末两句"系我一生心，负你千行泪"一言自己会一生牵挂对方，一言忧心辜负对方的相思之泪，饱含彼此相思的意脉，突出用情的深切真挚。

此词纯用口语白描表现男女双方的内心感受，曲达真挚情爱。

【点评】

"耆卿词，细密而妥溜，明白而家常。"（[清]刘熙载《艺概》）

安公子①

柳　永

远岸收残雨，雨残稍觉江天暮。拾翠汀洲人寂静②，立双双鸥鹭。望几点、渔灯隐映蒹葭浦③。停画桡④，两两舟人语。道去程今夜，遥指前村烟树。　　游宦成羁旅，短樯吟倚闲凝伫。万水千山迷远近，想乡关何处？自别后、风亭月榭孤欢聚。刚断肠、惹得离情苦。听杜宇声声，劝人不如归去。

【注释】

①安公子：词牌名，又名"安公子近""安公子慢"。以柳永《安公子·长川波潋滟》为正体。

②拾翠：指在江边采拾香草，是古代女子出游的嬉戏。

③蒹葭（jiān jiā）：芦苇。

④画桡（ráo）：彩绘的桨，泛指船桨。

【解读】

此词写游宦羁旅之愁苦。

上片写景。"远岸收残雨"两句从远处着笔,写江天过雨而将暮之景,点明时间、地点和人事,展示寥阔苍茫的背景,暗示心绪。"收残雨"是"残雨收"的倒置,意谓江岸处,雨点疏疏稀稀地快停止了。雨快下完才觉得江天渐晚,可知这场雨下了很长时间,词人因雨滞留、蜗居小舟,孤寂无依。"拾翠汀洲人寂静"两句写汀洲上人声寂静,河边采拾香草的女子已不在,鸥鹭成双而立,与孤舟中的词人对照映衬,更显人的孤独寂寞。"望几点、渔灯隐映蒹葭浦"由日暮转向夜晚,画面切换至芦苇荡里隐约闪动的点点渔灯,是远景;"停画桡"四句写近处耳中所闻,船桨划水声停,两个舟子在谈话,他们指着远方的村庄烟树朦胧处,说今夜的行程就去那里……以上画面都极为寂静,又有江湖漂泊之感,极易动人情思,自然引出下片抒情。"游宦成羁旅,短樯吟倚闲凝伫"倾吐出旅愁,写出舟中百无聊赖的孤苦,点明词旨。"万水千山迷远近,想乡关何处?"由久久远眺所见所思,渲染万水千山的茫茫无际,点明乡愁。"迷远近"是山迢水阔的迷茫,也是游子内心的迷茫。"自别后、风亭月榭孤欢聚"接"乡关"忆过往,嗟叹今夕,抒发离愁。昔日良辰美景,胜地欢游,现在孤舟一人,"孤"谓亭榭风月依然而人却不能欢聚,苦恨自见。"刚断肠"四句写乡思正浓、离恨正苦时,偏偏杜宇不谅人心之苦,声声劝归,更添乱绪,凄恻人心。

此词触景伤情,反映词人长年落魄、官场失意的萧索情怀。

桂枝香①   王安石

登临送目,正故国晚秋,天气初肃。千里澄江似练,翠峰如簇②。征帆去棹残阳里③,背西风,酒旗斜矗。彩舟云淡,星河鹭起④,画图难足。　　念往昔、繁华竞逐,叹门外楼头⑤,悲恨相续。千古凭高对此,谩嗟荣辱。六朝旧事随流水,但寒烟衰草凝绿。至今商女⑥,时时犹唱,后庭遗曲⑦。

【作者简介】

王安石(1021—1086),字介甫,号半山,抚州临川(今江西抚州)人。"唐宋八大家"之一,著有《临川先生文集》。亦工诗词,其诗风格遒劲有力,警辟精绝;其词洗净五代铅华,开启豪放派先声。有辑本《临川先生歌曲》。封"荆国公",故世称"王荆公";谥"文",故又称"王文公"。

【注释】

①桂枝香:词牌名,又名"疏帘淡月",首见于王安石此作。

②如簇:群峰像箭簇一样峭拔。

③征帆去棹(zhào):往来的船只。棹,船桨,引申为船。

④星河:天河,这里指秦淮河。

⑤门外楼头:指南朝陈亡国惨剧。语出杜牧《台城曲》:"门外韩擒虎,楼头张丽华。"韩擒虎是隋朝开国大将,统兵伐陈,他已带兵来到金陵朱雀门外,陈后主尚与宠妃张丽华于结绮阁上寻欢作乐。陈后主、张丽华被韩俘获,陈亡于隋。

⑥商女:酒楼茶坊的歌女。

⑦后庭遗曲:指歌曲《玉树后庭花》,传为陈后主所作,其辞哀怨绮靡,后人将它看成亡国之音。

【解读】

此词描绘金陵的壮丽景色,感喟历史兴亡,寄托忧时伤世之感。

上片写登临所见。开篇三句写深秋的傍晚凭高揽胜,"故国"透露怀古之旨,"正""晚秋"与"天气初肃"写登临的季节和天气,营造肃杀之气,奠定感伤基调。"千里"两句中,"似练""如簇"的比喻言江流澄澈宛转、翠峰峭拔耸立。"征帆"句起写江面景致而暗示金陵的繁荣：纵目望,斜阳映照下,帆风樯影交错于江波之上;凝眸处,又见酒肆青旗高悬,因风飘扬。风物中暗藏人事。而"彩舟"写日落之江天,"星河"状夕夜之洲渚,增明丽之色。至此以"画图难足"总结补足,抒赞赏之怀。下片写登临感叹。先是怀古："念往昔"三句以"念"字领起,感叹六朝皆以奢华荒淫而相继亡覆的历史。"门外楼头"实写陈叔宝荒淫亡国故事,"悲恨相续"虚写六朝重蹈覆辙,"叹"字暗含批判;"千古"句言千年后怀想六朝兴衰,仍使人嗟叹不已,见教训惨痛。然"六朝旧事随流水,但寒烟衰草凝绿"既是眼前实景,也是内心感受:流水寓意六朝的消亡和人们对旧事的遗忘,寒烟衰草渲染六朝亡国的悲凉。"至今商女"三句化用杜牧诗句,写歌女时时传唱亡国之音,足见宋朝统治者一样没有吸取历史教训,一样沉湎于荒淫。此番嗟叹,是为伤今,表达深沉的忧思和沉重的叹息。

全词写景与怀古伤今融合,境界雄浑阔大,风格沉郁悲壮。

【点评】

"词以意趣为主,要不蹈袭前人语意。……王荆公《金陵怀古·桂枝香》(词略),……清空中有意趣,无笔力者未易到。"([宋]张炎《词源》)

"《桂枝香·登临送目》,情韵有美成、耆卿所不能到。"([清]张惠言《论词》)

千秋岁引[①]

王安石

别馆寒砧[②],孤城画角,一派秋声入寥廓[③]。东归燕从海上去,南来雁向沙头落。楚台风[④],庾楼月[⑤],宛如昨。

无奈被些名利缚,无奈被它情耽阁[⑥]。可惜风流总闲却。当初谩留华表语⑦,而今误我秦楼约⑧。梦阑时,酒醒后,思量着。

【注释】

①千秋岁引:词牌名,"千秋岁"变体。

②别馆:客馆。砧(zhēn):捣衣石,这里指捣衣声。

③寥廓:空阔,此处指天空。

④楚台风:楚襄王兰台上的风。楚王游于兰台,有风飒至,王乃披襟以当之曰:"快哉此风!"

⑤庾楼月:庾亮南楼上的月。晋代庾亮在武昌,与诸佐史殷浩等人乘夜月共上南楼。

⑥它情:暗指皇上的恩情。

⑦谩:徒然,白白地。华表语:指向皇上进谏的奏章。

⑧秦楼约:指与恋人的约会。秦楼,代指女子居住处。

【解读】

此词抒发功名误身的慨叹。

上片以写景为主,哀婉岑寂。开头三句凝绘写秋声:砧上捣衣声表明天时渐寒,引发离愁别恨;孤城画角,哀厉清越,高亢动人,与人悲凉感叹;"一派秋声入寥廓"显出秋声的悠远哀长和空间的空旷广阔。下两句写所见:燕子飞往苍茫的海上,大雁落向平坦的沙洲,两者都有久别返家的寓意,自然激起词人久客异乡、身不由己的思绪,从而过渡到忆旧——"楚台风""庾楼月"用典,以清风明月言昔日游赏之快,"宛如昨"表明难忘往日欢情佳景。下片即景抒怀,前三句直抒胸臆,说无奈名缰利锁缚人手脚;世情俗态耽搁了生活,风流之事总被抛却。又以"当初"将"风流"二字铺展,用"华表语"和"秦楼约"之典,说当初与心上人海誓山盟,然终辜负红颜,未能兑现期约。这几句表面写思念昔日欢会,空负情人期约,实则抒发对政治宦途的厌倦、对无羁无绊生活的眷念、向往。末尾三句说梦回酒醒时每每思量此情此景。这里的梦和酒是浑浑噩噩、苦闷烦愁的写照,同时"梦阑酒醒"也暗寓历尽沧桑后的醒悟。

此词言近旨远,很可能是词人变法失败、退居金陵后的作品。

【点评】

"荆公此词大有感慨,大是见道语。"(〔明〕杨慎《词品》)

谒金门　　　王安石

春又老,南陌酒香梅小①。遍地落花浑不扫,梦回情意悄。　　红笺寄与添烦恼,细写相思多少。醉后几行书字小,泪痕都搵了②。

【注释】

①南陌:城南的道路,行人聚集之处,也是离别之所。

②搵:揩拭。

【解读】

此词以女性为抒情主体,抒写闺情。

上片侧重写暮春景象。暮春时分,酒香梅小,满地落花,让女子不觉在梦中回忆起美好往事,相思的情意悄然而生。"落花"句化用温庭筠词句"笼中娇鸟暖犹睡,帘外落花闲不扫","梦回"句本自冯延巳"情悄悄,梦依依,离人殊未归"之语,暗示女子在暮春和暖与安闲中悄然入梦而起相思。下片则以寄红笺来细写相思。女子明知写信与他会添烦恼,因为提起笔来就有无尽相思,但是,哪怕是酒醉后,仍忍不住给他写信,边写边哭,以致泪眼模糊,看着信中的字也变小了,又连忙揩拭眼泪……这一系列细节,传达了相思之苦的深切,"细写"句语本张仲素"相思一夜情多少,地角天涯未是长"。

此词作于词人隐居乡间的晚年,深情绵邈,着色似淡而浓。

清平乐 王安国

留春不住,费尽莺儿语。满地残红宫锦污,昨夜南园风雨①。　　小怜初上琵琶②,晓来思绕天涯。不肯画堂朱户,春风自在杨花。

【作者简介】

王安国(1028—1074),字平甫,王安石大弟。抚州临川(今江西抚州)人。世称王安礼、王安国、王雱为"临川三王"。曾巩谓其"于书无所不通,其明于是非得失之理为尤详,其文闳富典重,其诗博而深"。

【注释】

①"满地""昨夜"二句:是"昨夜南园风雨,满地残红宫锦污"的倒装。宫锦:宫廷监制并特有的锦缎。这里喻指落花。

②小怜:北齐后主淑妃冯小怜,善弹琵琶。这里借指弹琵琶的歌女。

【解读】

此词写残春景象。

上片从视听两种感受勾勒残败的暮春景象,传达伤春逝去情感。"留春不住"四句写风雨侵袭,南园残红满地,让人不胜伤感,见痛惜之情。因为惜春,故词人感觉莺的啼唱似在苦劝春天不要离去,却留不住春天。说莺语"费尽",赋予禽鸟以人的感情,衬托词人不忍春归而无计留春的无奈与失落。下片转视角,继续写暮春景象,寄寓迟暮之感和自由特立的个性追求。"小怜初上"两句写无限惆怅时,远处传来歌女弹奏琵琶的声音,弦弦声声正是惜春惜花之情,词人由此想到这琵琶声引发了多少人长夜不眠,情思飞越天涯。至此,春天的匆匆归去触发了年华虚度之感,寄托着美人迟暮、英雄末路的悲慨。"不肯画堂朱户,春风自在杨花"写飞花自在飘扬,始终不肯飞入权贵人家,既是暮春实景,又透出词人的性情与风骨。

临江仙 晏几道

　　梦后楼台高锁,酒醒帘幕低垂①。去年春恨却来时。落花人独立,微雨燕双飞。　　记得小蘋初见②,两重心字罗衣③。琵琶弦上说相思。当时明月在,曾照彩云归。

【作者简介】

　　晏几道(1038—1110),字叔原,号小山,抚州临川(今江西抚州)人。工于言情,情感直率,小令尤负盛名,是婉约派的重要词人。有《小山词》留世。

【注释】

　　①"梦后""酒醒"二句:互文见义。即梦醒时分,酒也醒了,眼前所见,楼台高锁,帘幕低垂。

　　②小蘋:歌女名。

　　③两重心字罗衣:绣有两个重叠连环心字的丝织衣服,寓意两心相印。

【解读】

此词抒发对歌女小苹的怀念之情。

上片写眼前景象。开篇两句互文见义,写梦后酒醒,见楼台门窗紧闭、帘幕低垂,意谓人去楼空,流露梦醒时分思念梦中人事的孤独迷惘,暗示梦中与佳人在楼台欢歌的美好,引出"去年春恨"。"春恨"是因春天逝去而生的怅惘,"去年春恨却来"说明怅惘年年残春即有,从而导引下片追忆。"落花"是暮春景色,见芳春过尽,美好事物即将消逝;"微雨"凄凉迷蒙,此两景皆令词人黯然神伤;而燕子双飞则反衬愁人独立,引起绵长春恨。下片追怀往事。"记得小苹初见"三句,先借用小苹穿的"两重心字罗衣"渲染两人心心相印的情谊;复用"琵琶弦上说相思"的乐声引发联想,追怀当时的深情蜜意。末两句因明月兴感,说当时的明月如今又在,这皎洁的月光曾照映着佳人似悠悠的彩云飘然归去。言下之意,梦后酒醒,明月依然,彩云安在?空寂中透着苦苦的思恋与执着的深情,动人心弦。

鹧鸪天①   晏几道

　　彩袖殷勤捧玉钟②,当年拚却醉颜红③。舞低杨柳楼心月,歌尽桃花扇底风。　　从别后,忆相逢,几回魂梦与君同。今宵剩把银釭照,犹恐相逢是梦中!

【注释】

①鹧鸪天:词牌名,又名"思佳客""思越人"等。定格为晏几道《鹧鸪天·彩袖殷勤捧玉钟》。

②彩袖:代指穿彩衣的歌女。玉钟:对酒杯的美称。

③拚却:甘愿,不顾惜。

【解读】

此词表现一对恋人的"爱情三部曲":初识,别离,重逢。

上片写初识的景象与欢情。"彩袖殷勤"二句展现初识时的宴饮情境与一见倾心。"彩袖殷勤捧玉钟"说伊人殷勤捧杯劝饮、暗通情愫和自己开怀畅饮、不惜一醉以报答她独钟于己的深情,两句相互映衬,写出两人的心有灵犀和暗许深情。"舞低杨柳"句写伊人歌舞的肆意欢乐,"舞低杨柳楼心月"说她尽情舞蹈,直到挂在杨柳树梢、照到楼心的明月沉下去;"歌尽桃花扇底风"说她清歌婉转,直到扇底风消歌才停,烘托初逢的欢情和念念难忘的深情。下片写别后相忆和今宵重逢,展现两人的真挚深情。"从别后"三句说别后长忆初逢情景,以至于几回回夜有所梦,见感情真切深挚。"今宵剩把银釭照"两句写今宵重逢的喜悦,说自己难以相信而只管手持灯烛细照伊人,生怕这又是在梦中、不敢置信的心理,恰见重逢的狂喜和日日思念的深情。

此词写悲感,写欢情,语淡情深,清新俊逸。

【点评】

"李后主、晏叔原皆非词中正声,而其词则无人不爱,以其情胜也。"([清]陈廷焯《白雨斋词话》)

生查子 晏几道

　　金鞭美少年,去跃青骢马①。牵系玉楼人②,绣被春寒夜。　　消息未归来,寒食梨花谢。无处说相思,背面秋千下③。

【注释】

①青骢马:青白色毛相杂的骏马。

②牵系:牵挂。玉楼人:指闺中女子。

③背面秋千下:化用李商隐诗句"十五泣春风,背面秋千下"。

【解读】

此词抒发女主人公的相思怀人之情。

开篇两句描绘少年形象,写他出游,挥金鞭,跨名马,烘托出他的英俊潇洒,是他离开时铭刻在女子脑海中的最深记忆。"牵系玉楼人"两句写少年走后,女子的感情和思绪始终牵系远处的丈夫,夜晚深觉绣被春寒,寂寞难眠之心自见。"玉楼""绣被"暗示居者乃深处闺阁的佳丽;"牵系"点女子心怀牵挂的离愁别绪;"绣被春寒夜"渲染女子独守空闺、辗转不寐的孤寂冷落,倍增离思。"消息未归来"两句写她日夜盼人归,可是寒食节过去了,梨花开又谢,始终没有等到丈夫的音信,节令和景物暗示了时间的流逝,表现她无限的怅惘。"无处说相思"两句写她在秋千架下背面痴痴地站立,默默承受无处诉说的相思之苦。"背面"二字暗示她内心的难过与哀伤。"秋千"本是嬉戏之处,女子在此背面而立,画面落寞孤独,写出她思夫的心情深沉执着,富有韵致。

有人认为词中的美少年是词人早年的自我形象,此词也侧面反映了他早年的生活与优越感。

【点评】

"晏叔原'金鞭美少年':'去跃'二字,从妇人目中看出,深情挚语。末联'无处'二字,意致凄然,妙在含蓄。"([清]黄苏《蓼园词选》)

清平乐

晏几道

留人不住，醉解兰舟去。一棹碧涛春水路，过尽晓莺啼处。　　渡头杨柳青青，枝枝叶叶离情。此后锦书休寄^①，画楼云雨无凭^②。

【注释】

①锦书：书信的美称。前秦苏若兰织锦为字成回文诗，寄给丈夫窦滔，后世泛称情书为锦书。

②云雨：隐喻男女之欢。无凭：靠不住。

【解读】

这是拟托女子口吻的离情词。写送者有意、别者无情的痴情怨恨。

开篇"留人不住"两句描绘送者、行者的不同情态：一个再三挽留，一个毫无留恋，喝醉后一解船缆就决绝地走了。留与去的对比中初见怨情。"一棹碧涛"两句是女子揣想情人路上所经的风光：春水碧绿，莺歌婉转，这样的美好想象折射她心中的期许，可见她心地善良美好，痴情至深。"过尽"二字暗示女子与情人天各一方，隐隐流露她的忧伤。"渡头杨柳"两句写渡口人去，但女子依旧在那里凝望远方，相伴的只有堤边杨柳，青郁繁茂。杨柳依依的景象暗示女子黯然的离情。此画面与男子远去的情景遥相对比，深情中有怨意。"此后锦书休寄"两句写女子面对男子的决然而去，内心怨恼，因而负气，心说：你以后不必给我寄信了，反正我们如一场春梦的欢会没有留下任何凭证。"画楼云雨"道出曾经的欢爱，"锦书"又见男子在女子心中的地位，此等绝情断念的恼恨正是爱得执着痴情的写照，感情直白强烈。

此词多处对比，将女子怨爱交织的心理刻画得细腻真切。

归田乐①

晏几道

　　试把花期数②。便早有、感春情绪。看即梅花吐③。愿花更不谢④,春又长住。只恐花飞又春去。　　花开还不语。问此意、年年春还会否⑤。绛唇青鬓,渐少花前语。对花又记得,旧曾游处。门外垂杨未飘絮。

【注释】

　　①归田乐:词牌名,又名"归田乐引"。以晁补之《归田乐·春又去》为正体。

　　②数:计算。

　　③吐:开花。

　　④更:又,还。

　　⑤会:懂得。

【解读】

　　此词抒写感春怀人之情。

　　上片盼春留春。开篇四句写计算花期,是盼望春的到来;而眼看梅花吐蕊,便早早有了感伤春天的情绪。盼春时即伤春,此一"早"可见怕春逝去的深情。"更不谢"三句说眼看花开,就希望它不要凋谢,好让春芳常驻人间。一心只怕百花凋残,匆匆春又归去!花开必有谢时,春来必有去日,词人不寻常理的愿望和担忧,见惜花惜春的痴心深情。下片言情怀人。"花开还不语"三句说花开时默然无语,试问"我"年年的痴情意,春天能懂吗? 也就是说,春天如懂"我"心意,就不会叫花儿凋谢,不会匆匆离去——因为正是花开花落、春来春去引发了"我"年年的悲感。"年年"二字见执着与痴心,也暗示年年都有花谢春去,流露无奈的怅惘。"绛唇青鬓"两句转怀人,说那些红唇乌鬓的少年人,当日花前一起游春的侣伴一年比一年减少,由伤春逝而至伤人事凋零,悲感更深。"对花又记得"三句说,看到花开便记起旧日曾游之地,那时门外的垂杨,还未曾杨花飘絮。追忆旧游,以当日赏春的快乐与今朝孤独的悲感对照,说明感旧怀人乃是"感春情绪"的内驱。

全词以"花"串起全词,语言浅近,感春怀人之情深切动人。

六幺令①

晏几道

绿阴春尽,飞絮绕香阁。晚来翠眉宫样,巧把远山学②。一寸狂心未说③,已向横波觉④。画帘遮匝,新翻妙曲,暗许闲人带偷掐⑤。　　前度书多隐语,意浅愁难答。昨夜诗有回文⑥,韵险还慵押⑦。都待笙歌散了,记取留时霎。不消红蜡,闲云归后,月在庭花旧阑角。

【注释】

①六幺令:唐教坊曲名,后用为词牌。幺是小的意思,因此调羽弦最小,节奏繁急,故名。

②远山学:学将眉画成远山黛的模样。

③一寸狂心:指狂乱激动的春心。一寸,指内心,古人认为心为方寸之地,故称。

④横波:指眼神,目光流转如水波横流。

⑤偷掐:暗暗地依曲调记谱。掐,掐算,此指按着手指计拍节而记。

⑥回文:诗体的一种,顺读倒读都可成文。

⑦韵险:指诗押险韵。险韵,即语句用艰僻字押韵。

【解读】

此词写一位歌女和情人的约会。起首两句点季节时令和处所,以柳絮飞舞、环绕闺阁渲染氛围,烘托歌女因有约会而兴奋的心情。"晚来"两句写她学着宫中的远山眉样精心梳妆画眉,这是"女为悦己者容"的纯真深情。"一寸狂心"两句写她满心狂喜不曾说,但用眼波向席间那个今晚要密约的"他"传情,而"他"也已察觉全部情意,彼此心照不宣。"画帘"三句谓歌女处于帘幕四围的环境中而不得自由追求爱情,只能把感情寄托在新翻的曲子里,希望有人偷学了去,好替自己传达心意。"前度"四句说所爱之人写信,语多含蓄让她难以答复,写的回文诗又押险韵,让她也懒得费神步韵,隐隐传达歌女既渴望追求爱情又步履维艰,甚至有点心灰意懒的矛盾心理。"都待"五句写她暗暗叮嘱(其实是期待)所爱之人筵席后暂留片刻,不要忘了当晚云散月照时在老地方的密约,尽显对爱情的期待和追求,也隐有怕对方不能践约的担忧,见其追求真爱之艰难。

此词写艳情而不俗,情感细腻真挚,表达对歌女追求真爱而难得的同情。

蝶恋花 密州上元①   苏 轼

灯火钱塘三五夜②,明月如霜,照见人如画③。帐底吹笙香吐麝④,更无一点尘随马⑤。　　寂寞山城人老也⑥,击鼓吹箫,却入农桑社⑦。火冷灯稀霜露下,昏昏雪意云垂野。

【作者简介】

苏轼(1037—1101),字子瞻,号东坡居士,世称"苏东坡"。北宋眉州眉山(今属四川)人,著名文学家、书画家。其诗清新豪健,与黄庭坚并称"苏黄";其词开豪放一派,与辛弃疾并称"苏辛";其散文宏富畅达,与欧阳修并称"欧苏"。为"唐宋八大家"之一。书法擅长行楷,与黄庭坚、米芾、蔡襄并称"宋四家";工于画,尤擅墨竹等。有《苏东坡全集》《东坡易传》《东坡乐府》等传世。

【注释】

①上元:即正月十五元宵节,因有观灯风俗,亦称"灯节"。

②钱塘:此处代指杭州城。三五夜:即每月十五日夜,此处指元宵节。

③"照见"句:形容杭州城元宵节的繁华、热闹景象。

④帐:此处指富贵人家元宵节时在堂前悬挂的帏帐。香吐麝:意谓富贵人家的帐底吹出一阵阵麝香气。麝,即麝香,名贵香料。

⑤"更无"句:指江南气清土润,行马无尘。

⑥山城:此处指密州。

⑦社:古代指土地神和祭祀土地神以祈求丰收的地方、日子以及祭礼。这里指祭土地神的地方。

【解读】

此词题写"密州上元",但上片却全写杭州的上元夜。开篇用"灯火钱塘"三句点出杭州元夕灯月交辉、满城男女游赏的盛况。"明月如霜"写月光之白,"照见人如画"写灯火通明,也见人盛装之美。紧接"帐底吹笙香吐麝"写尽杭州城官宦人家过节的繁奢情景。"更无一点尘随马"则从动态写游人,又显江南气候清润。此一片杭州元宵景致,皆是词人在密州过元宵而生的联想,灯、月、人声色交错,展现了杭州元宵节的热闹繁盛。下片写密州上元。"寂寞山城人老也"使情调陡转,处处凸显密州上元的寂寞冷清。"击鼓"句说密州的元宵节只有箫鼓之声,那是村民举行社祭,祈求丰年;结句"火冷灯稀霜露下,昏昏雪意云垂野"则说密州的元夜灯火寥落,云垂旷野,雪意浓浓,写出密州的寒冷和环境的空旷苍凉,有苦寒感。

全词粗笔勾勒,对比描绘了杭州和密州上元节的不同景象,以上片反衬下片,流露对杭州的思念和初来密州时的寂寞心情,以及对国计民生的忧患。

江城子 乙卯正月二十日夜记梦①   苏 轼

　十年生死两茫茫②。不思量,自难忘。千里孤坟③,无处话凄凉。纵使相逢应不识,尘满面,鬓如霜。 　　夜来幽梦忽还乡。小轩窗④,正梳妆。相顾无言,惟有泪千行。料得年年肠断处,明月夜,短松冈⑤。

【注释】

①乙卯:即北宋熙宁八年(1075)。

②十年:指结发妻子王弗去世已十年。

③千里孤坟:指亡妻之墓,其葬地四川眉山与苏轼任所山东密州相隔遥远,故称"千里"。

④小轩窗:小窗前。轩,门窗。

⑤短松冈:指亡妻葬地。

【解读】

词写悼亡,苏轼首创。

上片写对亡妻的深切思念。开头三句直语夫妻阴阳永隔、转瞬十年;虽生死两不相知,但过往美好和夫妻感情自难忘怀。"不思量"与"自难忘"的并举真实而深刻地揭示词人情感:夫妻之情已烙印心间,成为生命的一部分,见思念之深沉,也使十年后而夜有幽梦真实自然。

"千里孤坟，无处话凄凉"是痛心妻子孤坟远在千里的孤单和凄凉，"凄凉"无处可话，一是阴阳两隔，二是山遥水远，饱含对亡妻的惦念、愧疚与沉痛。"纵使相逢应不识，尘满面，鬓如霜"设想相逢，说即使相逢妻子也认不出自己了，因为自己已老迈衰残了。至亲相见而不相识，倍增凄惨，深切思念中又饱含种种苦难与忧愤，沉痛凄凉更深一层。下片记述梦境。"夜来幽梦"句写梦中忽然回到故乡与妻子相见，是对"纵使相逢"的呼应与延伸。自"小轩窗"至"惟有泪千行"述梦中情境。"小轩窗，正梳妆"写妻子窗前梳妆，平常、熟悉、亲切，一切依稀当年，动人心弦。然而，夫妻相见，却是"相顾无言，惟有泪千行。"别后种种，乍一相逢，竟不知从何说起，只有任凭泪水倾落，无限深情、沉痛、凄凉都饱含于无言的泪水中。结尾三句是梦醒后的感叹："料得年年肠断处，明月夜，短松冈。"料想明月照耀下，长眠于短松冈的爱侣，必定眷恋人世、难舍亲人而年年柔肠寸断。这里苏轼推己至人，设想亡妻的牵挂惦念与孤独痛苦，以寓自己的深切悼念。"明月夜，短松冈"凄清幽独，黯然魂销，全词以此作结，至哀至痛，至真至深。

望江南 超然台作① 苏　轼

春未老，风细柳斜斜。试上超然台上看，半壕春水一城花。烟雨暗千家。　　寒食后②，酒醒却咨嗟。休对故人思故国，且将新火试新茶③。诗酒趁年华④。

【注释】

①超然台：北宋熙宁七年（1074）秋，苏轼由杭州移守密州（今山东诸城）。次年八月，修葺城北旧台，并由其弟苏辙题名"超然"，取《老子》"虽有荣观，燕处超然"之义。

200

②寒食:寒食节,清明前一天或两天。

③新火:唐宋习俗,清明前两天起,禁火三日。节后另取榆柳之火称"新火"。新茶:清明节前采摘的茶,即明前茶,一年中最早的茶,故称。

④年华:即"华年",好时光。

【解读】

此词写登超然台所见所思,寄寓有家难回、有志难酬的无奈与怅惘,同时表达豁达超脱的襟怀和"用行舍藏"的人生态度。

上片写登台时所见的暮春景色。开篇写"风细柳斜斜",点明季节特征:春已暮而未老。"试上"二句写登临远眺景象,以"半壕春水一城花"铺展眼前春景,说城内春水荡漾、春花盛开,以"烟雨暗千家"作结,说烟雨笼罩着千家万户——居高临下,满城风光尽览,色彩明暗相衬,传神地表现了春日里不同时空的光彩变幻。下片触景生情。"寒食后,酒醒却咨嗟"进一步点明登临时间。一言寒食后可另起"新火",二言寒食后正是清明,此乃返乡扫墓时节,由此曲达自己对故园、故人的思念。"休对故人思故国,且将新火试新茶"说休言思乡,暂且借煮茶来排遣情思,既隐含词人难以解脱的苦闷,又表达遣愁的自我宽解。"诗酒趁年华"进一步表明:应当超然物外而趁着好时光,借诗酒以自娱自遣。照应了"春未老",又切合"超然台"之旨,将词旨提升至"燕处超然"的境界。

水调歌头① 苏 轼

丙辰中秋②,欢饮达旦,大醉,作此篇,兼怀子由③。

明月几时有,把酒问青天。不知天上宫阙④,今夕是何年。我欲乘风归去,又恐琼楼玉宇⑤,高处不胜寒⑥。起舞弄清影⑦,何似在人间。　　转朱阁,低绮户,照无眠⑧。不应有恨,何事长向别时圆。人有悲欢离合,月有阴晴圆缺,此事古难全。但愿人长久,千里共婵娟⑨。

【注释】

①水调歌头:词牌名,又名"元会曲""凯歌""台城游"。相传词调来源于隋炀帝所制的《水调歌》,《水调歌头》则是截取《水调歌》的其中一章另倚新声而成。

②丙辰:即北宋熙宁九年(1076)。

③子由:苏轼的弟弟苏辙的字。

④天上宫阙(què):指月中宫殿。

⑤琼楼玉宇:美玉砌成的楼宇,指想象中的仙宫。

⑥不胜:经受不住。胜,承担、承受。

⑦弄清影:意思是月光下的身影也跟着做出各种舞姿。弄,赏玩。

⑧转朱阁,低绮(qǐ)户,照无眠:月儿移动,转过了朱红色的楼阁,低挂在雕花的窗户上,照着没有睡意的人(指诗人自己)。

⑨婵娟(chán juān):指月亮。

【解读】

此词作于词人因反对王安石新法而自请外放密州时,是中秋望月遣怀兼怀人之作,在月的阴晴圆缺当中渗进深沉的哲思,是将自然和人生高度契合的感喟词作。

上片望月,思绪翱翔于天上人间。开篇把酒而问青天:明月何时候始有?这一问像是在追溯明月、宇宙的起源,又像是惊叹造化的巧妙,从中可以感受词人对天上明月的赞美与向往,隐隐流露其在人间的苦闷抑郁。接下来说"不知天上宫阙,今夕是何年",关注月亮上今天是个什么日子,语意更加迫切,将对明月的向往之情更推一层,带出

"我欲乘风归去"三句。先直言想离开人间到月宫中去,后又说担心那里太高自己不胜其寒。写月宫高寒,暗示月色皎洁,展示自己既向往天上又留恋人间的矛盾心理。将飞天入月言为"归去",意为想将月宫当成自己的归宿。这种脱离人世、归于自然的奇想,反映他遗世独立的意绪,折射对人间现实的不满。但苏轼不是老庄,他是热爱人间的,所以又说"起舞弄清影,何似在人间"。与其飞往高寒的月宫,还是不如留在人间,月下起舞,与自己的清影为伴。从"我欲"到"又恐"至"何似"的心理历程,展示的是词人思想情感的起伏:在出世与入世的纠葛中,入世思想最终占了上风,"何似"一句语气肯定而笔力雄健,显示抉择的坚定。下片怀人,即兼怀子由,由中秋的圆月联想到人间的离别,感念人生离合无常。"转朱阁"三句写月光转过楼阁,穿过花窗,照到了房中的不眠之人。这里以月亮的移动暗示夜已深沉,以"无眠"表达自己怀念弟弟的深情,也兼顾普天下中秋佳节因不能与亲人团圆而难以入眠的离人。由此,词人忍不住又问:"不应有恨,何事长向别时圆。"埋怨明月故意在人"不圆"时而圆满,给人增添离别忧愁,衬托思念子由的手足深情,也有对于天下离人的同情。接着笔锋一转:"人有悲欢离合,月有阴晴圆缺,此事古难全。"似是为明月开脱,实际是对自己和天下离人的宽解:人固然有悲欢离合,月也有阴晴圆缺,自古以来就难以十全十美。言下之意,既如此,月有圆时,人也就有相聚,又何必为暂时的离别而忧伤呢?这三句从人月对立过渡到人月融合,表现对人生的达观,寄托了对未来的希望,景、情、理三者合一。结句"但愿人长久,千里共婵娟"是说,只要亲人长久健在,即使远隔千里也可共赏普照的明月,把彼此的心沟通在一起。这两句是自慰和共勉,更是词人突破时空、应对人生的态度,是对天下经受离别之苦的人的美好祝愿,显示出词人精神境界的丰富博大,表现了他旷达的态度和乐观的精神。

全词意境豪放阔大,情怀乐观旷达,极富浪漫主义色彩和审美享受,是公认的中秋词绝唱。

【点评】

"中秋词,自东坡《水调歌头》一出,余词尽废。"([宋]胡仔《苕溪渔隐丛话》)

阳关曲^①中秋作　　　　　　苏　轼

　　暮云收尽溢清寒^②,银汉无声转玉盘^③。此生此夜不长好,明月明年何处看。

【注释】

　　①阳关曲:词牌名,本名《渭城曲》。因唐王维《送元二使安西》诗"西出阳关无故人"句而更名"阳关曲"。

　　②溢:满出。暗寓月色如水之意。

　　③银汉:银河。玉盘:喻月。

【解读】

　　此词作于苏轼与其胞弟苏辙暌别七年来首次相聚并共度中秋之时,记述兄弟久别重逢、共赏中秋月的赏心乐事,也抒发了聚后不久又得分别的哀伤与感慨。

　　开篇两句写中秋月夜的美景:晚间云雾收尽,天地一片清寒,是暗写月光的皎洁空明,"银汉无声"见夜空的空阔宁静和银河的高远。"玉盘"喻月,展现月的晶莹圆满,冰清玉洁。两句点出"月到中秋分外明"的特点,赏心悦目,让人感受到词人此夜此境的愉悦。"此生此夜"两句是说我这一生中每逢中秋之夜,很少碰到像今天这样的美景,真是难得啊!只是明年的中秋,我又会到何处观赏月亮呢?"此生此夜不长好"既是美景难有,更是兄弟团圆的佳会难得,"明月明年何处看"

既是今夜当尽情游乐,不负良辰美景之意,也是"未必明年此会同"的意思,是抒"离忧"。"何处看"的发问寓行踪萍寄的伤感,折射词人宦海沉浮的心境。

全词语言清丽而境界高远,意味深长。

浣溪沙　　　　　苏　轼

　　照日深红暖见鱼,连溪绿暗晚藏乌,黄童白叟聚睢盱①。　　麋鹿逢人虽未惯,猿猱闻鼓不须呼,归家说与采桑姑。

【注释】

　　①黄童:黄发儿童。白叟:白发老人。睢盱:喜悦高兴的样子。

【解读】

　　此词写作者任徐州太守时,求雨后到石潭谢雨,路上所见之景:丽日、碧溪、游鱼、树木、黄童、白叟、麋鹿、猿猱,一句一景,景中见情。

　　首句说深红温暖的夕阳映照,将潭水染得通红而带暖意,潭中的鱼儿清晰可见,这雨后的画面温馨、美好、自在,隐含了词人欣喜的心态。第二句写沿着石潭远望,溪边绿树成阴、接连一片,深藏其中的乌鹊发出向晚归巢的声响,动静结合,富有生机而不失宁静,有愉悦感。第三句以黄童、白叟代指所有聚集的人群,说他们都喜悦兴奋地聚在一起观看词人的谢雨活动。此是作为太守的词人眼见之情态,其内心欣喜不复多言。四、五句写麋鹿突然间逢遇人多,顿觉不习惯而露惊慌意态,而猿猱却一听到喧天的喜庆鼓声便不招自来,极度兴奋,这一对比描写以动物的反应间接写出石潭谢雨的欢闹情景,情趣盎然,愉悦之情自见。结句由实转虚,说词人谢雨途中眼见人与鸟兽鱼虫草木皆如此生机勃发、自在美好,归家后一定要把这欢腾景象细细说与采桑姑。

此词洗尽华靡见真淳。透过词人的所见、所闻、所想,自可体会其兴奋喜悦,含蓄隽永。

定风波①　　　　　　　　苏　轼

三月七日,沙湖②道中遇雨。雨具先去,同行皆狼狈,余独不觉。已而③遂晴,故作此词。

莫听穿林打叶声,何妨吟啸且徐行。竹杖芒鞋轻胜马④,谁怕?一蓑烟雨任平生⑤。　　料峭春风吹酒醒,微冷,山头斜照却相迎。回首向来萧瑟处,归去,也无风雨也无晴。

【注释】

①定风波:唐代教坊曲名,后为词牌名,又名"定风流"等。以欧阳炯词《定风波·暖日闲窗映碧纱》为正体。

②沙湖:在今湖北黄冈东南三十里,又名螺师店。

③已而:过了一会儿。

④芒鞋:草鞋。

⑤一蓑(suō)烟雨任平生:披着蓑衣在风雨里过一辈子也处之泰然。蓑,蓑衣,用草或棕毛制成的、披在身上的防雨用具。

【解读】

此词借雨中潇洒徐行之举,表现虽处逆境、屡遭挫折而不畏惧、不颓丧的倔强性格和旷达胸怀。

上片写雨中行走的情形和感受。首句"莫听穿林打叶声"渲染雨骤风狂的氛围,"莫听"二字见词人不以外物萦怀的意态。"何妨吟啸且徐行"说不妨在雨中照常慢走,呼应"莫听"和小序"同行皆狼狈,余独不觉",引出下文的"谁怕""何妨",淡定中透出一点俏皮,有挑战意味;"吟啸""徐行"叠用,见泰然自若的从容。"竹杖芒鞋轻胜马,谁怕?"继续写自己雨中行走:即使是竹杖芒鞋走在泥泞中,也胜过骑马疾驰,这是一种主观感觉,见平和悠闲的心态。"谁怕?"意为不怕,反问出之,是自我激励,也是藐视风雨的无畏。"一蓑烟雨任平生"说一身蓑衣走在烟雨中,任凭风吹雨打,照样过着这一生。这"一蓑烟雨"其实也象征了政治与人生的风雨;而"任平生"展示的从容、镇定、达观正是苏轼一生应对这些风雨的写照。下片转写雨后的情景和感受。"料峭春风"三句描绘了这边春风给人丝丝冷意、那边山头斜照带来些许暖意的"矛盾"画面。景中富含哲理:寒冷与温暖、风雨与晴日总是并存的,这是苏轼对生活的积极观照,是经历磨难后灵魂上的升华。"回首向来萧瑟处"三句说归去之后,看刚才刮风下雨的地方,既没有什么风雨,也没有什么放晴。如果说前句是儒家的达观,那么此句就是佛家、道家的通透了。"诸法空相,诸行无常",如此,成败荣辱又有什么区别呢? 不过都是人生的风景。言下之意,我们既不要因风雨而担惊受怕,也不要因阳光而欣喜若狂,一切都以自然态度而处之,全词以此收尾,给人以深刻启迪。

浣溪沙　　　　　　　　　苏　轼

游蕲水清泉寺①,寺临兰溪,溪水西流。

　　山下兰芽短浸溪,松间沙路净无泥,萧萧暮雨子规啼②。　　　谁道人生无再少③? 门前流水尚能西,休将白发唱黄鸡④。

【注释】

①蕲(qí)水:县名,今湖北浠水。

②萧萧:形容雨声。子规:杜鹃鸟的别名;常夜鸣,声音凄切。

③无再少:不能回到少年时代。

④白发:老年。唱黄鸡:感慨时光的流逝;因黄鸡可以报晓,表示时光的流逝。

【解读】

此词作于苏东坡因"乌台诗案"被贬黄州两年后的春三月游蕲水清泉寺时,表现其在逆境中乐观向上的精神。

上片写清泉寺幽雅的风光和环境。山下小溪潺潺,岸边的兰草刚刚萌生娇嫩的幼芽。松林间的沙路洁净无泥。傍晚细雨潇潇,寺外传来了杜鹃鸟的叫声。这里纯写游清泉寺沿途见闻,透过小溪、兰草草芽、林间沙路、鸟的啼叫,让人领略其中涤荡心灵的洁净和自然生机,唤起对大自然的喜爱和内心的愉悦。下片是诗人就眼前"溪水西流"之景即景取喻而生发的感慨和议论。"谁道"两句的一问一答蕴含启人心智的人生哲理。"水不西归、人无再少"是历来公认的人生规律。然而,词人发现这里的流水是向西流淌的,由此想到任何事理都没有绝对,人若自强不息,未尝不可老当益壮,正如水可西流是一样的道理。议论别开生面而令人振奋。"休将白发唱黄鸡"是对上两句的推进,说不要以年老而叹息时光飞逝。"白发""黄鸡"喻光景催年,白居易《醉歌》中说"黄鸡催晓丑时鸣""镜里朱颜看已失"。苏轼一反白诗的感伤迟暮,劝勉人们(其实也是自我激励)不服衰老,催人自强奋进,体现词人热爱生活、旷达乐观的精神和以顺处逆的豪迈情怀。

哨 遍^①

苏 轼

陶渊明赋《归去来》，有其词而无其声。余既治东坡，筑雪堂于上。人俱笑其陋，独鄱阳董毅夫过而悦之^②，有卜邻之意^③。乃取《归去来词》，稍加隐括^④，使就声律，以遗毅夫。使家僮歌之，时相从于东坡，释耒而和之，扣牛角而为之节，不亦乐乎？

为米折腰，因酒弃家，口体交相累^⑤。归去来，谁不遣君归。觉从前皆非今是。露未晞^⑥，征夫指余归路，门前笑语喧童稚。嗟旧菊都荒，新松暗老，吾年今已如此。但小窗容膝闭柴扉^⑦，策杖看孤云暮鸿飞。云出无心，鸟倦知还，本非有意。 噫！归去来兮，我今忘我兼忘世。亲戚无浪语，琴书中有真味。步翠麓崎岖，泛溪窈窕^⑧，涓涓暗谷流春水。观草木欣荣，幽人自感^⑨，吾生行且休矣。念寓形宇内复几时，不自觉皇皇欲何之。委吾心、去留谁计？神仙知在何处，富贵非吾志。但知临水登山啸咏，自引壶觞自醉。此生天命更何疑，且乘流、遇坎还止^⑩。

【注释】

①哨遍：词牌名。一作"稍遍"，始见《东坡词》。

②鄱（pó）阳：今江西鄱阳东。

③卜邻：选择邻居，即做邻居的意思。

④隐括：就某文原有内容、词句改写为另一体裁之创作手法。

⑤口体交相累：因口欲而拖累身体，因身体受委屈而影响口欲。交相，互相。

⑥晞(xī)：干。

⑦容膝：仅容下双膝，言居室狭小。扉：门。

⑧窈窕(yǎo tiǎo)：美好貌。一说幽深貌。

⑨幽人：隐居的人。这里系作者自指。

⑩遇坎还止：意谓随意而安，顺其自然。坎，坑、穴。

【解读】

此词隐括陶渊明《归去来兮辞》而成，主旨即是"归去"，从昔日之误、归去之急写起，一直写到归来游赏之趣，田园之乐，及家人相聚之欢，最后以随缘自适作结。隐括前人文章而抒写自己怀抱。

起首三句浓缩了陶渊明"不忍为五斗米折腰"的典故，暗含"昨非"，引出"归去"之举。"归去来"三句隐括《归去来兮辞》第一段，以直呼点明主旨，"昨非""今是"对举，表明归去之迫切和坚定。"露未晞，征夫指余归路"写归途，化用陶文"问征夫以前路，恨晨光之熹微"之句，见归家心切。"门前笑语喧童稚"至"本非有意"凝练了陶文"僮仆欢迎，稚子候门。三径就荒，松菊犹存"和"审容膝之易安""门虽设而常关""策扶老以流憩""云无心以出岫，鸟倦飞而知还"等句意，写归后的家居、庭院之乐，传达对本真平朴自在生活的追求，结合词前小序可知，这也正是词人当时的生活写照。"噫！归去来兮"至"涓涓暗谷流春水"写摒弃世俗与归隐后的交游之乐，抒发历经政治坎坷后意欲超脱的情怀。"观草木欣荣"至结尾"遇坎还止"的语段，词人以"幽人"自称，其意更切合陶文的归隐之旨，同时凝练陶渊明关于生命与自然、宇宙的思考，在求仙、富贵与归隐的人生追求中作出自我选择，表达了以随缘自适、顺其自然的思想，折射的也正是苏轼对人生通透达观的领悟。

【点评】

"东坡词……《哨遍》一曲，隐括《归去来辞》，更是精妙，周、秦诸人所不能到。"（[宋]张炎《词源》）

洞仙歌①

苏　轼

　　余七岁时，见眉山老尼，姓朱，忘其名，年九十岁。自言尝随其师入蜀主孟昶宫中②。一日大热，蜀主与花蕊夫人夜纳凉摩诃池上③，作一词，朱具能记之④。今四十年，朱已死久矣。人无知此词者，但记其首两句。暇日寻味，岂洞仙歌令乎？乃为足之云⑤。

　　冰肌玉骨⑥，自清凉无汗。水殿风来暗香满⑦。绣帘开、一点明月窥人，人未寝、欹枕钗横鬓乱⑧。　　　　起来携素手，庭户无声，时见疏星渡河汉。试问夜如何？夜已三更，金波淡、玉绳低转⑨。但屈指西风几时来，又不道流年、暗中偷换。

【注释】

　　①"洞仙歌"：原唐教坊曲名，后用为词牌。原用以咏洞府神仙。又名"羽仙歌""洞中仙"。

　　②孟昶(chǎng)：五代时后蜀国国君，在位三十一年，后国亡降宋，深知音律，善填词。

　　③花蕊夫人：孟昶的妃子，别号花蕊夫人。摩诃池：故址在今成都昭觉寺，建于隋代，后蜀时曾改成宣华池。

　　④具：通"俱"，都。

　　⑤足：补足。

　　⑥冰肌：肌肤洁白如冰雪，《庄子·逍遥游》："有神人焉，肌肤若冰雪。"

　　⑦水殿：建在摩诃池上的宫殿。

⑧敧:同"倚",斜靠。

⑨玉绳:星名。常泛指群星。

【解读】

此词描述五代时后蜀国国君孟昶与其妃花蕊夫人夏夜池上纳凉的情景。

上片写花蕊夫人帘内倚枕。首二句写她的绰约风姿:丽质天生,有冰之肌、玉之骨,本自清凉无汗。接下来用水、风、香、月等清澈的环境要素烘托她的冰清玉润;其后借月亮窥看美人倚枕的情景烘托她的美丽,又用以美人不加修饰的斜倚未寝、"钗横鬓乱"的残妆,来反衬她姿质的美好。上片所写,是从旁观者角度对花蕊夫人所作的观察。下片直接描写人物自身,通过帝妃夏夜偕行的活动,展示她美好、高洁的内心世界。"起来携素手"写她起而与爱侣户外携手纳凉闲行,见帝妃间的温情脉脉;"庭户无声"营造夜深人静的氛围,暗寓时光不知不觉流逝,见两人的和谐深情;"时见疏星渡河汉"写二人静夜同望星河,显夫妻和美,以上几句写月下徘徊的情意,为纳凉人的细语温存渲染氛围。"试问"两句写月下对话,平淡家常,亲切动人。"金波淡、玉绳低转"写星月的移动变化,表现时光的推移和环境的静谧,为写"但屈指西风几时来,又不道流年、暗中偷换"作铺垫。结尾说花蕊夫人掐着手指计算秋风几时吹来,感到流年似水,岁月暗暗变换,揭示出时光变换之速,表现了她对时光流逝的深深惋惜。

此词作于苏轼谪居黄州第二年,结合词前小序,可体会到词人从对帝妃二人和美生活的赞美中暗寓对时光流逝的喟叹。

念奴娇① <small>赤壁怀古②</small>　　　苏　轼

大江东去,浪淘尽、千古风流人物。故垒西边③,人道是、三国周郎赤壁④。乱石穿空,惊涛裂岸,卷起千堆雪。江山如画,一时多少豪杰。　　遥想公瑾当年,小乔初嫁了,雄姿英发。羽扇纶巾,谈笑间、樯橹灰飞烟灭⑤。故国神游,多情应笑我,早生华发。人生如梦⑥,一尊还酹江月⑦。

【注释】

①念奴娇:词牌名,又名"百字令""酹江月"。其调高亢,其名盖本于唐天宝年间歌妓念奴。

②赤壁:此指黄州赤壁,一名"赤鼻矶",在今湖北黄冈西。而三国古战场的赤壁,一般认为在今湖北赤壁西北。

③故垒:过去遗留下来的营垒。

④周郎:三国时吴国名将周瑜,字公瑾,二十四岁为中郎将,掌管东吴重兵,吴中皆呼为"周郎"。

⑤樯橹:代指曹操的水军战船。樯,挂帆的桅杆。橹,摇船的桨。

⑥人生:一作"人间"。如梦:一作"如寄"。

⑦一尊还酹江月:古人以酒浇在地上祭奠。这里指洒酒酬月,寄托自己的感情。尊,通"樽",酒杯。

【解读】

此词作于被贬黄州的第三年,借凭吊古迹、追怀英雄而感伤自我、抒发华发早生而壮志难酬的忧愤。

上片描绘赤壁景色。开篇三句大处着笔,总写长江浩荡、奔涌不息向东流逝的景象,发出众多英雄人物被历史长河淘洗而尽的感叹,兼有"当世已无英雄"和"岁月无情"之意,暗伏后文的怀人伤己。"故垒西边"三句点出怀古的地点和人事。"故垒"照应"千古",引出赤壁古战场之事;"人道是"言众人传说,即此赤壁非真赤壁,不过以传说为切入口抒发怀抱而已;"周郎赤壁"总括怀古的人事核心,引出后文描述。"乱石穿空"三句写赤壁景色,"乱""穿""惊""拍""卷""千堆雪"等词语的组合,描绘峭壁耸立、巨浪滔天的雄奇险峻、惊心动魄的画面,写出江山的雄浑壮美和地势险要,令人想起当年的赤壁鏖战和人物的卓尔不凡,为下片追怀赤壁大战中的英雄人物渲染环境气氛。"江山如画,一时多少豪杰"总结上片写景,并对壮丽江山发出由衷的赞叹,同时由景转人事,引出下片的怀古。下片以"遥想"开启,怀想周瑜,并怀人伤己,抒写自己的感慨。"遥想公瑾当年"三句先写周瑜的英姿勃发、年少风流和志得意满。"小乔初嫁了"以美人烘托英雄,表现周瑜的少年得志,深得器重。"羽扇纶巾"三句写周瑜赤壁破曹的功绩。"羽扇纶巾"突出他的儒雅风流,"谈笑间"写他举重若轻、指挥若定,"樯橹灰飞烟灭"写他战果辉煌。以上六句描绘周瑜的"千古风流",渴慕之情溢于言表。"故国神游"以下四句由古人而及自身,抒发两点感慨:一是"多情"而"早生华发",一是"人生如梦"。联系写作背景,不难体会到苏轼从周瑜的年轻有为联想到自己坎坷不遇而生出的壮志难酬之感伤。"一尊还酹江月"之举,于感伤之中,又有一种从俗世人生而转向自然宇宙的自我慰藉和超脱,显示了词人的旷达襟怀。

全词状写壮丽江山,刻画千古英雄,表达对英雄的渴慕和早生华发的伤感,流露政治失意的沉郁忧愤,但也正因此而反映了词人不甘沉沦、渴望建功立业的思想,抒写失意而不失豪迈。

南乡子

苏　轼

重九①,涵辉楼呈徐君猷②。

霜降水痕收③,浅碧鳞鳞露远洲。酒力渐消风力软,飕飕,破帽多情却恋头④。　　佳节若为酬,但把清尊断送秋。万事到头都是梦,休休,明日黄花蝶也愁。

【注释】

①重九:农历九月初九重阳节。

②涵辉楼:在湖北黄冈西南,当地名胜。徐君猷:名大受,当时黄州知州。

③水痕收:指水位降低。

④"破帽多情却恋头"句:《晋书·孟嘉传》:"九月九日,温(桓温)燕龙山,僚佐毕集。时佐吏并著戎服。有风至,吹嘉帽堕落,嘉不之觉。温使左右勿言,欲观其举止。嘉良久如厕,温令取还之,命孙盛作文嘲嘉,著嘉坐处。嘉还见,即答之,其文甚美,四坐嗟叹。"后以"孟嘉落帽"形容才子名士的风雅洒脱、才思敏捷。苏轼这里反用以自嘲。

【解读】

此词是苏轼贬谪黄州期间,重阳日在郡中涵辉楼宴席上为黄州知州徐君猷而作。全词紧扣重九楼头饮宴,情景交融,抒发了以顺处逆、旷达乐观而又略带惆怅的矛盾心境。

上片写楼中远眺情景。起首两句描绘大江两岸晴秋景象。"水痕收"言江上水浅,是深秋霜降季节现象,"浅碧"与"鳞鳞"言江水澄碧而泛微波;"露远洲"写水位下降,露出江心沙洲,"远"字体现登楼遥望所见。"酒力渐消"三句写酒后感受。"酒力渐消"后人的知觉敏感而感觉"风力软",言风力轻微,"飕飕"言秋风凉意。"破帽多情却恋头"反用晋时孟嘉落帽的典故,说破帽对头很有感情,不管风怎样吹都不肯离开。"破帽"隐喻世事的纷纷扰扰,说破帽"多情恋头"用戏谑自嘲的口吻,表达渴望超脱又无法真正超脱的无可奈何。下片就涵辉楼上宴席抒发感慨。"佳节若为酬"两句化用杜牧"但将酩酊酬佳节,不用登临怨落晖"之句说,重阳佳节如何度过呢? 只借一杯淡酒打发时光而已,意为身处逆境,就随遇而安,淡淡的哀愁中透露以顺处逆的达观。接下来进一步说明为何要以美酒"断送秋"。"万事到头都是梦,休休"化用宋潘阆"万事到头都是梦,休嗟百计不如人",说世间万事皆虚梦,转眼成空;因此荣辱得失、富贵贫贱都是过眼云烟;世事纷扰自不必耿耿于怀;"明日黄花蝶也愁"反用唐郑谷"节去蜂愁蝶不知"句,说明日之菊色香均会较今日大减,连迷恋菊花的蝴蝶也会为之叹惋伤悲。意为好花难久,应赶趁今日对此盛开之菊,开怀畅饮,尽情赏玩。

全词景物人事融合,处逆而安的旷达中,也流露了世事无奈、人生虚幻的情绪,反映了贬居时期的矛盾心理。

临江仙 苏　轼

夜饮东坡醒复醉^①,归来仿佛三更。家童鼻息已雷鸣。敲门都不应,倚杖听江声。　　长恨此身非我有,何时忘却营营^②。夜阑风静縠纹平^③。小舟从此逝,江海寄余生。

【注释】

①东坡:在湖北黄冈东。苏轼谪贬黄州时,友人马正卿助其垦辟的游息之所,筑雪堂五间。

②营营:形容奔走钻营,追逐名利。

③夜阑:夜尽。縠纹:比喻水波细纹;縠,绉纱类丝织品。

【解读】

此词作于被贬黄州第三年。写深夜在东坡雪堂开怀畅饮,醉后返归临皋住所的情景,表现退避社会、厌弃世间的人生理想和想要彻底解脱的出世意念,展现了作者旷达而又伤感的心境。

上片首句点明夜饮的地点和沉醉。醉而复醒,醒而复醉,因而"归来仿佛三更","仿佛"二字见醉意朦胧而不能确知时间的情态,显纵饮豪兴。"家童鼻息已雷鸣"三句写回到寓所、家童已睡熟,无人开门,只得拄杖伫立江边聆听江流之声,刻画出一个风神潇洒、达观超旷的词人形象,有超然物外的理趣。同时以有声衬无声,通过写家童鼻息如雷和江流有声,衬托夜静人寂,烘托历尽宦海浮沉的词人心事之浩茫和心情之孤寂,为下片的思绪涌动作铺垫。下片首句"长恨此身非我有,何时忘却营营"的喟叹,说自己不能从有形的身体和俗世中解脱出来,以至于忧惧苦恼,深以为恨。此两句直抒胸臆而充满哲理意味,饱含词人的切身感受,有发自衷心的孤愤。有此静夜沉思后,词人豁然而悟,内心趋于平静,遂觉"夜阑风静縠纹平",这一景句实际是词人主观世界和客观世界相契合的产物,象征着词人从人生痛苦矛盾中超脱而追求的宁静安谧的理想境界,这样的宁静让人不由产生"小舟从此逝,江海寄余生"的遐想,意思是说要趁此良夜驾一叶扁舟随波流逝,将有限的生命融化在无限的大自然中,显其潇洒如仙的旷达襟怀,是他不满世俗、向往自由的心声。

全词情、景、理三者妙合,不假雕饰而畅达超逸。

【点评】

"自东坡一出,情性之外,不知有文字,真有'一洗万古凡马空'气象。"([元]元好问《新轩乐府引》)

卜算子^①黄州定慧院寓居作　　　　苏　轼

缺月挂疏桐,漏断人初静^②。时见幽人独往来^③,缥缈孤鸿影。　　惊起却回头,有恨无人省^④。拣尽寒枝不肯栖,寂寞沙洲冷。

【注释】

①卜算子:词牌名,又名"百尺楼""眉峰碧"等。万树《词律》以为取义于"卖卜算命之人"。以苏轼《卜算子·黄州定慧院寓居作》为正体。定慧院,一作定惠院,苏轼初贬黄州,寓居于此。

②漏:指更漏而言,古人计时用的漏壶。这里"漏断"即指深夜。

③时:一作"谁"。幽人:幽居的人,这里是词人自指。

④省(xǐng):理解,明白。"无人省",犹言"无人识"。

【解读】

此词是苏轼初贬黄州寓居定慧院时所作。借月夜孤鸿这一形象抒写内心幽独寂寞,表达孤高自许、蔑视流俗的心境。

上片写深夜院中所见景色。"缺月挂疏桐,漏断人初静"营造夜深人静、清月疏桐的孤寂氛围,为"幽人"与"孤鸿"的出场作铺垫。"漏断"指深夜。更深人静,词人庭中望月,月从稀疏的桐树间透出清晖,像是挂在枝丫间,有孤高之境界。"时见幽人独往来,缥缈孤鸿影"写宁静幽寂时刻,独有自己月下徘徊,如一孤单飞过天穹的大雁。独来独往、心事浩茫的"幽人"与孤鸿的意象叠加,意为"幽人"的孤高心境与那缥缈孤鸿是一样的。这两句通过人与鸿形象嫁接,物我同一,强化了"幽人"的超凡脱俗。下片将鸿与人融合,"惊起却回头,有恨无人省"是写鸿,亦是写词人自己:孤独中四顾寻觅,发现没有谁能理解自己,如此,内心孤独的悲情更添一层。"拣尽寒枝"两句写孤鸿心怀无人能懂的幽恨,在寒枝间飞来飞去,却终究拣尽寒枝不肯栖息,只好落宿于寂寞荒冷的沙洲,度过这寒冷的夜晚。两句字字写鸟,也字字写人,以象征手法,通过鸿的孤独缥缈、惊起回头、怀抱幽恨和选求宿处,表达了贬谪黄州时期的孤寂处境和高洁自许、不愿随波逐流的心境。

全词托物寓人,境界高旷洒脱、情感蕴藉而空灵悠远。

水调歌头　　　　　　　苏　轼

黄州快哉亭,赠张偓佺。

落日绣帘卷,亭下水连空。知君为我新作,窗户湿青红①。长记平山堂上②,欹枕江南烟雨,渺渺没孤鸿。认得醉翁语,山色有无中。　　一千顷,都镜净,倒碧峰。忽然浪起,掀舞一叶白头翁。堪笑兰台公子③,未解庄生天籁④,刚道有雌雄。一点浩然气,千里快哉风。

【注释】

①湿青红:湿润的青漆、红漆颜色。湿,形容油漆新涂,鲜润清新。

②平山堂:在江苏扬州,欧阳修所建。

③兰台公子:指宋玉,他曾任兰台令。其《风赋》认为风有"大王之雄风"与"庶人之雌风"之分。

④天籁:万物发出的自然之声音,这里指风声。

【解读】

此词作于贬谪黄州期间,是时张偓佺亦贬居于此,在其宅西南长江边筑亭,作为陶冶性情之所。苏轼不仅欣赏江边风景,更钦佩张坦然自适的襟怀,为张所建亭起名"快哉亭"并作此词,通过描绘快哉亭周围壮阔的山光水色,抒发旷达豪迈的处世精神。

上片虚实结合,描写快哉亭下及远处胜景。开头四句,实绘亭下江水与碧空相接、远处夕阳与亭台相映的图景,展现空阔无际的境界,充满苍茫阔远的情致。"知君为我新作"两句风趣地说张偓佺特意为词人而给亭台窗户新抹了油漆,交代新亭的创建,点明亭主与自己的关系非同一般,"湿"字形容油漆未干的清新,自然贴切。"长记平山堂上"五句,以记忆中情景烘托眼前景象,侧面描写快哉亭的优美风光和给自己带来的美好感受。"长记"二字说快哉亭唤起了他曾在扬州平山堂领略的"江南烟雨""渺渺没孤鸿""山色有无中"的美好体验,将"快哉亭"与"平山堂"交融,显现了快哉亭的精致之美,平添了曲折蕴藉的情致,传达出当日快哉亭前览胜的欣喜之情。

下片着力展现亭前广阔江面倏忽变化、涛澜汹涌、动心骇目的壮观场面,并由此抒发其江湖豪兴和人生追求。"一千顷"三句写眼前江面广阔,明净如镜,碧绿的山峰倒映江水中,这是对水色山光的静态描写。"忽然"两句,写一阵巨风,江面倏忽变化,涛澜汹涌,一个白发渔翁驾着小舟在狂风巨浪中起伏出没。这是对江湖风光的动态描写,并且由景及人及理,由风波浪尖上出没的渔翁而引出对风的议论。说宋玉将风分为"大王之雄风"和"庶人之雌风"是可笑的,白头翁搏击风浪的壮伟风姿即可证明:风乃庄子所言的天籁,本身绝无贵贱之分,关键在于人的精神境界的高下。由此,词人以"一点浩然气,千里快哉风"的豪气昭告世人:一个人只要具备了至大至刚的浩然之气,就能享受无穷快意的千里雄风。点明主旨,展示苏轼逆境中依然浩气坦荡的人生态度。

定风波

苏　轼

　　王定国歌儿曰柔奴,姓宇文氏,眉目娟丽,善应对,家世住京师。定国南迁归,余问柔:"广南风土,应是不好?"柔对曰:"此心安处,便是吾乡。"因为缀词云:

　　常羡人间琢玉郎①,天应乞与点酥娘②。自作清歌传皓齿,风起,雪飞炎海变清凉。　　　　万里归来年愈少,微笑,笑时犹带岭梅香③。试问岭南应不好,却道,此心安处是吾乡④。

【注释】

①琢玉郎:女子对丈夫或情人的爱称,泛指青年男子。

②乞与:给予。点酥:肤如凝脂般光洁的美女。

③岭:这里指岭南,即中国南方五岭之南的地区。

④此心安处是吾乡:这个心安定的地方,便是我的故乡。

【解读】

　　苏轼的好友王巩(字定国)因受苏轼"乌台诗案"牵连而被贬荒僻的岭南。受贬时,其歌妓柔奴毅然随行。宋元丰六年(1083)王巩北归,出柔奴为苏轼劝酒。苏轼问及岭南风土,柔奴答以"此心安处,便是吾乡",苏轼大受感动,作此词。

　　上片写柔奴的外在美,开篇两句描绘王定国的丰神俊朗和柔奴的晶莹俊秀。两相映衬。"自作清歌"三句说柔奴能自作歌曲,清亮悦耳的歌声从她芳洁的口中传出,令人感到如同风起雪飞,使炎暑之地一变而为清凉之乡,这一夸张描写赞其歌技高超,更颂其胸襟广博,有旷远清丽之感。下片写柔奴北归景象,刻画其内在美。"万里归来年愈少"写她对岭南艰苦的生活甘之如饴而心情舒畅,以致归来后容光焕发,更显年轻,洋溢着词人对柔奴历险若夷的热情赞美。"微笑"写柔奴在归来后的欢欣,也流露度过艰难岁月的自豪。"岭梅"指大庾岭上的梅花;"笑时犹带岭梅香"以浓郁的诗情写她北归时途经大庾岭的历程,又以梅喻人,赞美柔奴的高洁顽强,为后文的答话作铺垫。最后,词人"试问岭南应不好",问中包含了疑虑,而柔奴"却道,此心安处是吾乡",云淡风轻中有一种坚定达观,歌颂柔奴身处逆境而随缘自适的可贵品格,也寄寓作者在政治逆境中随遇而安、无往不快的旷达襟怀。

鹧鸪天 苏 轼

　　林断山明竹隐墙①,乱蝉衰草小池塘。翻空白鸟时时见,照水红蕖细细香②。　　村舍外,古城旁,杖藜徐步转斜阳。殷勤昨夜三更雨,又得浮生一日凉③。

【注释】

①林断山明:树林断绝处,山峰显现出来。

②红蕖(qú):荷花。

③浮生:即人生,意为世事不定,人生短促。

【解读】

　　此词作于贬谪黄州时,描绘夏日雨后的农村小景,表现雨后游赏的欢快闲适。

　　上片写游赏时所见村景。开篇两句写远处葱郁的树林尽头有耸立的高山,近处竹林围绕屋舍,长满衰草的小池塘蝉鸣缭乱。由远而近,描绘身处环境。"翻空白鸟"两句说空中不时有白色的小鸟飞过,塘中红色的荷花散发幽香。"时时见"写飞鸟不时飞过,可见留意飞鸟时间之久,"细细香"写荷花散出宜人的淡淡芳香,见环境安静清幽。两句看似清新闲雅,若结合词人谪居的处境,不难体会安闲背后百无聊赖、自寻安慰的心境。下片刻画自我形象,同时点明词中所写游赏和所见均因昨夜之雨而引起,抒发雨后得新凉的喜悦。"村舍外"三句写太阳即将落山,词人拄着藜杖在村边小道徐徐漫步。自得其乐中隐百无聊赖、消磨时光的失意情绪。最后说:有劳天公昨夜三更时分下了一场好雨,又让我度过了一天凉爽的日子。"殷勤"犹言"有劳",言下之意,如今还能"殷勤"待我这贬谪人的,唯有天公了!欣喜背后隐藏无限感慨。"又得浮生一日凉","浮生"言人生飘忽不定,有失意的慨叹,"又"言一日又一日度过,看似轻松惬意,实则是日复一日消磨岁月的无奈,传达抑郁不得志而只好得过且过的悲凉。

浣溪沙　　　　苏　轼

元丰七年十二月二十四日,从泗州刘倩叔游南山①。

细雨斜风作小寒,淡烟疏柳媚晴滩②,入淮清洛渐漫漫。

雪沫乳花浮午盏③,蓼茸蒿笋试春盘④,人间有味是清欢。

【注释】

①刘倩叔:名士彦,泗州人,生平不详。南山:在泗州东南,景色清旷,宋米芾称为淮北第一山。

②媚:美好,此处是使动用法。滩:十里滩,在南山附近。

③"雪沫"句:谓午间喝茶。雪沫乳花,形容煎茶时上浮的白泡,宋人以茶泡制成白色为贵,所谓"茶欲白,墨欲黑"。午盏,午茶。

④蓼茸:蓼菜嫩芽。春盘:旧俗,立春时用蔬菜水果、糕饼等装盘馈赠亲友。

【解读】

此词写与泗州刘倩叔同游南山的景象与感受。

上片写沿途早春景象。首句写清晨风斜雨细、瑟瑟微寒的景象,以"小"字写寒,见词人不以寒冷为意的心态。"淡烟疏柳"写向午的景物:雨脚渐收,烟云淡荡,河滩疏柳,尽沐晴晖。"媚"字见晴明中柳树的早春气息与明媚动人,传达喜悦心情。"入淮"句中的"清洛"指发源于合肥而北流合于淮水的"洛涧",应非目力能及者,是词人由眼前的淮水联想到上游清碧的洛涧汇入淮水后变得一片浩茫,这一虚笔既切合春来水涨,更拓展了词境,思绪随之变得迢远绵长。下片写游览时的清茶野餐及欢快心情。"雪沫"两句描写乳白色的香茶和翡翠般的春蔬:午盏指午茶;以雪、乳形容茶色之白,比喻中带夸张;"蓼茸蒿笋"即蓼芽与蒿茎,"春盘"是立春时馈送亲友的春菜、水果和糕饼。茶道文化和立春风俗两相映托,具有浓郁的节日气氛和诱人的力量,让人体味到词人品茗尝鲜时的喜悦畅适,显其高雅的审美意趣和旷达的人生态度。"人间有味是清欢"说人间最有味道的还是精神的欢愉,以此哲理体味结尾,既切合了此次山野游乐,又增添了欢乐情调和诗味、理趣。

水龙吟① 次韵章质夫杨花词②　　　　苏　轼

似花还似非花,也无人惜从教坠。抛家傍路,思量却是,无情有思③。萦损柔肠④,困酣娇眼,欲开还闭。梦随风万里,寻郎去处,又还被莺呼起。　　　　不恨此花飞尽,恨西园,落红难缀。晓来雨过,遗踪何在,一池萍碎⑤。春色三分⑥，二分尘土，一分流水。细看来，不是杨花，点点是离人泪。

【注释】

①水龙吟：词牌名，出自李白"笛奏龙吟水"句。又名"龙吟曲"。

②次韵：用原作之韵，并按照原作用韵次序进行创作，称为次韵。章质夫：即章楶（jié），时任荆湖北路提点刑狱，常与苏轼诗词酬唱。

③无情有思：看似无情，却自有愁思。思，情思。

④萦：萦绕、牵念。柔肠：柳枝细长柔软，故以柔肠为喻。

⑤一池萍碎：苏轼自注："杨花落水为浮萍，验之信然。"

⑥春色：指杨花。

【解读】

此词借杨花写离愁。

开篇两句说杨花像花又好似不是花，无人怜惜，任凭凋零坠地。前句显现杨花那似花非花的独特风流，后句"坠"字赋杨花的飘落；"无人惜"言天下惜杨花者少，流露词人怜惜杨花的缕缕情意，咏物象而寓人情，为下片雨后觅踪伏笔。"抛家傍路"三句说杨花抛离家园落在路边，细细思量仿佛又是无情，实则承上"坠"字写杨花离枝坠地、飘落无归情状。不说"离枝"而说"抛家"，貌似"无情"实则"有思"，咏物中拟人，为下文的花人合一张本。"萦损柔肠"三句说杨花看起来像是柔肠受损，娇眼迷离，想要开放却又闭上。将抽象的"有思"的杨花化作有情有生命的人：她那寸寸柔肠受尽了离愁煎熬，那一双娇眼因春梦缠绕而困极难开。花人合一，离情自见。"梦随风万里"三句说思妇梦魂随风将心上人寻觅，却又被黄莺无情唤起，既关思妇之情，又切杨花之魂：从思妇来说，那是由怀人不至而引起的寻郎却被莺惊的恼人春梦，情感缠绵哀怨；就咏物而言，是描绘杨花那随风飘舞、欲起旋落的情

225

状,生动真切。下片开头"不恨此花飞尽"三句以落红陪衬杨花,曲表对杨花的怜惜。继之由"晓来雨过"而问询杨花遗踪,并以"一池萍碎"回答,说一场雨后,杨花落入池中,化成了满池的浮萍,传达漂泊的离恨。"春色三分"三句说,若将杨花的春色分作三分,那么就有二分化作了尘土,一分化作了流水,"尘土"与"流水"都是极易消逝化为乌有的意象,词人将此设想为杨花的最终归宿,寄寓了深切的惜花伤春之情。结句"细看来,不是杨花,点点是离人泪"由杨花及人,联想到思妇的泪水;又由思妇的点点泪珠,映带出空中的纷纷杨花,虚实相间,情景交融,与开篇的"似花还似非花"呼应,烘托出全词的主旨。

瑞鹧鸪① 观潮 苏 轼

　　碧山影里小红旗,侬是江南踏浪儿。拍手欲嘲山简醉②,齐声争唱浪婆词③。　　西兴渡口帆初落,渔浦山头日未欹。侬欲送潮歌底曲④?尊前还唱使君诗⑤。

【注释】

①瑞鹧鸪:词牌名,亦称"舞春风""鹧鸪词"等。

②山简:字季伦,晋人,好酒,《晋书》记载当时的儿歌嘲他"日夕倒载归,酩酊无所知"。

③浪婆:波浪之神。

④歌底曲:唱什么歌曲。底,什么。

⑤使君:指杭州太守陈襄。是日作者与陈襄同游。

【解读】

此词作于苏轼任杭州通判时,用代言体,以弄潮儿的口吻叙写钱塘江潮中弄潮的独特风景。

上片写弄潮儿在万顷波中自由、活泼的形象。开篇"碧山影里小红旗"写远处的青山和江面上隐隐绰绰的小红旗,这是弄潮儿所处的背景和衬托,江潮汹涌而来,一面面小红旗隐隐闪现,令人联想弄潮儿手执红旗,劈波斩浪的情景。"侬是江南踏浪儿"交代弄潮儿的身份,也流露出万顷波中得自由的水上健儿的自豪感。"踏浪"与"小红旗"相互映照,画面感强烈。"拍手欲嘲"两句写健儿们在浪头表演,一会儿像醉汉山简一样洒脱不羁引得人们拍手大笑,一会儿引得大家齐声争着唱起拜浪婆的歌,场面热闹,欢情洋溢。下片写钱塘江退潮,弄潮儿唱起"使君诗"作为送潮曲。"西兴渡口"两句写渡口落帆、山头红日之景,显示时间的推移,暗示弄潮儿的水上表演已持续很久;同时也暗写江潮已退,引出下文的"送潮"。结尾两句点明"送潮",并巧妙点出同游的知州陈襄。

此词写民俗,质朴自然,有民歌风味。

醉翁操①

苏 轼

琅琊幽谷②,山水奇丽,泉鸣空涧,若中音会③。醉翁喜之,把酒临听,辄欣然忘归。既去十余年,而好奇之士沈遵闻之,往游,以琴写其声,曰《醉翁操》,节奏疏宕而音指华畅,知琴者以为绝伦。然有其声而无其辞。翁虽为作歌,而与琴声不合。又依楚词作《醉翁引》,好事者亦倚其辞以制曲。虽粗合韵度,而琴声为词所绳约,非天成也。后三十余年,翁既捐馆舍④,遵亦没久矣。有庐山玉涧道人崔闲,特妙于琴,恨此曲之无词,乃谱其声,而请于东坡居士以补之云。

琅然。清圜。谁弹。响空山。无言。惟翁醉中知其天。月明风露娟娟。人未眠。荷蒉过山前。曰有心也哉此贤⑤。　　醉翁啸咏,声和流泉⑥。醉翁去后,空有朝吟夜怨。山有时而童颠⑦。水有时而回川。思翁无岁年。翁今为飞仙。此意在人间。试听徽外三两弦。

【注释】

①醉翁操:词牌名。原为琴曲,属"正宫",沈遵创作。苏轼始创为填词。醉翁:欧阳修的号。

②琅琊:山名。在今安徽滁州西南。幽谷:幽深的山谷。

③若中音会:好像与音乐的节奏自然吻合。

④捐馆舍:死亡的婉称。

⑤荷蒉过山前,曰有心也哉此贤:《论语·宪问》:"子击磬于卫,有荷蒉而过孔氏之门者,曰:'有心哉,击磬乎!'"荷蒉,背着草筐,此喻懂得音乐的隐士。

⑥醉翁啸咏,声和流泉:谓欧阳修吟咏之声跟山间泉水之声相应。

⑦童颠:山顶光秃。

【解读】

此词专为琴曲《醉翁操》创作。词序中交代了写作原委:欧阳修在滁州游琅琊幽谷,飞瀑鸣泉,声若环珮。美妙动人,乐而忘归。后太常博士沈遵依自然之声,谱为琴曲《醉翁操》。但此妙曲有声而无辞。欧阳修现存有《醉翁吟》(即《醉翁引》),苏轼以为与琴声不合,故有此作。

上片状写流泉之自然声响及其感人效果。"琅然。清圜。谁弹。响空山。"开篇四句写鸣泉之声若环珮,清越圆转,让人不禁暗问这是谁轻拨琴弦,乐声在空旷幽静的山谷回荡。以环珮和琴声为喻,以空山为背景,写出流泉之美妙。"无言"两句是"试问"的回答,意为这天地间的绝妙乐曲只有醉翁能于醉中得之,解其天然妙趣。进一步表明流泉声响之无限美妙。"月明风露娟娟。人未眠"以明月清风玉露的美好营造清幽和美的氛围,言听此泉声的人被此妙曲陶醉而迟迟未眠,从感受效果上烘托泉声美妙动人。"荷蒉过山前。曰有心也哉此贤"说这泉声打动了荷蒉者,借用《论语》中的典故,用孔子击磬之声喻流泉之自然声响,颂扬它清越动人。下片描述醉翁的啸咏声及琴曲声。"醉翁啸咏"二句照应"惟翁醉中知其天",说醉翁得其天然妙趣而作《醉翁亭记》且啸且咏,与鸣泉相和,天籁人籁,浑然一体。"醉翁去后"两句说醉翁离开滁州,只留下这自然声响朝夕吟咏,流泉失去知音,似有幽怨。"山有时而童颠"四句说时光流转,山川变换,人事变迁:蔚然而深秀之琅琊有时也将失去其奇丽景象而成童山,幽谷流泉有时也不再清越而低回,人们因鸣泉而念及醉翁,而醉翁却已化为飞仙一去不复返,鸣泉之美妙,也就再也无人聆赏了。"此意在人间。试听徽外三两弦"说尽管鸣泉不复清越,醉翁也已不再,但鸣泉之美妙乐曲,醉翁所追求的绝妙意境,却仍留存人间,这就是切合鸣泉之天然和声的《醉翁操》。这一句将着眼点落在琴声上,突出了全词的主题。

【点评】

"清绝、高绝,不许俗人问津。"([清]陈廷焯《词则·别调集》)

醉蓬莱①   黄庭坚

对朝云叆叇②,暮雨霏微,乱峰相倚。巫峡高唐③,锁楚宫朱翠④。画戟移春⑤,靓妆迎马,向一川都会。万里投荒,一身吊影,成何欢意。 尽道黔南,去天尺五⑥。望极神州,万重烟水。樽酒公堂,有中朝佳士。荔颊红深,麝脐香满,醉舞裀歌袂⑦。杜宇声声⑧,催人到晓,不如归是。

【作者简介】

黄庭坚(1045—1105),字鲁直,自号山谷道人,晚号涪翁。洪州分宁(今江西修水)人。与张耒、晁补之、秦观并称"苏门四学士"。书法与苏轼、蔡襄、米芾并称"宋四家"。诗风奇拗瘦硬,词风流宕豪迈,为"江西诗派"之祖。

【注释】

①醉蓬莱:词牌名。又名"雪月交光""冰玉风月"。

②暧靆(ài dài):云气浓重之貌。

③高唐:战国时楚王在云梦泽中所建高台。

④朱翠:朱颜翠发,形容女子的美貌,这里指美女。

⑤画戟:涂画彩饰的戟,是古代的仪仗用物。

⑥去天尺五:以距天之近而言地势之高。

⑦舞裀(yīn):舞衣。

⑧杜宇:即杜鹃,传说古蜀帝杜宇死后所化,故称。相传杜宇死后思念故乡,化为杜鹃,啼叫如"不如归去",声音悲苦。

【解读】

此词是词人被贬为涪州别驾黔州安置,途经夔州巫山时作。

上片先描绘烟雨凄迷的峡江风光,融入迷离的神话传说,渲染去国怀乡的怅惘。开头以"对"字领起三句绘峡江:早晨云蒸霞蔚,黄昏烟雨霏霏,群峰屹立在烟雨中。凄清迷离的气氛,充分渲染了词人遭贬谪的怅惘忧郁。同时又糅进宋玉《高唐赋》中的词语"朝云""暮雨",为景物添上梦幻色彩,从而引出"巫峡高唐,锁楚官朱翠"。此句借联想由景及人事,"锁"字写楚宫深锁,令人联想到宫中美女的孤独。从美人的比兴传统来看,也寄寓着作者正直而遭遇贬黜的身世之叹。"画戟迎春"三句,写城中地方官欢迎词人的场景,喧哗热闹,华丽贵重,只是虽一片盛情,词人却不禁叹息:"万里投荒,一身吊影,成何欢意。"被贬的抑郁无欢溢于言表。下片设想未来在贬所的望乡之苦,进一层写贬愁离恨。"尽道黔南"四句遥想到达黔州后的情景:山高势险,中原遥远。"万里烟水"隔断眺望的视线,尽显浓浓乡愁。接着再回写眼前接风酒宴,醉舞欢腾,满堂香气,声歌盈室,一派热烈。在忧愁思乡中铺陈热烈欢迎的场面,以乐景衬哀情。所以结句说"杜宇声声,催人到晓,不如归是"写酒散夜深,词人听着那杜鹃一声声"不如归去"的啼叫,直到天明。这啼叫正是词人的哀切心声,显内心的孤寂郁闷。

全词运用烘托和乐景写悲情的手法,表达去国怀乡的忧闷。

清平乐 　　　　　黄庭坚

春归何处,寂寞无行路①。若有人知春去处,唤取归来同住②。　　春无踪迹谁知,除非问取黄鹂。百啭无人能解③,因风飞过蔷薇④。

【注释】

①行路:指春天的行踪。

②唤取:唤来。取,语助词。以下"问取"同。

③百啭:形容黄鹂宛转的鸣声。啭,鸟鸣。

④因风:顺着风势。

【解读】

此词写惜春恋春情怀,并以此表现对美好事物的执着和追求。

开篇两句写词人因春天的消逝而感无处寻觅春之足迹的寂寞,反映春天的可爱和春去的可惜。三、四句说希望有人知道春天的去处,唤她回来,好与她同住。这样的痴心之念表现出词人对美好春光的执着眷恋和热切追求。下片起首句写词人从幻想中回到现实世界,意识到无人知晓春天的去向,春天不可能被唤回来。但又不忍放弃寻觅,于是又幻想黄鹂能知道春天的踪迹。接着写黄鹂不住地啼叫,它啼声宛转,可惜人不解鸟语,还是无法觅得春的踪迹。结句说黄鹂趁着风势飞过蔷薇花丛,可见"问取黄鹂"的幻想破灭,而蔷薇花开,说明时令已是春去夏来,饱含对美好春天无法回来的感伤、无奈和觅而不得、问而无解的寂寞、失落,惜春恋春之情自见。

此词曲笔渲染,跌宕起伏,深情中富有趣味。

虞美人 宜州见梅作① 黄庭坚

天涯也有江南信②,梅破知春近。夜阑风细得香迟,不道晓来开遍向南枝。 玉台弄粉花应妒③,飘到眉心住④。平生个里愿杯深,去国十年老尽少年心⑤。

【注释】

①宜州:今在广西壮族自治区河池市东部、柳江上游龙江沿岸。

②江南信:江南春天的信使,指报春的早梅。

③玉台弄粉:这里比喻梅花开放。玉台,传说中天神的居处,也指朝廷的宫室。

④飘到眉心住:宋武帝女寿阳公主卧于含章殿下,梅花落于公主额上,拂之不去。词中意谓由于群花的妒忌,梅花无地可立,只好移到美人眉心停住。

⑤"平生"两句:年轻时遇到良辰美景,总是尽兴喝酒,可是经十年贬谪后,再也没有这种兴致了。

【解读】

此词咏边地梅花,作于被贬宜州之时。

上片写天涯梅开的惊喜。"天涯"两句言去京国数千里的贬地宜州居然能看到江南常见的梅花,感受春天来临,甚是惊喜。"也有"见喜出望外,见边地环境比意料的要好;"夜阑"两句写梅开。夜深闻暗香而晓来发现向阳的枝头已满是繁花,既点出早梅,又传递欣喜。"夜阑风细"切合梅的暗香,"不道"照应"也有",表明惊喜接连而至,让词人身在边地而已满怀江南春心。下片以寿阳公主落梅成妆的浪漫故事引出感慨。"玉台弄粉"两句写梅花绽放引起群芳羡妒,只好跑到寿阳公主的眉心上去,以人衬物,烘托了梅花的美好动人。暗中也表现词人像梅花一样美好高洁,不屑与人争奇斗艳的心志。结尾两句说想到往日赏梅,对着如此美景,总想把酒喝个够;但现在经过十年贬谪的宦海沉沦后,不复有少年的兴致了,"愿杯深"代言当年豪兴,具体形象。这种不胜今昔之慨,表现了心中郁结的不平与愤懑。

　　此词婉曲深挚,是词人孤清抑郁的人格风貌的写照。

望江东①　　　　　　　　黄庭坚

　　江水西头隔烟树,望不见江东路。思量只有梦来去,更不怕江阑住②。　　　灯前写了书无数,算没个人传与③。直饶寻得雁分付,又还是秋将暮④。

【注释】

①望江东:词牌名。疑为黄庭坚创。

②阑住:即"拦住"。

③算:估量,这里是想来想去的意思。

④秋将暮:临近秋末。以上两句说,即使能找到鸿雁传个信儿,可是已经到了秋末,时间太短了。

此词是黄庭坚因党祸贬谪西南时写的抒情寄慨之作,以相思者的口吻表达自己东望思归的心情。

上片由不能相会而至遥望、至梦忆。首句交代"江水""烟树"的重重阻隔,迷蒙浩渺,反映出抒情主人公对远方爱人的怀念。"隔"与"望不见"呈现了遥望浩渺江水、迷蒙远树而目光受阻的失望惆怅。"思量只有"两句说自己思忖着,为突破现实生活的时空阻隔,决定到梦里去追寻,实现得见爱人的愿望,思慕渴盼之情更深一层。下片由对灯秉笔而终至传书无由。"灯前"两句说他灯前写信,倾诉对远方亲人的怀念,但又"算没个人传与",进一步表达主人公的无助与失望,见相思苦情。结尾"直饶"两句说他转念想到托鸿雁传信,再一想秋天将尽,大雁也要南飞了,连托雁传书的愿望也难达到。由此可知,他的信是要寄往北方去,隐含词人居西南而望东北思归的心思。

【点评】

"笔力奇横无匹,中有一片深情,往复不置,故佳。"([清]陈廷焯《白雨斋词话》)

八六子①

秦 观

倚危亭,恨如芳草,萋萋刬尽还生②。念柳外青骢别后,水边红袂分时,怆然暗惊。 无端天与娉婷③。夜月一帘幽梦,春风十里柔情。怎奈向、欢娱渐随流水。素弦声断,翠绡香减,那堪片片飞花弄晚,蒙蒙残雨笼晴。正销凝,黄鹂又啼数声。

秦观(1049—1100),字太虚,又字少游,别号淮海居士。北宋高邮(今属江苏)人。"苏门四学士"之一。政治上被视为元祐党人,屡遭贬谪。工诗词,多写男女情爱,也多感伤身世之作,委婉含蓄,清丽雅淡。有《淮海集》《淮海居士长短句》。

【注释】

①八六子:词牌名,又名"感黄鹂"。初见《尊前集》收杜牧词。以晁补之词为正体。

②刬(chǎn):同"铲"。

③无端:无来由。娉婷:美貌,指美人。

【解读】

此词为怀人之作,回溯别前之欢,追忆离后之苦,兼感怀身世。

上片开篇写临亭远眺,回忆与佳人分手,点出词眼:恨。铲却而复生的"芳草"隐喻离恨,见离恨多而难消解,"萋萋"营造凄迷意境,传达内心的迷惘,情景一体。"念柳外"三句说每每忆及"柳外""水边"分手情景,词人就"怆然暗惊",由往昔转笔现实,抒发感受,无限凄楚。下片创设三个情境写"恨":"夜月一帘幽梦"至"翠绡香减"一境,良辰暖风、妙音美景,此是昔日欢娱之境,可惜皆已随流水,成记忆,伤感无奈之情溢于言表;"片片飞花弄晚,蒙蒙残雨笼晴"一境,此为别后情境,凄迷朦胧之景寓怅惘、伤感之情;结尾"正销凝,黄鹂又啼数声"一境,此是眼前实况,离恨正浓,黄鹂声起,凄楚伤感之思自在其中。情境描绘中兼以"怎奈""那堪""又"等词句直写感慨,进一步把与佳人分手后的离愁别绪与现实身世之"恨"融于一处,蕴藉含蓄,情致悠长。

【点评】

"秦少游词得《花间》《尊前》遗韵,却能自出清新。"([清]刘熙载

《艺概》）

"少游最和婉纯正。"（［清］周济《宋四家词选目录序论》）

满庭芳①

秦 观

山抹微云，天连衰草，画角声断谯门②。暂停征棹，聊共引离尊。多少蓬莱旧事③，空回首，烟霭纷纷。斜阳外，寒鸦万点，流水绕孤村。　　销魂④。当此际，香囊暗解，罗带轻分，谩赢得青楼，薄幸名存。此去何时见也，襟袖上，空惹啼痕。伤情处，高城望断，灯火已黄昏。

【注释】

①满庭芳：词牌名，又名"锁阳台""满庭霜"等。以晏几道《满庭芳·南苑吹花》为正体。

②谯门：城门。

③蓬莱旧事：男女爱情的往事。

④销魂：形容悲伤到极点而心神恍惚不知所以的样子。

【解读】

此词写艳情，同时融入落拓江湖不得志的身世之感。

开端两句写远山云遮和天际衰草相接的景象，显极目远眺的暮霭苍茫和暮冬时节的惨淡气象，"抹"字见微云青苍，"衰"字见草木萧瑟，为全词定下凄婉感伤的情调。"画角"句写傍晚城楼吹角报时，点明时间，又是别时闻此角声，自使人断肠。"暂停"两句点出别离本事。"多少蓬莱旧事"三句写回首前尘往事，不觉生发往事如烟云暮霭的感叹。"烟霭纷纷"四字承"山抹微云"而写景，承"蓬莱旧事"而言情，虚实双关，见别离的迷茫怅惘。接下来"斜阳外"三句将笔触收至眼前，选取

"斜阳""寒鸦""流水""孤村"等感情色彩强烈的意象,描绘天色将暮、禽鸟归栖、流水默然、孤村静立的画面,表达一身微官、去国离群的游子之恨。下片"销魂"四句写离别悲伤和以物互赠的深情。"谩赢得"两句用杜牧典故:杜牧官满十年,弃而自便,万分感慨,借"闲情"写下"十年一觉扬州梦,赢得青楼薄幸名",于自嘲中表达对官场的怨愤。词人用此典,申不得志的怨情。"此去何时见也"三句又回到眼前离别,以盼问后会之期和泪湿襟袖的细节再写离别悲伤。"高城望断"几句以景作结,将情景人事总收,"灯火黄昏",惜别流连,伤情无限。

【点评】

"其词为东坡所称道,取其首句,呼之为'山抹微云'君。"([宋]胡仔《苕溪渔隐丛话》)

"下阕不假雕琢,水到渠成,非平钝所能借口。"([清]谭献《谭评词辨》)

江城子 秦　观

西城杨柳弄春柔。动离忧①,泪难收。犹记多情曾为系归舟。碧野朱桥当日事,人不见,水空流。　　韶华不为少年留②。恨悠悠,几时休。飞絮落花时候一登楼。便做春江都是泪,流不尽,许多愁。

【注释】

①离忧:离别的忧思;离人的忧伤。
②韶华:美好的时光。常指春光。

【解读】

这是一首愁情词,春愁、离愁、失恋之愁、叹老嗟卑之愁……凝聚浓缩于一词之中。

首句"西城杨柳弄春柔"写景而赋景物以情,说柳色撩拨百种柔情,使人感春伤别,惹得人"动离忧,泪难收"。以下写因柳而感忆。"犹记多情"四句,是说当年曾有重逢与离别情事在这里发生:那时你曾为我系归舟,那时我们在这红桥碧野作别,一切都记忆犹新,可如今归来,已无人替我系舟,只见水空流。"水空流",以景传情,无限惆怅。"韶华不为少年留"说青春不再,年华易衰,这是人生的无情与无奈,也是"恨悠悠"的深层缘由,"几时休"则见愁恨绵长无尽,与前文的"泪难收""水空流"相应,一唱三叹。"飞絮落花时候一登楼"说不登楼则已,"一登楼",在这杨花似雪的暮春,就真与"便做春江都是泪,流不尽,许多愁"。结尾三句以春江水比喻愁绪,将泪流、水流、恨流汇合而成滔滔不尽的一江春水,言有尽而情无穷。

鹊桥仙①　　　　　　　　　　秦　观

纤云弄巧②,飞星传恨③,银汉迢迢暗度。金风玉露一相逢,便胜却人间无数。　　柔情似水,佳期如梦,忍顾鹊桥归路。两情若是久长时,又岂在朝朝暮暮④。

【注释】

①鹊桥仙:词牌名,又名"金风玉露相逢曲"。词牌与"鹊桥相会"的神话有关。

②纤云:轻盈的云彩。弄巧:指云彩在空中幻化成各种巧妙的花样。

③飞星:流星。一说指牵牛、织女二星。

④朝朝暮暮:指朝夕相聚。

【解读】

此词咏牛郎织女，传达了词人境界高远的爱情观。

开篇写"纤云弄巧"，说轻柔多姿的云彩，变化出许多优美巧妙的图案，以此显示织女的手艺精巧绝伦。"飞星传恨"言织女与牛郎被阻隔而心怀别恨，那星星仿佛都在传递着他们的情感，正飞驰长空。"银汉迢迢暗度"写织女渡银河。"迢迢"形容银河辽阔，两人相距遥远，突出相思之苦和相会不易；"暗度"既点七夕题意，又紧扣"恨"字写他们宵行夜会。"金风玉露一相逢，便胜却人间无数"说他们在金风玉露之夜，碧落银河之畔相会了，这美好的相逢，抵得上人间千万次相会。描写七夕风光，更以金风玉露、冰清玉洁的背景映衬，赞叹歌颂高尚纯洁而超凡脱俗的爱情。"柔情似水"写相会时的两情缱绻温柔；"佳期如梦"言相会时间短，一夕佳期竟像梦幻般倏然而逝，才相见又分离，语带感伤；"忍顾鹊桥归路"转写分离，说刚刚借以相会的鹊桥，转瞬间又成了和爱人分别的归路。让人不忍回看，惜别与辛酸蕴含其中。结尾两句转议论，揭示爱情的真谛：若彼此真诚相爱，即使终年天各一方，也比朝夕相伴的庸俗情趣可贵。这一议论照应"金风玉露一相逢，便胜却人间无数"，既是对织女牛郎爱情的讴歌，更是对普天下理想爱情的赞美，精神境界高远，使此词成为千古佳作。

【点评】

"(世人咏)七夕，往往以双星会少离多为恨，而此词独谓情长不在朝暮，化腐臭为神奇！"（[明]沈际飞《草堂诗余正集》）

"少游以坐党被谪，思君臣际会之难，因托双星以写意，而慕君之念，婉恻缠绵，令人意远矣。"（[清]黄苏《蓼园词选》）

画堂春^①　　　　秦　观

　　落红铺径水平池,弄晴小雨霏霏^②。杏园憔悴杜鹃啼,
无奈春归。　　　柳外画楼独上,凭阑独捻花枝。放花无语
对斜晖,此恨谁知。

【注释】

　　①画堂春:词牌名,又名"画堂春令""万峰攒翠"等。以秦观《画堂
春·落红铺径水平池》为正体。

　　②弄晴:展现晴天。霏霏:雨雪绵密的样子。

【解读】

　　此词伤春,同时反映词人应试落第后的不快心情。

　　开端"落红"三句,从所见所闻的春归景物写起,落花铺径、春水平
池、小雨霏霏、杏园憔悴,写出春光之迟暮,再以"无奈春归"作结,流露
内心的纤柔、对大自然的怜惜和面对春归的无奈,显伤春之意。"柳外
画楼独上,凭阑独捻花枝"由景及人,独上、独捻,两"独"字写出孤单落
寞;而手捻花枝又满含幽微深婉的情意。如果说捻着花枝时是爱花的
深情,那么"放花无语对斜晖"便是惜花的无奈。在这种氛围下,便有
了"此恨谁知"的叹息。细读,这"恨"是慨叹春光速、人易老,又是感伤
人生离多聚少,青春白白流逝,蕴藉含蓄,寄情悠远。

踏莎行^①　　　　秦　观

　　雾失楼台^②,月迷津渡^③,桃源望断无寻处。可堪孤馆
闭春寒,杜鹃声里斜阳暮。　　　驿寄梅花^④,鱼传尺素^⑤,砌

成此恨无重数。郴江幸自绕郴山⑥，为谁流下潇湘去⑦？

【注释】

①踏莎行：词牌名。由唐韩翃诗句"踏莎行草过春溪"而得名。又名"柳长春""喜朝天"等。以晏殊《踏莎行·细草愁烟》为正体。

②雾失楼台：暮霭沉沉，楼台消失在浓雾中。

③月迷津渡：月色朦胧，渡口迷失不见。

④驿寄梅花：南北朝陆凯《赠范晔诗》诗句："折梅逢驿使，寄与陇头人。"这里词人将自己比作范晔，表示收到了来自远方的问候。

⑤鱼传尺素：汉乐府《饮马长城窟行》中有"客从远方来，遗我双鲤鱼。呼儿烹鲤鱼，中有尺素书"，"鱼传尺素"便成了传递书信的代名词。这里表示接到朋友问候。

⑥郴（chēn）江：水名，一名"郴水"，湘南境内，北流注入湘江。幸自：本自，本来是。

⑦为谁流下潇湘去：为什么要流到潇湘去呢？潇湘，潇水和湘水，合流后称湘江，又称潇湘。

【解读】

此词作于贬谪郴州期间，抒写失意人的凄苦和哀怨，流露了对现实政治的不满，婉曲而痛人心扉。

上片开端"雾失楼台"三句因情设景，说楼台津渡迷失于沉沉暮霭和朦胧月色中，心中向往的桃花源极尽眼目也找不到，表达了词人不被理解、无人问津的悲苦情怀，流露离世厌俗却无可避世的思想感情。"可堪孤馆闭春寒"两句，选取孤馆、寒春、杜鹃声、斜阳等凄寒哀伤的意象，写尽心中的孤苦凄凉，传达漂泊无依、生活悲苦、仕途乃至生命将暮却思归而不得归的惆怅。下片起笔写远方友人殷勤致意、安慰。"驿寄梅花，鱼传尺素"连用两则有关友人投寄书信的典故，表明远方的亲友送来安慰的信息；但身为贬谪之人，北归无望，因此亲友的书信,引发的是对往昔生活的追忆和痛省今时困苦的哀伤而"砌成此恨无重数"。以"砌"字言"恨",化无形为形象可感,且言"恨"重重累积,有如砖石垒起的高墙压在心头,见"恨"之多而沉重。联系贬谪处境,则此"恨"除一般离恨,更有宦海挣扎的悲怨愤恨。但忧谗畏讥不便点破,故转以眼前山水作结:"郴江幸自绕郴山,为谁流下潇湘去?"意思是问郴江:你本来是围绕郴山而流的,为什么又老远地北流向潇湘而去呢?此问以对郴江远去的困惑传达对人生的迷惘与沉痛,正如这郴江无法解释和左右自己的流向一样,人也是被生活的洪流裹挟前行,至于去往何方、为何要去连自己也无从回答、无从掌控,深悲沉恨寄寓其中。

浣溪沙　　　　秦　观

漠漠轻寒上小楼①,晓阴无赖是穷秋②,淡烟流水画屏幽③。　　自在飞花轻似梦,无边丝雨细如愁,宝帘闲挂小银钩④。

【注释】

①漠漠:像清寒一样的冷漠。轻寒:薄寒,有别于严寒和料峭春寒。

②晓阴:早晨天阴着。无赖:索然无味的样子。穷秋:秋到尽头。

③淡烟流水:画屏上轻烟淡淡,流水潺潺。幽:意境悠远。

④宝帘:缀着珠宝的帘子,指华丽的帘幕。闲挂:随意地挂着。

【解读】

此词写女子伤春的淡淡哀愁和轻轻寂寞。

上片写天气与室内环境的凄清,渲染萧瑟的气氛,不言愁而愁自见。"漠漠轻寒"两句写时令天气,一言"轻寒",一言"晓阴",说初春昏晓,阴云遮日,让人误以为是深秋,为全词奠定清冷的基调。"无赖"二字暗写女子因天气而兴味索然,闲愁暗生。"淡烟"句转写室内,画屏上淡烟流水的凄清,也让人生出淡淡的哀愁。下片写倚窗所见,转入对春愁的正面描写。飞花飘忽不定,迷离惝恍如残梦之无凭;细雨如丝,迷漫无际似心中茫无边际的愁绪。词人将"梦"与"愁"编织在"飞花"和"丝雨"交织的画面中,使女主人公的情思变得形象而生动。结句"宝帘闲挂小银钩"说不经意中瞥见随意挂起的窗帘小银钩。此句写景而见人,窗帘与银钩的闲挂,令人感知人的闲淡与轻轻的寂寞。以此作结,正是全词感情基调:百无聊赖的淡淡闲愁。

此词曲折传情而凄清婉美,意境怅静悠闲,含蓄有味。

【点评】

"宛转幽怨,温韦嫡派。"([清]陈廷焯《词则》)

阮郎归①

秦　观

湘天风雨破寒初②,深沉庭院虚。丽谯吹罢小单于,迢迢清夜徂。　　乡梦断,旅魂孤,峥嵘岁又除。衡阳犹有雁传书③,郴阳和雁无④。

【注释】

①阮郎归:词牌名。又名"醉桃源"。词名用刘晨、阮肇故事。相传东汉永平年间,刘晨、阮肇入天台山采药,遇二仙女,留住半年,思归甚苦。既归则乡邑零落,子孙已历七世。曲名本此,故作凄音。

②湘天:指湘江流域一带。

③衡阳:古衡州治所。相传有回雁峰,鸿雁南飞望此而止。

④郴阳:在衡阳之南,道路险阻,书信难传。和雁无:连传书之雁也没有。

【解读】

此词系秦观贬谪郴州时除夕的感慨之作,抒发思乡之情。

上片写除夕夜间长夜难眠的苦闷,反映羁居贬所的凄凉困境。起首二句写满天风雨似是冲破严寒,所居庭院深沉而空虚,点明时令和地点,渲染凄凉孤寂的氛围,传达词人的孤苦凄寒。"丽谯"二句是写词人数尽更筹,终于熬过漫漫长夜。除夕是团圆守岁之夜,而此刻的词人却深居孤馆,相伴的只有风雨声和城楼传来的画角声,孤独中自感长夜"迢迢",以"迢迢"极言夜之漫长,加一"清"更突出夜之清寒和心之凄凉。下片转直抒胸臆,"乡梦断"三句悲叹自己日夜盼望回乡,却像游魂一样,孑然一身漂泊在外,当此万家团圆的除夕,即使想梦中归乡,也因角声盈耳而进不了梦境;"峥嵘"寄寓人生艰难之意,饱含悲苦痛楚。结句"衡阳犹有雁传书,郴阳和雁无"借用《苏武牧羊》中鸿雁传书和衡阳回雁峰的典故,并将郴州与之比照,说离乡久远、郴州地处偏远,连书信都无法传递,表现音讯全无的失望孤苦心情,凄婉哀切。

【点评】

"淮海、小山,古之伤心人也。"([清]冯煦《宋六十一家词选·例言》)

好事近① 梦中作   秦 观

春路雨添花,花动一山春色。行到小溪深处,有黄鹂千百。　　飞云当面化龙蛇②,夭矫转空碧③。醉卧古藤阴下,了不知南北④。

【注释】

①好事近：词牌名，又名"钓鱼笛""翠圆枝"。

②龙蛇：似龙若蛇，形容快速移行的云彩。

③夭矫：屈伸自如的样子。空碧：碧空。为押韵而倒装。

④了：全然。

【解读】

此词系写梦境。

上片写梦中漫游景象。"春路雨添花"两句写春路上下了一场春雨，浥尽轻尘，给人以清新之感；雨后春花盛开，无比绚烂；而春花摇曳，山间一片春光明媚，令人目迷五色……如此美景，渲染浓郁的浪漫瑰丽色彩。"行到小溪深处"两句写沿春路而行至小溪清幽处，有千百只黄鹂婉转和鸣，意境优美奇丽。下片写飞云空中变幻和醉卧树藤阴下。"飞云当面化龙蛇"两句写词人看见飞云变幻着各种形态，竟像龙蛇一样，碧空中飞舞。"夭矫"写龙蛇盘曲而伸展的动态。碧空万里，龙蛇飞舞，景象神奇壮观。既切合"梦中作"的主题，又象征着词人梦境中获得的无拘无束的精神自由。"醉卧"二句写在古藤浓阴的覆盖下，词人醉倒于春光中酣然入睡，达到一种身与物化、"了不知南北"的境界，反映了词人从现实中脱离出世的思想。

此词所绘梦境是词人现实中不得自由、苦闷抑郁的折射。

秋叶香①　　　　　　张　耒

帘幕疏疏风透，一线香飘金兽②。朱栏倚遍黄昏后，廊上月华如昼。　　别离滋味浓于酒，著人瘦③。此情不及墙东柳，春色年年如旧。

【作者简介】

张耒(1054—1114),字文潜,号柯山,人称宛丘先生。楚州淮阴(今江苏淮安市淮阴区西南)人与秦观、黄庭坚、晁补之并称为"苏门四学士"。文似苏辙,汪洋淡泊;诗学白居易、张籍,平易晓畅;词与柳永、秦观风格相近,香浓婉约。有《柯山词》《张右史文集》。

【注释】

①秋叶香:词牌名。

②金兽:兽形的香炉。

③著人:使人。

【解读】

此词写欢会别情。

上片写景寓情。开篇两句写微风吹入帘幕、香炉缕缕飘香,环境幽雅芳美,渲染令人留恋而凄清的氛围,为后两句铺垫。"朱栏倚遍黄昏后"二句由室内转室外,由黄昏到深夜,写倚遍栏杆、凝视画廊上月光如昼的景象,"月华如昼"写月色皎洁,营造清幽氛围,引人遐思,传达忆往昔、伤离别的愁绪。下片着重抒情,借外景反衬内心苦闷。"别离滋味浓于酒,著人瘦。"用"浓于酒"形容离愁别绪,描述离愁别恨的浓烈,且勾画出词人借酒浇愁的神态,从而引出"著人瘦",离愁竟使人憔悴,其滋味自可知。"此情不及墙东柳,春色年年如旧"两句写别情不及墙柳,说柳叶枯黄萎落只于一时,春风一吹,柳色如故。言外之意,人一离别,各自天涯,是否能再续旧情,却不一定,以柳反衬,道出内心的惆怅和缠绵悱恻。

风流子^①

张　耒

木叶亭皋下^②，重阳近，又是捣衣秋。奈愁入庾肠^③，老侵潘鬓^④，谩簪黄菊，花也应羞。楚天晚，白苹烟尽处，红蓼水边头。芳草有情，夕阳无语，雁横南浦，人倚西楼。
玉容知安否，香笺共锦字^⑤，两处悠悠。空恨碧云离合，青鸟沉浮^⑥。向风前懊恼，芳心一点，寸眉两叶，禁甚闲愁。情到不堪言处，分付东流。

【注释】

①风流子：词牌名，又名"内家娇"。原唐教坊曲名。以五代宋初孙光宪《风流子·楼倚长衢欲暮》为正体。

②木叶：即树叶；后世常以此写秋景，兼写乡思。亭皋：水边平地。

③庾肠：即庾信的愁肠，喻思乡的愁肠。《庾信传》："（信）常有乡关之思，乃作《哀江南赋》以致其意。"后人常以"庾愁"指思乡之心。

④潘鬓：谓中年鬓发初白；这里自喻身心渐衰之貌。

⑤香笺：即美好的书札。锦字：织锦上的字，指女子给丈夫的书信。

⑥青鸟：传说西王母饲养的鸟，能传递信息，后世常以此指传信的使者。

【解读】

此词抒发羁旅愁思和怀人之情。

上片起笔三句，写时近重阳，树叶飘零，又是妇女为亲人准备寒衣的深秋了。"木叶""捣衣"连用，写深秋景色，烘托萧瑟凄清的背景，为写乡愁作铺垫。因"捣衣"声最易引发闺人对游子的挂念，也最易令游子想到妻子为自己准备寒衣的情景，从而触发离愁。"奈愁入庾肠"四句说词人因忧伤而致鬓衰不胜簪,故"花也应羞",反衬迟暮感的深沉和乡愁的浓烈。"楚天晚"三句写极目遥望晚空,言一直望到目力能到的白苹、红蓼深处,暗寓心中充满乡愁暮感的离别相思,而水中白苹的随波漂流,又传递了游子漂泊的伤感。"芳草有情"四句承"白苹""红蓼"两句,以含情的芳草、无语的夕阳、横渡南面水滨的大雁,烘托他远眺时的凄迷、伤感、孤独,将词人遥望故乡而不得见的执着深情又推一层。下片起句"玉容知安否"点明倚楼遥思的对象,曲尽对对方的关切和挂念,引起下文相思深情的表达。"香笺共锦字"叙写两地渺远,书信和题诗无法相寄,徒然怨碧云分离,青鸟隐没,表达两地分居、不见来信的怅怨,是对"知安否"中深沉挂念的深化。"向风前懊恼"想象妻子思念自己的情状:妻子风前月下,芳心懊恼,眉头紧皱,止不住百无聊赖的愁思。此种对写法表达了自己对妻子的深挚爱情与痛苦思念,也见两人心心相印。结尾"情到不堪言处"两句说相思至极,不忍言说(因为说了愈加愁苦),不如将深情付给东流水,悲苦之情深沉动人。

半死桐[①]思越人 贺 铸

重过阊门万事非[②],同来何事不同归[③]。梧桐半死清霜后[④],头白鸳鸯失伴飞。 原上草,露初晞,旧栖新垅两依依[⑤]。空床卧听南窗雨,谁复挑灯夜补衣。

【作者简介】

贺铸(1052—1125),北宋词人,字方回,自号庆湖遗老。卫州(治今河南卫辉)人。能诗文,尤长于词。其词兼有豪放、婉约二派之长。

【注释】

①半死桐:"鹧鸪天"之别名。

248

②阊门:苏州城西门,此处代指苏州。

③何事:为什么。

④梧桐半死:汉枚乘《七发》中说,龙门有桐,其根半生半死(一说此桐为连理枝,其中一枝已亡,一枝犹在),斫以制琴,声音为天下之至悲,这里用来比拟丧偶之痛。

⑤旧栖:旧居,指生者所居处。新垅:新坟,指死者葬所。

【解读】

此词悼亡妻,是词人从北方回到苏州时故地重游而作。

上片开头两句直抒胸臆,写重回苏州经过阊门,一想起曾与自己相濡以沫的妻子已长眠地下,深感万事皆非,不禁悲从中来,慨叹“同来何事不同归”此一无法回答的问语,寄托无尽哀思与沉痛。用半死梧桐和失伴鸳鸯喻自己丧偶独存的寂寞孤苦。“清霜”二字,以秋天霜降后梧桐枝叶凋零,生意索然,暗示自己遭遇丧妻之痛和生活坎坷,垂垂老矣。“头白鸳鸯”是词人满头青丝渐成雪的写照,丧偶而兼老去,孤苦更添一层。“原上草,露初晞”借典比兴兼用,既是对亡妻坟前景物的描写,又暗寓妻子早殁的哀叹。最后三句,“旧栖新垅两依依”承“露初晞”带出“新垅”,点出居所,意为虽天人永隔,但两人的感情似可超越时空和生死,两相依依。结尾“空床卧听”两句写在旧栖中辗转难眠,昔日妻子挑灯补衣的情景历历在目,却再难重有。此细节不仅见妻子贤惠、勤劳和两人恩爱情深,也传达词人思之而无复重来的深切悲痛,哀婉凄绝。

此词词笔始终关合双方,情深词美。

踏莎行

贺　铸

杨柳回塘^①，鸳鸯别浦^②，绿萍涨断莲舟路。断无蜂蝶慕幽香，红衣脱尽芳心苦^③。　　返照迎潮，行云带雨，依依似与骚人语^④。当年不肯嫁春风，无端却被秋风误！

【注释】

①回塘：环曲的水塘。

②别浦：江河支流入水口。

③红衣脱尽芳心苦：红衣，形容荷花的红色花瓣。芳心苦，指莲心有苦味。意为虽然荷花清香，但蜂蝶不来，它只得在秋光中独自憔悴。

④依依：形容荷花随风摇摆的样子。骚人：诗人。

【解读】

此词咏荷花而自况，寄寓身世悲慨。

上片前三句写荷花生长的环境：柳色荫蔽、鸳鸯栖息的池塘。"回塘"是迂回曲折的池塘，"别浦"是不当行路要冲之处的水口——荷花在此僻静处生长，自是无人关注；接下来"绿萍"三句写荷花的处境命运：空有幽香却被水面长满的浮萍所阻而不见采摘，蜂蝶也不前来，只能独自寂寞凋零，可见荷花零落凄苦的命运，寄寓了词人仕途有阻而不被重用、空有才德却不被赏识的怨恨与痛苦。下片"返照"二句写余晖返照在荡漾的水波上，迎接着浦口流入的潮水；天空的流云带着微雨洒向荷塘。暗示荷花在此自开自落为时已久，屡经朝暮阴晴而始终无人采摘，此喻自己历尽世事沧桑、人情冷暖而无人知晓。"依依"三句正面出传达荷花的心曲：当年不肯在春天与百花争艳而开放，只愿独守高洁孤芳，如今却在秋风中受尽凄凉。此处同样以花喻人，反映了独守孤高以致仕路崎岖，沉沦下僚的"美人迟暮"之叹。

【点评】

"骚情雅意,哀怨无端。"([清]陈廷焯《白雨斋词话》)

铜人捧露盘引①凌歊②　　　　贺 铸

控沧江③,排青嶂,燕台凉。驻彩仗,乐未渠央④。岩花
磴蔓,妒千户珠翠倚新妆。舞闲歌悄,恨风流不管余香。

繁华梦,惊俄顷。佳丽地,指苍茫。寄一笑,何与兴
亡。量船载酒,赖使君相对两胡床⑤。缓调清管,更为侬三
弄斜阳。

【注释】

①铜人捧露盘引:词牌名,又名"金人捧露盘""上西平""西平
曲"等。

②凌歊(xiāo):古台名,在安徽当涂黄山。

③控沧江:长江至当涂,江狭水急,悬崖临江,故曰"控"。

④仗:仪仗。渠:通"遽",迅速。央:完结,中止。

⑤赖:依赖。使君:汉代称呼太守刺史,汉以后用作对州郡长官的
尊称,这里是作者对友人的尊称。胡床:交椅,一种可折叠的轻便坐
具,传自西域。

【解读】

上片回忆凌歊繁华热闹,与今之凄凉萧索对照,抒发物是人非的
感慨。前三句写登凌歊台看到的山川形势:悬崖临江,水流湍急,"控"
字写出峭壁临江,形同锁钥,"排"字写江水排开青山,冲突而下。"驻
彩仗"以下数句写当时之盛及转瞬之衰。燕台消夏,彩仗驻山,随行的

251

妃嫔宫娥，个个盛妆靓饰，以致遭"岩花磴蔓"嫉妒。然而，"舞闲歌悄，恨风流不管余香"。即昔日歌舞风流不再，只剩"岩花磴蔓"当年浸染的余香。这里以夸张和联想，既见当年的奢华，更有一切繁华烟消云散的感叹，"恨"字表示了对统治者奢侈淫逸的谴责和痛感世事沧桑、人生易逝的遗恨，为下片抒怀作引导。下片情中置景，怀古伤今。"繁华梦"四句承上片写景而抒发繁华瞬间烟消云散，只剩一片苍茫的感慨。"惊"字写词人心理感受，"指"字写动作细节，无限感慨暗寓其中。"寄一笑"四句说面对此境，只好把千古兴亡寄之一笑。好好地载酒泛舟，徜徉山水，与知心好友相对胡床。这几句表面上好像说不关兴亡、超然物外、自得其乐，实际上联系词人当时官微年暮的背景，不难体会"笑"的背后是痛感壮志未酬、烈士暮年的自嘲与无奈，载酒泛舟是故作旷达的自我宽慰。结句"缓调清管，更为侬三弄斜阳"。用典，说请友人在这斜阳里为自己吹奏笛曲三弄，隐露壮志难酬的郁郁不平。

青玉案①   贺　铸

凌波不过横塘路②，但目送，芳尘去。锦瑟年华谁与度，月桥花院③，琐窗朱户，只有春知处。　　飞云冉冉蘅皋暮④，彩笔新题断肠句。若问闲情都几许⑤，一川烟草，满城风絮，梅子黄时雨。

【注释】

①青玉案：词牌名，取于东汉张衡《四愁诗》"美人赠我锦绣段，何以报之青玉案"。又名"横塘路""西湖路"。

②凌波：形容女子步态轻盈。横塘：在苏州城外，是作者隐居之所。

③月桥花院:一作"月台花榭"。月桥,像月亮似的小拱桥。花院,花木环绕的庭院。

④飞云:一作"碧云"。冉冉:指云彩缓缓流动。蘅皋:长着香草的沼泽中的高地。

⑤若问:一作"试问"。闲情:一作"闲愁"。都几许:总计为多少。

【解读】

此词写暮春景色,抒"闲愁"。

上片写路遇佳人的眷慕及不知所往的怅惘。"凌波不过"三句写美人走路的姿态:她步履轻盈地走过,我一路目送她飘然远去,从一片芳尘中追寻她的踪迹。悦慕之心自见。"锦瑟华年谁与度"是词人暗问这锦绣年华与谁共度?抒发内心的怅惘。"月桥花院"三句猜测美人的去处而无从确知,感叹说大概只有春风才知她的住处,含蓄地抒发了对美人的思恋和思之不得的怅惘。下片写因思慕而引起的愁思。"飞云"句说伫立良久,直到暮色四合才蓦然醒觉。"彩笔"句写自己相思悲苦,提笔写下柔肠寸断的诗句,从而引出下一句:"若问闲情都几许?"所谓"闲情"是无端的忧愁,故漫无边际,捉摸不定,却又无处不在,无时不有。最后,词人用"一川烟草,满城风絮,梅子黄时雨"的博喻作答,化无可捉摸为形象可感,尽显闲愁的多而挥之不去。

贺铸一生沉抑下僚,怀才不遇,所以此词很可能是他郁郁不得志的隐曲表达。

六州歌头①

贺 铸

少年侠气,交结五都雄②。肝胆洞,毛发耸。立谈中,死生同,一诺千金重。推翘勇,矜豪纵,轻盖拥,联飞鞚③,斗城东④。轰饮酒垆,春色浮寒瓮。吸海垂虹。闲呼鹰嗾

253

犬,白羽摘雕弓,狡穴俄空。乐匆匆。　　　　似黄粱梦,辞丹凤。明月共,漾孤篷。官冗从⑤,怀倥偬⑥,落尘笼,簿书丛。鹖弁如云众⑦,供粗用,忽奇功。笳鼓动,渔阳弄⑧,思悲翁,不请长缨,系取天骄种⑨。剑吼西风。恨登山临水,手寄七弦桐⑩,目送归鸿。

【注释】

①六州歌头:词牌名。以贺铸词《六州歌头·少年侠气》为正体。

②少年侠气,交结五都雄:化用唐李白"结发未识事,所交尽豪雄"及李益"侠气五都少,矜功六郡良"句。五都,泛指北宋的各大城市。

③飞:飞驰的马。鞚(kòng):有嚼口的马络头。

④斗(dǒu)城:汉长安故城,这里借指汴京。

⑤冗(rǒng)从:散职侍从官。

⑥倥偬(kǒng zǒng):事多繁忙。

⑦鹖弁(hé biàn):本义指武将的官帽,此指武官。

⑧渔阳:安禄山起兵叛乱之地。此指侵扰北宋的北方民族发动战争。

⑨系取天骄种:典出西汉击杀自称为"天之骄子"的匈奴。此处指为北宋当朝抗敌击杀西夏。

⑩七弦桐:即七弦琴。桐木是制琴的上佳材料,故以"桐"代"琴"。

【解读】

此词上下两片对比映衬,抒发才不见用、志不得伸的悲愤,反映时代的悲哀。

上片回忆青少年时期在京城的任侠生活。"少年侠气,交结五都雄"总写,以下分两层来写:"肝胆洞"至"矜豪纵"一层,着重写少年武士们性格的"侠",从道德品质、做人准则上刻画他们的精神面貌:"肝胆洞""立谈中,死生同"写意气相投,肝胆相照,三言两语即成生死之交;"推翘勇,矜豪纵"写推崇勇敢,在邪恶面前敢于裂眦耸发,以豪侠纵气为尚;"一诺千金重"写重义轻财,一诺千金。"轻盖拥"至"狡穴俄空"一层,侧重写少年武士们日常行为上的"雄",突出武艺高强,更衬托出他们的雄壮豪健:"轻盖拥"三句写驾轻车,骑骏马,呼朋唤友,活跃在京城内外;"轰饮酒垆"三句写豪饮于酒肆,酒量大如长虹吸海。"闲呼鹰嗾犬"三句写携带弓箭和猎鹰猎犬到郊外射猎,各种野兽的巢穴顿时搜捕一空。侠义与雄举互相映衬,场面铺叙如在眼前,之后用"乐匆匆"三字收束,言有尽而意无穷。下片以"似黄粱梦,辞丹凤"言过去京城的风光如梦,短暂而虚无,点上片回忆,引出下文对现实的描述与感慨。"明月共"至"簿书丛"写离开京城至今的种种不如意:长期沉沦下僚,为生存,孤舟漂泊,只有明月相伴。岁月倥偬,却像落入囚笼的雄鹰,劳碌于文书案牍。"鹖弁如云众"三句说像自己一样每天只能案头打杂干粗活,建立奇功的才志全被埋没的人多如繁云,揭示了才不见用的社会原因,指责当权者浪费人才、重文轻武。"笳鼓动,渔阳弄"点明边关危机。"思悲翁"至"剑吼西风"是说想到自己被迫半生虚度、寸功未立而无限悲催,想要为国击杀西夏却无路请缨,以宝剑风中怒吼,发悲愤难抑之情。结尾"恨登山临水"三句说满怀悲愤,只能恨恨地登山临水,将忧思寄于琴弦,把壮志托付给远去的鸿雁,无奈悲怆,哀愤幽深。

全词风格苍凉悲壮,笔力雄健劲拔。

石州引①

贺　铸

薄雨收寒,斜照弄晴,春意空阔。长亭柳蓓才黄,倚马何人先折? 烟横水漫,映带几点归鸿,平沙销尽龙荒雪②。犹记出关来,恰如今时节。　　将发,画楼芳酒,红泪清歌③,便成轻别。回首经年④,杳杳音尘都绝。欲知方寸⑤,共有几许新愁? 芭蕉不展丁香结⑥。憔悴一天涯,两厌厌风月。

【注释】

①石州引:词牌名,又名"柳色黄""石州慢"。以贺铸词《石州引·薄雨收寒》为正体。

②平沙:广袤的沙漠。一作"东风"。龙荒:指塞外荒漠。古时沙漠中有地名曰"白龙堆",故又称沙漠为龙沙或龙荒。

③红泪:原指泪泣尽而继之以血。此处指和着胭脂的泪水。

④经年:经历很多岁月,形容时间很长。

⑤方寸:喻心。

⑥丁香结:丁香的花蕾。诗词中多用以喻愁思纠结。

【解读】

此词伤别怀人。

上片写关外的初春景色。前三句写冬去春来的万物复苏,小雨收敛了寒气,斜阳晚晴,春意盎然。"薄雨""斜照"组合的画面意境空阔;"弄"字用拟人手法写日暮天晴,生动活泼;"寒""空"二字透露出冷落、孤寂的心情。"春意空阔"引领下文描写。"长亭"以下五句由近及远写边关之景。柳色初露微黄的新芽,不知哪里来的一位送别人,傍着马将柳枝攀折下来以表赠别之心;烟雾朦胧,一片苍茫,暮色下,一群大雁正披着夕阳的余晖归来,广阔的荒塞上春雪完全消融。这里的折柳相赠和鸿雁归来,都寄寓了人的思归之情;暮色余晖则渲染人的感伤、惆怅;荒漠则点明人在边关,空阔苍茫的背景衬托人的孤寂,思归之情更浓。面对此境,词人不禁遥想起当初出关时也是此时此景,传达思乡的心绪,引出追忆。下片追忆当年出关情景,抒发离愁。"将发"四句紧承"犹记",写当年别时场景。"画楼""芳酒""红泪""清歌"组成饯别画面,别情依依,"轻"字又有一种年少轻别的意味,透露阅尽沧桑后的悔恨。"回首经年,杳杳音尘都绝"写别后多年音信全无,道出别后相思的凄苦。"欲知方寸,共有几许新愁"以问句引出愁绪,并以雨后的芭蕉与丁香为喻,以景衬情,表达思念的忧愁。最后两句直接表达愁苦之境,说只能独自在天涯望断愁肠,双方都对着风月伤神,由一己之念而及双方相思,情感更加深切动人。

小梅花^①

贺 铸

思前别,记时节,美人颜色如花发^②。美人归,天一涯,娟娟姮娥三五满还亏^③。翠眉蝉鬓生离诀,遥望青楼心欲绝^④。梦中寻,卧巫云,觉来珠泪,滴向湘水深。　　愁无已,奏绿绮^⑤,历历高山与流水。妙通神,绝知音,不知暮雨朝云何山岑^⑥?相思无计堪相比,珠箔雕阑几千里^⑦。漏将分,月窗明,一夜梅花忽开,疑是君。

【注释】

①小梅花:词牌名。即"梅花引",又名"将进酒""行路难""贫也乐"。以贺铸《将进酒·城下路》为正体。

②花发:花开。

③娟娟:明媚的样子。姮(héng)娥:月亮的美称。亏:月缺。

④青楼:泛指精美雅舍,此处指美人住所。

⑤绿绮:琴的美称。

⑥岑:小而高的山。

⑦珠箔:红色的帘子。雕阑:雕有花纹的栏杆。

【解读】

此词抒写思慕美人的情怀。

上片写别时情景和别后思念。开篇"思前别"三句追忆别时情景,言美人面容姣好如花,传达思念和悦慕之情;"美人归"三句说别后天各一方,好比十五的圆月变缺了,以月亮的残缺比喻分离,言心中怅恨。"翠眉蝉鬓生离诀"说词人念念不忘美人,可现实无情,两人就这样生生离别。词人遥望美人所居青楼,心痛欲绝。由怅恨到伤痛,思念更深一层。日有所思夜有所梦,梦里词人寻寻觅觅,只见美人安卧巫山云端,这一情境化用了巫山神女的传说,增添了美人的浪漫与神秘色彩,有可望而不可即的仰慕与伤感,因此"觉来珠泪,滴向湘水深"。以湘水言泪水,让人联想起湘水女神追寻舜帝不及而泪洒斑竹的哀伤幽怨。下片写知音难觅的相思之苦。"愁无已"至"不知暮雨朝云何山岑?"说相思愁苦无法消解,于是弹奏雅琴抒发高山流水的情怀,可惜终究知音难遇,渴慕的女神如今身在何处都无从得知。这里连用伯牙子期与楚王神女两典,见两人的灵犀相通和感情深切缠绵,思而不得的苦恨尽显。所以接下来"相思无计堪相比"两句说,相思之苦无可比拟,即此番苦情只有词人自己才能意会,有万般滋味在心头的意味。下一句"珠箔雕阑几千里"与"天一涯"相呼应,遥隔千里,自难相见,再诉渴慕之心和爱而不见的愁苦。结尾"漏将分"四句说彻夜未眠,眼见月下小窗渐渐明亮,原来是窗前的梅花一夜间忽然绽放,这样的景象给了词人意想不到的惊喜,于是产生一种心理幻觉:这花儿会不会是美人送来的爱意?由花及人的联想表现用情之深的痴心,也增添了诗情画意,愁苦之外,更添了令人心驰神往的美好。

盐角儿① 亳社观梅②　　　　晁补之

开时似雪,谢时似雪,花中奇绝。香非在蕊,香非在萼,骨中香彻③。　　占溪风,留溪月,堪羞损、山桃如血④。直饶更、疏疏淡淡,终有一般情别。

【作者简介】

晁补之(1053—1110),字无咎,号归来子,济州巨野(今属山东)人,"苏门四学士"之一。工书画,能诗词,善属文。与张耒并称"晁张"。其词豪爽晓畅,但流露浓厚的归隐思想。有《鸡肋集》《晁氏琴趣外篇》等。

【注释】

①盐角儿:词牌名。北宋人根据包盐纸角中曲谱填词,故名。

②亳(bó)社:指亳州(今安徽亳州)祭祀土地神的社庙。

③骨中香彻:梅花的香气是从骨子里透出来的。彻,透。

④堪羞损、山桃如血:可以使那红得似血的山桃花羞惭而减损自己的容颜。堪,能够。损,很的意思。

【解读】

此词咏梅花,作于词人被贬亳州之际。

上片写梅花如雪的颜色与透骨的清香。"开时似雪,谢时似雪,花中奇绝"用重复叠句而更一字的方法极写梅花颜色的与众不同。"香非在蕊,香非在萼,骨中香彻"以同一手法,写梅花香彻透骨的特点。下片比衬,刻画梅花神韵和品格。"占溪风"四句用山桃对比衬托,说梅花独占了小溪的清风和明月,让山桃花羞惭得减损了几分颜色,可见梅花的气质和神韵的超凡脱俗。"直饶更"三句,用其他的俗媚之花对比陪衬,说梅花纵然枝叶花影稀疏,清香淡淡,终究别有媚俗之花所不能与之媲美的情致——枝疏有疏落横斜离落之韵,香淡有清香淡雅之美,这正是梅花高洁的品格。

词中梅花是词人的人格写照,寄托了他的志趣和情操。

临江仙 信州作①

晁补之

谪宦江城无屋买,残僧野寺相依②。松间药臼竹间衣。水穷行到处,云起坐看时。   一个幽禽缘底事③,苦来醉耳边啼。月斜西院愈声悲。青山无限好,犹道不如归。

【注释】

①信州:治上饶(今江西上饶)。

②残僧:老僧。语自唐杜甫《山寺》"野寺残僧少,山园细路高"。

③幽禽:指杜鹃。

【解读】

此词表现谪居异乡的苦闷和厌弃官场、向往归隐的情感。

开篇两句交代背景,定下全词基调。"江城无屋买"言此地偏僻荒凉,引出"残僧野寺相依"。"残僧"见僧人老迈衰残,"野寺"见寺庙的荒僻破陋,词人与之相依为命,见境遇凄惨。"松间药臼竹间衣"三句承"残僧野寺相依",写词人在松荫竹翳下捣药晾衣的日常生活,有闲居的欢愉。"水穷行到处"两句化用王维《终南别业》的"行到水穷处,坐看云起时",情致悠闲自在,又将"水穷"与"云起"置于句首,突出了置身于山穷水尽之境和风起云涌之时势,更有虽山穷水尽而依然前行的洒脱与面对风起云涌而冷眼旁观的超然。下片写听闻杜鹃啼声的感受,流露心绪的苍凉悲苦。"一个幽禽缘底事"两句以幽禽悲啼抒写心曲:自己本来遁入醉乡以忘却世事,但一只杜鹃又在醉耳边苦苦啼叫。以"幽禽"言杜鹃,见凄清;"苦来醉耳边啼"是"来醉耳边苦啼"的意思,将"苦"字前置,悲苦之情更鲜明。"月斜西院愈声悲"写对啼声的感觉。不仅"苦啼",且愈啼愈悲。"月斜"即月影西沉,见啼叫时间之久,"愈声悲"见情之哀切,感情色彩明显,显示词人悲苦心境。"青山无限好,犹道不如归"是说尽管这里青山无限美好,但杜鹃仍啼叫着"不如归去",表达"他乡虽好,终非故土"的心声。而"不如归去"又有归隐意,故其中也暗含了词人厌倦官场,渴望归隐的心思。

菩萨蛮 陈师道

行云过尽星河烂,炉烟未断蛛丝满。想得两眉颦,停针忆远人①。　　河桥知有路,不解留郎住。天上隔年期②,人间长别离。

【作者简介】

陈师道(1053—1102),北宋诗人。字履常,一字无己,号后山居士,徐州彭城(今江苏徐州)人。一生安贫乐道。"苏门六君子"之一。江西诗派重要作家。诗词风格拗峭惊警。有《后山居士文集》。

【注释】

①停针:将手中缝织的针线停下来。远人:远行的人,远游的人,多指亲人。

②期:约会。

【解读】

此词咏七夕,言在天上而意在人间,表达对人间离恨者的同情。

上片四句刻画一个备受思念之苦与煎熬的怀远女子形象。开篇

"行云过尽"两句将天上人间对照而写,说天上云雾消散星汉灿烂,意思是牛郎织女得以相会;而人间女主人公眼见的室内情景却是香炉烟雾将断未断,到处蛛丝网布满。可见女子独守空闺、无心清扫家室、只伴着炉烟消磨时光,百无聊赖,心情愁闷。从而引出"想得两眉颦,停针忆远人"。七夕本有妇女向月穿针引线的乞巧习俗,可是主人公却因为思念远人而双眉紧蹙,连手中的针线活也不觉停了下来,见思念的愁苦深切。下片直抒更甚于牛郎织女的离恨之苦。"河桥知有路"两句借怨叹喜鹊不解织女心思,不为她留下牛郎长住,曲达女子渴望与丈夫长相厮守的心愿。"天上隔年期"两句再次将天上与人间比衬,人们历来认为牛郎织女一年一会,饱尝离别之苦,但女主人公却说牛郎织女尚且还能一年一会,而她和自己想念的人却长年不得相见,其悲苦孤独自然更甚。

眼儿媚①

王　雱

杨柳丝丝弄轻柔,烟缕织成愁。海棠未雨,梨花先雪,一半春休②。　　而今往事难重省③,归梦绕秦楼④。相思只在,丁香枝上⑤,豆蔻梢头⑥。

【作者简介】

王雱(1044—1076),字元泽,王安石之子。北宋抚州临川(今江西抚州)人。有著作《南华真经新传》存世。今仅存词二首。

【注释】

①眼儿媚:词牌名,又名"秋波媚""小阑干"等。

②"海棠"三句:指春分时节。海棠常经雨开花,梨花开时似雪,故云。

③难重省(xǐng)：难以回忆。省，明白、记忆。

④秦楼：秦穆公女弄玉所居之楼。此指王雱妻独居之所。

⑤丁香：比喻解不开的愁情。

⑥豆蔻：草本植物，其花朵多并开。

【解读】

王雱缠绵病榻而与妻子分居，让妻子单独住在楼上。其父王荆公做主将其重新嫁与他人，王雱因怀念妻子而作此词，表达伤离的痛苦和不尽的深思。

上片写春景，以景寓情。开篇两句点明仲春之季，并写杨柳在春风中轻摇的柔美，以"弄轻柔"突出垂柳细软轻盈、春意盎然的特点，以"烟缕"形容轻柔的杨柳远望宛如一抹愁绪织成的烟云。此为移情于景，将如烟垂柳和心中愁思绾合，铺垫哀愁忧伤的基调。既而又将笔触转向海棠与梨花，进一步以景传情。"海棠未雨"三句说，海棠还未经雨滋润绽放，梨花却已如雪花般盛开，由此知晓春天已过一半。此句感喟春光流逝，令人触目生愁。下片忆往事，抒相思。"而今往事"两句是说，词人与妻子虽有令人留恋的往事，但时过境迁，追忆也难，只能借回归的魂梦，在妻子住过的旧楼萦绕情怀。表达了对妻子的无限眷恋和往事不可追的深切伤感。结尾"相思只在"三句言相思之情无法倾诉，只有借丁香和豆蔻才能表达。此句一则感叹自己的深情正像丁香般郁结在心，二则幻想两人能像豆蔻般共结连理。可见尽管一切梦幻成空，但词人内心依旧缱绻情深。

有人认为此词假托闺情而言世事不如人意的感伤，可参读。

【点评】

"此词亦为日月易逝而事多不偶，托闺情以写意耳。"([清]黄苏《蓼园词选》)

蝶恋花

赵令畤

　　卷絮风头寒欲尽①。坠粉飘香,日日红成阵。新酒又添残酒困,今春不减前春恨。　　蝶去莺飞无处问。隔水高楼,望断双鱼信②。恼乱横波秋一寸③,斜阳只与黄昏近。

【作者简介】

　　赵令畤(1064—1134),字景贶,后苏轼为之改字德麟,自号聊复翁。苏轼荐其才于朝。后坐元祐党籍,被废十年。著有《侯鲭录》八卷,赵万里为辑《聊复集》。

【注释】

　　①"卷絮"句:意为落花飞絮,天气渐暖,已是暮春季节。

　　②双鱼:代书简。

　　③横波:指美目。秋一寸:指眼目。古人惯以"秋水"形容眼目,如暗送秋波。又以"一寸"言眼目,如"鼠目寸光"。

【解读】

　　此词伤春怀人。

　　上片以惜花托出别恨。起首三句描绘春深花落景象。"卷絮风头寒欲尽"说柳絮在风中卷起飘飞,天地间寒意将尽;"坠粉飘香,日日红成阵"说春花一阵阵凋谢成落红,芬芳随之飘散。典型晚春气象,蕴含伤春惜春之意。"新酒"两句以酒遣愁的细节将情感由惜春转向怀人。"新酒又添残酒困"道出因怀人而添酒频仍,有"借酒浇愁愁更愁"的意味。"今春不减前春恨"说离恨并不因分别时间久长而稍有减退,语浅情深。下片写因音信断绝的愁苦孤独。"蝶去莺飞无处问"三句说急于问询对方的音信,连蝴蝶儿、黄莺儿都飞往别处,只剩自己独倚高楼,望穿秋水而终不见来信,写尽无处问讯的孤独、无助与失落。结尾"恼乱横波秋一寸"两句说斜阳晚照、时光又近黄昏,这样的景象使人眼目烦乱恼恨,实则是心绪恼乱,以斜阳、黄昏之景传达人的落寞、怅惘,不言愁而愁自见。

【点评】

"赵德麟(即赵令畤)、李方叔(即李廌)皆东坡客,其气味殊不近,赵婉而李俊,各有所长。"([宋]王灼《碧鸡漫志》)

虞美人　　　　　李　廌

玉阑干外清江浦,渺渺天涯雨。好风如扇雨如帘,时见岸花汀草、涨痕添。　　　青林枕上关山路①,卧想乘鸾处②。碧芜千里思悠悠,惟有霎时凉梦、到南州。

【作者简介】

李廌(zhì)(1059—1109),字方叔,号德隅斋,又号齐南先生、太华逸民。华州(治今陕西渭南市华州区)人。"苏门六君子"(秦观、黄庭坚、晁补之、张耒、陈师道、李廌)之一。文章喜论古今治乱,辩而中理。

【注释】

①青林:喻梦魂。
②乘鸾:指仙游。用秦穆公女弄玉及其夫萧史乘凤凰仙去事。

【解读】

此词写春夏之交的雨景及由此勾起的怀人情绪。

上片从独倚栏杆远望写起。清江烟雨,渺渺天涯是词人眼中景象,"天涯"二字构成空远无边的境界,引人遐思,为怀远伏笔。"好风如扇"写春夏之交风的凉爽柔和,"雨如帘"写雨丝像挂着的珠帘,意境迷蒙,切合怀人心情。"时见岸花汀草、涨痕添"说江流一番雨到,添上新的涨痕,"时见"是从远望清浦的词人眼中着笔,又从"岸花汀草"方面着眼,既有江流慢慢上涨的动态感,也见人倚楼观望时间之久,意境幽美,细腻真切。下片由景入情。雨洒天涯,引人联想远方离人,怀人的孤寂涌上心头,于是睡梦中进入枕上关山之路。模糊的梦影追忆着乘鸾的旧踪,芳草千里的天涯,引起满怀离恨与悠悠情思。"惟有霎时凉梦、到南州"说只有在这短暂的梦里,自己才可以回到日夜思念的南方。以此作结,见现实中不得归去的愁苦,也流露梦中的一霎欢娱令词人倍感珍贵,痴心深情。

此词相思怀人而格调清朗疏淡,一定程度上开拓了词境。

【点评】

"'好风'句绝新,似乎未经人道。歇拍云:'碧芜千里思悠悠,惟有霎时凉梦、到南州。'尤极淡远清疏之致。"([清]况周颐《蕙风词话》)

汉宫春① 梅

晁冲之

潇洒江梅,向竹梢稀处,横两三枝。东君也不爱惜②,雪压雨欺。无情燕子,怕春寒,轻失花期。惟是有,南来归雁③,年年长见开时。　　清浅小溪如练,问玉堂何似④,茅舍疏篱。伤心故人去后,冷落新诗。微云淡月,对孤芳、分付他谁。空自倚,清香未减,风流不在人知。

【作者简介】

晁冲之,生卒年不详。字叔用,早年字用道,济州钜野(今山东巨野)人,北宋江西诗派诗人。隐居阳翟具茨山,自号具茨山人。终生不恋功名。

【注释】

①汉宫春:词牌名,张先此调咏梅,有"汉家宫额涂黄"句,调名来于此。

②东君:司春之神。

③归雁:北归的大雁。一作"塞雁"。

④玉堂:指豪家的宅第。

【解读】

此词咏梅之孤高与环境的冷落而有所寄意。

起首三句竹陪衬,写野梅所在的环境和姿态,言其孤洁瘦淡。"东君也不爱惜,雪压风欺"写梅之不得于春神,饱受风雪欺压,突出它的孤苦。"无情燕子"说梅花凌寒而开,蕊寒香冷,不仅与蜂蝶无缘,连燕子也对它无情意、失花期。这是因为燕子春归时梅的花时已过。东君不惜、燕子无情,作为花,是极大的遗憾。"惟是有"一句是相对春神不爱、燕子无情而作的转意,说幸亏还有南来归雁,年年得见梅花绽放的芳姿,庆幸之语,亦有自我安慰的意味。下片化用林逋的"疏影横斜水清浅,暗香浮动月黄昏",写江梅的风流与冷落。"清浅小溪如练"三句,以清浅如练的小溪作背景,写梅花虽在茅舍疏篱边,似胜于白玉堂前,突出其清雅孤高,自成风流。"伤心"两句感叹自林逋逝后,梅就失去了知音,咏梅诗也备受冷落。"微云"三句,表达梅花即使有"微云淡月",即使暗香浮动,也不过孤芳自赏的怨叹。结尾三句则以梅花的口吻对上一句怨叹作了不一样的解说,言下之意,梅花的芬芳风流从来就不在乎世人知晓,以此作结,将梅之孤高自许推向高潮,寄意深长。

另,此词作者历来存有争议。一说是晁冲之,一说是李邴。

卜算子 送鲍浩然之浙东① 王 观

水是眼波横②，山是眉峰聚③。欲问行人去那边？眉眼盈盈处④。 才始送春归，又送君归去。若到江南赶上春，千万和春住。

【作者简介】

王观(1035—1100)，字通叟，北宋泰州如皋(今江苏如皋)人，与高邮的秦观并称"二观"。曾被神宗重用，后被罢职，遂自号"逐客"，从此以一介平民生活。代表作有《卜算子》《临江仙》《高阳台》等。

【注释】

①鲍浩然：词人的朋友，家住浙江东路，简称浙东。

②水是眼波横：水像美人流动的眼波。古人常以秋水喻美人眼，这里反用。眼波，比喻目光似流动的水波。

③山是眉峰聚：山如美人蹙起的眉毛。汉《西京杂记》载卓文君眉色如望远山，时人效画远山眉。后人遂喻美人之眉为远山，这里反用。

④眉眼盈盈处：比喻山水交汇的地方。盈盈，美好的样子。

【解读】

这是一首送别词。

上片写友人回浙东去的山水行程。开篇两句以人的眉眼来比拟山水，把山水写得有情有义。"水是眼波横"可见泪水如波，盈眶未落，"山是眉峰聚"说此刻愁眉紧锁如峰，这两句实际是写作者对友人归途的远眺，说视线与友人归途的山水相连，目送着将要远行的友人。通过形象的比拟表明词人内心郁结着浓郁的离愁别恨，传达惜别深情。"欲问行人去那边？眉眼盈盈处"用问答引出友人行迹，写诗人目送友人渐行渐远,直到"眉眼盈盈处"。以"眉眼盈盈处"将友人归去的山水合写,写出友人归路的山重水复,也写词人一路深情送别的目光,形成物我为一、情景交融的境界,形象表达对远去朋友的无限眷恋及对朋友归途曲折的深切挂念。下片抒发对回归江南的友人的深情祝愿。"才始送春归"两句点出送别和送别时间。"才"字与"又"字连结"送春"与"送君",将惜春与惜别绾合,伤感愁苦,真挚深切。"若到江南赶上春"两句是对友人的深情叮嘱与美好祝愿。但愿友人追随春天的步伐回到江南,和春天同在,意思是祝愿朋友此去春风得意,生活美满。"千万"二字道尽殷殷叮嘱,将深沉的惜春之情、惜别之情熔铸其中。

庆清朝慢①　　　　　　王　观

　　调雨为酥,催冰做水,东君分付春还。何人便将轻暖,点破残寒?结伴踏青去好,平头鞋子小双鸾。烟郊外,望中秀色,如有无间。　　　晴则个,阴则个,饾饤得天气有许多般②。须教镂花拨柳③,争要先看。不道吴绫绣袜,香泥斜沁几行斑。东风巧,尽收翠绿,吹在眉山。

【注释】

①庆清朝慢:词牌名,一作"庆清朝"。

②则个:表示动作进行时之语助词,近于"着"。两句意思相当于"有时晴着,有时阴着"。饾饤(dòu dìng):堆砌辞藻;此处作堆砌解,含幽默语气。

③镂花:一作"撩花"。

【解读】

这首词咏踏青。

起首两句写初春时节自然景物的变化:雨变成酥,冰化为水。"酥"状早春之雨滋润的特色,说春神吩咐"调雨为酥""催冰做水",突出春神主持造化的本领,浓郁的春意与对东君的赞美尽括其中。接着说"何人便将轻暖,点破残寒"以问句形式表明东君的吩咐使得残寒尽退、天气轻暖,暗含赞美。"结伴踏青去好"两句顺序是为韵律而作的倒装,写趁着轻暖天气,姑娘们穿着绣花鞋结伴而行,野外踏青。"平头鞋子小双鸾"一句还为下文伏笔。"烟郊外"三句写姑娘们在野外看到的迷蒙秀色。状写阳春烟景,且以"望中"二字含蓄传达姑娘们愉悦的心情。下片"晴则个"三句写天气阴晴变化多端,两个"则个"和一个"饳饤"的运用,写出一会儿阴一会儿晴的变幻无常,这样的天气自然影响着姑娘们的情绪变化,"须教镂花拨柳,争要先看"是说争先恐后地想要一览胜景,"镂花拨柳"写尽她们撩花弄柳时的急切和闹腾,显出她们的天真活泼,结果一不小心脚踏进泥淖,浊浆溅满了罗袜,"小双鸾"的绣鞋更是沾满污泥。于是,她们翠眉紧蹙,像是东风把所有的苍翠吹上了她们的眉头,这一句既以外在的神态变化传达姑娘们内心情绪的变化,又借东风吹翠到眉间的比喻,形象描绘她们黛眉颦蹙的美好姿态,富有情趣。

虞美人 寄公度

舒　亶

　　芙蓉落尽天涵水①,日暮沧波起。背飞双燕贴云寒②,独向小楼东畔倚栏看。　　浮生只合尊前老,雪满长安道。故人早晚上高台,赠我江南春色一枝梅。

【作者简介】

　　舒亶(1041—1103),字信道,号懒堂,慈溪(今属浙江)人。任监察

270

御史里行时,与李定同劾苏轼,是为"乌台诗案"。今存赵万里辑《舒学士词》一卷,存词五十首。

【注释】

①芙蓉落尽:表明已属秋季,花残香消;芙蓉,即荷花。天涵水:指水天相接,苍茫无际。

②背飞:背对背。朝相反方向飞去。

【解读】

此词是以悲秋为契机的寄赠友人之作。

上片写日暮登楼所见。"芙蓉落尽"两句写荷花凋谢,时当夏末秋初。江上水天相接,日暮时分,烟波无际,景象苍茫萧索,极易引发客愁离思。"背飞双燕贴云寒"说一对燕子相背向云边飞去。"背飞双燕"如"劳燕分飞",喻指离别。"贴云寒"状飞行之高;"寒"字传达心理感受,暗示离别的悲凉况味。"独向小楼东畔倚栏看"是补写,交代以上景象都是小楼东畔倚栏所见,从而将笔触收回,落到倚栏怅望之人。"独"字透露孤独惆怅。下片抒发人生的感慨和怀友之情。"浮生只合尊前老"两句说光阴荏苒,年华虚度,雪满京城,寂冷无聊,唯有借酒度日。长安,借指京城。"雪满长安"点时间地点,渲染冷寂孤寥的气氛,岁暮雪夜独自把盏,怀人的孤凄可想而知。"故人早晚上高台"两句从对方着笔,想见老朋友黄公度也天天登高望远,思念"我";虽风雪阻道无法相聚,但他一定会折梅相赠,向"我"报道江南早春的消息。词人既以折梅相赠的典故传达与朋友的深情厚谊,又以江南的报春梅聊以自慰,也隐含渴盼春之喜讯的政治希冀。

此词语言自然淡雅,情景交融,情婉意深。

一落索① 蒋园和李朝奉② 舒亶

正是看花天气,为春一醉。醉来却不带花归,消不解、看花意。　　试问此花明媚,将花谁比? 只应花好似年年,花不似、人憔悴。

【注释】

①一落索:词牌名。又名"洛阳春""玉连环""一络索"等。

②朝奉:宋有朝奉郎、朝奉大夫等官名。宋人因以"朝奉"尊称士人。

【解读】

这首词紧扣赏花来写,惜花亦即惜人。首句"正是看花天气"点题,引人联想赏花场景。次句说对此良辰美景,定当陶然一醉。这是看花人的感受,足见对花爱之深,迷之切;也侧面烘托春景迷人。但"醉来却不带花归"语意突转,虽"为春一醉",但流连花丛兴犹未尽时,偏又"不带花归"。故此接着说"消不解、看花意",意思是全然不明白自己的赏花爱花之意,因为"花开堪折直须折"是常情,而今自己赏花却不折花归,实际是婉曲表达自己别于世俗者的爱花惜花的真挚深情。下片设问,"此花明媚,将花谁比"意谓无可比。接下"只应花好似年年"说花之好年年如此,它不似人之随着年光过往会渐趋憔悴,所以就让它留在枝头,年年保持明媚之姿。至此,爱花、惜春、惜年华的意蕴融合,包含着对花开盛衰有时而人生青春难驻的感慨和愁怨。

此词语言质朴,立意富于理趣,表达婉曲。

惜分飞①富阳僧舍代作别语　　毛　滂

　　泪湿阑干花着露②,愁到眉峰碧聚③。此恨平分取④,
更无言语空相觑。　　断雨残云无意绪⑤,寂寞朝朝暮暮。
今夜山深处,断魂分付潮回去。

【作者简介】

　　毛滂(1056—约1124),字泽民,衢州(今属浙江)人。自幼酷爱诗
文词赋,苏轼赞其"文词雅健,有超世之韵"。诗词被时人评为"豪放恣
肆""自成一家"。有《东堂集》和《东堂词》。

【注释】

　　①惜分飞:词牌名。毛滂创调,咏唱别情。又名"惜芳菲""惜双
双"等。

　　②阑干:眼泪纵横的样子。

　　③眉峰碧聚:双眉紧锁,眉色仿佛黛色的远山。

　　④取:助词,相当于"着"。

　　⑤断雨残云:喻情侣分离。

【解读】

　　此词抒写与歌女的恨别相思和自己孤处羁旅的凄凉心境。

　　上片追忆恨别。起首两句化用白居易的"玉容寂寞泪阑干,梨花
一枝春带雨",追忆别时心上人泪水涟涟的容颜和愁眉紧锁的神态,缠
绵悱恻。"此恨平分取"两句将女子的愁与恨转移到自己身上,回忆伤
别时两人含泪相视,纵有千言万语无从说起,见爱之深、离之悲。"空"
字带出痛彻心扉的悲伤与忧恨。下片写别后羁愁与相思。"断雨残云
无意绪"二句言别后的凄凉寂寞。羁旅的词人毫无心绪意趣,而朝朝

暮暮伴随的只有孤单寂寞,思念之情更烈。结尾"今夜山深处"两句说自己在富阳山深处的僧舍中,而心上人远在钱塘,相隔千百里,辗转反侧中听得山潮之声,由此突发寄魂潮水传相思的奇想,表达了对心上人的深切思念。

此词直抒胸臆与形象比喻、奇异想象相结合,语尽而意不尽,意尽而情不尽。

【点评】

"一笔描来,不可思议。"([明]沈际飞《草堂诗余正集》)

茶瓶儿①　　　　　　　　李元膺

去年相逢深院宇,海棠下、曾歌《金缕》②。歌罢花如雨。翠罗衫上,点点红无数。　　今岁重寻携手处,空物是人非春暮。回首青门路③。乱红飞絮,相逐东风去。

【作者简介】

李元膺,东平(今属山东)人,生平未详,当为北宋哲宗、徽宗时人。《乐府雅词》有李元膺词八首。

【注释】

①茶瓶儿:词牌名,词调最早出现在南宋黄昇所偏《花庵词选》中,李元膺作,即本词。以本词为正体。

②《金缕》:即《金缕衣》,一首曲调柔媚的歌曲。

③青门:古长安城门名,此处代指女子归去的地方。

【解读】

这是一首别致的悼亡词,寄寓对亡妻的悼念与人去楼空的哀怨。

上片写去年此时,正值海棠花开,词人在深幽清寂的庭院中遇到一位姿影绰约的女子,她浅吟低唱的风韵与海棠花融为一体,艳丽非凡。词人借助海棠的陪衬,描绘女子歌声柔媚、娴静动人的形象,营造清幽美好的意境,为抒怀铺垫。下片写今年此日重寻去年踪迹,同是那庭院深处,海棠花下,飞花片片,然而那位脉脉含情、风姿飘逸的佳人却已"人面不知何处去"。"携手处"是去年相会的地方,而此时物是人非,空有美妙春光,反让词人感到无限怅惘。接下来"回首青门路"三句说词人回看通向都城的大道,只见红英乱落,飞絮满天,像是要追逐着骀荡的东风远去。此以景写情,落红飘零、杨花飞舞的暮春景象,最易令人联想一去不返的青春岁月,引人追怀那温馨美好的过往,生出一切都已随着春光远去的怅惘。

此词应是词人虚构的一个"人面桃花"式的故事,含蓄地传达自己的悼亡哀思。

卖花声^①题岳阳楼 张舜民

木叶下君山,空水漫漫。十分斟酒敛芳颜^②。不是渭城西去客,休唱阳关^③。　　醉袖抚危栏,天淡云闲。何人此路得生还?回首夕阳红尽处,应是长安^④。

【作者简介】

张舜民,生卒年不详,北宋文学家、画家。字芸叟,自号浮休居士。邠州(治今陕西彬州)人。工诗文,亦能词,与苏轼风格相近,但存世较少。

【注释】

①卖花声:唐教坊曲名,后用为词牌名。

②敛芳颜:收敛容颜,肃敬的样子。

③阳关:古关名,今甘肃敦煌西南。古曲《阳关三叠》,又名《阳关曲》,以王维《送元二使安西》诗引申谱曲,增添词句,抒写离情别绪。

④长安:此指汴京。

【解读】

此词是被贬郴州途中,登临岳阳楼时所作,抒发贬谪失意的心情。

上片起首二句勾画出洞庭叶落、水空迷蒙的秋月景象,烘托悲凉心境。其中首句化用屈原"袅袅兮秋风,洞庭波兮木叶下"句。第三句写词人楼内饮宴,说歌妓给他斟上了满满一杯酒,容色肃静。"十分"形容酒斟得很满,以表满怀敬意。"敛芳颜"说女子敛容无笑颜,暗示席间深情真挚、氛围沉郁。"不是渭城西去客"两句,既切合眼前饯别的情景,又正话反说,抒发自己遭贬南迁的悲慨。下片"醉袖抚危栏"写词人带着醉意登楼凭栏,仰望天空,只见天淡云闲。然而,由于词人此番是贬谪过岳阳楼登高,迁客的处境让他不可能内心闲淡,故紧接着笔调突转,发出了"何人此路得生还"的深切悲叹。前一句以"醉袖"言"醉意",见深醉潦倒;后一句感叹既概括古往今来多少迁客的命运,又倾吐了自己的心声,沧桑的历史感和深刻的现实性交融,传递无尽悲哀与痛楚。结句"回首夕阳红尽处,应是长安"说自己远望夕阳西下的天边,心里想着那里应是自己辞别的京都,足见对京都的情牵意萦。以夕阳西下为背景,伤感落寞,用"回首"而不用"远望",凸显对京都、故园的眷恋不舍,也含蓄表达遭贬的怨恨和渴望重回京都的政治期待。

全词起伏跌宕,沉郁悲壮。

柳梢青①吴中

僧 挥

岸草平沙,吴王故苑②,柳袅烟斜。雨后寒轻,风前香软,春在梨花。　　　行人一棹天涯③,酒醒处、残阳乱鸦。门外秋千,墙头红粉,深院谁家?

【作者简介】

僧仲殊,生卒年不详。俗姓张,名挥,字师利,安州(今湖北安陆)人。因游荡不羁而几被妻子毒死,遂弃家为僧。其词雄放而有情韵,词集已失传,近人赵万里辑得三十首为《宝月集》,刊入《宋金元人词》。

【注释】

①柳梢青:词牌名,又名"陇头月""早春怨"等。

②吴王故苑:春秋时吴王夫差游玩打猎的园林。

③一棹天涯:一叶轻舟在江上飘摇。棹,划船工具,此处代指船。

【解读】

此词怀古惜春而兼写离愁。是词人客游吴中、面对吴王故苑春色生发的感受。

上片写吴宫故苑的春色,抒怀古惜春之思。首句写江岸草青沙平,场景空阔。然后写岸上的"吴王故苑"和故苑中"柳袅烟斜"。三句连贯,构成江水静流、故苑在望、烟柳迷离的画面,暗含时光荏苒、历史沧桑、心绪凄迷的意味,流露怀古愁思。"雨后寒轻"三句由怀古转赏春。初春季节,小雨停息,寒意轻轻,风中花香清幽,循着香气而去,看到梨花盛开,感觉春意就在枝头。"春在梨花"句尽显爱花惜春的愉悦。下片写行人见闻感受,抒发离愁。"行人一棹天涯"写飘零之境。"酒醒处、残阳乱鸦"写酒后醒来看到残阳西沉、乌鸦乱飞,有苍凉色

277

彩,与漂泊天涯而酒醒的行人映衬,充满愁苦与悲凉。"门外秋千"三句写看见一户人家的门外立着秋千,墙头闪过红粉佳人的身影,不由暗想:这是谁家深院? 一个世外僧人发此猜想,似乎还有一颗红尘未断的心,隐然而现的是客居人的寂寞心思,也许还有一点追忆往事、思念故园的情怀。

全词以写景言情,感情委婉而复杂。

【点评】

"'雨后'三句及'秋千'三句,景与人分写,俱清丽为邻。而观其'残阳乱鸦'句,寄情在一片苍凉之境,知丽景秋春,固不值高僧一笑也。"([近代]俞陛云《唐五代两宋词选释》)

谢池春①   李之仪

残寒销尽,疏雨过,清明后。花径敛余红,风沼萦新皱②。乳燕穿庭户,飞絮沾襟袖。正佳时,仍晚昼③。著人滋味,真个浓如酒。　　频移带眼④,空只恁厌厌瘦。不见又思量,见了还依旧。为问频相见,何似长相守? 天不老,人未偶。且将此恨,分付庭前柳。

【作者简介】

李之仪(约1035—1117),字端叔,号姑溪居士。沧州无棣(今属山东)人。曾因得罪权贵蔡京,除名编管太平州,后遇赦复官,晚年卜居当涂。有《姑溪词》《姑溪居士前集》。

【注释】

①谢池春:词牌名,又名"玉莲花""怕春归""卖花声"等。

②风沼:风中的池沼。新皱:指池沼水面皱起的新的波纹。

③仍:连续。

④频移带眼:腰带老是移孔,形容日渐消瘦。

【解读】

此词写离别相思之苦。

上片写暮春黄昏景色,有感伤意味。开头三句点出节令及季候特征。"花径敛余红"四句写春景。说花间小径聚着残余的落红,微风吹过池沼萦绕起新的波皱,小燕子在庭院穿飞,飘飞的柳絮沾上了衣襟两袖。画面蕴含晚春气息,有淡淡的伤感。"飞絮沾襟袖"还暗示了"人"的存在与心绪,为下文的"著人滋味,真个浓如酒"伏笔。"正佳时,仍晚昼"进一步点明时间,用"佳"字概言前面写的时令和春景,有惜春情怀,为下片的离愁作铺垫。"著人滋味,真个浓如酒"说让人感觉到其间滋味真是香浓如美酒,照应"正佳时",传达对此时此景的赏爱。下片直抒胸臆,写离愁别恨。"频移带眼,空只恁厌厌瘦"写因思念日益消瘦,以至腰带的扣眼频频移动,"空"字言白白地眼看着自己如此消瘦,有深陷相思无力自拔的意味。接着把"不见"和"相见"、"相见"与"相守"逐一比照,推出内心真正的向往:长相厮守。"为问"的意思是"试问",一则表明长相守是自己的祈愿而非现实,二则本是内心的明确想法,"为问"的语气委婉含蓄。"天不老,人未偶"反用李贺的名句"天若有情天亦老",说天之所以不老,也就是天无情,不肯体谅人间离别苦,以至于"人未偶",怨天无情,传达人隔两地的苦恨。结句"且将此恨,分付庭前柳"说面对"人未偶"的苦境和深切离恨无可奈何,只好将深情无处诉说、无从凭寄的苦恨寄寓于依依别情的柳树,给人以回味与遐想。

卜算子

李之仪

我住长江头，君住长江尾。日日思君不见君，共饮长江水。　　此水几时休^①？此恨何时已^②？只愿君心似我心，定不负相思意。

【注释】

①休：停止。

②已：完结，停止。

【解读】

此词是李之仪写给红颜知己杨姝的寄情词。

上片写相离之远与相思之切。开篇的"长江水"比兴兼用，"我"与"君"对起，一住江头，一住江尾，见双方空间距离悬隔，也暗寓相思之情的悠长。重叠复沓句式加强咏叹的情味，让人感触到深情的思念与叹息。三、四句说日日思君而不得见，有幸的是又与君共饮一江水。前一句是离恨，后一句是慰藉，两句串联，这一江之水使不能相见的两人时时得以情思相连，如此，悠悠长江水既是双方相隔千里的障碍，又是一脉相通、遥寄情思的载体。下片写对爱情的执着追求与热切的期望。"此水几时休？此恨何时已？"两连问，意为这离恨就如长江水，永无止息之期，见感情的执着不渝。最后说"只愿君心似我心，定不负相思意"，以情有独钟、永不相负向对方表白，并期望对方也如自己一样真心以待，恒心守望，感情真挚热切。至此，悠悠的长江水既是无穷相思别恨的触发物与象征，又是双方永恒相爱与期待的见证。

此词以长江水为抒情线索，深得民歌风味，深情婉转。

"姑溪词多次韵,小令更长于淡语、景语、情语。至若'我住长江头'云云,直是古乐府俊语矣。"([明]毛晋《姑溪词跋》)

菩萨蛮 魏夫人

溪山掩映斜阳里,楼台影动鸳鸯起①。隔岸两三家,出墙红杏花。 绿杨堤下路,早晚溪边去。三见柳绵飞②,离人犹未归③。

【作者简介】

魏夫人,生卒年不详。姓魏名玩,字玉汝,封鲁国夫人。襄阳(今湖北襄阳)人。其文学创作在宋代颇负盛名,朱熹将她与李清照并提。曾著有《魏夫人集》。现存作品仅有诗一首,词十余首,周泳先辑为《鲁国夫人词》。

【注释】

①楼台影动:言微风吹拂下,溪水荡起绿波,楼台的影子也如同晃动一般。鸳鸯:一种情鸟,雌雄相依,如同良侣。

②柳绵:即柳絮。在古代,水边杨柳处多是送别场所。

③离人:离别或离家的人。

【解读】

此词写景以抒情,描绘思妇盼望远行丈夫归来的情思。

开篇两句写斜阳映照着溪水和山峰,溪中青山、楼台的倒影随波荡漾,惊动了水边栖息的鸳鸯。"楼台影动"表明溪水被微风吹拂而荡起层层绿波,楼台的影子随之晃动,添上"鸳鸯起"一笔,动静结合,生趣盎然。三、四句写山溪两岸只住着两三户人家,一枝红杏带着娇艳的姿态,从高高的围墙上探出头来,环境幽静,又充满春天的勃勃生机。摇曳的碧波、惊起的鸳鸯、出墙的红杏,漫笔中蕴含春心荡漾的意味,为下片抒发情思伏笔。下片承溪水而由景及人,说溪边长堤杨柳成行,暮春柳丝轻拂,惹得词人天天在此徘徊观望。可是,她看着柳絮飘飞了三次,也就是在这杨柳地上等候了三年,而外出的丈夫却还未回来。着一"犹"字,哀怨之情与离别之恨隐然而现。

全词写景清新自然,抒情点到为止,感情温柔敦厚而婉曲缠绵。

瑞龙吟^①　　　　周邦彦

　　章台路,还见褪粉梅梢,试花桃树②。愔愔坊陌人家③,定巢燕子,归来旧处。　　黯凝伫,因记个人痴小,乍窥门户。侵晨浅约宫黄④,障风映袖,盈盈笑语。　　前度刘郎重到⑤,访邻寻里。同时歌舞,惟有旧家秋娘⑥,声价如故。吟笺赋笔,犹记燕台句⑦。知谁伴、名园露饮⑧,东城闲步。事与孤鸿去。探春尽是,伤离意绪。官柳低金缕。归骑晚、纤纤池塘飞雨。断肠院落,一帘风絮。

【作者简介】

　　周邦彦(1056—1121),北宋词人。字美成,号清真居士,钱塘(今浙江杭州)人。精通音律,创作不少新词调。其词语言曲丽精雅,长调尤善铺叙。为格律派词人所宗。旧时词论称其"词家之冠"或"词中老杜"。有《清真居士集》,已佚,今存《片玉词》。

【注释】

　　①瑞龙吟:词牌名,周邦彦创调,著词一首。

②试花:形容刚开花。

③愔愔:幽静的样子。坊陌:一作"坊曲",意思与章台路相近。

④浅约宫黄:又称约黄,古代妇女涂黄色脂粉于额上作妆饰,故称额黄。宫中所用者为最上,故称宫黄。约,指涂抹时约束使之像月之意。浅约宫黄即轻涂宫黄,细细按抹之意。

⑤前度刘郎:指唐代诗人刘禹锡。刘禹锡《再游玄都观绝句并引》诗云:"百亩中庭半是苔,桃花净尽菜花开。种桃道士归何处? 前度刘郎今又来。"此处词人以刘郎自比。

⑥旧家秋娘:泛指歌伎舞女。元稹、白居易、杜牧诗中屡有言及谢秋娘和杜秋娘者,盖谢、杜别其姓氏,秋娘则衍为歌伎的代称。

⑦犹记燕台句:指唐李商隐《燕台四首》。李曾作《燕台》诗四首,分题春夏秋冬,为洛阳歌伎柳枝所叹赏,手断衣带,托人致意,约李商隐偕归,后因事未果。不久,柳枝为他人娶去。李商隐又有《柳枝五首》以纪其事。此处用典,暗示昔日情人已归他人。

⑧露饮:指露天而饮,极言其欢纵。

【解读】

这是一首访旧感怀之作,写词人外放十年被召回京后访问旧友的复杂心情。

上片写故地重游。漫步章台路,看见梅树梢头褪了红粉,初绽的桃花上了桃树。繁花街巷歌舞人家一片寂静,往日筑巢定居的燕子,返回到旧日居处。"还见"二字见人之为怀旧而来和人之徘徊踟蹰,情感沉郁。同时,点明此处是歌舞风流之地,却只见风景不见人,含物是人非意味,引出中片的怀旧。中片忆念伊人,写初遇印象。乍见她窥探门户,大清早浅浅涂了额黄,扬起挡风的红袖,笑语如珠。描绘歌女昔时情态笑貌,实是追想从前的交游欢乐,时隔十年记忆依然如此清晰,见用情之真挚深切,引出下片的抒怀。下片抒发对旧日的怀念和今日孤寂怅恨的伤感。"前度刘郎重到"说自己时隔多年重访,向昔日熟知的邻里同伴打听伊人，结果"惟有旧家秋娘，声价如故"，字面意思是说伊人的同伴依然品艺超群、声誉不减；一方面以此陪衬伊人的才艺身价不凡，二则暗示同伴犹在、不见伊人，有往事悠悠的沧桑感。"吟笺赋笔，犹记燕台句"两句用典，追怀往日吟诗撰文，赠她"燕台句"的情景，暗示伊人今已他属，流露物是人非的伤感和孤寂。由此不禁猜想"知谁伴、名园露饮，东城闲步"，表达了今日不能再与之相伴的失落和痛苦，也是对伊人的挂念；"事与孤鸿去"言往事都随孤雁远去，一笔扫空往事，转回现实，满是孤苦。本为探寻春色，结果满目伤心离别意绪。"官柳低金缕"移情于景，说官道上的杨柳枝条低垂，与满怀伤感意绪而骑马晚归的词人映衬，写出人的失落和沮丧。结尾三句更是选取细雨斜风和风中飘零的柳絮，以"断肠"修饰"院落"，将词人的迷茫、凄苦、伤心熔铸其中，以景结情，呼应开篇，令人伤感。

表面看来该词写旧地重游而不见旧日情人的怅惋，但联系该词写作背景和词人以"刘郎"自称，又可推知此番重访不遇的背后深意：此词应是词人回京后感慨人事已非，官场仕途莫测，抱负难以施展的心声。

【点评】

"看似章台感旧，而弦外之音，实寓身世之感，则又系乎政事沧桑者也。"（罗忼烈《周邦彦清真集笺》）

苏幕遮 周邦彦

燎沈香①，消溽暑②。鸟雀呼晴，侵晓窥檐语。叶上初阳干宿雨。水面清圆，一一风荷举③。　　故乡遥，何日去？家住吴门④，久作长安旅⑤。五月渔郎相忆否？小楫轻舟，梦入芙蓉浦⑥。

【注释】

①燎:烧。沈香:一种名贵香料,置水中则下沉,故又名沉水香,其香味可辟恶气。沈,现写作"沉"。

②溽暑:潮湿的暑气。溽,潮湿。

③风荷举:意为荷叶迎着晨风,每一片荷叶都挺出水面。举,擎起。

④吴门:古吴县城亦称吴门,即今江苏苏州,此处以吴门泛指江南一带。词人乃江南钱塘(今浙江杭州)人。

⑤长安:唐都城,词中借指北宋京都汴京,今河南开封。旅:客居。

⑥芙蓉浦:有溪涧可通的荷花塘。

【解读】

此词由荷花生发,抒写游子思乡之情。

上片描绘眼前的荷花姿态。开篇"燎沈香"四句写夏日清晨点燃沉香以驱散潮湿闷热的暑气。鸟雀在窗外屋檐下偷偷张望,为天气由雨转晴而欢呼。"呼""窥"两字赋予鸟雀以人的情态情感,清新愉悦,为下面写清荷之美作感情上的铺垫。"叶上初阳"三句描写荷花姿态:清圆的荷叶,叶面上还留存昨夜的雨珠,清晨的阳光投射到荷叶上,雨滴渐渐就干了。一阵风来,荷叶轻轻颤动,一一举起了晶莹剔透的绿盖。上片写景由室内而至室外,节奏舒缓,画面清幽寂静,为下片写乡思伏笔。下片由荷花生发开去,直抒思乡之情。"故乡遥,何日去"说眼前的荷花令词人想到故乡的风物而思念起故乡,但故乡那么遥远,哪一天才能回去呢?"家住吴门"两句说自己本是南方吴地人,却长期客居北方的京城做官,"久"字写离家客居时间之长,思归之心自见。由此词人忆起从前一起钓鱼或打鱼的朋友,忍不住暗问:"五月渔郎相忆否?"言下之意,我在京城想念着你们,你们是否也在想念我呢?结尾两句说想起故乡的人事风物,禁不住浮想联翩,梦着自己同这些朋友乘着小船,划着小桨,穿行在家乡那长满荷花的小河塘里。全词以梦中回故乡的情境作结,传达了词人对故乡的美好向往,情思无限。

【点评】

"'水面清圆,一一风荷举',此真能得荷之神理者。"([近代]王国维《人间词话》)

六丑① 蔷薇谢后作 周邦彦

正单衣试酒②,恨客里、光阴虚掷。愿春暂留,春归如过翼③,一去无迹。为问花何在,夜来风雨,葬楚宫倾国④。钗钿堕处遗香泽⑤。乱点桃蹊,轻翻柳陌。多情最谁追惜,但蜂媒蝶使,时叩窗隔。 东园岑寂,渐蒙笼暗碧。静绕珍丛底,成叹息。长条故惹行客。似牵衣待话,别情无极。残英小、强簪巾帻⑥。终不似一朵、钗头颤袅,向人欹侧。漂流处,莫趁潮汐。恐断红尚有相思字⑦,何由见得。

【注释】

①六丑:词牌名,周邦彦创调。

②试酒:宋代风俗,农历三月或四月初尝新酒。

③过翼:飞过的鸟。

④楚宫倾国:楚王宫里的美女,喻蔷薇花。

⑤钗钿堕处:花落处。

⑥强簪巾帻:勉强插戴在头巾上。巾帻,头巾。

⑦恐断红尚有相思字:唐卢渥到长安应试,拾得宫廷水沟漂出的红叶,上有宫女题诗。后娶遣放宫女为妻,正是题诗者。本句用红叶比落花,意指红花飘零时,对人间充满了依恋之情。

【解读】

此词惜花伤春而自伤身世。

上片抒写春归花谢之景象和感受。开篇三句,点明时令、客子身份,并发出虚度光阴的感叹,抒发惜时心情。"愿春暂留"三句承上句的"光阴虚掷",说不忍虚掷,所以想要春天暂且留住,表明惜春之心,但春不但不留,反如飞鸟迅逝而无踪影,惜春之恨更深一层。"为问花何在"一句从普遍的惜春转向专写春花凋谢,引出描写。"夜来风雨"至"轻翻柳陌"五句,以美人喻落花,反复铺陈,说春花在风吹雨打后香消玉损,坠落飘零。满怀伤感抑郁,叹花之零落,也感人之飘零无依。"多情最谁追惜"三句意为还有谁(似我)这样多情地痛惜花残春逝呢?只有蜂蝶像媒人使者,时时叩击窗隔来传递情意。言下之意是无人怜惜落花的零落凋谢,也无人怜惜词人的身世飘零,年岁老去。对落花的痛惜和自怜自伤交织,深悲沉郁。下片着意刻画人惜花、花恋人的生动情景。"东园岑寂"两句写园内花事已过,碧叶茂盛,一片"花落"后"岑寂"的景象,表明春天确已一去无踪迹了,传达惜春的伤感。"珍丛底,成叹息"写惜花之叹。由此,不忍春去了无踪迹的词人又静静地绕着蔷薇花丛,去寻找落花所"遗""香泽",结果找到的是"长条故惹行客。似牵衣待话,别情无极"。此三句一见花落"无迹",是惋惜;二见长条牵衣话别,与词人似有同病相怜之意,是伤感;三见"行客"无人怜惜的孤寂,是沉痛。"残英小"至"向人欹侧"说偶然看见一朵残留的小花,颇感欣喜,便不顾容颜衰老,将花儿勉强簪在头巾上。然而这哪里比得上它当初盛开时插在美人头上妩媚动人呢?残英强簪,令人回想花盛时之芳姿,映带凋谢后的景况,有无限珍惜慨叹之意。既是慨叹花之今不如昔,更是慨叹自己的光阴虚掷、年衰老迈,悲慨中饱含无奈。最后"漂流处"至结尾,说因终不愿落花"一去无迹",所以又劝花之"漂流""莫趁潮汐",因为他殷殷希冀"断红"上尚有"相思"字,如若落花随潮水流去,那上面题的相思词句就永远不会有人看见了,流露依依不舍的深情蜜意。

全词铺叙展衍,回环曲折地抒写"惜花"心情,又表露了自伤自悼的游宦之感。

【点评】

"自伤年老远宦,意境落寞,借花起兴。以下是花是己,比兴无端。指与物化,奇情四溢,不可方物。人巧极而天工生矣。结处意致尤缠绵无已,耐人寻绎。"([清]黄苏《蓼园词选》)

满庭芳 夏日溧水无想山作①　　　　周邦彦

风老莺雏②,雨肥梅子,午阴嘉树清圆③。地卑山近,衣润费炉烟。人静乌鸢自乐④,小桥外、新渌溅溅。凭阑久,黄芦苦竹,疑泛九江船。　　年年,如社燕⑤,漂流瀚海⑥,来寄修椽。且莫思身外,长近尊前。憔悴江南倦客,不堪听、急管繁弦⑦。歌筵畔,先安簟枕,容我醉时眠。

【注释】

①溧水:今属江苏南京。

②风老莺雏:幼莺在暖风里长大了。

③午阴嘉树清圆:正午时候,太阳光下的树影,又清晰,又圆正。

④乌鸢:即乌鸦。

⑤社燕:燕子当春社时飞来,秋社时飞走,故称社燕。

⑥瀚海:沙漠,指荒远之地。

⑦急管繁弦:形容各种乐器同时演奏的热闹情景。

【解读】

此词写宦途羁旅的愁思。

上片写江南初夏景色。"风老"三句说莺雏已经长成,梅子亦均结实,含风雨滋长万物之意。时值中午,阳光直射,树荫亭亭如盖,"圆"字绘绿树葱茏的形象。"地卑"两句承上写溧水地低而近山树密,又值黄梅雨季,处处湿重而衣物潮润,炉香熏衣需时久,"费"字道出衣服之润湿,见地卑久雨景象。"人静"句写空山人寂,鸟鸢逍遥自在。"自"字状鸟无拘无束的情态,并暗示心情苦闷。"小桥"句写水色澄清,水声溅溅,说明雨多,与上文"地卑""衣润"呼应。"凭栏久"一则意谓上述景物均是凭栏眺望时所见;二则由景及人,引出"黄芦苦竹"等句;三则言凭栏时间长,见心思沉郁。"黄芦苦竹"两句化用白居易诗句,点出自己处境、心境与被贬的白居易相类,郁闷苦痛可见。下片即景抒情。"年年"四句以社燕自比,社燕每年春社来秋社去,从漠北瀚海飘流来此,于人家屋椽间暂时栖身,自叹身世,曲尽漂沦转徙之宦情。"且莫思"两句词意从杜甫诗"莫思身外无穷事,且尽尊前有限杯"化来,劝人放下,开怀行乐。"憔悴"三句,又转说自己是漂泊不定的江南倦客,虽强抑悲怀,不思种种烦恼,但盛宴当前,又怕听丝竹管弦,因为这样的乐音总是令人徒增伤感,深刻而沉痛。"歌筵畔"三句以看似洒脱、实则沉痛的语句作结,说就在歌宴边为我安一个枕席,让我醉后可以随意安眠。由此可见词人愁思无尽,唯有借醉眠以暂时排遣。

此词写景抒情,自伤身世,蕴藉含蓄。

【点评】

"清真词多用唐人诗语,隐括入律,浑然天成,长调尤善铺叙,富艳精工。"([宋]陈振孙《直斋书录解题》)

"但说得虽哀怨,却不激烈,沉郁顿挫中别饶蕴藉。"([清]陈廷焯《白雨斋词话》)

西河① 金陵怀古

周邦彦

佳丽地②,南朝盛事谁记。山围故国绕清江③,髻鬟对起④。怒涛寂寞打孤城,风樯遥度天际⑤。　　断崖树,犹倒倚,莫愁艇子曾系⑥。空余旧迹郁苍苍,雾沉半垒。夜深月过女墙来⑦,伤心东望淮水。　　酒旗戏鼓甚处市?想依稀、王谢邻里。燕子不知何世,向寻常、巷陌人家,相对如说兴亡,斜阳里。

【注释】

①西河:词牌名,又名"西河慢""西湖"。以周邦彦《西河·金陵怀古》为正体。

②佳丽地:金陵古都是江南最好的地方。暗谓此地曾为封建帝王定都之所在。

③山围故国:刘禹锡《石头城》诗:"山围故国周遭在,潮打空城寂寞回。"山围,指被群山环抱。故国,指南京城。

④髻鬟对起:有如妇女髻鬟一样美好的山峦对峙地耸立在清江两岸。

⑤风樯:指船头桅杆上顺风张开的帆,此代指船。樯,桅杆。

⑥莫愁:传说莫愁女在今南京水西门外莫愁湖畔住过,曾住湖中荡舟采莲。

⑦女墙:城墙上呈凹形的小墙。

【解读】

此词咏金陵旧迹,感慨历史兴亡。

上片写金陵的地理形势。开篇称金陵为"佳丽地",赞美之情洋溢。"南朝盛事"点明此地自古繁盛,以"谁记"提起,强调"南朝盛事"已随流水逝去,人们早已将它遗忘,咏叹兴衰的主题初显。"山围故国"描绘金陵独特的地理形势:群山环抱,耸起的山峰隔江对峙;以"髻鬟"形容山峦,以"清"形容江水,显示金陵山水秀美,表明山川形胜如故。"怒涛寂寞"说当年豪华竞逐的都城,而今却是座"孤城",只听到汹涌的波涛拍打着城池,只看见帆船远去消逝在天际,极力渲染历史遗迹正被遗忘的冷落,与上文"谁记"相应,抒发深沉的怀古之情。中片写金陵古迹。"断崖树,犹倒倚",断崖本有历经风雨的孤老沧桑,用"犹"字,更添历史色彩,后又加"莫愁艇子曾系",进一步点出古迹。"空余旧迹"两句说云雾很浓,望去一片苍青,埋没了半边城的营垒。"空余"言繁华已成过往,余下一派旧迹,感叹昔盛今衰。结尾"夜深月过女墙来"两句,说夜深月亮照过矮墙,词人望着秦淮河而伤心地发出景物依然、人事已非的喟叹,表明以上景色皆是由此观览到的,并伏怀古。下片写眼前景物。"酒旗戏鼓甚处市"写酒楼戏馆一派热闹,这是何处的街市呢? 前面两片写景多物是人非,而这里则说连景物也变了。"想依稀、王谢邻里"说这些酒楼戏馆所在地,似是当年王、谢两家比邻而居的乌衣巷,也就是说,贵族住的乌衣巷如今换了主人,见人世沧桑,于是结尾发出"燕子不知何世"等语的兴亡慨叹。燕子不知人事变迁,依然飞进过去的高门大宅、而今的寻常百姓家的房舍。而词人看到夕阳余晖中成对的燕子叽叽喳喳,不禁猜想它们正在谈论这里的兴亡之事。将自己由眼前景物触发的对金陵古都朝代更替的兴亡感慨赋予燕子,表达咏史旨意。

昭君怨^①

万俟咏

春到南楼雪尽，惊动灯期花信^②。小雨一番寒，倚阑干。

莫把阑干频倚，一望几重烟水。何处是京华？暮云遮。

【作者简介】

万俟咏（万俟是复姓，读作 mò qí），北宋末南宋初词人。字雅言，自号大梁词隐。籍贯与生卒年均不详。以诗赋见称于时。屡试不第而绝意仕进，纵情歌酒。善工音律，能自度新声。存词二十七首。

【注释】

①昭君怨：本琴曲名。后为词牌名，又名"宴西园""一痕沙"。
②灯期：指元宵灯节期间。花信：指群花开放的消息。

【解读】

此词写思归心情。

上片写客中值上元灯节而独倚。起句说春天一到积雪消尽，见日暖风和。"惊动灯期花信"说春风如期而来，春花见信而开，此时恰逢上元灯节。"惊动"言花儿得风信而开放，如从睡梦中惊醒。三、四句词人独倚栏杆，小雨过后，感觉尚有一番寒意，流露客心悲凉。下片写独倚栏杆的思绪，抒思归之情。"莫把阑干频倚"两句，自劝不要频繁独倚栏杆，因为倚阑远望只能望见重重叠叠的烟水云山，暗示望乡而受阻不见的愁苦，进一层写思归。但莫倚阑后又接"何处是京华？暮云遮"。"京华"指汴京；"暮云遮"即日暮重云遮断了远望的视线，写景而兼寄感慨，说明望乡之心欲罢不能。言"京华"而不言"故园"，思归中又有重回汴京以见用的隐喻。

【点评】

"发妙音于律吕之中,运巧思于斧凿之外,平而工,和而雅。"(〔宋〕黄昇《花庵词选》)。

长相思^①山驿^②

万俟咏

短长亭,古今情。楼外凉蟾一晕生^③,雨馀秋更清。
暮云平,暮山横。几叶秋声和雁声,行人不要听。

【注释】

①长相思:原为唐教坊曲名,后用作词牌。调名取自南朝乐府"上言长相思,下言久离别"句。又名"双红豆""忆多娇"等。

②山驿(yì):山路上的驿站,指作词之地。

③凉蟾(chán):秋月。蟾,蟾蜍,代指月亮。晕:月晕,月亮四周的光环。

【解读】

此词写雨后山驿的黄昏景色和羁旅之思。

上片点时序和地点,写山驿望中所见,兼含旅思。起首两句从时、空着笔,写望中见送别的长亭短亭,想到古往今来人们在此话别的情景,触发离情。"楼外凉蟾一晕生"写月影映衬小楼,清冷的月亮罩上了一圈光晕。用"蟾"代月亮,引人联想蟾蜍喜潮湿而体表冰凉的特征,更显秋月寒凉,同时"凉"字又暗示了行人被秋月唤起的内心凉意,兼有"古今离情"。月晕既是雨后景象,又是风起的征兆,由此引出"雨馀秋更清",并为下片的"几叶秋声"伏笔。下片仍写驿楼上见闻,思乡的客愁表现得更强烈。"暮山平"两句扣"山驿",写日暮时山中景象:

太阳西沉,暮云合拢,群山模糊,山中暝色渐深,开阔而沉郁萧瑟,烘染游子乡愁。"几叶秋声和雁声",由视觉而听觉,风吹叶落,秋声萧瑟,归雁声声哀鸣,不胜其悲,故此"行人不要听",深浓乡思达高潮。

全词语淡情深,意境萧疏冷落,蕴含无限忧恻。

忆少年①

曹 组

年时酒伴②,年时去处,年时春色。清明又近也,却天涯为客。   念过眼、光阴难再得。想前欢、尽成陈迹。登临恨无语,把阑干暗拍。

【作者简介】

曹组,生卒年不详。字彦章。阳翟(今河南禹州)人。北宋词人。词以"侧艳"和"滑稽下俚"著称,羁旅词手法、情韵近柳永词。存词三十六首。

【注释】

①忆少年:词牌名。又名"十二时""桃花曲"等。
②时年:犹"当年",指过去的一段时间。

【解读】

此为怀人词,是词人清明节前登临旧游之地所作。

上片起首三句追忆往日的一次游宴。说当年也是清明节春光明媚的时候,和同伴一起把酒欢饮,登临游览。连用三个"年时"开头构成排比,当年众游的欢乐美好如在眼前,同时有真切的感叹意味,定下怀旧基调。之后转写眼前:又是快到清明时节,旧地重游,景色如昔,可是往日的酒伴却已远地作客,不能一起游宴了。抚今追昔,生出对同游者的怀思。下片生发感慨。"念过眼光阴"三句,一是慨叹岁月如过眼云烟,大好时光转眼逝去。二则慨叹事过境迁,良辰不再,往日乐事回头来看已是陈迹。由此,自然"登临恨无语,把阑干暗拍"。因为本是旧游之地,但"年时酒伴"已"天涯为客",即已没有互吐衷肠的人,故"无语"而"恨"。联系全词,则见不仅恨找不到投契的朋友交谈,也恨"过眼光阴难再得"和"前欢尽成陈迹"。结句"把阑干暗拍",说凭倚阑干,满腔幽恨无可发泄,只能暗拍阑干聊自排遣,刻画了苦闷郁结的自我形象,用语简洁而感情沉郁。

凤凰台上忆吹箫① 闺情　　　　李清照

香冷金猊②,被翻红浪,起来慵自梳头。任宝奁尘满③,日上帘钩。生怕离怀别苦,多少事、欲说还休。新来瘦,非干病酒,不是悲秋。　　休休。这回去也,千万遍阳关④,也则难留⑤。念武陵人远,烟锁秦楼。惟有楼前流水,应念我、终日凝眸。凝眸处,从今又添,一段新愁。

【作者简介】

李清照(1084—约1151),号易安居士,齐州章丘(今山东章丘西北)人。早期生活优裕和美。金兵入据中原后流寓南方,丈夫赵明诚病死,境遇孤苦。前期词多写悠闲生活,后期词多悲身世,流露出对中原的怀念。词作善用白描,语言清丽。论词强调协律,崇尚典雅情致,提出词"别是一家"之说,反对以诗文之法作词。诗作感时咏史,情辞慷慨,与词风不同。有《易安居士文集》《易安词》,已散佚。后人有《漱玉词》辑本。

【注释】

①凤凰台上忆吹箫:词牌名。又名"忆吹箫"等。

②金猊(ní):狮形铜香炉。

③宝奁(lián):华贵的梳妆镜匣。

④阳关:语出《阳关三叠》,为唐宋时的送别曲。此处泛指离歌。

⑤也则:依旧。

【解读】

此词抒写离愁。

上片实写别前光景。开篇两句冷漠凄清:金炉香冷,反映心意冷淡落寞;"被翻红浪"本柳永"鸳鸯绣被翻红浪"句,说锦被胡乱摊在床上,晨曦映照,恍似卷起层层红色的波浪。锦被乱陈,是无心折叠所致。"起来慵自梳头",慵懒的神态见毫无意兴。三句贯连,寄寓词人低沉掩抑的情绪。"任宝奁尘满"两句说任由妆奁布尘、日上三竿都懒得理会,慵而"任",写了无兴致,见内心离愁。"生怕离怀别苦"切入主题,"多少事,欲说还休"言万种愁情哀怨本待尽情倾吐,可是话到嘴边又咽下,愁苦又加一层。"新来瘦,非干病酒,不是悲秋"说近来愁苦到消瘦,既不是因为饮酒过多成病,也不是悲感秋意,意即关乎伤离惜别。下片想象别后情景。"休休"四句直言:算了算了!即使离歌唱上千千遍,终是难留,惜别而无奈的心情跃然纸上。"念武陵人远,烟锁秦楼"借伊人远去和苦守秦楼典故,既写对丈夫的思念,也写丈夫对词人妆楼的凝望,表达双方的别后相思。"惟有楼前流水"三句,写终日凝眸远望丈夫前去的远地,愁绪笼罩,而"惟有楼前流水"念"我"此番思念,既以水的绵长映衬相思绵长,又表明此情无人能懂的孤独伤感,相思外添苦恨,离愁更浓。"凝眸处,从今又添,一段新愁"中"凝眸处"与上一句"凝眸"构成顶针,感情的激烈程度随之增加;"又添,一段新愁"有"旧愁未去又添新愁"之意,见愁思的无可消解和与日俱增,令人伤感。

全词步步深入而层次井然,有凄婉哀怨的色彩。

【点评】

"出自然,无一字不佳。"([明]茅映《词的》)

"宛转见离情别意,思致巧成。"([明]李廷机《草堂诗余评林》)

"亦是林下风,亦是闺中秀。"([明]徐士俊《古今词统》)

声声慢①秋情　　　　李清照

寻寻觅觅,冷冷清清,凄凄惨惨戚戚。乍暖还寒时候②,最难将息③。三杯两盏淡酒,怎敌他、晚来风急?雁过也,正伤心,却是旧时相识。　　　满地黄花堆积。憔悴损,如今有谁堪摘?守著窗儿④,独自怎生得黑?梧桐更兼细雨,到黄昏、点点滴滴。这次第⑤,怎一个愁字了得。

【注释】

①声声慢:词牌名,亦称"胜胜慢"等。

②乍暖还寒:指天气忽然变暖,又转寒冷。

③将息:休养调理。

④著:亦写作"着"。

⑤这次第:这光景、这情形。

【解读】

此词是李清照晚年国破、家亡、夫死后的作品,抒发无法排遣的亡国之恨、丧夫之哀、孀居之苦。

上片开篇三句叠词连用,见百无聊赖,若有所失而东张西望、心神不宁的神态,表达希望找到点什么来寄托空虚寂寞,结果却了无所获、反被孤寂清冷侵袭得凄惨忧戚。三句贯连,有百感迸发的愁惨凄切。"乍暖还寒时候,最难将息"说天气时暖时寒,最是难以调理休养,有不知如何度日是好的意味。"三杯两盏淡酒"两句说用酒不足以抵御这向晚肃杀秋风的寒冷,见老迈寡居的凄苦。"雁过也"三句说正自伤心时,又有秋雁飞过,且正是自己往昔在北方见到的"旧雁",自然更添思乡之情和物是人非之悲。下片转笔庭院。园中菊花开满,秋意正浓,可词人却因忧伤而憔悴,根本无心赏花,故慨叹"如今有谁堪摘"。既叹自己全无心绪的郁闷,也叹花开正好却无人赏爱,透露惜花将谢的情怀,愁绪又添一层。"守著窗儿"两句写独坐无聊、苦熬时日而不得天黑的孤独苦闷,照应"凄凄惨惨戚戚",开篇的心无着落和凄清孤寂更深一层。"梧桐"句以景写情最后以"怎一个愁字了得"作收,化多为少,说思绪纷茫复杂,仅用一个"愁"字如何包括得尽。戛然而止,将国破家亡、沦落寡居而产生的万般苦情都涵盖其中。

全词风格深沉凝重,哀婉凄苦。

【点评】

"连下叠字无迹,能手。'黑'字妙绝。"([明]陆云龙《词菁》)

"惟易安居士'最难将息''怎一个愁字了得',深妙稳雅,不落蒜酪,亦不落绝句,真此道本色当行第一人也。"([清]刘体仁《七颂堂词绎》

"此词上片既言'晚来',下片如何可言'到黄昏'雨滴梧桐,前后言语重复,殊不可解。若作'晓来',自朝至暮,整日凝愁,文从字顺,豁然贯通。"(唐圭璋《读李清照词札记》)

壶中天慢^①春情　　　　　　　李清照

萧条庭院,又斜风细雨,重门须闭^②。宠柳娇花寒食近^③,种种恼人天气。险韵诗成,扶头酒醒,别是闲滋味。征鸿过尽^④,万千心事难寄。　　楼上几日春寒,帘垂四面,玉阑干慵倚^⑤。被冷香销新梦觉,不许愁人不起。清露晨流,新桐初引,多少游春意。日高烟敛,更看今日晴未^⑥?

【注释】

①壶中天慢:词牌"念奴娇"的别名。

②重门:多层的门。

③寒食:清明节前一天或两天,禁火,吃冷食,故称。

④征鸿:远飞的大雁。

⑤玉阑干:栏杆的美称。

⑥晴未:天气晴了没有?未,如同"否",表询问。

【解读】

此词为春闺独处怀人之作。

开头三句写环境气候,"萧条庭院"寂寞幽深,寂寥无人,令人伤感;兼以细雨斜风,则景象之萧条,心境之凄苦,更觉怆然。"重门须闭",一则环境萧索兼风雨天气使人将门关上,二则"重门"给人庭院深深的闭锁感,隐露词人郁郁不乐,关上心门。"宠柳娇花"句由斜风细雨而想到宠柳娇花,既是对美好事物的关心,也透露惆怅自怜的感慨。柳"宠"花"娇"隐有妒春意:春近寒食,垂柳繁花犹得天宠而备受人们爱怜,相比词人的独守空闺,花柳真是造物的娇儿宠女。但紧接的"种种恼人天气"又呼应开篇,透露心情的恼闷。接着写作诗填词醉酒,由天气、花柳而及人。风雨之夕,词人饮酒赋诗以排遣愁绪,然诗成酒醒后,无端愁绪重又上心头,"别是闲滋味"伤春念远情怀中别有怨尤。"征鸿过尽"两句道出愁绪原因:丈夫走后,词人欲寄相思而信使难逢。"万千心事"关不住,遣不成,寄无方。可谓愁思郁结心底。下片开头三句承"斜风细雨"和"万千心事"意脉,写连日阴霾,春寒料峭,词人楼头深坐而"帘垂四面",又是"重门须闭"的推进,"阑干慵倚"写出无聊意绪而隐离情,由此,环境之幽暗闭锁、情怀之索寞愁闷不言而喻。"被冷香销新梦觉"两句说既然栏杆慵倚,就不如睡觉算了,可是独宿春闺又被春寒所苦而梦中惊醒、不得不起床,万般无奈与痛苦尽显。于是转写晨起时庭院中景色:"清露晨流,新桐初引,多少游春意。"从"重门须闭""帘垂四面"至此帘卷门开,顿感春意盎然、日高烟收的晴朗舒爽,但词人还要"更看今日晴未",说明春寒日久,阴晴不定,即便天已放晴,词人还是放心不下,暗中与开篇的风雨春寒相呼应,也见词人心情并未"转晴",余味不尽。

全词感情的起伏和天气的变化相谐而生,浑然天成。

【点评】

"只写心绪落寞,遇寒食更难遣耳。陡然而起,便尔深邃。……起处雨,结句晴,局法浑成。"([清]黄苏《蓼园词选》)

渔家傲 记梦

李清照

天接云涛连晓雾,星河欲转千帆舞。彷佛梦魂归帝所①。闻天语②,殷勤问我归何处。　　我报路长嗟日暮,学诗谩有惊人句③。九万里风鹏正举④。风休住,蓬舟吹取三山去⑤。

【注释】

①帝所:天帝居住的地方。

②天语：天帝的话语。

③谩有：空有。谩，空。惊人句：化用杜甫"语不惊人死不休"诗句。

④九万里：《庄子·逍遥游》中说大鹏乘风飞上九万里高空。鹏，古代神话传说中的大鸟。

⑤蓬舟：像蓬蒿被风吹转的船。三山：传说渤海中有蓬莱，方丈，瀛洲三座仙山，为仙人所居住，可以望见，但乘船前往，临近时就被风吹开，终无人能到。

【解读】

这首记梦词富有浓郁的浪漫气息。

开篇写天、云、雾、星河、千帆，展现辽阔、壮美的海天图卷。"星河欲转"写词人从颠簸的船舱中仰望天空，天上的银河似乎在转动一般。"千帆舞"则写海上刮起了大风，无数的舟船在风浪中飞舞前进。"接""连"二字把四垂的天幕、汹涌的波涛、弥漫的云雾组合一处，构浑茫无际的境界。而"转""舞"两字，逼真表现了在风浪颠簸中的感受。整幅画卷兼备生活的真实感和梦境的虚幻性，为全篇的奇情壮采奠定基调。"彷佛梦魂归帝所"三句说梦魂仿佛回到了天庭，天帝殷切相问：你打算到何处去？海上颠簸而梦魂升入天国、见到满怀关切的天帝，这样的想象折射了词人颠沛流离中渴望得到关怀与温暖的心理，寄寓美好的社会理想。下片开头二句写词人的对答。"我报路长嗟日暮"反映晚年孤独无依、颠沛流离的痛苦经历，同时隐括屈原《离骚》中不惮长途远征而上下求索之意，其意与"学诗谩有惊人句"相连，是词人在天帝面前倾诉自己空有才华而遭逢不幸，奋力挣扎的苦闷。"谩"字流露知音难遇，欲诉无门的愤懑。"九万里风鹏正举"三句是回答天帝之"问我归何处"："我"梦想的地方是蓬莱、方丈、瀛洲三仙山。其中"九万里风鹏正举"化用《庄子·逍遥游》中的句子，说自己要像大鹏那样乘万里风高飞远举，希望大风不要止息，好将"我"送往蓬莱等三山去过自由自在的神仙生活,尽显离开愁苦现实、过上美好生活的理想。

此词虚实结合,气度恢宏、格调雄奇,显示了作者性情中豪放不羁的一面。

一剪梅^① 别愁　　　　　　　　　李清照

红藕香残玉簟秋^②,轻解罗裳,独上兰舟。云中谁寄锦书来^③,雁字回时^④,月满西楼。　　花自飘零水自流,一种相思,两处闲愁。此情无计可消除,才下眉头,却上心头。

【注释】

①一剪梅:词牌名。亦称"腊梅香""玉簟秋"。得名于周邦彦词中的"一剪梅花万样娇"。

②红藕:红色的荷花。玉簟(diàn):光滑似玉的精美竹席。

③锦书:用前秦窦滔妻织锦作回文诗以寄情思之事。后人因称妻寄夫的书信为锦字或锦书;亦泛作书信的美称。

④雁字:群雁飞时常排成"一"字或"人"字,诗文中因以雁字称群飞的大雁。

【解读】

此词倾诉相思、别愁之苦。

首句写荷花凋谢、竹席浸凉的秋天,点明萧疏时令,暗含红颜易老、人去席冷的意味,为写孤独闲愁渲染气氛。"轻解罗裳"两句写白天泛舟事。"轻解"写换装的轻捷灵敏和不想惊动他人,"独上"写一人泛舟消愁,透出一份孤独寂寞,为写独自怀远的种种愁思伏笔。"云中谁寄锦书来"三句写晚上的思念之情。白天独上兰舟排遣离愁而愁绪并未消减,以至于怅望云天又偏起怀远之思。此三句说惦念丈夫行踪,盼望锦书,遂从遥望云空引出鸿雁传书的遐想,并由此伫立凝视,直到月满西楼而不知觉。可见不分白日月夜,不论舟上楼中,思念的愁始终萦绕心头。"月满西楼"描绘月光遍洒的画面,有情思满溢的意境。下片开头"花自飘零水自流"写花落水流,既与上片的"红藕香残""独上兰舟"呼应,又兼比兴,暗喻年华、爱情等美好事物如花凋零般地无奈消逝和绵绵不断如流水的愁恨,"自"意为独自,红颜易老的感慨外,更有丈夫不能和自己共享青春而让它白白地消逝的伤怀,见两人的真挚相爱,引出后面的直抒心怀。"一种相思,两处闲愁"由己及人而想到丈夫同样怀有的相思愁苦,表明夫妇心心相印的美好深情,相思却又不能相见的无奈思绪流诸笔端。结尾三句将"眉头""心头"对应,"才下""却上"贯连,与"一种相思,两处闲愁"相得益彰,传达相思无处不在、无时不有的缠绵。

此词移情入景,笔调清新,风格细腻。

如梦令^①酒兴二首　　　　　　　　李清照

常记溪亭日暮^②,沉醉不知归路。兴尽晚回舟,误入藕花深处。争渡^③? 争渡? 惊起一滩鸥鹭。(其一)

昨夜雨疏风骤^④,浓睡不消残酒。试问卷帘人^⑤,却道海棠依旧。知否? 知否? 应是绿肥红瘦^⑥。(其二)

【注释】

①如梦令:词牌名。又名"忆仙姿"。五代时后唐庄宗李存勖自度曲,有"如梦,如梦,和泪出门相送"句,遂以"如梦"二字名曲。

②溪亭:临水的亭台。

③争渡:怎渡,怎么才能划出去。争,同"怎"。

④雨疏风骤:雨点稀疏,晚风急猛。

⑤卷帘人:将帘子卷起来的人,指侍女。

⑥绿肥红瘦:绿叶繁茂,红花凋零。

【解读】

其　一

此词是记游赏之作,写了醉归途中、误入荷塘、惊飞水鸟三个片段,表达对昔日欢快赏游的怀念。"常记"两句追述,切入词境。"常"见印象深刻难以忘怀,"溪亭日暮"点明地点时间,"沉醉"既是饮酒大醉,也是沉迷美景,描绘一面赏景一面畅饮,满心欢愉;"不知归路"说沉醉的程度到了不认识回家的路,写流连忘返,并为"误入藕花深处"伏笔。"兴尽"两句转笔归途,意兴盎然见于纸上。"误入"承"归舟",呼应"沉醉不知归路",显示词人的忘情心态,出现一个合情合理的"意外",行文摇曳生姿。接着叠用"争渡",既是切合"如梦令"词格,又恰到好处地表达了急于从迷途中找寻出路的着急,于是又"惊起一滩鸥鹭"——把停栖在洲渚上的水鸟都吓飞了,这是归途中的第二个"意外",全词至此戛然而止,言尽而意未尽。

此词不事雕琢,景与情融合,有自然之美。

其　二

此词表达怜花惜花心情,体现词人对春天、对大自然的热爱,也流露了内心的苦闷。

起首两句从风雨和饮酒着笔,写春夜风吹雨打和酒中沉睡,透露愁闷心情,也为写经历风雨的海棠伏笔。至于为何而愁闷以至于饮酒沉睡,从下文词人与侍女的对话中看,应是心思敏感的词人怀有某种他人无从察觉的伤春闲愁,故而开篇两句实际已暗藏惜春之意。接下去三、四两句反映的正是词人的惜花之心:尽管饮酒致醉一夜浓睡,但清晓酒醒后关心的第一件事乃是园中海棠。词人猜知海棠定当不堪一夜骤风疏雨的揉损而残红狼藉,却又心怀侥幸之望,于是试着询问正在卷帘的侍女。"试"字将词人关心花事却又害怕听到花落消息、不忍亲见落花,却又想知道究竟的矛盾心理表达得曲折有致。而"试问"的结果是"却道海棠依旧"。这样的回答加一个"却"字,表明粗心的侍女对词人心事毫无觉察,对海棠的变化也不曾留意,也暗示词人对侍女回答的不以为然,从而有了"知否? 知否? 应是绿肥红瘦"这一对侍女的暗暗反问。"绿肥红瘦"的对比,表明春天的渐渐消逝和盛夏的即将来临,不仅传达了伤春惜春之情,也流露心事无人能懂的孤独,含蓄蕴藉而意味深长。

【点评】

"一问极有情,答以'依旧',答得极淡。跌出'知否'二句来,而'绿肥红瘦',无限凄婉,却又妙在含蓄,短幅中藏无数曲折,自是圣于词者。"([清]黄苏《蓼园词选》)

醉花阴①   李清照

薄雾浓云愁永昼,瑞脑销金兽②。佳节又重阳,玉枕纱厨,半夜凉初透。　　东篱把酒黄昏后,有暗香盈袖。莫道不销魂③,帘卷西风④,人比黄花瘦⑤。

【注释】

①醉花阴:词牌名。以李清照《醉花阴·薄雾浓云愁永昼》为正体。

②瑞脑:一种熏香名。又称龙脑,即冰片。销:一本作"消"。金兽:兽形的铜香炉。

③销魂:谓灵魂离开肉体,形容极其哀愁。

④西风:秋风。

⑤比:一作"似"。黄花:指菊花。

【解读】

此词描述词人重阳节把酒赏菊的情景,烘托凄凉寂寥的氛围,表达思念丈夫的孤独寂寞心情。

上片写重阳节这一天日夜时光难捱的情景。"薄雾浓云愁永昼"说从早到晚天空都布满"薄雾浓云","永昼"言白昼漫长,此时已是白昼较短的重阳节,言"永昼",意在表明阴沉沉的天气让人感到愁闷难捱,也是词人心情愁苦的折射,因为心情不佳时人总觉得时光过得慢。"瑞脑销金兽"转写室内情景:香炉里瑞脑香青烟萦绕在空中,也萦绕在词人心头,见人的百无聊赖和郁闷。"佳节又重阳"三句说又是重阳佳节了,天气骤凉,睡到半夜,凉意透人肌骨,反映词人独居、佳节不能与丈夫团圆的冷清寂寞和内心凄寒,"又"字见夫妻分别时间之久,突出倍思亲的伤感情绪;"透"字有彻骨寒凉的意味,见秋寒之深,别有凄凉。下片写黄昏赏菊东篱、借酒浇愁的情景。把酒赏菊本是重阳佳节的乐事,但独居人即使"东篱把酒",得到的也不是节日的欢乐,而是极度悲伤。"有暗香盈袖"看似是一个花香满溢的乐景,可是这样美好馨香的菊花无法送给远在异地的亲人,自然让人深觉遗憾,流露无法排遣的思念。"莫道不销魂"三句写晚来风急,将帘子掀起,深深的秋意让人倍增寒凉,悲秋伤别的愁绪齐涌心头,不由生出"人比黄花瘦"的感叹。此句以菊花喻人,又两相对比,言人更比风中菊花消瘦,足见人的孤苦伶仃和憔悴,人与花相映衬,含蕴丰富,感情深沉。

忆王孙①

李清照

　　湖上风来波浩渺②,秋已暮、红稀香少。水光山色与人亲,说不尽、无穷好。　　莲子已成荷叶老,清露洗、苹花汀草③。眠沙鸥鹭不回头,似也恨、人归早。

【注释】

　　①忆王孙:词牌名。此调创自宋人秦观,取词句"萋萋芳草忆王孙"。又名"豆叶黄""忆君王"等。

　　②浩渺:形容湖面空阔无边。

　　③苹:亦称田字草,多年生浅水草植物。汀:水边平地。

【解读】

　　这是一首秋景词。不仅赋予大自然以静态的美,更赋予它生命和感情,由此见出词人不同凡俗的情趣与襟怀。

　　开篇句写西风吹起悠远的水波,让人感觉深秋到了,"红稀香少"则以自然界色彩和气味的变化,渲染深秋景观。"水光山色与人亲"赋予山水以生命和情感,说山水与人亲近,让人领略到它的美好可爱,"说不尽、无穷好"洋溢着对自然的由衷喜爱与赞颂之情。下片描绘湖中秋色的典型风光。"莲子已成荷叶老"三句写莲实叶老、露洗苹草,淡笔点染,但秋意袭人。"清露洗"描绘苹草,有沾染秋露而青翠欲滴之感,见秋之静美。"眠沙鸥鹭不回头"三句写沙滩上勾头缩颈睡眠的鸥鹭,对于离去的游人头也不回,似乎责怪人们陪伴它们的时间不够,归去得太早,同样将鸥鹭人格化,把词人离开时的意犹未尽说成沙鸥、白鹭责怪她匆匆归去,使人与物达到一种心犀相通的境界,有人情美,也暗示人们在野外湖边的不能久留,再次透露出深秋的到来。

　　此词造景清新别致,描写细腻传神,写出了物我交融的深秋美意。

永遇乐① 　　李清照

　　落日镕金,暮云合璧,人在何处？染柳烟浓,吹梅笛怨②,春意知几许。元宵佳节,融和天气,次第岂无风雨。来相召、香车宝马,谢他酒朋诗侣。　　中州盛日③,闺门多暇,记得偏重三五④。铺翠冠儿⑤,捻金雪柳⑥,簇带争济楚⑦。如今憔悴,风鬟霜鬓,怕见夜间出去。不如向、帘儿底下,听人笑语。

【注释】

①永遇乐:词牌名,又名"消息"。

②吹梅笛怨:梅,指乐曲《梅花落》,用笛子吹奏此曲,其声哀怨。

③中州:这里指北宋都城汴京。

④三五:十五日。此处指元宵节。

⑤铺翠冠儿:以翠羽装饰的帽子。

⑥捻金雪柳:用捻金丝线装饰成的妇女插戴的头花。捻金,一种装饰工艺,以丝线为胎,外加金箔而成的金缕丝线,作纬线以织。雪柳:一种绢或纸制成的头花。此句与"铺翠冠儿"所列举约均为北宋元宵节妇女时髦的妆饰品。

⑦簇带:簇,聚集之意。带即戴,加在头上谓之戴。济楚:整齐、漂亮。簇带、济楚均为宋时方言,意谓头上所插戴的各种饰物整齐漂亮。

【解读】

　　此词伤今追昔,在对比中抒发故国之思,含蓄地表达对南宋统治者苟且偷安的不满。

　　上片写元宵佳节寓居异乡的悲凉心情,着重对比客观现实的欢快和她主观心情的凄凉。起始二句写晚晴,正是度节日的好天气,意境开阔,色彩绚丽。但后一句"人在何处"点漂泊异乡处境,与良辰好景形成对照,凸显心理反差。"染柳烟浓"以下几句写佳节时的初春景象:初生细柳被淡烟笼罩;笛声哀怨,梅花飘飘,春意初显,佳节来临,天气和暖。但面对"融和天气",历经离乱的词人却说"次第岂无风雨",此种隐忧透露出天气虽好却无赏玩兴致的心思。因此,面对"酒朋诗侣"的"香车宝马"相邀,词人也婉言辞谢了,表明身在异乡无心过节的凄苦心境,从而转到当年汴京欢度节日的回忆。下片着重用南渡前在汴京过元宵佳节的欢乐同当前的凄苦作对比。"中州盛日"三句说当年在汴京,多闲暇时光,而正月十五日元宵节是十分盛大的节日,流露无限追怀。"铺翠冠儿"三句写当年同女伴盛装出游,不但看出当时的节日盛况和欢乐心情,更与今天的独居流离鲜明对比,造成强烈的情感冲击,让她不由有"如今憔悴"等语的慨叹,说如今人老憔悴,白发蓬乱,很怕夜间出门,所以更不要说去游赏过节了,道出今日的深切凄苦。结尾三句"不如向、帘儿底下,听人笑语"又说明词人内心深处隐藏的还是对欢乐的渴望,含蓄表达对当朝苟且偷安的不满,其间的孤独凄苦更令人心痛不已。

此词今昔对照,丽景哀情相映,语似平淡而实沉痛已极。

卖花声①

幼　卿

极目楚天空,云雨无踪。谩留遗恨锁眉峰②。自是荷花开较晚,孤负东风③。　　客馆叹飘蓬④,聚散匆匆。扬鞭那忍骤花骢⑤。望断斜阳人不见,满袖啼红。

【作者简介】

幼卿,生卒年和姓氏不详,宋徽宗宣和年间在世,《能改斋漫录》

录其词一首。《能改斋漫录》云："宣和间有女子幼卿题词陕府驿壁。"

【注释】

①卖花声：词牌名，即"浪淘沙"。调出乐府。

②谩留：空留。谩，徒然。

③孤负：同"辜负"，对不起。

④飘蓬：形容人像蓬草一样漂泊无定。

⑤骤：使……急速奔跑。花骢（cōng），即五花马，唐人喜将骏马鬃毛修剪成瓣以为饰，分成五瓣，称"五花马"。骢，青白色相杂的马。

【解读】

此词借景抒情。上片委婉写出"荷花开较晚，孤负东风"的遗恨。开篇移情入景，写辽阔的天空云雨消散，徒留无数遗恨，让"我"眉峰紧蹙，营造空旷而充满愁恨的氛围，流露女子内心的哀怨愁苦，为直抒情怀铺垫。"荷花开较晚"两句具体写"遗恨"。以荷花晚开辜负了东风的吹拂，暗指自己当年辜负了表兄的情意，表达无限怅恨与歉意。下片抒发"聚散匆匆"的慨叹。"客馆叹飘蓬"三句叙写邂逅相遇而表兄扬鞭策马飞奔而去的景象，发出"聚散匆匆"的感叹，流露斯情已远、斯人已远的怅恨与人生身不由己的无奈伤感。"望断斜阳人不见，满袖啼红"写词人远眺而不见对方踪影，禁不住伤心落泪的情景，流露了旧情难忘的无限眷恋。

全词缠绵哀怨，真挚动人。

醉思仙①

孙道绚

寓居妙湛,悼亡,作此。

晚霞红,看山迷暮霭,烟暗孤松。动翩翩风袂,轻若惊鸿②。心似鉴,鬓如云,弄清影,月明中。谩悲凉③,岁冉冉,舜华潜改衰容④。　　前事销凝久⑤,十年光景匆匆。念云轩一梦,回首春空。彩凤远,玉箫寒,夜悄悄,恨无穷。叹黄尘,久埋玉,断肠挥泪东风。

【作者简介】

孙道绚,生卒年均不详。号冲虚居士,宋代建安(今福建建瓯)人。善诗词,笔力甚高。

【注释】

①醉思仙:词牌名。调见宋吕渭老《圣求词》,有"怎惯不思量"及"当时醉倒残红"句,因取为调名。

②惊鸿:惊飞的鸿雁。形容美女轻盈优美的舞姿。

③谩:同"漫",徒然。

④舜华:指木槿花,朝开暮谢。一作"舜华",喻指美好而易衰的容颜。

⑤销凝:销魂凝神。

【解读】

这是一首自伤悲苦与悼亡哀思交织的词作,抒发的是亡夫十年以来的凄苦悲伤。

上片写自己日暮时风中独立的形象,抒发内心的钟情和悲伤。开篇"晚霞红"三句写独立远望的景色,晚霞在天,暮霭笼罩,远山迷蒙,苍松暗然孤立,凄迷孤独的氛围为词人自我形象作了情绪上的渲染。"动翩翩风袂"两句写词人独立风中形象:在风中衣袂翩翩,体态轻盈,有如惊鸿。"惊鸿"既描摹体态的轻盈优美,也暗示内心的孤高。"心似鉴"四句写月下徘徊的心境和形象:明月之下,心似明镜,鬓发如云,身影凄清,流露内心的思念和凄苦。"谩悲凉"三句进一步写心境和处境:岁月流逝,容颜悄然老去,内心满溢无限悲凉。"谩悲凉"饱含寡居岁月的悲苦、凄凉、无奈、伤感。下片追怀感叹往事成空,继续抒发内心的悲伤沉痛。"前事销凝久"至"恨无穷"写亡夫逝去十年,光阴匆匆而过,而词人依旧伤心得销魂凝神,久久沉浸在追怀与思念中,唯有悲叹那高楼上夫唱妇随的美好时光如今都成空,只剩自己一人,饱尝着无穷离恨,足见对夫君的无尽思念和寡居的孤独悲凉。"叹黄尘"三句再次感叹自己的身世,以黄尘埋玉比喻十年的寡居生活,其中凄苦黯然与怨叹悲伤自见,以"断肠挥泪东风"这一极度伤心的形象作结,将自伤悲苦的感情推向高潮,令人怆然。

贺新郎① 送胡邦衡待制赴新州②　　　　张元幹

　　梦绕神州路,怅秋风,连营画角,故宫离黍。底事昆仑倾砥柱③,九地黄流乱注④。聚万落千村狐兔。天意从来高难问,况人情老易悲难诉。更南浦⑤,送君去。　　凉生岸柳催残暑。耿斜河⑥,疏星淡月,断云微度。万里江山知何处,回首对床夜语。雁不到,书成谁与。目尽青天怀今古,肯儿曹恩怨相尔汝⑦。举大白,听金缕。

【作者简介】

　　张元幹(1091—约1170),字仲宗,号芦川老隐、真隐山人。长乐

(今福建福州市长乐区)人。与张孝祥并称南宋初期"词坛双璧"。金兵围汴、秦桧当国时，力谏死守抗金而被秦桧以他事除名削籍。词风豪迈。

【注释】

①贺新郎：词牌名。又名"金缕曲""乳燕飞""贺新凉"等。

②胡邦衡：即胡铨，字邦衡，庐陵(今江西吉安)人，因反对与金议和，忤秦桧，一再被贬。待制：官名。

③底事：犹言何事。昆仑倾砥柱：传说昆仑山有天柱，天柱崩则天塌。

④九地黄流乱注：黄河中有砥柱，砥柱崩则黄水泛滥。

⑤南浦：本义为南面水边，后常用以称送别之地。

⑥耿：通"炯"，光明。斜河：银河。

⑦肯：这里是"岂肯，哪肯"的意思。儿曹：儿辈。恩怨相尔汝：语出韩愈《听颖师弹琴》："妮妮儿女语，恩怨相尔汝。"谓儿女亲昵之语。

【解读】

胡铨曾因上书反对宋金和议，请斩秦桧等三人以谢天下而被谪福州；四年后再谪新州，寓居福州的张元幹作此词送行，表达忧国忧民的情怀和送别友人的悲愤痛苦。

上片述时事。开篇四句写中原沦陷惨状："梦绕神州路"说词人的灵魂都离不开未复的中原；"怅秋风"三句概写南宋一面军号不息好像武备雄壮，一面中原沦落、半壁江山落入敌手的局势。"底事昆仑倾砥柱"严辞质问悲剧产生的根源，以"昆仑倾砥柱"和"九地黄流"泛滥言九州覆灭之灾，以"万落千村狐兔"群聚言人民流离失所和国土沦入敌手而至"狐兔"之类的恶人乱窜，表达对国破家亡的悲惨现状的无比忧愤。"天意从来高难问"至"送君去"感慨时事，点明送别。前两句化用杜甫"天意高难问，人情老易悲"，言天高难问，人间又无知己，怎不令人悲从中来。由此引出"更南浦,送君去",言本来只得胡公伊人同在福州,而今又要别离而去,自然别情无限。下片叙别情。"凉生岸柳催残暑"至"断云微度"四句设想别后景象,说送别后,词人不忍离去,伫立至岸柳凉生,夜空星见,传达惜别深情;"万里江山知何处"至"书成谁与"设想别后情怀,言不知胡公流落何地,欲似朋友般"对床夜语"已不可得。云雁南飞不可能到达,书信难寄,充满了对朋友此去的挂念和对友人遭贬偏远之地的愤懑不平,痛别之情更深一层。"目尽青天怀今古"四句诉说古今愁情,表达送别意。前两句说我们的话别是纵谈古今家国情怀,岂肯说些个人的私情琐事;后两句说,让我们举杯畅饮,在歌声中告别。以此作结,以豪迈之言消离别沉痛,有悲壮气。

兰陵王[①]春恨 张元幹

卷珠箔[②],朝雨轻阴乍阁[③]。阑干外,烟柳弄晴,芳草侵阶映红药。东风妒花恶[④],吹落梢头嫩萼。屏山掩,沉水倦熏,中酒心情怕杯勺[⑤]。　　寻思旧京洛。正年少疏狂[⑥],歌笑迷著。障泥油壁催梳掠[⑦]。曾驰道同载,上林携手,灯夜初过早共约。又争信漂泊。　　寂寞,念行乐。甚粉淡衣襟,音断弦索。琼枝璧月春如昨[⑧]。怅别后华表,那回双鹤[⑨]。相思除是,向醉里,暂忘却。

【注释】

①兰陵王:词牌名,又名"大犯""兰陵王慢"等。以秦观词《兰陵王·雨初歇》为正体。

②箔(bó):竹帘。

③轻阴:天稍微有些阴。乍阁:初停;阁,同"搁",停止。

④东风妒花恶：东风因为妒忌花而作恶。妒，同"妒"。

⑤中酒：醉酒。杯勺：盛酒之器，这里代指酒。

⑥疏狂：粗疏狂妄，又豪放、不受拘束。

⑦障泥：挂在马腹两边，用来庶挡尘土的马具，这里指代马。油壁：原指车上油饰之壁，这里代指车。催梳掠：催着女子梳妆打扮；梳掠，用梳子掠过头发。

⑧琼枝璧月：喻美好生活。

⑨双鹤：化用典故"辽东鹤"。辽东丁令威学道成仙后，化作白鹤回到家乡去。后用来表示怀着思恋家乡的心情久别重归，慨叹故乡依旧，而人世变迁很大。

【解读】

此词为词人迁居临安时，一次登楼赏景后怀念故国所作。

上片开头"卷珠箔"二句化用王维"轻阴阁小雨"句，点出了雨后阴天的环境。"阑干外"三句写从楼上眺望的景象，如烟的柳条在晴光中摇曳，阶下青草映衬着芍药，呈现出生机盎然的春意。为写怀远情思铺垫。紧接"东风"写强劲的东风把刚长出来的花吹落了，以"妒"和"恶"言东风，烘托凄然伤神的气氛。"屏山掩"三句寓情于景，实写黯然神伤的心境。"怕杯勺"表面说怕饮酒，实则暗示平日借酒缓解悲伤，暗写愁恨。中片追忆过去游乐情景。开头"寻思旧京洛"引入回忆。"旧京洛"三字传达故国之思，曲表爱国之情。"正年少疏狂"以下回忆当年在汴京逍遥的生活。"曾驰道同载"三句专写游赏，同载、携手、共约，情事如见，都是"年少疏狂"事，热闹欢快如在眼前。紧接"又争信漂泊"结束回忆，从梦幻回到现实，透露无限感伤。曾经歌舞升平热闹繁华的汴京已落入金兵手中，而词人又过着逃难的漂泊生活。这种悲哀从上面的欢快和畅的景象中对比显露出来，以欢愉的情调映衬离别后的孤寂，更显凄楚。下片转写别后思念，抒离恨。"寂寞，念行乐"以下紧承上文的从"疏狂"到"漂泊"，注入了对旧人的深切怀念。"甚粉淡衣襟"三句想象她别后情景:衣上的香粉消淡,琴弦久不弹奏。不知美好生活是否还如昨天？意思是一切都已变化,往日美人乐事都已成云烟,无从知道今日如何。怀念旧人往事,故国之思寄寓其中。以下转入别恨与相思。"怅别后华表"二句,用典抒发人间沧桑巨变、好景不长的深慨,也寄托归乡之思。结句"相思除是,向醉里,暂忘却"说除了沉醉才能暂时忘却这种离恨相思,意即眷念故国的无穷隐痛时时萦绕在心,无法排遣。

此词情韵兼胜,寓别恨于清旷的境界中,沉郁又婉丽。

贺新郎 叶梦得

睡起流莺语。掩苍苔,房栊向晚①,乱红无数。吹尽残花无人见,惟有垂杨自舞。渐暖霭初回轻暑②。宝扇重寻明月影③,暗尘侵,上有乘鸾女。惊旧恨,遽如许。　　江南梦断横江渚。浪黏天,葡萄涨绿④,半空烟雨。无限楼前沧波意,谁采苹花寄取⑤。但怅望,兰舟容与。万里云帆何时到？送孤鸿,目断千山阻。谁为我,唱金缕。

【作者简介】

叶梦得(1077—1148),字少蕴。原籍吴县(今江苏苏州)。晚年隐居浙江湖州弁山玲珑山石林,故号石林居士,他开拓了以"气"入词的词坛新路,主要表现在英雄气、狂气、逸气三方面。著有《石林燕语》《石林词》《石林诗话》等。

【注释】

①房栊(lóng):窗户。向晚:傍晚。
②暖霭:天气日暖。轻暑:初夏的暑气。

③宝扇:指团扇,扇形如明月。明月影:指团扇的影子。

④葡萄涨绿:绿水新涨,如葡萄初酿之色。

⑤采苹花寄取:古诗文中常用采苹花寄赠故人来表示相思之情。

【解读】

此词借暮春景色抒发怅恨失意的相思与青春虚掷的感慨。

上片于静景中体现内心幽情。起首三句描绘自己午睡乍醒,已是傍晚时分,忽闻莺声婉转,"流莺语"突出环境的幽寂。门外地上点点青苔,片片落花,说明春光已尽,令人不胜惋惜。"吹尽"两句描写庭院景象,表现春末景色:残花落尽而没人注意,只有柳条独自在随风轻摆,写出四周无人的寂寥况味,衬托孤独心情。"渐暖霭"写春去夏来,暖风带来初夏的暑热,由此引出宝扇:扇子布满尘灰,但它上面隐约可见的那位月宫"乘鸾女"却引人联想,勾起了深藏于心的"旧恨","惊旧恨,遽如许"是说自己都很惊讶那"旧恨"竟会如此猛烈地涌上心头。从而引出下片联想感怀。下片承"旧恨"展示心头感情波涛。"江南"三句说昔年乐事已成而今"旧恨",伊人邈远,犹如乘鸾仙女无由再见,只能遥想她所在的江南景象。"无限楼前沧波意"想象情人江楼倚栏怅望的情景,想她面对烟波浩渺是否生出无限情怀,是否会采来苹花寄托对词人的相思。因为相隔万里,旧梦已断,所以只能猜测想象,只能说是"谁寄",无限怅恨寄寓其中。故接言"但怅望"等语,此处更深一层,写两人只能隔着遥远的距离相互"怅望"而舟船难通,且相望的视线也会被"千山"所阻。只能空问"万里云帆何时到",只能目送"孤鸿",意即云帆不到,音信难通,景况凄苦,离愁别恨浓郁。结末两句深恨无人为自己唱起《金缕曲》,由曲及人,既是对美好往日的怀念,又进一步表现人隔千里的孤苦。另外《金缕曲》是劝人珍惜年华的歌曲,词人借此叹息往日美好不再,而今无人相伴,年华虚度,对远方伊人的深情蕴藏其中,曲致深长。

水调歌头

叶梦得

九月望日,与客习射西园,余病不能射。

霜降碧天静①,秋事促西风②。寒声隐地初听,中夜入梧桐。起瞰高城四顾,寥落关河千里,一醉与君同。叠鼓闹清晓③,飞骑引雕弓。　　　　岁将晚,客争笑,问衰翁。平生豪气安在,走马为谁雄。何似当筵虎士④,挥手弦声响处,双雁落遥空。老矣真堪愧,回首望云中⑤。

【注释】

①霜降:二十四节气之一。在公历10月23日或24日。这时黄河流域一般出现初霜,大部分地区多忙于播种三麦等作物。

②秋事:指秋收、制寒衣等事。

③叠鼓:接连不断地打鼓(指早晨报时的鼓声)。

④当筵(yán):席间、当场。虎士:勇士。

⑤云中:指云中郡,为汉代西北边防重镇,魏尚、李广都曾在此击破匈奴,立下战功。

【解读】

此词大约作于南宋绍兴八年(1138)。当时,北方的大片国土为金国占领,南宋王朝仅半壁河山,建康城成为扼江守险、支援北伐军的重镇。词人再度任建康府知府,感慨良多而作此词。

上片首四句写与客习射西园的时间,言深秋霜降,望天清澄,西风骤起,寒意阵阵,夜半时分,直入梧桐,以此突出天气变得寒冷,为后面写北望的忧思铺垫。接下来"起瞰高城"三句写词人年老偶病,在大风后的寒夜登上高城,遥望北方大片沦陷的土地,却见千里关河、寂寥冷落,无奈与客同饮,借酒浇愁。表现对国事时势的深忧与深痛。"叠鼓闹清晓"二句写武士操练、演习骑射的热闹场景:天将破晓,鼓槌声细密而急促;闹鼓声中,武士飞马上场,拉弓搭箭飞射。这习武驰射的豪壮场面,表现了词人的爱国豪情和民族自强精神。下片写西园习射,设客争笑问难,抒发议论感怀。"岁将晚"至"双雁落遥空"说词人已是垂暮之年,有位客人同他说笑,问他这个病弱的老人:你平生的豪迈气概跑到哪里去了? 你往昔奔马骑射为谁争雄,还不是为了国家和民族的利益! 而今你哪能比得酒筵上的武士,举手拉弓,弦声响处,便见有双雁从远空堕落。表达了对勇士的高度赞赏和自己年迈体衰的深切遗憾。结尾"老矣真堪愧,回首望云中"二句,词人回答了自己因年老力衰而不能为国效力,抒发了"真堪愧"的悲凉、痛苦心情,然而他还在"回首望云中",意思是依旧壮心不已,对历史上的爱国志士充满了渴慕。表明词人虽有报国有心、回天无力而抱愧和感喟,却仍热切地关注着国家民族的命运,豪气干云。

【点评】

"石林居士……其词与苏、柳并传,不作柔靡妇人语。此词上阕起结句咸有峭劲之致。下阕清气往来,十句如一句写出,自谓豪气安在,其实字里行间,仍是百尺楼头气概也。"([近代]俞陛云《唐五代两宋词选释》)

临江仙 客洞庭怀古 　　　　　陈与义

高咏楚词酬午日[①],天涯节序匆匆。榴花不似舞裙红[②]。无人知此意,歌罢满帘风。　　万事一身伤老矣,戎葵凝笑墙东[③]。酒杯深浅去年同。试浇桥下水,今夕到湘中。

陈与义(1090—1139),字去非,号简斋,洛阳(今属河南)人。诗尊杜甫,前期清新明快,后期雄浑沉郁;工于填词,别具风格,豪放处尤近于苏轼,著有《简斋集》。

【注释】

①酬:应对,打发。午日:端午。

②"榴花"句:言舞裙比石榴更红。这是怀念昔时生平岁月之意。

③戎葵:即蜀葵,端午前后开花,似木槿。

【解读】

此词是国家遭受兵乱时,作者于端午节凭吊屈原,怀旧伤时、抒发爱国情怀的作品。

开篇两句,说自己高昂地吟诵屈原的《楚辞》而深感流落天涯之苦和节序匆匆,以此打发节日,透露节日中的感伤情绪和壮阔胸襟,也暗示了报国无门的苦闷。"榴花不似舞裙红"三句以眼前异乡的石榴花和记忆中京师舞者的红裙相映,回忆过去春风得意的情景,但是无人能理解他此刻心情。高歌后,只有风的回应,慷慨悲壮中又突出痛苦心情。下片"万事一身伤老矣"的长叹,包含了对家国离乱、个人身世的感慨:人老了,一切欢娱都已成往事,徒留满身感伤悲叹。"戎葵凝笑墙东"移情于物,以蜀葵对"我"的嘲笑凸显"万事一身伤老矣"的凄凉。最后三句写此刻心情:满腔豪情,倾注于对屈原的怀念之中。"酒杯深浅"句说今年与去年的酒杯深浅相同,言下之意是时非今日,不可同日而语,特写时间流逝,深化"伤老",突出悲愤之情。情绪的激荡,促使词人对诗人屈原的高风亮节深情怀念,"试浇桥下水,今夕到湘中"写倒酒于流水以期流入湘江,意即以酒祭湘江、吊屈原,因为湘江连通屈原葬身的汨罗江。以此作结,将怀旧心情和爱国情感寄寓这醮酒临江、祭奠忠魂的遐想,感情深沉真挚。

此词意在言外,有悲壮激烈的深沉格调。

满江红①

岳 飞

怒发冲冠,凭阑处,潇潇雨歇。抬望眼,仰天长啸②,壮怀激烈。三十功名尘与土③,八千里路云和月④。莫等闲⑤,白了少年头,空悲切。　　靖康耻⑥,犹未雪。臣子恨,何时灭?驾长车踏破,贺兰山缺⑦。壮志饥餐胡虏肉,笑谈渴饮匈奴血。待从头,收拾旧山河,朝天阙⑧。

【作者简介】

岳飞(1103—1142),字鹏举,相州汤阴(今属河南)人,南宋名将。以"莫须有"的罪名被杀害。后平反,追谥武穆,后又追谥忠武,封鄂王。

【注释】

①满江红:词牌名,又名"上江虹""伤春曲"等。相传为岳飞所作"怒发冲冠"一首,最为出名。

②长啸:感情激动时撮口发出清而长的声音,为一种抒情举动。

③三十功名尘与土:三十年的功名如尘土一般微不足道。

④八千里路云和月:形容南征北战、路途遥远、披星戴月。

⑤等闲:轻易,随便。

⑥靖康耻:宋钦宗靖康二年(1127),金兵攻陷汴京,虏走徽、钦二帝。

⑦贺兰山:亦称"阿拉善山",位于宁夏回族自治区西北与内蒙古自治区交界处。

⑧朝天阙:朝见皇帝。天阙,本指宫殿前的楼观,用以指代宫殿。

【解读】

此词作于岳飞第二次北伐失利后。当时他满怀收复失地的壮志挥师北上,无奈孤军深入,既无援兵又无粮草而被迫退守武昌,好不容易收复的中原之地重落敌手,他悲愤交加,作此词,抒发杀敌报国、重整河山的豪情壮志。

上片抒写局势前功尽弃的痛惜和悲愤,表达继续努力、壮年立功的宏愿。开篇至"壮怀激烈"写高楼凭栏,秋雨乍止,仰望天地乾坤,英雄壮志不由沸腾激昂,怒气之盛不可遏,仰天长啸。此六句一则表明激发词人壮怀、令他怒发冲冠的是关乎家国的深仇大恨;二则可见词人万斛壮志的英雄形象,凌云壮志、气盖山河。接着以"三十功名尘与土,八千里路云和月"回顾战斗历程,既感叹自己奔波苦战所成就的卑微,也含有壮士跋涉千里的豪情,更有中原之地重落敌手的悲愤。"莫等闲"三句言不要在闲暇中虚度光阴,老了再来空自悲叹伤心,即激励自己及将士及时奋起,建立勋业。此三句与上文贯连,展示了为国杀敌、虽遭挫折而继续奋发的爱国英雄情怀。下片抒写民族大恨,表达对重整河山的殷切愿望和对国家、朝廷的赤胆忠诚。"靖康耻"四句将"怒发冲冠"的原因具体化,将"靖康之难"视为国家之耻和臣子之恨,并且发出"何时灭"的感慨,足见词人的忠贞赤胆和杀敌雪耻的急迫之心,引出"驾长车踏破"四句,以夸张的手法表达了对敌人的愤恨之情,也表现了击杀敌人的信心和大无畏精神。结尾"待从头"三句,意为待我重新收复旧日山河,再带着捷报向朝廷报告! 将对胜利的信心与对朝廷的忠心表达得淋漓尽致。

此词慷慨壮烈,情调激昂,催人奋发。

【点评】

"至寓议论于律协宫,犹觉激昂慷慨,读之色舞。"([清]丁绍仪《听秋声馆词话》)

"何等气概! 何等志向! 千载下读之,凛凛有生气焉。"([清]陈廷焯《白雨斋词话》)

小重山

岳　飞

　　昨夜寒蛩不住鸣①,惊回千里梦,已三更。起来独自绕阶行,人悄悄,帘外月胧明②。　　白首为功名。旧山松竹老,阻归程。欲将心事付瑶筝③。知音少,弦断有谁听④。

【注释】

①寒蛩(qióng):秋天的蟋蟀。

②月胧明:月光不明。胧,朦胧。

③付:付与。瑶筝,饰以美玉的筝。

④知音:比喻知己。此处用俞伯牙和锺子期故事。春秋时俞伯牙善鼓琴,唯有锺子期能从琴声中体会出他的心事。后来子期死,伯牙破琴绝弦,终身不复鼓琴。

【解读】

　　此词抒发抗金主张受阻的极度郁闷和对投降派的愤慨,表达词人隐忧时事的爱国情怀。

　　上片着重写景。开篇三句说昨夜蟋蟀一直鸣叫不停,词人从抗击金兵的梦中惊醒了,此时已是深夜三更。“寒蛩不住鸣”既点明深秋时令,也暗示词人的凄寒和忧愤不平。“惊”字表达了在秋夜蟋蟀的凄清鸣叫中终夜难眠的情景。“千里”暗示梦回中原,表明念念不忘收复中原的爱国情。“起来独自绕阶行”三句,说醒后因心忧国家战事而再无睡意,独自在台阶前徘徊。周围悄静无人,只有明月洒下淡淡的冷光,表达“众人皆醉我独醒”的孤独与凄凉心境。“独自”写出心事无法向人诉说的孤独寂寞与苦闷。“人悄悄,帘外月胧明”以景衬人,更见不能成眠的孤独。下片抒写收复失地受阻、心事无人理解的苦闷。“白首为功名”三句概叹岁月如流,头发都白了,可是家乡长久沦陷,归期

323

遥遥无望。"阻归程"不仅指山高水深,路远难归,更暗喻对投降派屈辱求和、阻挠抗金斗争的不满和谴责。"欲将心事付瑶筝"三句,用俞伯牙与锺子期的典故,表达自己处境孤危,缺少指引,深感寂寞的心情,表达了抱负难以实现的痛苦,反映了投降派统治下南宋的黑暗现实。

此词寓情于景,深切地表达了壮志难酬和忧国忧民的悲苦心境。

采桑子 吕本中

恨君不似江楼月^①,南北东西。南北东西,只有相随无别离。　　恨君却似江楼月,暂满还亏^②。暂满还亏,待得团圆是几时。

【作者简介】

吕本中(1084—1145),字居仁,世称东莱先生,寿州(治今安徽凤台)人。因忤秦桧罢职。诗属江西诗派。南渡后有悲慨时事之作。有《东莱先生诗集》《紫微诗话》《江西诗社宗派图》《童蒙训》等。

【注释】

①江楼:江边的楼阁。

②暂满还亏:指月亮短暂的圆满之后又会有缺失。

【解读】

此词借喻明月倾诉离情。

上片写自己宦海浮沉,南北东西漂泊,常在月下思念妻子,只有月亮来陪伴他。说"恨君"不能相伴,实际是思念对方,想要对方相伴。说只有月亮相随无离别,实际是说跟妻子长别离。下片借月的暂满还亏,比喻他跟妻子的暂聚又别。"恨君""暂满还亏",即恨聚少离多,盼望永得团圆。

此词独具民歌风味,特点有三:一是纯用白描,明白如话;二是重章叠唱,一咏三叹;三是巧用比喻。词中"江楼月"的比喻是钱锺书所谓的"喻之二柄"及"喻之多边"。所谓二柄,即"同此事物,援为比喻,或以褒,或以贬,或示喜,或示恶,词气迥异"。所谓多边,"盖事物一而已,然非止一性一能,遂不限于一功一效"。这首词用"江楼月"作比,上片表达敬仰,是赞词;下片表示不满,是恨词,即"喻之二柄"。而上片的"江楼月"比喻"只有相随无别离";下片的"江楼月"比喻"待得团圆是几时",即是"喻之多边"。比喻既切明月特点,又切感情的自然流露,是为经典。

【点评】

"本中长短句,浑然天成,不减唐、《花间》之作。"([宋]曾季狸《艇斋诗话》)

"居仁直忤柄臣,深居讲道。而小词乃工稳清润至此。"([清]王奕清《历代词话》引)

减字木兰花 吕本中

去年今夜,同醉月明花树下。此夜江边,月暗长堤柳暗船①。　　故人何处?带我离愁江外去②。来岁花前③,又是今年忆昔年。

【注释】

①月暗:月色使昏暗,不明亮。

②江外:指长江以南地区。因自中原看,江南地处长江以外。故

称"江外"，亦作"江表"。

③来岁：来年，下一年。

【解读】

此词写对故人的怀念，约作于宋室南渡以后。

开篇两句说去年这个时候，月明花繁，词人和友人都喝醉了。月下、花前清丽幽静，酒宴上欢饮同醉更是旖旎时光。此情此景，自是动人。然而，"此夜江边"两句说，今夜独在江边，月色不明，长堤昏暗，连船上也是昏暗一片，可谓全无生活气息，见词人的黯然神伤与了无兴致。下片由自己的孤寂无聊转写思念朋友："故人何处？带我离愁江外去。"自问故人在哪里，可见两人音讯无通，令人挂念。请江流将自己的离愁带到江外去，意即虽不知故人远游的具体所在，但大致方位是长江以南，故希望江流将离愁带到那里去，一是说明离愁难以排遣，二是借江流向故人传达相思离恨。结尾想象来年情景，"来岁花前，又是今年忆昔年"是说希望来年像过去那样，能再次醉倒在花前月下，但恐怕又不过是像"今夜"一样，独有自己一人追忆往昔而已。语多伤感，表达渴望与故人早日重逢，又担心难以如愿的苦闷心理。

联系词人生平和写词背景，有人认为词中故人应是那些因力主抗金而被贬谪远地的朋友，故此词隐含了渴盼南宋早日复归中原，又担心国势无可恢复的家国之忧。

好事近①渔父词

朱敦儒

摇首出红尘，醒醉更无时节。活计绿蓑青笠②，惯披霜冲雪。　　晚来风定钓丝闲，上下是新月。千里水天一色，看孤鸿明灭。

【作者简介】

朱敦儒(1081—1159),字希真,洛阳(今属河南)人。有"词俊"之名,与"诗俊"陈与义等并称为"洛中八俊"。著有《岩壑老人诗文集》,已佚;今存词集《樵歌》。

【注释】

①好事近:词牌名。又名"钓船笛"。

②活计:以……为生计。蓑:蓑衣,用草或棕毛制成的、披在身上的防雨用具。笠:斗笠,用竹或草编成的帽子。

【解读】

此词歌咏渔父远离俗世、漫游江湖的闲适生活,实际是词人晚年生活的写照。

开篇两句写词人绝弃红尘而过着或醉或醒都没有固定时节的生活,传达出脱离世俗束缚后的自在喜悦之情,"摇首"即摇头,形象地表现了词人弃红尘而去的决心;三、四句描绘垂钓隐居的生活,说他披着蓑衣戴着斗笠在霜雪之中垂钓,有着"青箬笠、绿蓑衣"的安闲自在和"独钓寒江雪"的孤高,表达寄身江湖的淡定。下片写渔父垂钓的画面。风定、上下新月、水天一色,构成一幅空阔幽美的淡墨静景,映照出词人宁静的心境。在静景中又着意添加一只若隐若现的孤鸿,传达心志的孤高,这只孤鸿是词人幽独形象的写照。

卜算子　　　　朱敦儒

古涧一枝梅,免被园林锁。路远山深不怕寒,似共春相躲。　　幽思有谁知?托契都难可①。独自风流独自香②,明月来寻我。

【注释】

①托契:寄托交情,彼此信赖投合。契,盟约,要约。

②风流:洒脱放逸;风雅潇洒。

【解读】

此词咏梅,以虽居深山而孤芳自赏的梅花自喻,寄寓不与世俗同流合污的精神追求。

上片写山涧梅幽独开放的姿态,体现它的清高傲岸。开篇以幽古山涧中的一枝梅与庭园中的梅花对比,用后者的甘于被紧闭园中来反衬山涧梅追求独立自由的品格。接下来三句写梅花独自开在深幽山谷中,不畏严寒,不争春喧,体现了它的清高傲岸和无惧严寒。下片写山涧梅幽独的内心世界,体现它的孤芳自赏。"幽思"两句写无人懂它的内心,一个倾诉者也找不到,凸显它的孤独。最后两句写它独自散发着幽香,只有明月没有忘记它,不时来临照,既以明月临照作自我安慰,更以明月烘托山涧梅的清幽高洁,表明它的孤芳自赏。

全词咏梅喻人,表达词人宁可孤独也要坚守清高,不与世同流合污的人生追求。

六州歌头

张孝祥

长淮望断①,关塞莽然平②。征尘暗,霜风劲,悄边声③。黯销凝。追想当年事④,殆天数,非人力,洙泗上,弦歌地,亦膻腥。隔水毡乡⑤,落日牛羊下,区脱纵横⑥。看名王宵猎,骑火一川明,笳鼓悲鸣,遣人惊。　　念腰间箭,匣中剑,空埃蠹,竟何成。时易失,心徒壮,岁将零,渺神京。干羽方怀远⑦,静烽燧⑧,且休兵。冠盖使⑨,纷驰骛⑩,

若为情⑪。闻道中原遗老,常南望,翠葆霓旌⑫。使行人到此,忠愤气填膺,有泪如倾。

【作者简介】

张孝祥(1132—1170),字安国,号于湖居士,乌江(今安徽和县东北)人,著有《于湖居士文集》《于湖词》。其词豪放爽朗,风格与苏轼相近。

【注释】

①长淮:指淮河。宋高宗绍兴十一年(1141)与金和议,以淮河为宋金的分界线。此句即远望边界之意。

②关塞莽然平:草木茂盛,齐及关塞。意思边备松弛。

③"征尘暗"三句:意谓飞尘阴暗,寒风猛烈,边声悄然。此处暗示对敌人放弃抵抗。

④当年事:指靖康二年(1127)靖康之变。

⑤毡乡:指金国。北方少数民族住在毡帐里,故称为毡乡。

⑥区(ōu)脱纵横:土堡很多。区脱,匈奴语,称边境屯戍或守望之处。

⑦干羽方怀远:用文德以怀柔远人,意思是朝廷正在向敌人求和。干羽,干盾和翟羽,都是舞蹈乐具。

⑧静烽燧(suì):边境上平静无战争。烽燧,即烽烟。

⑨冠盖:冠服求和的使者。

⑩驰骛(wù):奔走忙碌,往来不绝。

⑪若为情:何以为情,犹今之"怎么好意思"。

⑫翠葆霓旌:指皇帝的仪仗。翠葆,以翠鸟羽毛为饰的车盖。霓旌,像虹霓似的彩色旌旗。

【解读】

此词描写沦陷区的荒凉景象和敌人的骄横残暴,抒发对朝廷议和苟安的悲愤。

上片写江淮区域宋金对峙的态势。"长淮"点明宋金议和、以淮水划界的实况,有半壁江山悲慨。极目千里淮河,关塞全无防守,只一片莽莽平野,江淮间征尘暗淡,霜风凄紧,满目战后荒凉景象。"黯销凝"说凝目黯然神伤,追想当年靖康之变、中原沦陷的伤痛,发出"殆天数,非人力"的感叹,饱含无力回天的悲情与无奈。连洙泗二水经流的孔子讲学之地,如今也成了金人所占的腥膻之地,令人无比震撼、痛苦和愤慨。自"隔水毡乡"至"遣人惊",写隔岸金兵的活动。一水之隔,昔日耕稼之地已为游牧之乡;落日下,成群的牛羊回栏;金兵的哨所纵横,防备严密,尤以猎火照野,凄厉的笳鼓令人心惊胆寒。由此可知,金人南下之心昭然,半壁江山的南宋国势旦夕存危,流露词人对时势的深深忧虑。

下片抒写壮志难酬和对朝廷当政者苟安议和、中原人民空盼光复的悲愤。"念腰间箭"至"渺神京",倾诉自己的杀敌武器只落得尘封虫蛀而无用武之地、壮心徒具而等闲虚度、深感岁月不同寻常而收复京城的希望却无比渺茫的悲愤。"干羽方怀远"借用舜修礼乐的典故,讽刺朝廷的议和苟安。说朝廷派遣求和的使者络绎不绝,真是让人羞惭,叹息痛恨之情凸显。"闻道"两句写金人统治下的父老年年盼望王师早日北伐、收复中原,却一次次希望落空,饱含对百姓的深切同情和对朝廷偏安之策的无比愤慨。结尾指出连过往的行人到此,都要为中原的长期不能收复而满腔忠愤,为中原人民的年年失望而倾泻伤痛的泪水,以此作结,充分表达了词人的无限悲愤,也有力地激发起人们的爱国热情。

念奴娇 过洞庭　　　　　张孝祥

　　洞庭青草，近中秋，更无一点风色^①。玉界琼田三万顷，着我扁舟一叶。素月分辉，银河共影^②，表里俱澄澈^③。怡然心会，妙处难与君说。　　应念岭海经年^④，孤光自照，肝胆皆冰雪^⑤。短发萧骚襟袖冷^⑥，稳泛沧浪空阔^⑦。尽挹西江^⑧，细倾北斗，万象为宾客。扣舷一笑^⑨，不知今夕何夕^⑩。

【注释】

①风色：风的痕迹。

②银河：一作"明河"。

③表里：里里外外。此处指天上月亮和银河的光辉映入湖中，上下一片澄明。

④岭海：指五岭以南的两广地区，作者此前为官广西。

⑤肝胆：一作"肝肺"。冰雪：比喻心地光明磊落像冰雪般纯洁。

⑥萧骚：稀疏。一作"萧疏"。襟袖冷：形容衣衫单薄。

⑦泛沧：青苍色的水。

⑧挹（yì）：舀；一作"吸"。西江：长江连通洞庭湖，中上游在洞庭以西，故称西江。

⑨扣：敲击；一作"叩"。一笑：一作"独啸"。

⑩不知今夕何夕：赞叹夜色美好，使人沉醉，竟忘掉一切（包括时间）。

【解读】

　　此词是词人途经洞庭湖时的泛舟即景抒怀之作，此前他曾谪居广西。开篇"洞庭青草"紧扣题目点出地点,"近中秋"点时间,"更无一点风色"说洞庭湖上一丝风的影子都没有,突出秋高气爽。"玉界琼田"两句说秋月下湖水一碧万顷,波光粼粼犹如美玉,既写水的澄澈,也写月的晶莹,"三万顷"言湖面之广,画面壮阔美好。"着我扁舟一叶"说驾一叶扁舟泛游其中,表达内心的惬意。"素月分辉"三句说皎洁的月亮把光辉分给湖水,天上银河与水中的银河倒影同辉,突出水天一色、交互辉映的美景;而"表里俱澄澈"既是说天与水,上上下下,里里外外,都清澈明亮,也语带双关,说泛舟的词人感觉自己也表里如一,一派清明。至此,便有了由衷的赞叹:怡然心会,妙处难与君说。

下片回顾岭海一年而至眼前泛舟,抒发感慨。"应念岭海经年"三句追己贬居岭南的往事,"孤光自照,肝胆皆冰雪"一方面指月亮在天宇中孤独地照耀;另一方面言自己的岭南一年,无人理解,只有孤月的清辉相照,但自己肝胆照人、心如冰雪,语含悲愤,又有坚守自我的高标与自豪。"短发萧骚襟袖冷"两句回写眼前泛舟。须发萧索、衣裳单薄而凉意顿生,这冷是月夜清冷的实况,更是官场人情之寒带给人的冷落感。但尽管如此,词人却能安稳泛舟,感叹人生寒凉的同时,不失从容淡定。"尽挹西江"三句,说要用北斗作酒勺,舀尽长江水做酒浆与天地万物痛饮,这一浪漫想象显示了词人博大的襟怀和豪迈的自信,抒发了泛舟的豪兴。"扣舷一笑,不知今夕何夕"写自己纵情而乐,与大自然交融,达到了忘我之境界。呼应开篇,再次点题。

此词富于想象而意境阔大,充满浩然正气。

【点评】

"飘飘有凌云之气,觉东坡《水调》犹有尘心。"([清]王闿运《湘绮楼词选》)

六州歌头 桃花　　　　　　韩元吉

东风着意,先上小桃枝。红粉腻①,娇如醉,倚朱扉。记年时,隐映新妆面,临水岸,春将半,云日暖,斜桥转,夹城西。草软莎平,跋马垂杨渡②,玉勒争嘶③。认蛾眉凝笑,脸薄拂燕支。绣户曾窥,恨依依。　　共携手处,香如雾,红随步,怨春迟。消瘦损,凭谁问?只花知,泪空垂。旧日堂前燕④,和烟雨,又双飞。人自老,春长好,梦佳期。前度刘郎⑤,几许风流地,花也应悲。但茫茫暮霭,目断武陵溪⑥。往事难追。

【作者简介】

韩元吉(1118—1187),字无咎,号南涧,自号南涧翁。许昌(今属河南)人。其词近稼轩,慷慨悲壮,存词八十余首,有《南涧诗余》。

【注释】

①红粉:妇女化妆用的胭脂和铅粉。借指美女。

②跋马:勒马使之回转。

③玉勒:玉饰的马衔。也泛指马。

④"旧日"句:刘禹锡《乌衣巷》诗:"旧时王谢堂前燕,飞入寻常百姓家。"

⑤前度刘郎:化用刘禹锡诗句"种桃道士归何处,前度刘郎今又来",以"刘郎"自指。

⑥武陵溪:用陶渊明《桃花源记》典故。

【解读】

此词借咏花以怀人。

上片重点追忆去年的邂逅。开篇两句意为春天刚来,小桃就独得东风之惠而先行开放,占尽一时春光,此为起兴。"红粉腻"三句将桃花比作浓施红粉、娇痴似醉、斜倚朱扉的佳人,赋予桃花以人的丽质娇态,为由花及人作铺垫,引出去年桃花人面的回忆:"记年时,隐映新妆面"。而"临水岸"至"脸薄拂燕支"则从会面的时间、环境、佳人芳姿等多方面加以渲染:水岸桥边,春和日暖,草软柳绿,词人勒马而驻,识得佳人笑颜粉脸,传达了邂逅一遇的钟情之深。接下来,笔触转至"绣户曾窥,恨依依"。这两句其实隐含了一番曲折,写词人曾寻访佳人而未能如愿,徒留怅恨绵绵,从而引出下片的描绘与抒怀。

下片重点写今日桃花依旧、伊人不见的感怀。"共携手处"四句说徘徊在去年携手处,桃花已香薄似雾、落红随步,让人不由怨叹春光迟暮。"消瘦损"四句说被别离折磨得消瘦憔悴却无人可以倾诉,一番痴情愁苦只有桃花知,泪流满面也徒然,凋谢的落花与憔悴的词人映衬,更添凄苦。于是触目莫不哀绪纷呈:"旧日堂前燕"三句以双燕反衬人的孤栖;"人自老,春长好,梦佳期"则以春长好引"人老"的悲感;"梦佳期"则呼应"共携手",表达内心渴望。"前度刘郎"三句扣住桃花而化用刘禹锡"前度刘郎今又来"的诗意,表达今昔变迁的伤逝之情。最后以"但茫茫暮霭,目断武陵溪。往事难追"作结,用陶渊明桃花源寻不复见的典故,点明感伤往事、旧梦难续的主题。

全词以桃花为始终,咏花与写人相映衬,风韵绮丽,情感深婉,或有寄托。

【点评】

"落笔天成,不事雕镂。如先秦书,气充力全。"([宋]陆游《祭韩无咎尚书文》)

钗头凤①

陆 游

　　红酥手,黄縢酒,满城春色宫墙柳。东风恶,欢情薄,一怀愁绪,几年离索。错,错,错。　　春如旧,人空瘦,泪痕红浥鲛绡透②。桃花落,闲池阁,山盟虽在,锦书难托。莫,莫,莫。

【作者简介】

　　陆游(1125—1210),字务观,号放翁,越州山阴(今浙江绍兴)人。因坚持抗金,屡遭主和派排斥。陆游诗词文都有很高成就,其诗兼具李白的雄奇奔放与杜甫的沉郁悲凉,尤以饱含爱国热情影响深远。

【注释】

　　①钗头凤:词牌名,原名"撷芳词",又名"折红英""惜分钗"等。

　　②浥:湿润。鲛绡:神话传说鲛人织的绡,极薄,后泛指薄纱,这里指手帕。绡,生丝。

【解读】

　　此词记述词人与唐婉被迫分开后,在沈园重逢的情景,表达了他们的眷恋之深和相思之切,抒发词人的怨恨愁苦与凄楚痴情。

　　上片写重逢而抚今追昔。起首三句写重逢把酒。"红酥手"以手喻人,书写唐氏的靓丽仪容,表达词人的爱怜之心。"黄縢酒"暗示唐氏捧酒相劝的殷勤之意,寄寓两人的深情和词人的感慨。"满城春色宫墙柳"是把酒时的情境,也暗含唐氏已如宫墙柳一般可望而不可即。"东风恶"几句直写两人被迫离异后的痛苦。其中"东风恶"一语双关,怨自然界的东风狂吹横扫,破坏春容春态,更是控诉世俗礼教对两人爱情的摧残;"欢情薄"三句说美满姻缘被拆散,两人惨遭分离而满怀愁怨;"错,错,错"一字三叠,倾诉抚今追昔的悲愤无奈与悔恨怨叹。

下片直书别后相思之苦。"春如旧,人空瘦"再次点明重逢的背景,并以春色依旧与人的憔悴消瘦比对,借唐氏容颜的憔悴反映她内心的痛苦摧折,"空"字尽显怜惜与伤痛。"泪痕"写唐氏泪湿巾帕的悲伤,传达词人的无比沉痛。"桃花落,闲池阁"与上片的"东风恶"照应,写景而隐含人事:桃花凋谢,园林冷落,而像桃花一样美好的唐氏也被无情的"东风"摧折得憔悴消瘦;自己的心境也像"闲池阁"一样凄寂冷落了。由此转入"山盟虽在,锦书难托"的抒怀,说纵使情如山石,但已各有他属,万千痴心再难表达。爱而不能,割而不舍,爱恨悲怨、怜惜哀痛交集一处,只能以"莫,莫,莫"来阻遏悲情,在不了了之的沉痛喟叹中收束。

全词多用对比,节奏急促,别开生面而催人泪下。

卜算子 咏梅　　　　　　　　陆　游

驿外断桥边①,寂寞开无主②。已是黄昏独自愁,更著风和雨③。　　无意苦争春④,一任群芳妒⑤。零落成泥碾作尘,只有香如故。

【注释】

①驿外:指荒僻、冷清之地。驿,驿站,供驿马或官吏中途休息的专用建筑。断桥:残破的桥。

②寂寞:孤单冷清。无主:自生自灭,无人过问、赏看。

③更:又,再。著(zhuó):同"着",遭受。

④无意:不想,没有心思。苦:尽力,竭力。争春:与百花争奇斗艳。

⑤一任：完全听凭。

【解读】

此词以梅花自况，借咏梅的凄苦感叹人生的失意坎坷、宣泄胸中抑郁；赞梅的孤高自守以表达自己的高洁人格和无悔信念。

上片着力渲染梅花落寞凄清、饱受风雨之苦的境遇。首两句写环境，说梅花冷落孤独地开在驿外野地而非金屋玉堂，表现梅的清高，也以环境的寂寥荒寒衬托梅的备受冷落。后两句说梅花的心境和遭遇：无人赏看的梅花承受着凄风苦雨的摧残，在黄昏里独自愁绪满怀，这身心俱损的梅花，是屡受排挤打击的词人的化身。

下片礼赞梅花自守清芬的高洁灵魂，寄寓词人的精神操守与人生追求。前两句写梅花不愿与百花争奇斗艳而独自开在冰天雪地，任凭百花嫉妒也不予理睬、保持自我的品格。这正是词人决不与争宠邀媚之徒为伍的品格，和不畏谗毁、坚贞自守的傲骨的体现。后两句写梅花不堪摧残而纷纷凋落；"成泥""作尘"表现它遭受风雨摧残、车马践踏之甚，"香如故"表现它不改操守、不变志节的孤芳自赏，悲忧中透出坚贞，这正是词人在险恶仕途中坚持高洁志行的情怀与抱负。

全词以物喻人，梅是词人身世的缩影和高洁品格的化身。

诉衷情①　　　　陆　游

　　当年万里觅封侯②，匹马戍梁州③。关河梦断何处④，尘暗旧貂裘⑤。　　　胡未灭，鬓先秋，泪空流。此生谁料，心在天山⑥，身老沧洲⑦。

【注释】

①诉衷情：唐教坊曲名，后用为词牌。

②万里觅封侯：奔赴万里外的疆场，寻找建功立业的机会。

③戍：在边关守卫。

④关河：关塞、河流。此处泛指汉中前线险要的地方。

⑤尘暗旧貂裘：貂皮裘上落满灰尘而颜色暗淡。这里借用苏秦典故，说自己不受重用，未能施展抱负。

⑥天山：在中国西北部，汉唐时边疆。这里代指宋金相持的前线。

⑦沧洲：靠近水的地方，古时常用来泛指隐士居地。这里是指作者位于镜湖之滨的家乡。

【解读】

此词今昔对比，表达壮志未酬、报国无门的悲愤。

上片开头写昔日戎马疆场的意气风发和今日的梦断。开篇两句再现了往日壮志凌云，奔赴抗敌前线的勃勃英姿。"觅封侯"写报效祖国，收复失地的壮志。"觅"字显出当年自许自信的雄心和坚定执着的追求精神。匹马征万里，呈现出驰骋疆场的豪雄气势。"关河梦断何处"两句由"当年"转现实，写自抗金前线调离，关塞河防的理想有如一场虚梦恍然中断，无处追寻。而尘封色暗的旧时貂裘戎装只能触发回忆的伤感，且令人生发岁月流逝，人事消磨的惆怅。记忆与现实的强烈反差，慷慨激情瞬间化为悲凉。

下片抒写敌人尚未消灭而英雄却已迟暮的感叹。"胡未灭"三句写尽人生不得志。"未""先""空"三字承接，流露悲凉沉痛和失望，暗含对朝廷偏安的不满和愤慨。结尾"此生谁料"三句说没料到自己一生会心神驰于疆场，人却在故乡闲居而老死，写出早年的热望与此时的失望，凸显理想与现实的冲突，"谁料"有震惊，有遗憾，抒发了想要搏击长空却被折断羽翮的悲愤与痛苦。

此词饱含人生秋意而融汇炽热的爱国感情，沉郁苍凉。

鹊桥仙　　　　　　　　陆　游

　　一竿风月，一蓑烟雨，家在钓台西住①。卖鱼生怕近城门，况肯到红尘深处②。　　潮生理棹，潮平系缆，潮落浩歌归去。时人错把比严光③，我自是无名渔父④。

【注释】

　　①钓台：汉代隐士严光隐居的地方，在今浙江省富春江畔的桐庐县。

　　②况肯：更何况。红尘：指俗世。

　　③严光：即严子陵，汉代著名隐士。

　　④渔父：渔翁，捕鱼的老人。

【解读】

　　此词作于词人经略中原事业夭折、回到山阴故乡闲居时，借渔父形象讽刺被名利羁绊的俗人，抒发晚年英雄失志的感慨。

　　上片写渔父的生活环境和不愿争利的心态。开篇三句写渔父的生活环境。"钓鱼台"借用严光不应汉光武帝的征召、独自披羊裘钓于富春江的典故，喻渔父的心态近似严光。"卖鱼生怕近城门"两句说渔父虽以卖鱼为生，但他远远地避开争利的市场，生怕走近城门，更不肯向红尘深处追逐名利，表现了渔父不热衷于追逐名利，只求悠闲自在的生活态度。下片写渔父的打鱼生活和全然无名的思想。头三句写渔父在潮生时出去打鱼，在潮平时系缆，在潮落时归家。生活合乎自然规律而毫无分外之求。最后两句说时人将"我"比作严光，但"我"更乐意做一位无名的渔父。言下之意，严光虽拒绝光武帝征召，但披羊裘而不是披蓑衣垂钓的举动不免有求名之嫌，只有无名的渔父才是真正淡泊名利的清高者。词人以否定讽刺严光作结，实际是讽刺心怀名利的世人,表达自己全然摒弃名利的思想。

结合词人一生心系抗金大业的抱负和被迫闲居的处境可知,词人不争名利的背后是大抱负的坚守,闲居生活背后是英雄无用武之地的悲慨。

钗头凤 唐 婉

世情薄,人情恶,雨送黄昏花易落。晓风干,泪痕残,欲笺心事①,独语斜阑②。难,难,难! 人成各,今非昨,病魂常似秋千索③。角声寒,夜阑珊④,怕人寻问,咽泪装欢。瞒,瞒,瞒!

【作者简介】

唐婉,字蕙仙,生卒年月不详。陆游的表妹,也是陆游的第一任妻子,后因陆母偏见而被休、改嫁。

【注释】

①笺:写出。

②斜阑:指栏杆。

③"病魂"一句:描写精神恍惚,似飘荡不定的秋千索。

④阑珊:衰残,将尽。

【解读】

此词是唐婉和陆游《钗头凤·红酥手》的词作。

上片开篇两句,抒写对封建礼教支配下的世故人情的愤恨。"恶""薄"两字宣泄对世情的深恶痛绝。"雨送黄昏花易落"以风雨摧折落花暗喻自己备受摧残的悲惨,自悲自悼。"晓风干,泪痕残"写流淌了一夜的泪水被晨风吹干,但残痕仍在,借以表达内心永无休止的悲痛。"欲笺心事,独语斜阑"说想把内心的别离相思用信笺写下来寄给对方,但倚栏沉思,深感世事人情之恶,终不能落笔,只能独语悲叹:"难、难、难!"一字三叠,尽显愁恨、痛苦与无奈无助。下片"人成各"三句说如今两人已各有他属,再也不是昔日的恩爱夫妻,纵有深情在,也只能各自伤痛;而且,如今自己已积哀成"病魂",有如飘荡的秋千索,可见离异后的精神痛苦。更为不幸的是,改嫁以后,连悲哀与流泪也不得自由——"角声寒"四句说自己夜里听闻角声凄寒而独自伤痛,等到长夜将尽时,因怕人询问,还要咽下泪水,强颜欢笑,向人隐瞒内心悲苦,以三个"瞒"字作结,既见唐婉对陆游的一往情深和忠贞不渝,又凸显她在世俗面前不得不隐藏真情的抑郁凄苦。

此词自怨自泣,遭遇悲惨,感情凄恻执着,与陆词相映生辉。

南柯子 范成大

怅望梅花驿,凝情杜若洲①。香云低处有高楼,可惜高楼不近木兰舟。　　缄素双鱼远②,题红片叶秋。欲凭江水寄离愁,江已东流那肯更西流。

【作者简介】

范成大(1126—1193),字致能,号石湖居士。苏州吴县(今江苏苏州)人。谥号文穆,后世称"范文穆"。素有文名,尤工于诗。与杨万里、陆游、尤袤合称南宋"中兴四大家"。著有《石湖词》《揽辔录》《吴船录》等。

【注释】

①杜若:香草名,即燕子花。洲:水中高地。

②缄素、双鱼:皆指书信或传书信者。

【解读】

这是一首抒发离情别绪的作品。

上片写相思而不得见的惆怅。"怅望梅花驿"化用南北朝陆凯《赠范晔》诗"折梅逢驿使,寄与陇头人"的典故,说欲得伊人音讯而久盼不至,因而满怀惆怅;"凝情杜若洲"则取《楚辞》"采芳洲兮杜若,将以遗兮下女"之意,说想采杜若以寄伊人而无从寄去,徒然凝情望远。由此而遥想伊人所在,发出"香云低处有高楼,可惜高楼不近木兰舟"的慨叹。以"香云低处"的高楼言对方所在地,以物写人,流露爱慕之心,"可惜"二字则见渴盼与佳人相聚却难相聚的怅惘,别绪缠绵。下片写音讯难达、相思无从凭寄的炽热急切与百般无奈。"缄素""题红"两句用典,表达想要传书寄情的诚挚心意,而"远""秋"二字则点出与情人音讯断绝的愁绪。最后,焦虑而痛苦的词人将传情的希望寄托于远行的江水,愿它将自己的离愁别根带到伊人身边,但流水又东去不肯回头,"那肯"的反问表达对流水的失望与抱怨,折射思念的深切。

全词多用典故而虚实结合,情真意切而韵味悠远。

霜天晓角① 梅

范成大

晚晴风歇,一夜春威折②。脉脉花疏天淡,云来去,数枝雪。　　胜绝,愁亦绝,此情谁共说?惟有两行低雁,知人倚,画楼月。

【注释】

①霜天晓角:词牌名。因北宋林逋咏梅词有"霜洁""晓寒""玉龙三弄"而得名。又名"月当窗"等。

②春威:初春的寒威。折:减损,消退。

342

【解读】

此词咏梅而抒愁绪。

上片写梅花迎着风寒盛开的美姿。起首两句写梅开的气候和季节:晚来天晴,寒风乍歇,料峭春寒一夜消减,梅应时而开。"折"字凸显由寒转暖的气候变化,为梅的一夜开放铺垫。"脉脉花疏天淡"三句从情态、背景、姿容、色泽各方面写梅开。青天淡远、闲云飘浮是梅开的背景,用以映衬梅开的疏淡之美;"疏"和"数枝"是梅开的姿容清疏;"雪"是梅的色泽晶莹洁白如雪;而以"脉脉"领起此三句,赋予青天疏梅以脉脉深情,传达词人对此美景的深爱,移情于景,引出下片抒怀。下片抒写词人满怀情愫无人可语的忧愁。"胜绝,愁亦绝"承上启下,意为景物美妙奇绝,它勾起的愁思也超绝。前一个"绝"字突出景物极美,后一个"绝"字突出人物心情的暗淡和愁苦。因为梅的疏淡高雅、含情脉脉,亦如词人的清高无偶、幽怀独抱。由此知词人咏梅实是自怜幽独。所以,下一句说"此情谁共说",表达的便是词人落寞、无人理解的愁情。结尾"惟有两行低雁"三句,再借景物映衬写人情:两行雁反衬人的寂寞孤独;雁行低飞,可见鸿雁将归,反衬人的飘零异乡;高天明月衬人的孤独怀远;唯有低飞雁见春夜倚楼望月人,表现人的孤单寂寞。至此,青天、淡云、疏梅、征雁、孤月、画楼与词人孤寂独处的心境融合,幽独愁思形象可感,深沉动人。

全词以淡景写浓愁,以良宵反衬孤寂无侣的惆怅,寓浓于淡,耐人寻味。

沁园春① 辛弃疾

灵山齐庵赋②,时筑偃湖未成③。

叠嶂西驰,万马回旋,众山欲东。正惊湍直下,跳珠倒

343

溅,小桥横截,缺月初弓。老合投闲④,天教多事,检校长身十万松⑤。吾庐小,在龙蛇影外,风雨声中。　　争先见面重重,看爽气朝来三数峰。似谢家子弟,衣冠磊落,相如庭户,车骑雍容。我觉其间,雄深雅健⑥,如对文章太史公⑦。新堤路,问偃湖何日,烟水蒙蒙。

【作者简介】

辛弃疾(1140—1207),南宋词人。字幼安,别号稼轩,历城(今山东济南)人。与苏轼合称"苏辛",与李清照并称"济南二安"。其词热情慷慨,富有爱国感情,词风沉雄豪迈又不乏细腻柔媚处。因一生力主抗金而与当政的主和派政见不合,被弹劾落职,退隐江西带湖。有词集《稼轩长短句》及今人辑本《辛稼轩诗文钞存》。

【注释】

①沁园春:词牌名。东汉窦宪仗势夺沁水公主的园林沁园,后人作诗以咏其事,此调因此得名。又名"寿星明""洞庭春色"等。

②灵山:位于江西上饶境内,风景雄伟秀美。齐庵:当在灵山,疑即词中之"吾庐",为稼轩游山小憩之处。

③偃湖:新筑之湖,时未竣工。

④合:应该。投闲:指离开官场,过闲散的生活。

⑤检校:巡查、管理。长身:高大。

⑥雄深雅健:指雄放、深邃、高雅、刚健的文章风格。

⑦太史公:即司马迁,西汉史学家和文学家,曾为太史令,称太史公。

【解读】

此词作于稼轩罢居带湖时,表达对山水的热爱,也寄寓被迫闲居的愤懑。

上片总写灵山之美。开篇三句写群峰时或西驰,时或东去,以动写静,凸显远山的姿态变幻;万马回旋的比喻写出群山的气势壮阔。"正惊湍直下"四句由远转近,说飞瀑直下,水珠四溅、弹跳反射,还有一座小桥横跨在湍急的溪流上,像一弯新月,又像刚刚拉开的未满的弓,动静结合,既见崖壁陡峭、瀑流湍急,又见小桥别致,声色俱佳。"老合投闲"三句,以诙谐的口吻写松树,说自己老来本该闲散无事,可老天偏要他来掌管这万棵松树,以此表明人与松的关系,既看出对松树的喜爱,也寄寓他被迫闲居、不得统率千军万马前线杀敌的愤懑。"吾庐小"三句写自己的居室环境,勾勒出房舍掩映在万顷松林的画面,超凡脱俗。

下片抒写处身大自然中的感受。"争先见面重重"两句拟人,写晨雾消散,群山露出姿容,争先恐后地抢着与词人见面,山中爽气纷来,传达人与山的两情相悦,表达词人的惬意舒爽和对山的喜爱。"似谢家子弟"至"如对文章太史公",说峻拔潇洒的山峰钟灵毓秀,就像衣冠翩翩的谢家子弟,风神潇洒;那巍峨壮观的大山,轩昂峥嵘,如同司马相如车骑相随、华贵雍容的气派;置身于这千峰竞秀的大地,觉得此中给人雄浑深厚、高雅刚健的感受,好像读太史公的精彩文章,美妙无穷。最后三句照应小序中的"时筑偃湖未成",写他关切地打听修筑偃湖的计划,表达渴盼偃湖早日修成,以尽情享受山水之乐的迫切心情,再次抒发对山水之美的赞叹与热爱。

此词洒脱旷达的背后,有壮志难酬的不平,需加体味。

【点评】

"且说松,而及谢家、相如、太史公,自非脱落故常者,未易闯其堂奥。"([明]杨慎《词品》)

水龙吟 登建康赏心亭① 辛弃疾

旅次登楼作。

楚天千里清秋,水随天去秋无际。遥岑远目②,献愁供恨,玉簪螺髻③。落日楼头,断鸿声里,江南游子。把吴钩看了④,栏干拍遍,无人会,登临意。　　休说鲈鱼堪脍,尽西风,季鹰归未⑤。求田问舍,怕应羞见,刘郎才气⑥。可惜流年,忧愁风雨⑦,树犹如此。倩何人唤取⑧,红巾翠袖,揾英雄泪。

【注释】

①建康:今江苏南京。

②遥岑(cén):远山。

③玉簪螺髻:这里比喻高矮和形状各不相同的山岭。

④吴钩,古代吴地制造的一种宝刀。

⑤"鲈鱼堪脍"句:《晋书·张翰传》载,晋朝人张翰(字季鹰),在洛阳做官,见秋风起,想到家乡苏州味美的鲈鱼,便弃官回乡。

⑥"求田问舍"句:三国时许汜去看望陈登,陈登对他很冷淡。许汜去询问刘备,刘备说许汜身为国士,无救主之志,只一味求田问舍、买田置地,为个人利益打算,无远大志向。因此,陈登瞧不起他,也与他无话可说。

⑦忧愁风雨:为国家风雨飘摇而忧愁。风雨,比喻飘摇的国势。

⑧倩:请托。

【解读】

此词抒写恢复中原的抱负和愿望无法实现的失意感慨,表现报国无门的抑郁悲愤和诚挚的爱国情怀。

上片开篇两句写登赏心亭所见江景：楚天辽远空阔，秋色无边，奔流不息的长江流向无涯无际的天边，写出江南秋季天高气爽的特点。"遥岑远目"三句说，放眼望去，远山重叠，像美人头上的玉簪或螺旋形的发髻，江山如此美好却沦陷敌手，令人生出无限忧愁愤恨。这里不直言自己触景伤怀，而说远山向人献愁供恨，言下之意，连山都献愁供恨，人的愁恨自然更深更浓，移情于物，感情渐显，引出"落日楼头"等七句的自我书写：这里的落日是眼前夕阳西沉之景，也暗喻南宋朝廷的日薄西山、国势危殆；"断鸿"是楼头所见的失群孤雁，也是流寓江南的词人飘零身世与孤寂心境的写照。落日斜照，哀鸿声声，自然更加引发词人对中原沦亡的忧思和对故土的思念。于是词人看吴钩，拍栏杆，叹"无人会，登临意"。本该用来杀敌卫国的宝刀闲置腰间，烘托词人英雄无用武之地的苦闷；悲愤地拍遍了亭上栏杆，是为内心抑郁苦闷无可宣泄，无人领会，充分展现徒有杀敌报国雄心而无处施展才志的急切悲愤。

下片"休说鲈鱼堪脍"以下六句用张季鹰见秋风起而思乡、弃官回归和许汜因不问天下大势、买地置屋的典故，既写有家难归的乡思，更表明自己不学张季鹰和许汜，表达心系家国、必当收复河山而归乡的志向。"可惜流年"三句忧时伤世，借桓温感叹"树犹如此"的典故表达年岁渐增，恐再闲置便再无力为国效命疆场的心急如焚，引出收束的"倩何人"三句，说要请人去唤取歌妓来擦拭自己的英雄之泪，自伤抱负不能实现，悲叹世无知己，得不到同情与慰藉，与上片"无人会，登临意"呼应。

全词豪而不放，壮中见悲，抒慷慨呜咽之情而别具深婉之致。

摸鱼儿①

辛弃疾

淳熙己亥②,自湖北漕移湖南,同官王正之置酒小山亭,为赋。

更能消几番风雨,匆匆春又归去。惜春长怕花开早③,何况落红无数。春且住,见说道,天涯芳草无归路④。怨春不语,算只有殷勤,画檐蛛网,尽日惹飞絮。　　长门事⑤,准拟佳期又误,蛾眉曾有人妒。千金纵买相如赋⑥,脉脉此情谁诉。君莫舞,君不见,玉环飞燕皆尘土。闲愁最苦,休去倚危栏,斜阳正在,烟柳断肠处。

【注释】

①摸鱼儿:词牌名,又名"陂塘柳""山鬼谣"等。以晁补之词《摸鱼儿·买陂塘》为正体。

②淳熙己亥:淳熙是宋孝宗年号,己亥是干支之一,即宋孝宗淳熙六年(1179)。

③怕:一作"恨"。

④无:一作"迷"。

⑤长门:汉代宫殿名,汉武帝陈皇后失宠后被幽闭于此,愁闷幽思,闻相司马如工文,用黄金百斤求他写《长门赋》寄意,以期复得宠幸。

⑥相如赋:即司马相如的《长门赋》。

【解读】

此词作于词人由湖北转运副使改调湖南转运副使之时,抒发对国事衰颓的忧虑和自己政治上的失意、哀怨,表达对南宋当权者的不满。

上片写春意阑珊,表达惜春之情。起首两句说春天又正匆匆归去,哪里禁得起再有几番风雨的袭击?"更"字表明春光多遭风雨,"匆匆"表达对春去的不舍,"又"字表明多次目送春归而伤心,总体渲染惜春之情,也暗含南宋饱受风雨摧折、国事危殆的感叹。"惜春长怕花开早"二句说由于怕春去花落,甚至害怕花开得太早,因为早开也就早谢,此种心理,充分显示惜春之情的深切、痴心。但是眼下不仅早已花开,而且已是落花无数,惜春伤逝之情自然更浓。"春且住"三句殷切呼喊,想要留住春天,还特意告知春天:芳草连天,已然堵住了你的归路。此番挽留春天的热切执着,更见惜春的深情。"怨春不语"四句说,春天不理会他的挽留、默然无语,词人不免心生怨叹,感叹只有那檐下的蜘蛛,为了留春而殷勤地抽丝结网,来网住那飞去的柳絮。此句以蜘蛛殷勤留春暗喻词人想力挽国家颓势的忠心、苦心和有心无力的怨叹。

下片写蛾眉遭妒,表达遭受排挤打击的忧愤,控诉投降派的小人得志。自"长门事"至"脉脉此情谁诉",用汉武帝陈皇后失宠的典故比拟自己的失意。一则说明蛾眉见妒自古如此;二则表明像陈皇后买得司马相如《长门赋》去打动汉武帝一样,词人对当朝圣上仍含情以待;三则借陈皇后期待的佳期渺茫,表达仍不见用而无处诉说的哀怨与痛苦。"君莫舞"两句则将笔触转向当道奸邪,警告他们不要忘了杨玉环、赵飞燕们死于非命的下场,感情由哀怨转向激愤。"闲愁最苦"借暮春晚景作结,感叹说不要借凭高望远去排除郁闷,因为那快要落山的斜阳,正照暮霭笼罩的杨柳,一片迷蒙,反让人悲伤断肠。这样的暮景既呼应上片,又暗示南宋王朝的没落命运,寄托词人对国家的无限忧思。

全词婉约含蓄而忧国之心炽热,有着深沉浓厚的感伤基调。

【点评】

"怨而怒矣,然沉郁顿宕,笔势飞舞,千古所无。稼轩词,于雄莽中别饶隽味。……'休去倚危栏,斜阳正在,烟柳断肠处',多少曲折,惊

雷怒涛中时见和风暖日,所以独绝古今,不容人学步。"([清]陈廷焯《白雨斋词话》)

"以太白诗法,写忠爱之忱,宛转怨慕,尽态极妍。起处大踏步出来,激切不平。"(唐圭璋《唐宋词简释》)

永遇乐 京口北固亭怀古①   辛弃疾

千古江山,英雄无觅,孙仲谋处②。舞榭歌台,风流总被,雨打风吹去。斜阳草树,寻常巷陌,人道寄奴曾住③。想当年金戈铁马,气吞万里如虎。 元嘉草草④,封狼居胥⑤,赢得仓皇北顾。四十三年,望中犹记,烽火扬州路⑥。可堪回首,佛狸祠下⑦,一片神鸦社鼓。凭谁问,廉颇老矣⑧,尚能饭否?

【注释】

①京口:古城名,即今江苏镇江。因临京岘山、长江口而得名。北固亭:在今镇江市北固山上,下临长江,三面环水。

②孙仲谋:三国时的吴王孙权,字仲谋,曾建都京口。

③寄奴:南朝宋武帝刘裕小名,南北朝时期宋朝的建立者。

④元嘉:南朝宋文帝刘义隆年号。草草:轻率。

⑤封狼居胥:公元前119年(汉武帝元狩四年)霍去病远征匈奴,歼敌七万余,封狼居胥山而还。

⑥"四十三年"句:作者于1162年(宋高宗绍兴三十二年)南归,到写该词时正好为四十三年。

⑦佛(bì)狸祠:北魏太武帝拓跋焘小名佛狸。公元450年,他曾反击刘宋,兵锋南下,到达长江北岸,并在北岸的瓜步山建立行宫,即后

来的佛狸祠。

⑧"廉颇老矣"句：赵国名将廉颇被罢免后，赵王想重新起用他，派使者前往考察。廉颇的仇敌郭开重金收买使者。当时廉颇当着使者的面，一顿饭吃了斗米，肉十斤，披甲上马，表示自己还能为国效力，但是使者受了郭开的好处，回去禀报说："廉将军还很能吃饭，只是一顿饭的工夫上了三次茅房。"赵王听后，感叹"廉颇老矣"，遂不用。此处词人以廉颇自况。

【解读】

此词怀古讽今，怀人伤己。

上片追怀孙权、刘裕，表达仰慕与自伤之情。开篇"千古江山"至"雨打风吹去"写江山千古不改，而英雄及其功业总是在自然与社会的风雨变幻中消逝而去，无处寻觅，这种自然人事的比照点明了怀古的主题，"觅"字见对英雄的崇敬与追慕，也有当世无英雄的悲慨；"总"字寄寓历史兴亡与现实沉浮的感慨。"斜阳草树"至"气吞万里如虎"联想与京口有关的另一英雄人物——南朝宋武帝刘裕，当年气吞万里的刘裕所居之地，如今也已变成夕阳笼罩、草木遮蔽的寻常巷陌，再次表达时光淘洗、岁月不居的怅惘和世无英雄的悲忧。也借历史英雄的大展雄才和功成名就与自己屡被贬谪的际遇对比，抒发才志不得施展的无奈与悲哀。

下片写对时局的忧思，抒发报国无门的悲愤和恢复中原希望落空的忧思。"元嘉草草"三句写南朝宋文帝刘义隆元嘉二十七年（450），草率北伐、贪功冒进，大败而归的历史，借古喻今，警告主战派不要草率出兵，以免重蹈刘义隆的覆辙，表达对国事的忧心忡忡。"四十三年"三句追忆当朝往事，回顾自己的战斗生涯。用"四十三""犹记"说明战火荼毒生灵的惨重，令人长时间难以忘怀；也表明念念不忘中原人民的苦难和收复失地；同时还警告南宋统治者不要草率北伐，以免金兵趁机南下，使人民再遭当年扬州那样的荼毒。接着用"可堪回首"

351

抒发不忍回顾当年惨状的沉痛,结束追忆,转入对眼前"佛狸祠下,一片神鸦社鼓"的描写。佛狸祠是异族皇帝拓跋焘的祠庙,也是当时宋金对峙的前沿,词人写那里的祭神活动的热闹,意在表明那里的人们已经斗志松懈甚至安于异族的统治,表达词人对此现实的痛心,也以此正告南宋统治者尽早收复失土,否则,人心已散,中原就很难收回了。最后以廉颇自比,表达愿为朝廷奔赴疆场、抗金杀敌的忠心和勇武不减当年的信心;也抒写了担心像廉颇一样终不见用的忧虑和怀才不遇的悲愤。

全词多用典故,借古非今,感情沉郁顿挫,风格悲壮苍凉。

【点评】

"句句有金石之声,吾怖其神力。"([清]陈廷焯《白雨斋词话》)

归朝欢① 题赵晋臣敷文积翠岩② 辛弃疾

我笑共工缘底怒,触断蛾蛾天一柱。补天又笑女娲忙③,却将此石投闲处④。野烟荒草路,先生挂杖来看汝。倚苍苔,摩挲试问,千古几风雨。 长被儿童敲火苦,时有牛羊磨角去。霍然千丈翠岩屏,锵然一滴甘泉乳⑤。结亭三四五,会相暖热携歌舞⑥。细思量,古来寒士,不遇有时遇⑦。

【注释】

①归朝欢:词牌名,又名"菖蒲绿""归朝歌"等。相传北宋柳永创制。

②赵晋臣敷文:即赵不遇,字晋臣,江西铅山人。曾为敷文阁学士,故称以"敷文"。积翠岩:当在上饶。

352

③共工、女娲：相传上古共工和祝融交战，不胜，怒而触不周之山，使西北塌了下去，女娲炼就五色石以补天。

④此石：女娲补天之石，即指积翠岩。

⑤锵然：一般形容金属撞击声，此状甘泉滴水时清脆的响声。

⑥携歌舞：指游赏者带来歌舞。

⑦不遇：指怀才不遇。古人多有不遇之叹，赵晋臣名不遇，故词人有此语。

【解读】

此词托物寄志，作于词人晚年遭诬陷落职闲居江西上饶，时当友人赵不遇亦仕途失意。

上片起首四句由积翠岩擎天柱景观，触发想象，熔铸共工、女娲神话传说，将岩石描绘成撞断的天柱、遗弃的补天石，"投闲"二字慨叹擎天之材不作补天之用而被闲置于荒山野岭，语带双关，暗示的是自己和友人虽具擎天之才，却不被朝廷重用，投闲置散的境遇，语含悲愤。"野烟"四句写词人拄着拐杖来到荒郊野外探视积翠岩，殷勤抚摸探问岩石经历的风雨，这是词人与积翠岩的心灵对话，也是对友人的一种慰问。

下片"长被"两句借用韩愈《石鼓歌》"牧儿敲火牛砺角，谁复着手为摩挲"诗意，谓岩石不仅饱受风雨侵蚀，还遭受牧童敲击、牛羊磨角的骚扰之苦。也暗寓自己和友人的境遇。"霍然"句笔势振起，写忽然间发觉积翠岩以其千丈翠屏的雄姿现于眼前，且中有甘泉澄明，清脆悦耳。因此，词人相信积翠岩终将有得遇知音赏识、在此建亭欢歌曼舞的和暖春天。由此便由石及人，引申出"细思量，古来寒士，不遇有时遇"的结句，意谓以积翠岩的遭遇推想，像赵不遇这样的"不遇"之士，也终会有遇到知音，重获起用，大展才华之时。此三句既言古今怀才不遇的普遍现象，又暗指友人赵不遇终有际遇之时，有叹惋，也有慰藉。

全词物与人交融一体，想象奇特浪漫而植根现实，感情深厚诚挚。

汉宫春① 立春　　　　　　　辛弃疾

春已归来，看美人头上，袅袅春幡②。无端风雨，未肯收尽余寒③。年时燕子，料今宵梦到西园④。浑未办黄柑荐酒，更传青韭堆盘⑤。　　却笑东风从此，便熏梅染柳⑥，更没些闲。闲时又来镜里，转变朱颜。清愁不断，问何人、会解连环⑦。生怕见、花开花落，朝来塞雁先还⑧。

【注释】

①汉宫春：词牌名，又名"庆千秋"。以晁冲之《汉宫春·黯黯离怀》为正体。

②"春已"三句：谓从美人发上的袅袅春幡，看到春已归来。春幡：古时风俗，每逢立春，剪彩绸为花、燕等状，插于妇女之发，或缀于花枝之下，曰春幡，也名春胜、彩胜。

③"无端"两句：言虽已春归，但仍时有风雨送寒，似冬日余寒犹在。无端，平白无故地。

④"年时"两句：燕子尚未北归，料今夜当梦回西园。西园，北宋都城汴京西门外有琼林苑，称西园，供皇帝打猎游赏。此以表现作者的故国之思。

⑤"浑未办"两句：言已愁绪满怀，无心置办应节之物。黄柑荐酒：黄柑酿制的腊酒，立春日用以互献致贺。更传：再相互传送。青韭堆盘：《四时宝鉴》谓"立春日，唐人作春饼生菜，号春盘"。

⑥熏梅染柳(jiǎ)：吹得梅花飘香、茶树泛绿。柳，一种茶树。

⑦"清愁"两句：言清愁绵绵如连环不断，无人可解。

⑧"生怕见"两句：言怕见花开花落，转眼春逝，而朝来塞雁却已先我还北。

【解读】

此词作于流寓南方初期，表达渴望恢复中原的心志和故园之思。

上片写立春日的节物风光。开头"春已归来"三句点明立春节候，将春天的气息通过妇女们立春日的头饰——袅袅春幡散布出来，"袅袅"形容春幡摇曳，见春意盎然，流露对于春归的喜悦。接着却反挑一笔，写"无端风雨，未肯收尽余寒"，表达对寒风冷雨阻碍春来的幽怨，隐现南宋宛如为余寒笼罩的不安时局。余寒未退，故词人联想到去年秋天自北方而来的燕子可能还未飞回去。但是，既然春已归来，燕子自当知此节候消息，有了飞回北方的心念，因此说"年时燕子，料今宵梦到西园"。这句实际是以燕子"梦西园"比兴，传达盼望北归而不得归去的故园情思。接下去"浑未办"三句回到立春日风光中来，说新来异乡，无心备办和传送迎春酒肴，表现寓居江南不得北归的惆怅、落寞。

下片再写春来的感受，进一步抒发忧国怀乡之情。"却笑东风从此"三句说，立春后东风就忙于吹送出一派花红树绿的春光，偶尔清闲时，又来吹老镜中人的容颜。这里，春来的风物华美与人的衰老形成对照，有志士投闲而徒任芳华流逝的哀叹，表达了急欲收复失土的决心和深恐蹉跎岁月的愁心，"笑"中是泪与悲，令人沉痛。故接下来说"清愁不断，问何人、会解连环"。这连绵不断、无人能解的清愁，便是词人忧国忧民的情怀；同时，"解连环"的典故，还暗示了南宋王朝缺乏可解"连环"的智勇人物。结尾"生怕见"三句，意思是深恐这一年的花开而复落，但失地未能收复，自己依然无法北归，表达对恢复事业的担忧和思归不得的惆怅。

全词咏节序而赋予风物象征意味以抒国事，悲慨窒塞，郁结于中，辞浅意深。

【点评】

"不必剑拔弩张,洞穿已过七札。"(〔清〕陈廷焯《白雨斋词话》)

丑奴儿近^① 博山道中效李易安体^②   辛弃疾

千峰云起,骤雨一霎儿价^③。更远树斜阳,风景怎生图画。青旗卖酒,山那畔,别有人家。只消山水光中,无事过者一夏^④。　　午睡醒时,松窗竹户,万千潇洒^⑤。野鸟飞来,又是一般闲暇。却怪白鸥,觑着人、欲下未下。旧盟都在^⑥,新来莫是,别有说话。

【注释】

①丑奴儿近:词牌,"采桑子"别名。

②博山:地名,在今江西广丰西南。效李易安体:效仿李易安的写法。李易安,李清照,自号易安居士。

③一霎儿价:一会儿的工夫。

④者:这。

⑤潇洒:从容大方,态度悠闲。

⑥旧盟:稼轩于退居带湖新居之初,作《水调歌头·盟鸥》。这里化用了鸥鸟忘机的典故。《列子》中载:"海上之人有好鸥鸟者,每旦之海上,从鸥鸟游,鸥鸟之至者,百住而不止。其父曰:'吾闻鸥鸟皆从汝游,汝取来,吾玩之。'明日之海上,鸥鸟舞而不下也。"后以鸥鸟的亲近比喻淡泊隐居,不以世事为怀。

【解读】

此词作于词人受投降派排挤而隐居带湖时期,写大雨后傍晚的山光水色，反映寄情山水的心情，也流露内心无奈、孤寂、希冀用世的幽微情绪。

上片写博山道中的外景。开篇三句写阵雨过后，斜阳复出，山水林木经过一番洗涤愈加清新秀美。"骤雨一霎儿价"突出夏季阵雨的特点。"风景怎生图画"既以虚代实引人想象此处无限风光，又表达了对美景的赞叹。"青旗"两句由飘荡的酒旗而推想山后另有人家，虚实相生，使山道风光更添人情之美。由此，词人生出"只消山水光中，无事过者一夏"的想法，言辞中既有寄情山水的情意，又透露一丝百无聊赖的不安与自我宽解。下片写午睡醒来所见所感。"午睡醒时"至"又是一般闲暇"说窗外松竹苍翠闲雅，天空中还有野鸟自在安闲地飞来，动静结合，移情于景，给人以宁静悠闲之感。"却怪白鸥"至"别有说话"借用"鸥鸟忘机"的典故，一则表明自己淡泊隐居的心意，二则用鸥鸟欲下不下的犹疑传达内心不被了解的孤独落寞，或许，也暗示在鸥鸟看来，词人的隐居之心还是不够坚定，隐隐仍有希冀用世的心绪。

此词学李易安"用浅俗之语，发清新之思"，情调深婉悱恻，有婉约之风。

祝英台近① 晚春 　　　　　　　辛弃疾

宝钗分②，桃叶渡③，烟柳暗南浦。怕上层楼，十日九风雨。断肠点点飞红，都无人管，更谁劝流莺声住。　　鬓边觑④，试把花卜归期⑤，才簪又重数。罗帐灯昏，哽咽梦中语。是他春带愁来，春归何处，却不解带将愁去。

【注释】

①祝英台近：词牌名，又名"宝钗分"等。以程垓《祝英台近·坠红

《轻》为正体。

②宝钗分:钗为古代妇女簪发首饰。分为两股,情人分别时,各执一股为纪念。宝钗分,即夫妇离别之意。

③桃叶渡:在南京秦淮河与青溪合流之处。这里泛指男女送别处。

④鬓边觑(qù):斜视鬓边所插之花。觑,斜着眼看。

⑤把花卜归期:用花瓣的数目,占卜丈夫归来的日期。

【解读】

此词借女子的伤春怀远,寄托词人的家国愁怨。

上片写离别之伤和别后凄凉。开篇三句写烟雾迷蒙的杨柳岸边,女子与情人分钗离别,"宝钗""桃花渡""南浦"三个典型意象构成情致缠绵的离别图景,烘托凄苦怅惘的心境。"怕上层楼"两句写别后心绪。说别后一人登楼远眺,触目怀远,不胜思念之悲,更何况十日里又有九日风雨晦暝,这就更加深离人的凄苦情怀。"断肠点点飞红"数句写春去花落无人理会,莺声鸣啭无人劝阻,落花莺啼提醒她春已迟暮,更增添她韶华易逝、斯人不在的怅惘愁苦。而"都无人"和"更谁劝"又表明无人理会她心中苦楚,更多一层寂寞凄清无知音的意味。下片写盼人归来的悲切。"鬓边觑"三句写女子一次次点数鬓边花钿的瓣数以占卜游子归期的细节,表现她盼望对方早日归来的急切与焦灼,痴心中见思念的深切浓烈。"罗帐灯昏"至"带将愁去"写她梦中哽咽责问,怨他春带愁来而不将愁随春归而带去,表达思念之愁缠绵难消,见痴心;而梦中犹自呓语,更显情之急切与强烈。

结合词人生平际遇和美人之思寄托志士情怀的文学传统,似可认为此词意在寄寓面对国家长期分裂而渴盼早日统一的愁怨情怀。

【点评】

"辛稼轩《祝英台近》……皆景中带情,而存骚雅。"([宋]张

炎《词源》）

　"稼轩词以激扬奋厉为工；至'宝钗分，桃叶渡'一曲，昵狎温柔，魂消意尽，词人伎俩，真不可测。"（［清］沈谦《填词杂说》）

粉蝶儿① 和赵晋臣敷文赋落梅　辛弃疾

　　昨日春如十三女儿学绣，一枝枝不教花瘦。甚无情，便下得雨僝风僽②，向园林铺作地衣红绉③。　　而今春似轻薄荡子难久④，记前时送春归后。把春波都酿作一江醇酎⑤，约清愁杨柳岸边相候。

【注释】

　　①粉蝶儿：词牌名。以毛滂《粉蝶儿·雪遍梅花》为正体。

　　②雨僝（zhàn）风僽（zhòu）：原意指恶言骂詈，这里把连绵词拆开来用，形容风雨作恶。

　　③"向园林"句：风雨使得园林里落花满地，像铺上一层红色的绸绉地毯。

　　④荡子：浪荡子，指不重感情的轻薄男子。

　　⑤春波：碧波荡漾的春水。醇酎（zhòu）：浓郁的美酒。

【解读】

　　此词题为"赋落梅"，作于被排挤隐居时期，是一首寓意深沉的惜春词。

　　上片对比一夜风雨前后梅花的变化，表达对春光消损的惋惜和对无情风雨的怨怒。开篇用初学绣花的十三岁小姑娘将花绣得枝枝丰满硕大来比喻枝头梅花的丰盈，显示浓郁热烈的春光。"甚无情"三句写风雨摧折，繁花一夜凋落铺满园林，"铺"字见落花遍地，"地衣红绉"

的比喻见花的色泽与质地,落花厚厚一层,凸显风雨摧残,对花与春光的惋惜和对风雨的怨怒融于景中。下片写留春不住的怅惘。"而今春似轻薄荡子难久"以轻薄男子之情难长久比喻已然而去、不肯久留的春光,传达词人对春光的眷恋与留春不住的怨叹。"记前时送春归后"两句追忆去年送春情景,说一江春水都酿成浓酽的醇醪佳酿,表明春水令人无比沉醉,也借饮酒消愁的特性引出了"约清愁杨柳岸边相候"的结句,唤请春天到杨柳岸边来与词人相约共饮,以消除他留春不住、只好等候春归的清愁,一面送春去一面盼春回的希冀,对春的眷恋喜爱又深一层。

全词借赋落梅咏叹春光被风雨摧残而消逝的伤感,寄寓词人对美好事物被摧残、国家于风雨中衰颓的隐叹。

青玉案① 元夕② 辛弃疾

东风夜放花千树③,更吹落,星如雨④。宝马雕车香满路,凤箫声动⑤,玉壶光转,一夜鱼龙舞。 蛾儿雪柳黄金缕⑥,笑语盈盈暗香去。众里寻他千百度⑦,蓦然回首,那人却在,灯火阑珊处⑧。

【注释】

①青玉案:词牌名。取于东汉张衡《四愁诗》"美人赠我锦绣段,何以报之青玉案"句。又名"横塘路""西湖路"。

②元夕:元宵节,此夜称元夕或元夜。

③花千树:花灯之多如千树开花。

④星如雨:指焰火纷纷,乱落如雨。星,指焰火。

⑤"凤箫"句:指笙、箫等乐器演奏。凤箫,箫的美称。

⑥蛾儿雪柳黄金缕:皆古代妇女元宵节时头上佩戴的各种装饰品。这里指盛装的妇女。

⑦他:泛指第三人称,古时就包括"她"。千百度:千百遍。

⑧阑珊:零落稀疏的样子。

【解读】

此词借写元夜盛况刻画一位孤高独立、自甘寂寞的女子形象而别有寄托。

上片写上元之夜灯月交辉、众人狂欢的景象。开篇三句说灯花犹如东风吹放的千树繁花,烟花好比天上吹落如雨的彩星,写出处处灯花焰火照耀如昼的热闹景象。以花喻灯写出彩灯的美艳,"千树"言彩灯繁多;"星雨"喻烟花的直冲云霄、纷繁璀璨,"更"字见灯花焰火交织、令人眼花缭乱的景象。"宝马雕车"句写车马游人倾城而出的盛况。车马华丽,满路飘香,见游人之多和装扮华美。"凤箫声动"三句写鼓乐喧天、鱼龙漫衍、灯月交辉的游乐之景。"凤""玉""鱼龙"富丽堂皇,"动""转""舞"则气氛欢腾,"一夜"写彻夜狂欢,与"玉壶光转"呼应,表明时间的流逝。此等流光溢彩,为下片写人充分渲染氛围。

下片写人。"蛾儿雪柳黄金缕"两句写众人,以美人头上的靓丽饰物写她们服饰盛美,以"笑语盈盈"写她们内心欢快、仪态优美,再以"暗香"写她们身带幽香的雅致。但这些丽者都非词人的着意点,只是"她"的铺垫与映衬。"众里寻他千百度"说在千万人中千百次寻觅,见寻觅之苦与情有独钟;"蓦然回首,那人却在,灯火阑珊处"写觅得"那人"的眼前一亮、心头一喜,更写"那人"的自甘冷落寂寞、独立孤高。至此,全词旨意方显:灯火辉映、歌舞繁盛、游人盛装追寻热闹都是为了反衬"那人"在寂寞冷清中的清高独立、孤芳自守,体现词人宁可受冷落也不肯趋炎附势的高士之风。

【点评】

"自怜幽独,伤心人别有怀抱。"([近代]梁启超《饮冰室评词》)

361

破阵子 为陈同甫赋壮词以寄之① 辛弃疾

醉里挑灯看剑②，梦回吹角连营③。八百里分麾下炙④，五十弦翻塞外声⑤。沙场秋点兵。　　马作的卢飞快⑥，弓如霹雳弦惊。了却君王天下事⑦，赢得生前身后名。可怜白发生⑧。

【注释】

①陈同甫：陈亮，字同甫，辛弃疾好友。坚持抗金，终生未仕。

②挑灯：把油灯的芯挑一下，使它明亮。

③梦回：梦醒。吹角：军队中吹号角。连营：连接成片的军营。

④"八百里"句：指部队驻扎的范围。麾下：帅旗下，此处指部下；麾，军旗。炙：烤熟的肉。

⑤五十弦：这里指军乐合奏的各种乐器。

⑥的卢：一种烈性快马。相传三国时刘备被人追赶，骑的卢马一跃三丈过河，脱离险境。

⑦了却：完成。天下事：指收复中原。

⑧可怜白发生：可惜头发白了，都还没能实现平生的壮志。

【解读】

此词作于失意闲居江西上饶时，寄好友以相互激励，也抒发壮志难酬的悲慨。

开篇首句写醉中、夜里不忘杀敌宝剑而挑灯细看，刻画一个时时心念杀敌报国的壮士形象，传达英雄无用武之地的苦闷与思潮涌动。"梦回吹角连营"写心念战场、梦回军营，听闻号角响成一片，烘托雄浑壮烈的战斗氛围。"连营"即军营一个连一个。"八百里分麾下炙"三句写兵士们欢欣鼓舞,饱餐将军分给的烤肉;军中奏起振奋人心的战斗乐曲——这是将军高秋点兵出征。"八百里"与"连营"呼应,见战地广袤,"五十弦"见军乐雄壮,"秋"见天地高远。三句气势豪迈恢弘,表现将士们高昂的战斗情绪,预示战无不胜的前景。"马作的卢飞快"两句塑造了一马当先、奋勇杀敌的勇将强兵形象,再次突出军队的威武豪壮和所向无敌,洋溢着对火热战场的向往与赞赏激情。"了却君王天下事"两句直抒壮志:为君王恢复中原、安定天下,博得享誉生前身后的英名。表达杀敌报国、建功立业的愿望。"可怜白发生"笔锋直转而下,跌回冷酷的现实,发出白发已生而收复失地的理想成为泡影的悲叹。这是词人自己、也是友人陈同甫的人生际遇,表达了壮志难酬的愤慨。全词至此戛然而止,扣人心弦。

【点评】

"无限感慨,哀同父亦自哀也。"([近代]梁启超《饮冰室评词》)

南乡子 登京口北固亭有怀　　　　辛弃疾

何处望神州①,满眼风光北固楼。千古兴亡多少事,悠悠,不尽长江滚滚流。　　　年少万兜鍪②,坐断东南战未休③。天下英雄谁敌手④,曹刘,生子当如孙仲谋。

【注释】

①神州:指中原地区。

②年少:年轻;指孙权十九岁继父兄之业统治江东。万兜(dōu)鍪(móu):千军万马。鍪,古代作战时兵士所戴的头盔,这里代指士兵。

③坐断:坐镇,割据。东南:指吴国在三国时地处东南方。休:停止。

④敌手:能力相当的对手。

【解读】

此词作于词人知镇江时。镇江在历史上曾是英雄建功立业之地，此时是南宋与金对垒的第二道防线。

上片写登楼远望的所见与感慨。开篇紧扣"登北固楼"，写登楼远望不见中原大地，只见北固楼周边风光，流露对中原的怀念和对南宋朝廷久不收复中原的不满。"千古兴亡多少事"三句则紧扣"怀古"二字，由眼前滚滚东逝的长江水触景生情，抒发对千古盛衰兴亡的感慨。"千古"言时间久远，"多少"感叹兴亡事多，再以悠悠不尽的江水作比，尽写感慨的深沉，引出下片追怀。下片通过对古代英雄人物孙权的歌颂，表达渴望金戈铁马、大有作为的壮怀，流露报国无门的感慨，蕴含对苟且偷安、毫不振作的南宋朝廷的愤懑。"年少万兜鍪"两句，写孙权年纪轻轻便统率千军割据东南而不停地与敌战斗，这既是雄才大略、不畏强敌的体现，也是年少得志的写照，赞颂中饱含仰慕；且与南宋的苟安鲜明对比，曲达对朝廷不思进取的不满。"天下英雄谁敌手"三句说孙权以"战未休"赢得了与曹操、刘备实力相当的三足鼎立局面，赢得了曹操"生子当如孙仲谋"的赞叹。此处用典，表达对英雄人物的仰慕赞颂和渴望如孙权一样有所作为的心志，也暗讽朝廷屈辱求和、毫无英雄气概的做法，含贬斥与愤慨之情。

全词即景抒情，借古讽今；感情起伏变化而风格明快、情调昂扬。

西江月①（二首）　　　　辛弃疾

夜行黄沙道中②

明月别枝惊鹊③，清风半夜鸣蝉。稻花香里说丰年，听取蛙声一片。　　七八个星天外，两三点雨山前。旧时茅店社林边④,路转溪桥忽见⑤。

遣　兴⑥

　　醉里且贪欢笑,要愁那得工夫。近来始觉古人书,信着全无是处⑦。　　昨夜松边醉倒,问松我醉何如⑧。只疑松动要来扶,以手推松曰去。

【注释】

　　①西江月:原唐教坊曲名,后用作词牌。又名"壶天晓""步虚词"等。

　　②黄沙:黄沙岭,在江西上饶西。

　　③别枝惊鹊:惊动喜鹊飞离树枝。

　　④旧时:往日。茅店:茅草盖的乡村客店。社林:土地庙附近的树林。社,土地神庙。古时,村有社树,为祀神处,故曰社林。

　　⑤见:同"现",显现,出现。

　　⑥遣兴:抒写意兴。

　　⑦是处:对的地方。

　　⑧我醉何如:我醉成什么样子。

【解读】

夜行黄沙道中

　　此词是词人受排挤罢官闲居期间,过江西上饶黄沙岭道时所作。

　　上片写夏夜山道的景物和感受。开篇两句写明月掠过树梢而惊飞鹊儿,凉风徐徐,蝉鸣声声,动中寓静,景色清幽,有心情悠然之感。三、四句转笔于田野风光,写稻花香扑面而来,稻田中蛙鸣一片,似乎是争说丰年,表达了农人和词人心头的幸福甜美。下片一、二句写寥落的疏星和轻微的阵雨,在清幽夜色和乡村野趣中添一分旷远清凉,表现行走途中的惬意。三、四句说一路行走，小桥一过，乡村社树林边熟悉的茅店竟意想不到地展现在眼前。"路转"和"忽见"既衬出词人骤然间望见旧屋的欢欣，又表达了他沉浸在稻花香中，以至于忘了道途远近而怡然自得的入迷，意味悠远。

遣 兴

此词题为"遣兴"，借醉酒发牢骚，表达对现实和自身处境的不满，抒发怀才不遇、壮志难酬的伤感和愤慨。

上片开篇两句说醉中暂且贪欢笑，哪有工夫去发愁？流露"欢笑"背后无法排解的苦闷忧愁。"近来始觉古人书"两句借用孟子的"尽信书，则不如无书"之说，并且非常极端地说近来领悟到古人书中的话如果相信了它便是全错，以否定一切古书的口吻，发泄对现实的强烈不满，针对的是南宋朝廷中颠倒是非、奉行投降分裂、有违古书圣贤大义的无道无理。下片写醉酒的神态。"昨夜松边醉倒"两句写醉眼迷蒙，错将松树看成人而问它："我醉得怎样？"酩酊大醉的背后，折射词人巨大的愁苦。"只疑松动要来扶"是说大醉而恍惚，觉得松树在动，疑心树要扶他，便推手拒绝，说："去！"大醉中见耿介倔强的性格，也是对现实的反抗，自然贴切而富有创造活力。

菩萨蛮 (二首)　　　　　　辛弃疾

金陵赏心亭为叶丞相赋①

青山欲共高人语②，联翩万马来无数。烟雨却低回，望来终不来。　　人言头上发，总向愁中白③。拍手笑沙鸥，一身都是愁。

书江西造口壁④

郁孤台下清江水⑤,中间多少行人泪。西北是长安⑥,可怜无数山。　　青山遮不住,毕竟东流去。江晚正愁余,山深闻鹧鸪。

【注释】

①叶丞相:即叶衡,字梦锡,淳熙元年(1174)入京拜相。

②青山欲共高人语:化用苏轼诗句:"青山偃蹇如高人,常时不肯入官府。高人自与山有素,不待招邀满庭户。"高人,高雅的人。

③愁中白:白居易《白鹭》:"人生四十未全衰,我为愁多白发垂。何故水边双白鹭,无愁头上亦垂丝?"

④造口:一名"皂口",在江西万安,处赣江上游。

⑤郁孤台:在今江西赣州贺兰山顶,又称望阙台。清江:赣江与袁江合流处,旧称清江。

⑥长安:此处代指宋都汴京。

【解读】

金陵赏心亭为叶丞相赋

上片写登赏心亭的所见所感。开篇两句说苍翠的群山仿佛想同高雅的人交谈,联翩而来,似万马奔腾。此处不说人眺山,而说山就人,赋予青山以动态美和人情意态。"烟雨却低回"两句说青山在烟雨中徘徊,终究没能到达跟前,"望来终不来"见盼望与失望,蕴藉深愁。此四句暗示词人如眼前万马奔腾、又被迷蒙烟雨遮住的青山一样徘徊不前,表达渴望驰骋疆场却备受阻遏而高人难遇的惆怅悲慨,也映衬了主战派叶丞相的高大形象,表达景仰之情。

下片由眺望青山之怅惘转而揶揄沙鸥,轻快诙谐中积郁深厚。人们都说头发是因愁闷而变白的,于是词人化用白居易诗,联想浑身雪

367

白的沙鸥,进而"拍手笑沙鸥,一身都是愁"这种近似"无厘头"的联想和拍手嘲笑,实际是一种强自解愁的悲苦,充满了激愤积郁,全词以此作结,有"含泪之笑"的沉痛效果。

书江西造口壁

此词写词人登郁孤台远望,"借水怨山",以比兴手法抒发国家兴亡的感慨,表达深沉的爱国情思。

起笔写郁孤台与清江,由于"郁"有沉郁之意,"孤"有巍巍独立之感,"郁孤台"便有高台郁然孤峙的意味,又下临滔滔江流,自有满腔磅礴之激愤,并将笔触从郁孤台收至位于赣江上游的造口,切入"书江西造口壁"。"中间多少行人泪",暗点往事,痛感国事衰颓,满怀国耻之悲愤,故而觉眼前一江流水都是流亡者的伤心泪,极为沉痛。"西北是长安"两句写登台眺望远在西北的汴京而青山挡住了视线,表达渴望光复北归却阻遏重重的忠心与悲愤。"青山遮不住"两句说青山虽可遮住长安,但终究挡不住江水东流。此处的眼前景实际是词人心志的寄托,意为不管那些像青山一样阻挡他的投降派如何阻遏,但一定阻挡不了包括词人在内的行人的情思,正如江流终会归海一样,自强不息的人心也终将归于南北统一的大义。然而,当前时局,投降主和是朝廷大势,因此词人心忧国事,心中之情又感染了眼前之景,说"江晚正愁余,山深闻鹧鸪"。江晚山深,暮色苍茫,这都是词人沉郁苦闷的写照,而鹧鸪哀啼更勾起词人的漂泊愁思,也暗合开篇的郁孤台景象。以景结情,深沉蕴藉。

丑奴儿 书博山道中壁① 辛弃疾

少年不识愁滋味,爱上层楼,爱上层楼,为赋新词强说愁②。　　而今识尽愁滋味,欲说还休③,欲说还休,却道天凉好个秋。

【注释】

①博山:在今江西上饶。词人罢职退居上饶,常过博山。

②强:勉强。

③欲说还休:想说而未表达。休,停止。

【解读】

此词作于被弹劾去职闲居时期,通过"少年"时与"而今"的对比,抒发国事日非而屡遭压制排挤、报国无路的痛苦和对南宋朝廷的讽刺与不满。

上片着重回忆少年时代不知愁苦而喜欢登楼远眺,感发诗兴,在"不识愁"的情况下,便"为赋新词强说愁"。前一个"爱上层楼"与首句构成因果,意为年轻时不懂什么是忧愁,故喜欢登楼赏玩。后一个"爱上层楼"则与"为赋新词强说愁"结成因果,即因为爱上高楼而触发诗兴,但涉世未深,历艰难苦恨少,所以只能勉强说些无病呻吟的闲愁以吟诗作赋。下片写而今历尽艰辛,"识尽愁滋味"后,反而欲言又止,顾左右而言他了。"而今"显示时间跨度,表明词人涉世既深又饱经忧患,由此深知愁苦滋味,"识尽"一见历事多而愁多,二是历事遍而愁深。多而且深的愁累积心头,本当有"说"的欲望,但历经沧桑的词人细思量,说亦无人领会,甚至招来朝廷忌恨,所以便"欲说还休",只好"却道天凉好个秋"。看似洒脱,实则沉郁。"欲说还休,欲说还休"采用叠句形式,与上片互为呼应。前一个"欲说还休"紧承上句的"识尽",后一个"欲说还休"紧连下文的"却道天凉好个秋",含蓄而充分表达了"愁"的深沉博大。

全词以"愁"贯串,重语轻说,寓激情于婉约之中。

太常引①　建康中秋夜为吕叔潜赋②　　辛弃疾

一轮秋影转金波③，飞镜又重磨④。把酒问姮娥，被白发、欺人奈何。　　乘风好去，长空万里，直下看山河。斫去桂婆娑⑤，人道是、清光更多。

【注释】

①太常引：词牌名。又名"太清引""腊前梅"。

②吕叔潜：名大虬，字叔潜，应是词人朋友。

③金波：形容月光浮动，亦指月光。

④飞镜：飞天的明镜，指月亮。

⑤"斫去"两句：化用杜甫诗句"斫却月中桂，清光应更多"句意。斫，砍。婆娑，树影摇曳的样子。

【解读】

此词借神话传说，以浪漫之笔表达反对妥协投降、立志收复中原失土的政治理想。

上片写中秋之夜举杯面对皎皎明月，联想到月中长生不老的仙子嫦娥，忍不住向她发问：白发好像故意欺负人一样地日日增多，怎么办呢？寄寓怀才不遇、功业无成、白发已多的苦闷。"秋影""金波""飞镜"的意象描绘了月色的皎洁清幽，映衬词人的高洁幽独，而把酒对月的追问，足见世无知音的孤独。下片想象自己乘风直入月宫，并幻想砍去遮住月光的桂树，好让更多的月光洒落人间。实际上这挡住月光的婆娑桂树，象征了包括南宋朝廷内外的投降派和金人在内的一切敌对势力。词人直言要"斫去"它们，表达他不惧阻挡光明的势力，定当扫除黑暗、为人间带来更多光明的坚强意志。

此词构造一个超现实的艺术境界,展示现实中的苦闷,表达与黑暗斗争、为人民赢得光明的现实理想,富有浓厚浪漫主义色彩。

霜天晓角①旅兴　　　　　　辛弃疾

吴头楚尾②,一棹人千里。休说旧愁新恨,长亭树,今如此。　　宦游吾倦矣,玉人留我醉③。明日落花寒食,得且住,为佳耳。

【注释】

①霜天晓角:词牌名。又名"月当窗"等。以北宋林逋《霜天晓角·冰清霜洁》为正体。

②吴头楚尾:滁州为古代楚吴交界之地,故称。

③玉人:指美人。

【解读】

此词表达对宦游的厌倦,流露壮志难酬的苦闷。

上片写旅途中所见,说转眼便舟行千里,看到长亭边的树木已长大,不由引发旧愁新恨。"一棹"映"千里",有孤单漂泊之感,而"长亭"也易触发宦海之愁。长亭边长大的树,则提醒时光流逝,有"树犹如此,人何以堪"的老迈悲慨。以上种种,引发词人内心多重情绪,所以说是"旧愁新恨"。下片先直抒胸臆,又以美人留醉而意欲暂住,表达厌倦宦海、流连酒乐生活的心意。这几句表面是说颇想在此与美色亲近盘桓而流连不归,但一个"且"字则表明不过是一时的想法,结合上片的"旧愁新恨"和"长亭树,今如此"可知,这实际是词人对饱受朝廷猜忌而大材小用的牢骚。寒食之后,词人仍将踏上征途,因为此时词人虽已三十九岁,但对北伐复国仍抱有热望。

阮郎归 耒阳道中为张处父推官赋^①　辛弃疾

山前灯火欲黄昏,山头来去云。鹧鸪声里数家村,潇
湘逢故人^②。　　挥羽扇,整纶巾^③,少年鞍马尘。如今憔
悴赋招魂,儒冠多误身^④。

【注释】

①耒阳:今湖南耒阳。推官:州郡所属的助理官员,常主军事。

②潇湘:湖南的潇水和湘江,这里指湖南。

③纶巾:古代用青色丝带做的头巾。

④儒冠:读书人戴的帽子,指代书生。

【解读】

　　上片开篇两句用山前闪烁不定的灯火与山头飘来飘去的浮云,构
成暗淡浮动的画面,写出山村黄昏将近的景象,衬托仕途转徙而飘忽
不定的心境。第三句写鹧鸪声声哀啼入耳,衬托自己满怀忧虑的凄凉
心境。第四句化用南北朝柳恽"洞庭有归客,潇湘逢故人"的诗句,笔
锋陡转,写词人路遇老友张处父,情感由忧转喜,并紧扣词题,开启下
片的叙写。

　　下片对友人回首往事,倾诉情怀。前三句借苏轼塑造的"羽扇纶
巾"的三国名将周瑜的形象,追忆自己当年抗击金兵时的潇洒从容、指
挥若定。这种抚今思昔是现实怀才不遇、心情苦闷的反映。故结句说
"如今憔悴赋招魂,儒冠多误身",此两句既与少年时的光景形成对比,
更以"招魂"的典故和杜甫"纨绔不饿死,儒冠多误身"的激愤之句,表
明如今丧魂落魄、疲惫蹉跎的境地,表达满腹哀怨牢骚。这是对南宋
朝廷主和当权派的控诉,饱含沉痛。

水调歌头 送章德茂大卿使虏①　　　　陈　亮

不见南师久,谩说北群空②。当场只手,毕竟还我万夫雄③。自笑堂堂汉使,得似洋洋河水,依旧只流东④。且复穹庐拜,会向藁街逢⑤。　　　尧之都,舜之壤,禹之封⑥。于中应有,一个半个耻臣戎⑦。万里腥膻如许,千古英灵安在,磅礴几时通?胡运何须问,赫日自当中⑧。

【作者简介】

陈亮(1143—1194),字同甫,号龙川,称"龙川先生"。婺州永康(今属浙江)人。为人才气超迈,屡次被诬入狱。有《龙川文集》《龙川词》。

【注释】

①送章德茂大卿使虏:陈亮的友人章森,字德茂,当时是大理少卿,试户部尚书,奉命使金,贺金主完颜雍生辰(万春节)。大卿,对章德茂官衔的尊称。使虏,指出使到金国去。

②北群空:语出韩愈《送温处士赴河阳军序》"伯乐一过冀北之野,而马群遂空",指没有良马,借喻没有良才。

③毕竟还我万夫雄:毕竟还有我万夫之雄,指章德茂。

④自笑堂堂汉使,得似洋洋河水,依旧只流东:我们汉使哪肯年年像流水东去那样去朝见金廷。

⑤且复穹庐拜,会向藁街逢:且去金廷再拜一拜,将来必将他抓来。穹庐,北方少数民族居住的圆顶毡房,这里借指金廷。藁街,汉朝长安城南门内给少数民族居住的地方。

⑥尧之都,舜之壤,禹之封:借指汉族所有的国土。

⑦于中应有,一个半个耻臣戎:那里总有几个以向金人俯首称臣

为耻的。

⑧赫日自当中：宋朝的国运如赤日之在中天，前途光明。

【解读】

此词借送别章德茂大卿出使金国，表达南宋抗金派强烈的民族自豪感和抗金必胜的坚定信念。

上片开头写章德茂出使时的形势。开篇两句化用韩愈"伯乐一过冀北之野，而马群遂空"的典故，又著"谩说"二字反意出之，言下之意，我朝大有良才，从而引出赞扬和勉励章德茂的话来。"当场"两句转出使事，言章德茂身当此任，能只手挽狂澜，在金廷显出万夫莫敌的英雄气概。"还我"二字既暗指此前有人出使曾屈于金人威慑而有辱使命，又是对章德茂的赞美和期许，鼓励他不辱使命，恢复堂堂汉使的形象。在不得不使金且向彼国国主拜贺生辰的现实面前，词人不免以"自笑"来解嘲，但又用"得似……依旧"的反诘表示不堪长受屈辱的气节，鼓舞章德茂的士气。接下来，更用"且复穹庐拜，会向藁街逢"递进一层，安慰章德茂：暂且忍辱负重前去朝拜金国国主，他日必将斩敌枭首，为大宋赢取更大的威严。"会"有将必如此之意。表达尽心竭力追求恢复故土、一统山河这一伟大目标的坚定信念。

下片谈古论今，进一步从民族大义和国家大运的高度，曲达对章德茂的勉励之情。"尧之都，舜之壤，禹之封"三句后，词人激愤疾呼："于中应有，一个半个耻臣戎。"意思是说，在这尧、舜、禹圣圣相传的国度里，总该有一个半个耻于向金人称臣的志士吧！这是对现实忍辱苟安的痛心疾首，也是对章德茂的激励。"万里腥膻如许"三句说，广袤的中原大地，如今在金人统治之下成了这个样子，千古英雄的英魂何在？振国安邦的浩然大气何时才能伸张？喷薄而出的责问，是对朝廷主和派的强烈谴责。最后再次振起，"胡运何须问，赫日自当中"。意思是坚信金人的灭亡是肯定的，而宋朝的国运必将如烈日当空，壮怀激烈，充分表达了对抗金事业的信心。

全词充满正气和激情，富有积极浪漫主义的气息。

沁园春 寄辛承旨①

刘 过

时承旨招,不赴。

斗酒彘肩②,风雨渡江,岂不快哉。被香山居士③,约林
和靖④,与坡仙老⑤,驾勒吾回。坡谓西湖,正如西子,浓抹
淡妆临照台。二公者,皆掉头不顾,只管传杯。　　白云
天竺去来,图画里、峥嵘楼阁开。爱东西双涧,纵横水绕;
两峰南北,高下云堆。逋曰不然,暗香浮动⑥,争似孤山先
探梅⑦。须晴去,访稼轩未晚,且此徘徊。

【作者简介】

刘过(1154—1206),字改之,号龙洲道人。吉州太和(今江西泰
和)人,四次应举不中,终身未入仕。词风与辛弃疾近,抒发抗金抱负,
狂逸俊致。有《龙洲集》《龙洲词》。

【注释】

①辛承旨:即辛弃疾。

②斗酒彘肩:《史记》载,樊哙见项王,项王赐予斗卮酒(一大斗酒)
与彘肩(猪前肘)。

③香山居士:白居易晚年自号。曾有咏杭州天竺寺的诗句:"东涧
水流西涧水,南山云起北山云。"

④林和靖:林逋,字和靖。隐居孤山,种梅养鹤,自谓"梅妻鹤子"。

⑤坡仙老:苏轼自号曰东坡居士,后人称为坡仙。曾有咏西湖名句:
"若把西湖比西子,淡妆浓抹总相宜。"

⑥暗香浮动:林逋《梅花》诗:"疏影横斜水清浅,暗香浮动月黄昏。"

⑦孤山:位于西湖里、外两湖间的界山,山上多梅花。

【解读】

开篇用《史记》中项王用斗酒彘肩款待壮士樊哙的典故,想象稼轩招待自己的情景,并说自己风雨中渡江赴会都是极其快意之事,既扣标题,表达对稼轩邀约的向往和感激,又暗示自己与稼轩皆天下豪士。接着转笔想象自己被白居易、林和靖、苏东坡三位大文豪勒转了车驾,只好回头。这三人中,白居易和苏东坡都曾做过杭州太守,林和靖曾在杭州孤山种梅养鹤隐居,三人都留下歌咏杭州山水的妙句,可以说是杭州山水的代言人。所以这三句实际是说自己半路流连于杭州山水而耽搁了赴会,且为其后巧妙借用他们的句典描绘杭州山水作了铺垫。“爱东西双涧”至“争似孤山先探梅”借用三位文豪的成句,以幽默的口吻想象他们挽留自己尽赏杭州不同地方、不同特色的风景,表现杭州风光的多姿多彩,而且增添了人物的逸兴韵致,加深了风景的文化内涵,山水与文人相得益彰,洋溢着赞美之情和浪漫色彩。结尾说“须晴去,访稼轩未晚,且此徘徊”,又将肆意想象之笔收拢,回到稼轩邀约而未赴招的本事上,说暂且在杭州逗留几日,等天晴了再去访稼轩也不迟,风趣作结,首尾圆合。

全词笔法奇特,运意恣肆,洋溢着豪情逸气和雅韵骚心。

贺新郎

刘　过

老去相如倦①。向文君②说似,而今怎生消遣。衣袂京尘曾染处③,空有香红尚软④。料彼此、魂销肠断。一枕新凉眠客舍,听梧桐、疏雨秋风颤。灯晕冷,记初见。　　楼低不放珠帘卷,晚妆残、翠蛾狼藉,泪痕流脸。人道愁来须殢酒⑤,无奈愁深酒浅。但托意、焦琴纨扇。莫鼓琵琶江上曲,怕荻花、枫叶俱凄怨。云万叠⑥,寸心远。

【注释】

①相如:西汉文人司马相如,此处指作者。

②文君:即卓文君,此处指作者在客舍所遇的歌女。

③衣袂京尘曾染处:指自己在京城艰苦谋生。

④空有香红尚软:意为自己漂泊多年只落得秦楼楚馆中的风流名声。

⑤殢酒:醉酒。殢,纠缠,困于。

⑥云万叠:形容云海苍茫辽远之貌。

【解读】

此词糅合歌女的飘零身世写贫士之悲。

上片起笔四句借文君相如故事形容自己与歌女的老残落魄,并叹问:怎样才能排遣胸中的郁闷? 充满贤能失路的悲凉与自嘲。"倦"字包含历尽挫折的辛酸。"衣袂"二句引入帝京往事的回忆。当年"香红尚软"的游冶生活本是风流美好记忆,但与"京尘"交叠,多风尘仆仆的酸楚。"曾""空""尚"三字串联,道尽志士无路请缨,徒留倚红偎翠之名的悲凉。"料彼此魂销肠断"至"记初见"叙写此时两人相对追忆初见的情景。一个老而无成的青衫士子,一个孑然一身的昔日歌女,都是生活失意之人;忆起当年同眠共枕,聆听窗外梧桐秋雨的情景,如今共对室内光晕冷冷的青灯,确实悲伤足以断肠。

下片写歌女年老色衰和志士被弃用的凄凉苦境。"楼低不放珠帘卷"句中,"低"字见楼居寒伧,"不放珠帘"意为怕与人见。"晚妆残"三句写她黛眉狼藉、泪痕满面,反映她凄苦的处境和心境,也表达同病相怜的深悲。"人道"三句言人们常说饮酒可以浇愁,可是酒味太淡、酒力不足,解不了这深重的愁苦,凸显哀愁无尽。"但托意焦琴纨扇"说酒不能消愁,只好弹琴摇扇以消愁解怨。此处用"焦琴""纨扇"两典喻指良材之被毁被弃,抒发怀才不遇、报国无门的悲慨。"莫鼓"二句化用白居易《琵琶行》青衫司马与琵琶女之天涯沦落的同命相怜,反意而用,奉告对方莫弹琵琶曲,因为曲中哀伤会感染得荻花枫叶都无比凄怨,可谓哀感无端。结尾两句"云万叠,寸心远"则宕开一笔,借万叠云山抒心中积郁,于凄咽中翻出壮怀远抱的激昂,情景融会,意境深远。

江梅引①   姜　夔

丙辰之冬②,予留梁溪,将诣淮而不得,因梦思以述志。

人间离别易多时,见梅枝,忽相思。几度小窗幽梦手同携。今夜梦中无觅处,漫徘徊,寒侵被,尚未知。　　湿红恨墨浅封题③。宝筝空,无雁飞。俊游巷陌④,算空有古木斜晖。旧约扁舟,心事已成非。歌罢淮南春草赋,又萋萋漂零,客泪满衣。

【作者简介】

姜夔(约1155—1209),字尧章,号白石道人,饶州鄱阳(今属江西)人。屡试不第,一生白衣。精善诗词、散文、书法、音乐,尤以词著称,其词题材广泛,以清冷刚健的词笔开创了风雅词派。有《白石道人诗集》《诗说》等,词集有《白石道人歌曲》。

【注释】

①江梅引:词牌名,即"江城梅花引",又名"摊破江城子"。
②丙辰:南宋庆元二年,公元1196年。
③湿红:一说"红泪"。恨墨:表达别恨的书信。封题:封缄书信。
④俊游:胜游,亦指良伴。

【解读】

上片开篇三句点题,说人生处离别而易看重时令,因而见花忆人,"见梅枝"两句,从卢仝《有所思》"相思一夜梅花发,忽到窗前疑是君"化脱而来。"几度小窗幽梦手同携"至"尚未知"几句,先用昔日"几度小窗幽梦手同携"衬托"今夜梦中无觅处"的孤凄,"几度"写梦中相会的频繁,见相思之缠绵;而"今夜梦中无觅处"的凄凉则与昔日梦境的美好相对比,让词人情难以堪。"漫徘徊"三句写梦中醒来而黯然销魂,就连寒气侵入了衾被都无知觉,见相思深切。

下片进一步抒发思念。"湿红恨墨浅封题"写梦后和泪写信情景,表达相思的伤痛。"宝筝空,无雁飞"说曾经情人素手弹筝、今日再也无法听见筝律;而那些和泪写成的相思,也没有鸿雁为他传送。言下之意,相思只能年年岁岁长埋心底,更添伤痛。"俊游巷陌"至"心事已成非"几句写对梦中景象的感叹,说过去的游冶之地如今空有斜阳照古树;曾经约游的扁舟还在,但心境早已不同,有"物是人非事事休"的意味。对昔日人事的怀念中交织着深深的伤感。"歌罢淮南春草赋"至结尾写梦后心情,先以淮南王的诗句典故,传达离别之情与凄迷心境,相思之念又揉进身世的飘零之感;又借游子之泪,融凄怆之情。

点绛唇①丁未冬过吴松作②　　　　姜　夔

　　燕雁无心③,太湖西畔随云去。数峰清苦,商略黄昏雨④。　　第四桥边⑤,拟共天随住⑥。今何许,凭阑怀古,残柳参差舞。

【注释】

①点绛唇:词牌名,又名"点樱桃""南浦月"等。以冯延巳词《点绛唇·荫绿围红》为正体。

②丁未:即南宋淳熙十四年,公元 1187 年。吴松:即今江苏省苏州市吴江区。

③燕(yān)雁无心:北方来的鸿雁无忧无虑,自由自在。

④商略:商量,酝酿准备。

⑤第四桥:即吴江城外之甘泉桥,以泉品居第四,故名。

⑥天随:晚唐诗人陆龟蒙,自号天随子,曾隐居吴松。

【解读】

此词写过吴松的所见所感,寄寓身世家国的悲慨。

上片写景抒情,寄身世感慨。开篇两句写燕雁随云,南北无定。"燕雁"即北来之雁,暗喻词人多年居无定所,浪迹江湖的人生,有漂泊之感;而"无心"即无机心,说燕雁随季节而飞之无心,则又喻示自己心性纯任天然,有潇洒自在之情。三、四句写黄昏时分湖上数峰清寂愁苦,正酝酿着一番雨意,移情入景,以山峰的清苦阴沉衬托人的愁苦阴郁。下片因地怀古,发沧桑之感。"第四桥边,拟共天随住",第四桥,天随子陆龟蒙曾在此隐居。"天随"语出《庄子》"神动而天随",意即精神之动静皆随顺天然。词人说"拟共天随住",不仅表明有归隐意,更是说在精神境界上对天随子的追随。陆龟蒙本有胸怀济世之志,但身处晚唐末世,举进士不第,隐逸江湖,词人平生壮志、际遇与陆龟蒙类似。此两句表达的正是此种精神境界的追随。"今何许"三句写自己凭栏怀古,却只见残柳飘扬,不见古贤遗踪,由此引发"今何许"的诘问,这是追问遗踪何在,也是探寻现今世事如何。吴松自古是吴越之地,吴越兴衰盛亡自古是怀古伤今的主题,以此,诘问实则寄寓词人关乎沧桑沉浮的深沉感慨。

全词景致淡远而胸襟洒落,情感深沉。

齐天乐①

姜 夔

丙辰岁②,与张功父会饮张达可之堂,闻屋壁间蟋蟀有声。功父约予同赋,以授歌者。功父先成,辞甚美。予裴回茉莉花间③,仰见秋月,顿起幽思,寻亦得此。蟋蟀,中都呼为促织④,善斗。好事者或以二三十万钱致一枚,镂象齿为楼观以贮之。

　　庾郎先自吟愁赋⑤,凄凄更闻私语。露湿铜铺,苔侵石井,都是曾听伊处。哀音似诉,正思妇无眠,起寻机杼。曲曲屏山,夜凉独自甚情绪。　　西窗又吹暗雨,为谁频断续,相和砧杵⑥。候馆迎秋,离宫吊月,别有伤心无数。幽诗漫与⑦,笑篱落呼灯,世间儿女。写入琴丝⑧,一声声更苦。

【注释】

①齐天乐:词牌名,又名"台城路""五福降中天""如此江山"。

②丙辰岁:南宋庆元二年,公元1196年。

③裴回:即徘徊。

④中都:指杭州。

⑤庾郎:指庾信,曾作《愁赋》。

⑥砧杵:捣衣石和棒槌。

⑦幽诗:指《诗经·豳风·七月》,其中有"七月在野,八月在宇,九月在户。十月蟋蟀入我床下"句。漫与:率意而为之。

⑧写入琴丝:谱成乐曲,入琴弹奏。姜夔自注:"宜政间,有士大夫制《蟋蟀吟》。"

【解读】

此词和张功父《满庭芳·促织儿》而作,是一首咏物抒怀词。

开篇从庾信吟愁听闻蟋蟀声切入,以《愁赋》衬托蟋蟀声的凄切,又用"私语"比喻蟋蟀声的细碎而有情,骚人夜吟本已自愁情满怀,又闻蟋蟀悲声,情更难堪,两声交融,寄寓词人深沉的身世之感、家国之悲。"露湿"句说蟋蟀鸣声在大门外、井栏边,处处可闻,空间的拓展将笔触延伸到更多的人事,引出了"哀音似诉,正思妇无眠,起寻机杼。曲曲屏山,夜凉独自甚情绪"。这几句将蟋蟀如泣如诉的哀鸣与思妇的机杼声融成一片,既状写蟋蟀声的悲凄,又以物传情,传达凉夜独居的思妇孤独思怨的情绪,表达词人自伤身世的喟叹。下片首句由室内转窗外,由织妇转捣衣女。用"又"字承上,寒窗孤灯,秋风吹雨,那蟋蟀究竟为谁时断时续地凄凄悲吟呢?与它相和的是远处时隐时显的阵阵捣衣声。"为谁"二字,以有情之人问原本无情之蟋蟀,哀怨深深。"候馆"三句继续写蟋蟀鸣声,将空间和人事推向更广远的客馆行人和离宫怨女,这些漂泊者、失意者,都是闻虫鸣而伤心的人,再次赋予蟋蟀无限悲情,寄寓对世事的感喟和家国之恨。"豳诗漫与"借《诗经·豳风·七月》之典,说自己受到蟋蟀声的感染而率意为诗,同时又以看似突兀之笔插入"笑篱落呼灯,世间儿女"两句,写小儿女呼灯捕捉蟋蟀的乐趣。但以一个"笑"字领起,又大有稚童不解其音的沧桑意味,从而以乐写苦,所以说当这种天真儿女所特具的乐趣被谱入乐章之后,反倒使原本就无限幽怨凄楚的琴音,变得"一声声更苦"。

全词写景状物曲尽形容之妙,看似咏物,实则抒情。

【点评】

"以无知儿女之乐,反衬出有心人之苦,最为入妙。"([清]陈廷焯《白雨斋词话》)

扬州慢①　　　　　姜　夔

淳熙丙申至日②,予过维扬③。夜雪初霁,荠麦弥望。入其城,则四顾萧条,寒水自碧,暮色渐起,戍角悲吟。予怀怆然,感慨今昔,因自度此曲。千岩老人以为有"黍离"之悲也④。

淮左名都⑤,竹西佳处,解鞍少驻初程。过春风十里,尽荠麦青青。自胡马窥江去后⑥,废池乔木,犹厌言兵。渐黄昏,清角吹寒,都在空城。　　杜郎俊赏[7],算而今重到须惊。纵豆蔻词工,青楼梦好,难赋深情。二十四桥仍在[8],波心荡,冷月无声。念桥边红药[9],年年知为谁生。

【注释】

①扬州慢:词牌名。姜夔自度曲,后人多用以抒发怀古之思。

②淳熙丙申:南宋淳熙三年,公元1176年。至日:冬至。

③维扬:即扬州(今属江苏)。

④千岩老人:南宋诗人萧德藻,自号千岩老人。黍离:《诗经·王风》篇名。据说周平王东迁后,周大夫经过西周故都,看见宗庙毁坏,尽为禾黍而作此诗。后以"黍离"表示故国之思。

⑤淮左名都:指扬州。宋朝的行政区设有淮南东路和淮南西路,扬州是淮南东路的首府,故称淮左名都。

⑥胡马窥江:指金兵侵略长江流域地区,洗劫扬州。

⑦杜郎:即杜牧,曾在扬州任淮南节度使掌书记。俊赏:谓英俊聪颖,精于鉴赏。

⑧二十四桥:扬州城内古桥,即吴家砖桥,也叫红药桥。

⑨红药:红芍药花,是扬州繁华时期的名花。

【解读】

此词写过扬州的见闻感受,抒发国故哀思。

上片描述扬州眼前萧条的景况。开篇"淮左名都"至"犹厌言兵"直入主题,写过扬州而"解鞍少驻",这里曾是历史名都,是诗人笔下的"竹西佳处",是"春风十里扬州路"的繁华之所。但如今却是"荠麦青青""废池乔木,犹厌言兵"。词人以点带面,表现金兵蹂躏带来的创伤,"荠麦青青"跟《诗经·黍离》中反复咏叹的"彼黍离离"异曲同工,传达故国之思。"废池乔木,犹厌言兵"句中,"废池"见蹂躏之深,"乔木"寄托故园之恋;又以拟人手法说连"废池乔木"都厌恨谈论战事,见战争创痛深重。"渐黄昏"三句写所闻,说黄昏渐临,清角声衬托四周的寂静,更增萧条凄寒意绪。"吹寒"化听觉为触觉感受,清角悲吟而寒气逼人,更以"都在空城"随后,情景交融,控诉了侵略战争给扬州造成的灾难,写出对南宋王朝不思恢复、将一座名城断送为空城的痛心,也写出对当朝仅凭一座"空城"防边的忧心忡忡,哀深恨彻。下片主要借扬州史事咏叹传达昔盛今衰的哀感。"杜郎俊赏"至"难赋深情"写杜牧情事,点明即使以杜牧的风流俊才,他而今重到扬州也定会惊讶河山之异而深情难赋。实际是以昔日的"青楼梦好"等风流繁华反衬今日风流云散的萧条,表达抚今追昔的伤痛和哀感。"二十四桥仍在"至"年年知为谁生"说昔日名胜二十四桥仍在,明月、碧波也仍有,桥边红药也仍盛开,但"玉人吹箫"的风月已不复存在,桥边红药也寂寞开无主,只有"冷月无声"的寂静寒凉。今昔巨变,画面清幽惨淡,寄托对扬州昔日繁华的怀念和对今日山河破败的哀思。

全词对比反衬,乐景写哀,寄寓深长。

【点评】

"写兵燹后情景逼真。'犹厌言兵'四字,包括无限伤乱语,他人累千百言,亦无此韵味。"([清]陈廷焯《白雨斋词话》)

暗　香① 　　　　　　姜　夔

辛亥之冬②,予载雪诣石湖③。止既月④,授简索句,且征新声。作此两曲,石湖把玩不已,使工妓隶习之,音节谐婉,乃名之曰《暗香》《疏影》。

旧时月色,算几番照我,梅边吹笛。唤起玉人,不管清寒与攀摘。何逊而今渐老⑤,都忘却春风词笔。但怪得竹外疏花⑥,香冷入瑶席⑦。　　　　江国,正寂寂。叹寄与路遥⑧,夜雪初积。翠尊易泣⑨,红萼无言耿相忆⑩。长记曾携手处,千树压西湖寒碧。又片片,吹尽也,几时见得。

【注释】

①暗香:词牌名,姜夔咏梅时自度曲。以林逋咏梅诗"暗香浮动月黄昏"句句首二字为调名。

②辛亥:南宋绍熙二年,公元 1191 年。

③载雪:冒雪乘船。诣:到。石湖:在苏州西南,与太湖通;南宋诗人范成大晚年居住于此,自号石湖居士。

④止既月:刚满一个月。

⑤何逊:南朝梁诗人,任扬州法曹时,廨舍有梅花。以何逊自比,说自己逐渐衰老,游赏的兴趣减退,对于向所喜爱的梅花都忘掉为它而歌咏了。

⑥但怪得:惊异。竹外疏花:竹林外面几枝稀疏的梅花。

⑦香冷:寒梅的香气透进诗人的屋子里。瑶席:席座的美称。

⑧寄与路遥:表示音讯隔绝。这里暗用陆凯寄给范晔的诗:"折梅逢驿使,寄与陇头人。"

⑨翠尊:翠绿的酒杯,这里指酒。

⑩红萼:红色的花,这里指红梅。耿:耿然于心,不能忘怀。

【解读】

此词借梅怀人。

上片见梅而起怀人之思。起句写月光清美,梅花溢香,词人在月下梅边吹笛而想起这明月旧时也曾几次照耀自己,以月色、梅花勾连今昔,唤起与玉人月下摘梅的回忆。"算"字表现回忆往事的凝神静思,显怀旧幽思。"唤起玉人"两句追忆往事。明月、香梅、笛声、玉人互衬,清幽美丽、情思动人。"不管清寒与攀摘"写与玉人冒着清寒攀折梅花,见感情之热烈。天气之清寒,月色之清美,梅花之清香,玉人之冰清玉洁融而为一,凝聚着往日的幸福甜蜜。"何逊而今渐老"两句以何逊自比,借"忘却"表现渐老的衰飒,"而今"与开篇"旧时"相对,有对往日恋人的怀念,还有对逝去的美好岁月、青春风华的怀念和惋惜悲慨,说"忘却春风词笔",实际隐有往事难忘不胜悲的意味,故下两句"但怪得"说竹外疏花萧瑟,冷香吹入瑶席,引发回忆与幽思。见花思人,生出"怪得"之心,"疏""冷"二字以环境的凄冷烘托心境的凄凉,"瑶席"以景的华美反衬人的哀苦,见此情至深。下片写欲折梅以赠却无从凭寄而倍增思情。"江国"至"千树压西湖寒碧",说在寂寂江南想要折梅寄情,但长路遥遥、夜雪阻隔,无从凭寄。于是把酒悲泣,面对红梅,深忆过去两人在西湖梅林携手游赏的雅事,此情耿耿,难以释怀。此种伤心怀想,见思念之深切和感情的刻骨铭心。结句"又片片,吹尽也,几时见得"又回到当下,惋惜片片落梅,暗含故人不知何日重逢之意,悲感深沉。

有人认为,词中玉人之思有骚雅之比兴,深蕴词人的忧国之思和个人际遇的感喟。可备一说。

【点评】

"白石《疏影》《暗香》等曲,不惟清真,且又骚雅,读之使人神观飞越。"([宋]张炎《词源》)

"惟《暗香》《疏影》二词,寄意题外,包蕴无穷,可以与稼轩伯仲。"([清]周济《介存斋论词杂著》)

疏　影　　　　姜　夔

　　苔枝缀玉①,有翠禽小小,枝上同宿②。客里相逢,篱角黄昏,无言自倚修竹。昭君不惯胡沙远,但暗忆,江南江北。想佩环,月夜归来,化作此花幽独。　　　　犹记深宫旧事,那人正睡里,飞近蛾绿。莫似春风,不管盈盈③,早与安排金屋④。还教一片随波去,又却怨,玉龙哀曲⑤。等恁时,重觅幽香,已入小窗横幅。

【注释】

①苔枝缀玉:苔枝,长有苔藓的梅枝;缀玉,梅花像美玉一般缀满枝头。

②"有翠禽"二句:用罗浮之梦典故。相传隋代赵师雄游罗浮山,夜梦与一素妆女子共饭,女子芳香袭人。又有一绿衣童子,笑歌欢舞。醒来发现躺在梅树下,树上有翠鸟欢鸣,"月落参横,但惆怅而已"。翠禽,翠鸟。

③盈盈:仪态美好的样子,这里借指梅花。

④安排金屋:相传汉武帝刘彻幼时曾对姑母说:"若得阿娇作妇,当作金屋贮之。"

⑤玉龙哀曲:玉龙,即玉笛;哀曲,指笛曲《梅花落》,此曲是古乐曲,声悲。

【解读】

此词歌咏梅花与咏叹佳人合一,赞其幽独。

开篇三句说长满青苔的枝干缀满如玉的梅花,又有小小的翠鸟在枝上伴她同宿,"翠禽"暗用赵师雄罗浮梦梅花神而惆怅的典故,明写梅花容貌姿色,暗定咏梅的幽清基调。"客里相逢"三句由梅及人,说到范成大家做客而见梅,她长于篱落边,开在黄昏里,又与修竹相倚傍。此处化用林和靖"暗香浮动月黄昏"和杜甫"绝代有佳人""日暮倚修竹"的诗句,以佳人喻梅,写梅花幽独高洁之神韵。"昭君不惯胡沙远"等句则借杜甫"一去紫台连朔漠""环珮空归夜月魂"的诗句,进一步以佳人拟梅花,想象梅花乃性情孤高、远嫁塞外而魂归故里的昭君幻化,将梅花的幽独与美人的孤高联系,饱含幽怨。下片写梅之飘落。"犹记深宫旧事"三句用梅花落于寿阳公主额上而成梅花妆的典故,惋惜梅花的衰谢。"犹记"说词人见梅而记此宫廷故事,含咏叹。接下来,"莫似春风"三句说要珍惜梅花。说梅花开在寒冬,故春天对她不管不顾;人们可不要像春风那样无情,要像汉武帝建金屋藏阿娇那样及早将梅花保护。"还教一片随波去"两句说假如让梅花随水漂流去,那玉笛吹出的哀曲又要多一分幽怨了。实际是说词人因梅花的坠落而想及《梅花落》笛曲,凸显梅之飘零引人幽思。结句"等恁时,重觅幽香,已入小窗横幅"说等到梅花落尽再寻觅她幽香,就只有到小窗上的横幅中画着梅花的图画中去欣赏了,有惜花要趁花开早的意味,含沉痛,见痴情。

全词突出梅之幽独,寄寓词人孤芳自赏的人格理想。

凄凉犯[①]

姜　夔

合肥巷陌皆种柳,秋风夕起骚骚然[②]。予客居阖户,时闻马嘶。出城四顾,则荒烟野草,不胜凄黯。乃著此解[③]。琴有凄凉调,假以为名。凡曲言犯者,谓以宫犯商、商犯宫之类。如道调宫上字住,双调亦上字住,所住字同,故道调曲中犯双调,或于双调曲中犯道调,其他准此。唐人《乐书》云:"犯有正、旁、偏、侧,宫犯宫为正,宫犯商为旁,宫犯角为偏,宫犯羽为侧。"此说非也。十二宫所住字各不同,不容相犯。十二宫特可犯商、角、羽耳。予归行都,以此曲示国工田正德,使以哑觱栗角吹之,其韵极美,亦曰瑞鹤仙影。

绿杨巷陌。秋风起、边城一片离索[④]。马嘶渐远,人归甚处,戍楼吹角[⑤]。情怀正恶,更衰草寒烟淡薄。似当时、将军部曲⑥,迤逦度沙漠。　　追念西湖上,小舫携歌,晚花行乐。旧游在否,想如今、翠凋红落⑦。漫写羊裙⑧,等新雁来时系着。怕匆匆、不肯寄与,误后约。

【注释】

①凄凉犯:词牌名,姜夔自度曲,又名"凄凉调""瑞鹤仙影"。以姜夔《凄凉犯·绿杨巷陌》为正体。

②骚骚:寂寞凄凉貌;又,拟风吹树木声。

③解:乐曲以一章为一解。词是配乐文学,故亦称解。

④边城:南宋之淮北已被金占领,为敌境,故淮南则被视为边境。

⑤戍楼:古代城墙上专用于警戒的建筑。

⑥部曲:古代军队编制单位。此处指部队。

⑦翠凋红落:绿叶凋残,红花飘落。暗示时节已至秋天。

⑧羊裙:南朝宋人羊欣。此处用王献之因钟爱羊欣而在他的白练裙上题字的典故,代指赠予挚友的书信。

【解读】

此词作于词人客居合肥时,系目睹秋日边城离索景象感慨而作。

上片写淮南边城合肥的荒凉萧索景象,和自己触景而生的凄苦情怀。开篇两句将"绿杨巷陌"置于"秋风""边城"的背景中,以杨柳的依依多情反衬秋日边城的萧瑟无情,概写合肥城的荒凉冷落,突现"一片离索"。"马嘶渐远"句近写军马嘶鸣,行人匆匆,戍楼孤耸寒角悲吹,渲染边城遭受兵燹后特有的凄凉气氛。接着用"情怀正恶"四字再添浓重悲情,用"更"字领"衰草寒烟"之景,语意递进一层,情思景语交融,不胜黯然悲凉。"似当时"三句写行经这座曾经繁华一时的名城时的感受:就好像当年随将军出塞的士兵,在荒无人迹的沙漠上艰难地跋涉,感受到的是一片萧条荒凉和让人难受的无边的寂寞孤独,让人

389

联想起靖康之变以来的种种往事，兴起沉深的家国之恨，身世之愁。

下片追念过往，在对昔日游冶生活的怀念中隐露黍离之悲。先追念往日碧水红荷、画船笙歌、西湖游乐的美好生活，接着用"旧游在否"的自问由景及人，传达缅怀之情，再用"想如今"句揣想西湖荷花凋落的情景，于咏荷中暗寓着抚今追昔、人事已非的沧桑感慨。追念中的西湖风光及游乐生活反衬眼前合肥的冷落；而揣想中如今西湖的萧条秋景，乃是词人置身于合肥的现境中"情怀正恶"而生发的联想，眼前环境愈凄凉黯淡，则词人对西湖旧游的怀念之情就愈强烈。于是便生出"漫写羊裙"托鸿雁传书而寄此刻情思与故人的念想，但又怕大雁行色匆匆，不肯带信而耽误了日后相见的约会。这样的"羊裙"空写使寂寞处境和悲伤情怀更深一层，深情哀婉。

鬲溪梅令^①　　　　姜　夔

丙辰冬，自无锡归，作此寓意。

好花不与殢香人^②，浪粼粼。又恐春风归去绿成荫，玉钿何处寻^③？　　木兰双桨梦中云^④，小横陈^⑤。漫向孤山山下觅盈盈^⑥，翠禽啼一春。

【注释】

①鬲溪梅令：词牌名，以姜夔《鬲溪梅令·好花不与殢香人》为正体。

②殢(tì)香人：爱花人，此是词人自道。殢，沉溺。

③玉钿：原指玉制的花朵形的首饰，这里代梅花。

④木兰：木兰舟，船的美称。

⑤小横陈：指梦幻中美好的少女斜卧船中。

⑥盈盈：女子仪态美好的样子，代指梦中美女。

【解读】

此词以花喻人,借花怀人。

开篇以好花喻所念美人,以瘗香人自道,言好花不与惜花人,美人不与怜香惜玉者,点出伤花惜别之旨。"浪粼粼"写寤寐思服中觉此梅花所傍之溪水碧浪粼粼,将好花与惜花人遥相隔绝,万古柔情被一水隔断,有怨慕意。"又恐春风归去绿成荫"两句想望好花在水一方,只怕重归花前已是春风归去、绿叶成荫、好花去无踪迹。"玉钿"原指女子玉制的花朵形的首饰,此处代指梅花,又转喻美人,三者合一,浑然天成;"绿成荫",既暗示绿肥红瘦、美人已去,又有年华渐老之无奈;"又恐"二字,更道出年年如此的伤感。而流水春风的无情,又衬出词人的痴情。"木兰双桨梦中云,小横陈"想象自己忽与美人重逢,共荡扁舟于波心,恍若遨游于云表。"小横陈"描绘美人斜倚舟中的姿态,一"小"字使得"横陈"无艳冶之态,有轻盈美好之姿,爱悦之情自现。结笔"漫向孤山山下觅盈盈,翠禽啼一春"两句回到现境,"盈盈"是为美人仪容,也是好花芳姿,人与花又融合一体,"漫"字写尽遍访孤山而好花终不可得的失落;"翠禽啼一春"意为整个春天唯闻翠禽对鸣。此两句意味着惜花人纵然重归故地,也已花落人空。"翠""啼""一春"的结合,见画面的凄美和时间的绵延,凄艳哀绝。

有人认为此词有以花托喻美人,进而以美人托喻人生际遇与生平理想的寄意,可作参考。

双双燕①咏燕　　　　　　　史达祖

过春社了②,度帘幕中间③,去年尘冷。差池欲住,试入旧巢相并。还相雕梁藻井④,又软语商量不定。飘然快拂花梢,翠尾分开红影。　　芳径,芹泥雨润⑤。爱贴地争飞,竞夸轻俊。红楼归晚⑥,看足柳昏花暝⑦。应自栖香正稳,便忘了天涯芳信⑧。愁损翠黛双蛾,日日画阑独凭。

【作者简介】

史达祖,生卒年不详,南宋词人。字邦卿,号梅溪,汴(今河南开封)人。词以咏物为长,不乏身世之感。有《梅溪词》,存词一百余首。

【注释】

①双双燕:词牌名。始见史达祖《梅溪词》,咏双燕,即以为名。

②春社:古代春天的社日,以祭祀土神。在立春后第五个戊日。

③度:穿过。帘幙:同"帘幕",用于门窗处的帘子与帷幕。

④相(xiàng):端看、仔细看。雕梁:雕有或绘有图案的屋梁。藻井:用彩色图案装饰的天花板,形状似井栏,故称藻井。

⑤芹泥:水边长芹草的泥土。

⑥红楼:富贵人家所居处。

⑦柳昏花暝:柳色昏暗,花影迷蒙。暝,昏暗貌。

⑧天涯芳信:给闺中人传递远方来的书信。古有双燕传书之说。

【解读】

此词"咏燕"极妍尽态,神形毕肖。

上片写燕子初来情景。"过春社了"点明节候,暗示燕子归来。"度帘幙中间,去年尘冷"说燕子在帘幕穿梭,但见满目旧年灰尘,暗示旧燕重归和人事变化,有冷落凄清之感。"差池欲住"四句写双燕欲住而犹豫的情景。"差池"写比翼齐飞,但由于旧巢"尘冷",似曾相识,所以"欲住"而"试入",为此,还把"雕梁藻井"细细打量,"又软语商量不定","软语"见声音之轻细柔和而温情脉脉,"欲""试""还""又"的贯连,将双燕的归巢定居一事写得细腻曲折,颇有情趣。"飘然快拂花梢"两句写它们决定定居下来,于是在花木枝头飞行觅食。"飘然"写燕子的轻盈,"快拂"和"分开红影"写燕子的忙碌与飞翔的快捷,"翠尾"与"红影"相互映衬,动静相宜,色彩艳丽。

　　下片写燕子衔泥筑巢的情景和思妇见燕子双栖而引发的伤情。"芳径"四句写燕子到带有花香的小路和被春雨滋润过的芹田衔来春泥筑巢,这样的春泥充满了花与芹的芳香,饱含春雨的滋润,让人联想到燕子衔泥筑巢时的开心和满足。于是,它们贴近地面飞着,好像比赛着谁飞得更轻盈漂亮。"爱""争""竞""夸"四字写出燕子飞翔的轻快俊俏,又赋予它们人的心理情态,见春燕青春焕发、勇于竞飞的精神和在春光中竞飞的快乐与陶醉。"红楼归晚"两句说它们尽享花红柳绿的美好春光,傍晚才心满意足地归来,双栖双息,其乐无穷。"红楼"照应上片的"雕梁藻井","柳昏花暝"见花柳浓密繁盛,又暗合思妇心境的凄迷,从而过渡到对人事的描述,带出"应自栖香正稳,便忘了天涯芳信"两句,说双燕只顾自己双飞双栖,竟忘了天涯游子曾托它俩给家人捎的书信!由此又带出红楼思妇倚栏眺望的情景:"愁损翠黛双蛾,日日画阑独凭。"前一句写思妇双眉紧锁的寂寞愁苦,后一句写她日日期盼的焦灼。看似与所咏的双燕毫无关联,实则是独居的思妇见燕子双栖双飞的美满幸福而引发的艳羡与愁怨。至此可知,开篇写"去年尘冷"暗示的正是人去境清、深闺寂寥的人事变化,双燕尽赏春光的种种和美快乐都暗暗与思妇形成反差,似乎言在双燕而意在思妇,咏物怀人,融合为一,富有韵味。

　　有论者认为,"红楼归晚"四句隐喻家国之痛。备说参考。

【点评】

"以为咏物至此人巧极天工错矣。"([清]王士禛《花草蒙拾》)

临江仙　　　　　　史达祖

　　倦客如今老矣①,旧时不奈春何。几曾湖上不经过。看花南陌醉②,驻马翠楼歌。　　远眼愁随芳草,湘裙忆着春罗。枉教装得旧时多。向来箫鼓地,犹见柳婆娑。

①倦客:词人自指。
②南陌:游乐之地。

【解读】

此词作于词人受政事牵连而被罢免、失势之后。

上片开篇自称"倦客"而直叹"老矣",直露经历挫折而对人世产生的厌倦情绪。"旧时不奈春何"说春天每年如期而至,让心情不同以往的词人无可奈何,感叹意味很重。"几曾湖上不经过"几句转回忆,说以往常在西湖一带游赏观光,几无虚日。"看花南陌醉"两句勾画声色形姿鲜明的图景,再现了过去看花赏景、饮酒听歌的风流生活,"几曾""不经过"的语气寄寓深切的感慨。下片将回忆集中在歌妓之类的人物身上,表达感伤之情。"远眼愁随芳草"化用牛希济"记得绿罗裙,处处怜芳草"的诗句,由芳草而联想当年,并着意增添"愁"和"枉教"两词,抒发了如今老倦,这些比旧时歌舞女子更娇艳的歌妓舞女已引不起欢快情绪的惆怅悲慨。结尾"向来箫鼓地,犹见柳婆娑"与上片的"看花""驻马"遥相呼应,表达景物依旧、人生已非的感叹与悲伤。

全词今昔相映,虚实相间,情多感伤,语多婉约。

眼儿媚 朱淑真

迟迟风日弄轻柔①,花径暗香流。清明过了,不堪回首,云锁朱楼②。　　午窗睡起莺声巧,何处唤春愁。绿杨影里,海棠枝畔,红杏梢头。

【作者简介】

朱淑真,生卒年不详,号幽栖居士,钱塘(今浙江杭州)人,与李清照齐名。因夫妻志趣不合而不睦,抑郁早逝。现存诗集《断肠集》、词集《断肠词》。

【注释】

①迟迟:形容时光缓慢悠长。轻柔:形容风和日暖。

②朱楼:指富丽华美的楼阁。

【解读】

此词写一位闺中女子(或指词人自己)在明媚春光中,回首往事而愁绪万端。

上片将清明前的花香与清明后的阴云笼罩对比,在天气的转化中透出愁绪。开篇两句,描绘风和日丽,花香怡人的春日画面,应是清明前的美景。"迟迟"指日长;"弄轻柔"言和煦的阳光抚弄杨柳的柔枝嫩条。花间小径上的暗香犹如暖流,令人心醉。"暗香流"见芬芳馥郁,为下句写清明已过伏笔。"清明过了"三句转入另一图景,并由景入情,说清明过后阴云笼罩红楼,也笼罩在女子心头,令她想起一段不堪回首的往事,"锁"字见阴云重重,红楼闭锁,也见女子愁绪重重,心门闭锁,将阴云四布的天气、深闺女子的被禁锢和心头的郁闷,尽括其中。下片写愁绪万端而百无聊赖的女子在午睡中消磨时光,不料窗外莺啼又让她醒来,引发她的春愁,让她不免暗问:"这黄莺是在何处啼叫呢? 在绿杨影里,还是海棠枝畔,或是红杏梢头?"三个问句连用让人似乎听到莺啼声不断地从一个地方流播到另一个地方,感觉词人的春愁也随莺啼声的流动而忽东忽西,情思缥缈,意境美好而飘忽,抒发了一种莫可名状的惜春情绪。至于女子因何往事而引发春愁,词人并未点破,给人以遐想与回味余地。

全词辞淡情浓,清新和婉。

蝶恋花 送春   朱淑真

楼外垂杨千万缕,欲系青春①,少住春还去。犹自风前飘柳絮,随春且看归何处。 绿满山川闻杜宇②,便做无情,莫也愁人苦。把酒送春春不语③,黄昏却下潇潇雨。

【注释】

①系:拴住。青春:大好春光。隐指词人青春年华。

②杜宇:杜鹃鸟,啼声哀切。

③"把酒"句:农历三月末是春天离去的日子,古人有举杯把酒送春的习俗。

【解读】

这是一首送春词,抒惜春之情。

上片从"楼外垂杨"着笔写春去。开篇说楼外垂杨千条万缕,一心想要挽留春天,可春天还是稍作停留便匆匆而去。"系"者的依依不舍与"去"者的少住还去比照,留春不住的伤感无奈便在其中。"犹自风前飘柳絮"两句说柳条留不住春天,便又让柳絮随风飘去,跟随着春天的影子去看看它到底归于何处。这暮春烟柳的景象不仅与送春之旨吻合,而且从杨柳依依、柳絮飘飞的形象而联想到它"欲系青春"和"随春且看归何处",独特而贴切,从"系"到"随",又进一步写出了柳的缠绵多情和无尽追踪,突出对春天的无限依恋和一片痴心。

下片从送春的词人方面着笔写春归。"绿满山川闻杜宇"是典型的暮春之景:绿肥红瘦、落花消散,象征着春归的杜鹃哀鸣。这些景象即便是无情人,恐怕也要为之愁苦不已。"便做"句先从反面假设,"莫也"句则从正面渲染,言下之意,此中情境无人不愁苦酸楚。由此便引出满怀愁情的女主人公"系春"不住,"随春"难往,只好把酒"送春"归去。结句"把酒送春春不语,黄昏却下潇潇雨"说词人深情把酒与春作别,而即将离去的春天,也像是怀着别离的惆怅与感伤而与伤春的词人默然相对;而时近黄昏,又下起了潇潇细雨。这雨是春天告别的细语,是春归的叹息,是伤感的泪滴……春的伤怀与人的黯淡孤寂交融,情思绵绵,情致悠远。

贺新郎 送陈仓部知真州 刘克庄

北望神州路。试平章、这场公事①,怎生分付。记得太行山百万,曾入宗爷驾驭。今把作、握蛇骑虎②。君去京东豪杰喜,想投戈、下拜真吾父③。谈笑里,定齐鲁。　　两河萧瑟惟狐兔④。问当年、祖生去后⑤,有人来否。多少新亭挥泪客⑥,谁梦中原块土。算事业、须由人做。应笑书生心胆怯,向车中、闭置如新妇。空目送,塞鸿去。

【作者简介】

刘克庄(1187—1269),初名灼,字潜夫,号后村居士,莆田(今属福建)人 。词深受辛弃疾影响,多豪放之作,散文化、议论化倾向较突出。有《后村先生大全集》。

【注释】

①平章:议论,筹划。公事:指对金作战的国家大事。

②把作:当作。握蛇骑虎:比喻危险。

③真吾父:用郭子仪事。郭子仪曾仅率数十骑入回纥大营,回纥首领下马而拜,说:"果吾父也。"

④两河:指河北东路、西路,当时为金占领。

⑤祖生:祖逖。这里指南宋初年的名将宗泽、岳飞等。

⑥新亭:新亭对泣的缩略,表示痛心国难而无可奈何的心情,后用来指对沦陷国土的怀恋。此处反用其意,指南宋朝廷上下对沦陷的中原已全然忘却。

【解读】

此词是送朋友陈子华知真州所作,真州位于长江北岸,是靠近当时宋金对峙前线的要地。

上片开篇提出恢复中原之大事该如何应对的问题,看似与送别无关,实际是由北望中原而生发,而朋友即将出任的真州正是当时宋金对峙的要地,朋友此去,即与中原恢复大计息息相关,故看似突兀的起笔,切合的是"知真州"的主题。接着以"记得"二字领起,引入宗泽为抗击金军而招抚义军、驾驭并依靠义军壮大抗金力量且赢得军民敬重的史实,其后又以"握蛇骑虎"为喻,概述当今朝廷对义军弃之不舍、用之不敢的现状,在对比中回答了"这场公事,怎生分付"的问题。而陈子华也崇尚联合义军抗金,所以词人接下去说:"君去京东豪杰喜,想投戈、下拜真吾父。谈笑里,定齐鲁。"意思是你此去真州,那里的豪杰都会欢欣鼓舞,你们定能谈笑间平定齐鲁北方失地。这既是勉励朋友效法宗泽,积极团结当时依然活跃在中原的义军,智慧筹划抗金大计,更是抒发延纳俊杰、收复河山的热切愿望。下片先转陈江山残破的惨痛现实,感情悲愤。"两河"至"有人来否"直面时局:国土沦丧,人烟稀少,狐兔出入;父老长久盼望,却看不到祖逖那样的志士。"多少新亭挥泪客"两句反用"新亭对泣"的典故,说朝廷上下都没有心志去收复失地。以上几句,流露对时局的深切忧思与悲愤。"算事业、须由人做"指出事在人为,悲情又转为乐观奋进,和上片的豪情壮怀相呼应。"应笑书生心胆怯"三句嘲笑书生气短,逃避战斗,胆小怕事有如新媳妇,一个"应"字表明自嘲的言外之意,是希望陈子华振作豪气勇于作为。结句言目送边塞的鸿雁飞去,以"鸿雁"点送别之题,以"塞"字修饰,又与北国河山和边塞相联系,"空"字添惆怅,以此作结,感情沉郁凝重。

全词立意高远,曲折跌宕而雄放畅达,洋溢着爱国主义豪情。

玉楼春 戏林推① 刘克庄

年年跃马长安市②,客舍似家家似寄③。青钱换酒日无何④,红烛呼卢宵不寐⑤。　　易挑锦妇机中字,难得玉人心下事。男儿西北有神州,莫滴水西桥畔泪⑥。

【注释】

①林推:姓林的推官,词人的同乡。

②长安:借指南宋都城临安。

③寄:客居。

④青钱:古铜钱成色不同,分青钱、黄钱两种。无何:不过问其他的事情。

⑤红烛呼卢:晚上点烛博戏。呼卢,古时博戏,削木为子,共五个,一子两面,一面涂黑一面涂白。五子都黑叫卢,得头彩。掷子时高声大喊,希望得到全黑,故称"呼卢"。

⑥水西桥:泛指烟花游乐之地。

【解读】

此词是规劝林姓友人而写,于委婉批评中进行劝勉,戏笔中寓庄重之意。

上片极写林的浪漫豪纵。开篇二句说林年年驰马于繁华的都市街头,视酒楼妓馆如家门而家门反像寄居之所,言其久客轻家,见其落拓不羁,也暗露词人对此行止的批评。"青钱换酒"两句则具言其饮酒赌博的纵情狂欢。"无何"即无事,日夜不休地纵酒浪博,又见其生活空虚,联系题目的"戏"字,表面似乎是赞赏林的豪情,实际上是对其放荡行为的委婉批评。下片重在对林的规诫。"易挑锦妇机中字,难得玉人心下事"二句对举,直言妻子情真意切、实诚可靠,而烟花女子水性杨花、难以把握,含蓄地批评他迷恋青楼、疏远家室的荒唐之举。结尾两句说男儿要知道西北还有神州大地沦陷敌手,不要在烟花游乐之地抛洒那伤离恨别之泪。是为呼唤友人不要沉溺声色,而应立志建立功业。以此作结,语重心长,热切而严肃。

【点评】

"足以使懦夫有立志。"([清]陈廷焯《白雨斋词话》)

风入松①

吴文英

听风听雨过清明,愁草瘗花铭②。楼前绿暗分携路③,一丝柳、一寸柔情。料峭春寒中酒,交加晓梦啼莺。

西园日日扫林亭,依旧赏新晴。黄蜂频扑秋千索④,有当时、纤手香凝⑤。惆怅双鸳不到,幽阶一夜苔生。

【作者简介】

吴文英(约1212—约1272),字君特,号梦窗,晚年又号觉翁,四明(今浙江宁波)人。其词风格雅致,多酬答、伤时与忆悼之作,晚清词人曾给予他较高评价。与周密(草窗)并称"二窗"。有《梦窗词》。

【注释】

①风入松:古琴曲名,后用为词牌名,又名"远山横"。以晏几道《风入松·柳阴庭院杏梢墙》为正体。

②草:起草,拟写。瘗(yì):埋葬。铭:文体的一种;庾信有《瘗花铭》,有悼花伤逝之悲。

③绿暗:形容绿柳成荫。分携:分手,分别。

④黄蜂:这里指蜜蜂。

⑤凝:凝聚。

【解读】

此词表现伤春怀人之情。

上片写伤春怀人的愁思,开篇"听风听雨过清明"点出时令,勾勒凄凉意境,见风雨摧残春花的景象,写出词人在清明节前后愁风愁雨的惜花伤春情绪。"愁草瘗花铭"承首句写落花满地,词人葬花后又满怀愁绪地为它拟就瘗花铭,痴情之举尽显悼惜之情。"楼前绿暗分携路"两句由景及人,写自己和情人在柳丝飘荡的路上折柳分别的情景。古人常折柳送别以表希望柳丝系住远行人的心意,故一丝柳便是一寸情,语浅意深。"料峭春寒中酒"两句写春寒料峭中伤春又伤别,无以排遣,以酒浇愁,希望醉后梦中与情人相见。无奈春梦却被纷乱的莺啼惊醒,表达惜年华、伤离别、愁绪无以排遣的深意。下片写盼望伊人归来的痴想。"西园日日扫林亭"两句写明知佳人不在,却依旧到昔日同游的西园去,将园亭打扫干净,独自欣赏晴日春光。于是看到"黄蜂频扑秋千索",仿佛看到了当年情人在此荡秋千的纤纤玉手,闻到了佳人留在秋千索上的芳香。此以物之实而写人之虚,烘托出佳人的美好形象,怀人之情至深至痴。结句"惆怅双鸳不到,幽阶一夜苔生",不言自己渴盼伊人前来而终不得见,只说鸳鸯不到,以致阶上苔生青青。言下之意,往日伊人常来时,阶上是不会生出青苔来的。不说经时而说"一夜",可见二人双栖之时,欢爱异常,仿佛如在昨日,怀念之情深切。

全词风格质朴淡雅,委婉细腻,情真意切。

【点评】

"情深而语极纯雅,词中高境也。"([清]陈廷焯《白雨斋词话》)

"此是梦窗极经意词,有五季遗响。'黄蜂'二句,是痴语,是深语。结处见温厚。"([清]谭献《谭评词辨》)

唐多令① 惜别　　　　　　　　吴文英

何处合成愁？离人心上秋②。纵芭蕉、不雨也飕飕③。都道晚凉天气好，有明月、怕登楼。　　年事梦中休④，花空烟水流。燕辞归、客尚淹留⑤。垂柳不萦裙带住，漫长是、系行舟。

【注释】

①唐多令：词牌名，又名"糖多令""南楼令""箜篌曲"。以刘过《唐多令·芦叶满汀洲》为正体。

②心上秋："心"上加"秋"字，即合成"愁"字。

③飕(sōu)飕：形容风雨的声音。这里指风吹蕉叶之声。

④年事：指岁月。

⑤"燕辞归"句：曹丕《燕歌行》："群燕辞归鹄南翔，念君客游多思肠。慊慊思归恋故乡，君何淹留寄他方。"此用其意。客，词人自指。淹留，停留。

【解读】

此词写的是羁旅怀人。

上片侧重于伤秋引发的离人情怀。起笔"何处合成愁？离人心上秋。"一问一答，有咏叹意味。"愁"字字面上是"秋"字与"心"字的结合；从词情看，是说引人愁情的是离人的悲秋之心，即离人秋思方可称愁。这样巧妙利用字面之意而涉笔，紧扣秋思离愁主题。下句"纵芭蕉、不雨也飕飕"是说纵使没有下雨，但飕飕秋风吹在芭蕉叶上也会发出凄凉的声响，一"纵"一"也"，让步假设，表明若有雨，则愁不可堪。"都道晚凉天气好"三句说清风明月凉爽夜是人人道好的天气，可是离人却别有一番滋味在心头,因此怕登楼望月而起怀人之思,"怕"字点出内心的忧愁。

下片侧重于伤别怀人。"年事梦中休"两句叹息年光过尽,往事如梦。将过去的岁月比作梦、花、烟、水,是因为它们美好而倏忽易逝、无处追寻,表达对往昔的留恋追怀,暗示现实中韶华已去、老大未回的苦闷。"燕辞归、客尚淹留"将燕子归去与游子滞留对比,表现人不如燕、思归不得的愁苦。结句"垂柳不萦裙带住,漫长是、系行舟"以怨垂柳而恨别离、怀伊人。前一句怨杨柳没有牵住衣裙使伊人离去,后一句怨杨柳枝条系住了自己的行舟而不得随之归去,"萦""系"以景关情,见柳丝绵长、更见情思绵长。由此可见,词人羁身异乡又别离伊人,这样的游子秋思就有双重的悲愁,以此作结,情致深婉。

柳梢青 春感 　　　　　　　刘辰翁

铁马蒙毡①,银花洒泪②,春入愁城。笛里番腔,街头戏鼓,不是歌声。　　那堪独坐青灯。想故国、高台月明。辇下风光③,山中岁月,海上心情。

【作者简介】

刘辰翁(1232—1297),南宋文学家,字会孟,别号须溪。吉州庐陵(今江西吉安)人。词作取法苏辛而又自成一体,豪放沉郁而不求藻饰。原有集,已散佚,明人辑有《须溪记钞》,清人辑有《须溪集》。又有《须溪词》。

【注释】

①铁马:指战马。

②银花:指元宵花灯。洒泪:指花灯光芒四射,有如泪洒,兼有"感

时花溅泪"之意。

③辇下：皇帝辇毂之下，京师的代称，犹言都下。

【解读】

此词借咏上元夜而感伤时乱，怀念故国。

上片写想象中临安元宵灯节的凄凉情景。开篇三句写元统治下的临安一片凄凉悲愁景象，奠定全词的感伤基调。"铁马蒙毡"点明整个临安已处于元军铁蹄之下，渲染凄惨阴森、与元宵灯节的喜庆大相径庭的氛围，揭示了全篇的时代特征。"银花洒泪"说悲冷氛围下，竟连花灯也伤心洒泪了，意为这座曾经繁华热闹的城市整个一片哀伤凄凉。"春入愁城"说春天已来临，但所临之地却是充满哀愁的临安城。"春"本万象更新的事物，但一入惨淡愁城，便令人悲慨万端。其后"笛里番腔"三句写想象中临安元宵鼓吹弹唱的情景：横笛吹奏的不是汉家故音，而是异域的"番腔"，街头上演出的也不是故国戏鼓，而是异族的鼓吹杂戏，身为忠于故国的南宋遗民，想来这根本不能称为"歌声"。言辞间充满了对元统治者的激烈义愤。

下片抒发故国之思。"那堪独坐青灯"点明上片所写是对故都临安的遥想。"高台月明"暗指故宫高台俯瞰观灯的情景，兼有"故国不堪回首月明中"之意，表达对故都和故国的深沉怀念和无限眷恋。"独坐青灯"指在庐陵山中独自面对青灯的现境，"那堪"即此种境况与怀想令人不能忍受，山中荧荧青灯与故国苍凉明月映照，凄凉沉郁。"辇下风光"三句将故都临安过去的元夜风光和眼下自己隐居山中的寂寞岁月，还有揣想中临安失守后流亡海滨继续抗元的南宋小朝廷的境况交叠，在今昔对比中表达深切的遗民身世之悲与国家覆亡之痛，也有对南宋小朝廷君臣的牵挂之情。以此作结，幽怨婉曲而有爱国情怀，言有尽而意无穷。

虞美人 听雨 　　　　蒋　捷

少年听雨歌楼上，红烛昏罗帐①。壮年听雨客舟中，江阔云低、断雁叫西风②。　　　而今听雨僧庐下，鬓已星星也③。悲欢离合总无情，一任阶前、点滴到天明。

【作者简介】

蒋捷(约1245—1305后)，南宋词人，字胜欲，世称竹山先生，常州宜兴(今属江苏)人。南宋覆灭，深怀亡国之痛，隐居不仕。长于词，与周密、王沂孙、张炎并称"宋末四大家"。其词多抒发故国之思、山河之恸，以悲凉清俊、萧寥疏爽独标一格。有《竹山词》。

【注释】

①昏：昏暗。罗帐：古代床上的纱幔。

②断雁：失群孤雁。

③星星：白发点点如星，形容白发很多。

【解读】

此词作于南宋灭亡后，以少年、壮年和晚年"听雨"的特殊感受表现悲欢离合的遭际，抒发国破家亡的痛恨。

开篇写少年听雨的场景。"歌楼""红烛""罗帐"等绮艳意象交织，传达春风骀荡的欢乐情怀。这时听雨是在歌楼上，听的雨也就充满了歌楼、红烛和罗帐的意味，传达的是青春欢情，用以反衬"而今"听雨的凄凉。接着写壮年听雨的情景。"客舟""大江""低云""西风""失群之雁"等意象，映现风雨飘摇中颠沛流离的坎坷际遇和悲凉心境。这时听雨是人在羁旅，所听之雨也就有了漂泊孤苦的意味，流露的是壮年经历兵荒马乱的愁恨。"而今听雨"是显示词人当前处境中的听雨景象：白发苍苍，独在僧庐，倾听夜雨，可谓处境萧索，心境凄凉。此时江山易主，少年欢乐、壮年愁恨都已被雨打风吹去。饱经忧患的词人深觉"悲欢离合总无情"，因此不再有少年的欢快，也不再有壮年的愁恨，而是"一任阶前、点滴到天明"。表面看，似乎是已经处世变而波澜不惊，实际可以想见，彻夜听雨而无眠说明心中苦恨仍在，只是事到如今，已经有了不与人言的坚忍，多少黍离之悲、铜驼荆棘之感都暗融其中，不尽悲慨。

【点评】

"此种襟怀，固不易到，然亦不愿到也。"（［清］许昂霄《词综偶评》）

"其词练字精深、调音谐畅、为倚声家之矩矱。"（［清］永瑢等《四库全书总目》）

一剪梅 舟过吴江　　　　　　　蒋　捷

　　一片春愁待酒浇①，江上舟摇，楼上帘招。秋娘渡与泰娘桥②，风又飘飘，雨又萧萧。　　　何日归家洗客袍，银字笙调③，心字香烧④。流光容易把人抛，红了樱桃，绿了芭蕉。

【注释】

①浇：浸灌，消除。

②秋娘渡：指吴江渡。秋娘，唐代歌伎常用名，或有用以通称善歌貌美之歌伎者。渡，一作"度"。桥：一作"娇"。

③银字笙：管乐器的一种。笙调，即"调笙"，调弄有银字的笙。

④心字香烧：熏香炉里心字形的香。

【解读】

此词写春过吴江无心赏景,表达倦懒思归之情和韶华易逝的感慨,流露风雨飘摇的家国之痛。

上片起笔点"春愁","一片"言愁闷连绵不断。"待酒浇"言急欲排解愁绪,见愁绪之浓。"江上舟摇"五句写舟过吴江的情景:小舟自吴江慢慢而过,江岸小酒店酒旗招摇,词人似乎顿觉愁绪有了排解之处而略颜开,于是登岸少饮,借酒消愁。可是薄醉后再上路,眼见风景名胜"秋娘渡与泰娘桥"时,感受到的却是风雨潇潇。羁旅思归,偏又风吹雨急,环境的凄寒与心境的悲凉融为一体,"又"字表明对风雨一次次阻隔归程的恼恨,充满漂泊的辛酸与愁苦。

下片"何日归家洗客袍"三句是人在旅途想见归家情景,点归家情思。"何日归家"道出对漂泊的厌倦和归家的迫切。洗客袍、调笙、熏香是想象归家后的温暖生活:洗客袍意味着结束旅途劳顿;调笙熏香意味着与家人享受家庭生活的温馨,"银字"和"心字"营造和谐美好的氛围,与旅途中的凄苦鲜明对比,突出思归心切。后三句叹时光易逝。"流光容易把人抛"言时光步履匆匆,让人有追赶不上的感觉。"红了樱桃,绿了芭蕉"中的一"红"一"绿",显示了春光渐渐消逝、初夏来临的时序更替,渲染时光奔驰的感觉,有韶光易去、青春不再的感慨。对于家国破败的遗民来说,更有盛世难再的悲苦。全词在伤春思归的情怀之外,还添了家国衰亡之恨,更见凄楚。

曲游春①

周　密

禁烟湖上薄游,施中山赋词甚佳②,余因次其韵③。盖平时游舫,至午后则尽入里湖④,抵暮始出,断桥小驻而归,非习于游者不知也。故中山极击节余"闲却半湖春色"之句⑤,谓能道人之所未云。

禁苑东风外,飏暖丝晴絮⑥,春思如织。燕约莺期,恼芳情偏在,翠深红隙。漠漠香尘隔,沸十里乱弦丛笛。看画船尽入西泠⑦,闲却半湖春色。　　柳陌,新烟凝碧,映帘底宫眉,堤上游勒⑧。轻暝笼寒,怕梨云梦冷,杏香愁幂。歌管酬寒食,奈蝶怨良宵岑寂。正满湖碎月摇花,怎生去得?

【作者简介】

周密(1232—约1298),南宋文学家,字公谨,号草窗、蘋洲,又号四水潜夫、弁阳老人、华不注山人。祖籍济南,流寓吴兴(今浙江湖州)。入元不仕。善书画音律,能诗。著有《齐东野语》《武林旧事》等杂著数十种。其词清雅秀润,与吴文英(梦窗)并称"二窗",词集名《蘋洲渔笛谱》《草窗词》。编有南宋词集《绝妙好词》,是我国最早的断代词选之一。

【注释】

①曲游春:词牌名,南宋周密词或为创调之作,以其《曲游春·禁苑东风外》为正体。

②施中山:名岳,字中山。能词,精音律。

③次其韵:步他的用韵而和此词。旧时写作古体诗时,按照原诗词的韵和用韵的次序来和诗的方式,叫次韵或步韵。

④里湖:里西湖。杭州西湖上,被孤山、苏堤和白堤把西湖分隔为后西湖、小南湖、岳湖、外西湖和里西湖五部分。

⑤击节:打拍子。形容十分赞赏。

⑥飏(yáng):同"扬"。

⑦西泠(líng):桥名,在西湖白堤上。后也称西湖为西泠。

⑧游勒:骑马的游人。

【解读】

此词写清明节前后西湖游春的盛况。

上片开篇三句说东风由宫苑吹到西湖之上,游丝柳絮随风飞扬,惹起人的春思。此三句可从三点理解:一来自然界的春意盎然引人心中春意荡漾;二则"丝""絮"如飞谐音"思""绪"如飞,易使人春思萌动;三来"丝""絮"可纺织,故言"春思如织",多而绵密。"燕约"三句承"春思"写岸上树绿花开,叶底花间,莺燕婉转,撩起词人对春的怜爱,显示春光明媚、春思荡漾。"漠漠"两句写游乐盛况:以扬尘遮天蔽日极言人多,以处处箫鼓欢歌入耳如沸言游乐之盛,见赏春的悦爱之情。"漠漠"是浓密遮蔽的样子。其后转笔湖中游船:"看画船"三句,说看着画船没来得及尽赏眼前的外西湖春色便全都进入了里西湖,以致闲废了半湖春色。字面上是为游人未能欣赏到这"半湖春色"而叹惋,实际是为自己闲心纵赏半湖春色而庆幸,也包含了爱春、惜春之情,且有闲适意。下片开篇四句写湖岸上染柳烟浓,碧色的柳烟中映现着车帘下的丽人和马鞍上的游客的身影,景色朦胧而人物清晰,再次扣"春思"。"轻暝笼寒"三句写日暮景象:薄暮轻笼湖生凉,游人纷纷散去,春光里的西湖一下子冷寂下来,词人由此担心这如梦的梨花、清香的杏花也会因寂寞而凋落,痴心之怕见爱春惜春之情。"歌管酬寒食"两句说在歌舞音乐中结束了寒食节的游乐而入夜,蝴蝶便怨这样的良宵太过冷清寂寞,以蝶之怨表现入夜后西湖的幽静。由此带出结尾几句,说风过湖面生涟漪,月摇影碎,如此美景叫人怎忍离去?可见词人对西湖清幽夜色的眷恋。结合此句与"看画船尽入西泠,闲却半湖春色"来看,词人是置身于其他游人之外的,对宁静的西湖和春光有着别样的深爱和珍惜。

全词热闹冷清互相映衬,时空移转而脉络清晰。

高阳台^① 寄越中诸友　　　周密

小雨分江,残寒迷浦^②,春容浅入蒹葭。雪霁空城^③,燕归何处人家? 梦魂欲渡苍茫去,怕梦轻,翻被愁遮。感流年,夜汐东还,冷照西斜。　　萋萋望极王孙草,认云中烟树^④,鸥外春沙。白发青山,可怜相对苍华。归鸿自趁潮回去,笑倦游,犹是天涯。问东风,先到垂杨,后到梅花?

【注释】

①高阳台:词牌名,又名"庆春泽慢""庆宫春"。以刘镇《庆春泽·丙子元夕》为正体。

②浦:水边。

③霁:雨后或雪后天晴。

④云中烟树:远接云天而烟雾迷蒙的树。

【解读】

此词作于宋入元后寓居杭州不仕期间,怀志同道合的友人而兼身世、家国感慨。

上片起首三句写住地景象。小雨流于江中,江边冬寒弥漫,只有初生的芦苇透出浅浅春意。春到犹寒,烘托苦寒处境和凄寒心境。"雪霁空城"两句写雪停天晴,春燕归来,却因战争导致十室九空而无处做窝栖息。"空"字见战后萧条,燕子无处栖息渲染颠沛流离的悲凄,令词人不由想起流离寄寓的自己和友人。"梦魂欲渡苍茫去"三句说因思念友人而希望梦中飞越阻隔的江流去寻访他们,又担心愁绪太重,遮住了这寻访梦,见思念深重。"感流年"三句思绪又回到自身,感慨年华流逝,并借日日重现的潮汐东去和月亮西沉,寄寓光阴消遁的

410

感慨，"夜"和"冷"渲染的凄凉，映衬词人的孤寂凄凉，怀人之情更添身世之叹，凄婉动人。下片起首三句化用白居易"萋萋满别情"和谢朓"云中辨江树"的诗句，写极尽目力从远处去辨认、寻找友人所住地方的道路，却只见满目萋萋芳草，更加触动深深的别情。"白发青山，可怜相对苍华"说自己和友人的头发都已经白了，而两地的青山依旧绿意盎然。面对青山，遥想友人，生无限感慨，"可怜"之情油然而生。"归鸿自趁潮回去"三句将鸿雁的回归与倦客的滞留天涯对比，"笑""倦""犹"并用，表达了对流离寄寓生活的疲倦与无奈，自我解嘲的苦笑背后是深切的悲叹。词的结尾说，"问东风，先到垂杨，后到梅花?"这一问表面因残冬初春而联想、揣度杨柳与梅花谁会先得到东风的吹拂恩泽，实际是以东风隐喻元朝统治者的恩泽，以垂杨隐喻不能坚持气节而投靠新朝的人，而以梅花隐喻像自己和越州友人那样的忍受清苦生活而不屈的遗民。作为傲雪怒放的梅花，本不需要春风的惠泽，如此发问，表达了自己和友人的坚贞不屈以及对趋炎附势者的不满和对元朝统治的讥讽。以此作结，语轻意重，顿挫有力。

高阳台 王沂孙

　　残萼梅酸①，新沟水绿，初晴节序暄妍②。独立雕栏，谁怜枉度华年。朝朝准拟清明近，料燕翎、须寄银笺③。又争知、一字相思，不到吟边。　　双蛾不拂青鸾冷④，任花阴寂寂，掩户闲眠。屡卜佳期，无凭却恨金钱。何人寄与天涯信，趁东风、急整归船。纵飘零，满院杨花，犹是春前。

【作者简介】

　　王沂孙(？—约1290)，字圣与，号碧山，又号中仙、玉笥山人，会稽

411

（今浙江绍兴）人。其词多咏物之作，间寓身世之感，寄托亡国之恸。有词集《碧山乐府》，又称《花外集》。

【注释】

①萼：在花瓣下部的一圈叶状绿色小片。

②初晴：一作"初擎"。节序：节令，节令的顺序。暄妍：天气暖和，景色明媚。

③燕翎：指燕子。翎，鸟翅和尾上的长而硬的羽毛。银笺：指书信。

④双蛾：蛾眉。青鸾：指画有青鸾的妆镜。

【解读】

此词写闺怨，表达女子盼夫归的心情。

上片开篇三句写江南春色。清明时节，枝头花萼梅子初生，雨后天晴，沟池水涨澄碧，风光一派清丽，为写女子见春光而起春思、怀远人作铺垫。"独立雕栏"两句写女子独自登楼倚栏，见春色暄妍，叹无人共赏，伤自己如春年华就此虚度，点春日触景怀人之情。"朝朝准拟清明近"至"不到吟边"说女子一天天算着清明节已近，料想远方会飘来他的消息，却又担心终究音迹杳然，表达了盼信而怕终不见信的复杂心情，见怀人之深切。

下片起首三句写女子一春不事妆饰，对春花亦无意赏玩，只是掩门闭户而眠，见其因悦己者不在身边而无心打扮，又百无聊赖的寂寞愁闷。"屡卜佳期"两句化用唐人于鹄"众中不敢分明语，暗掷金钱卜远人"的句意，说屡次用金钱占卜行人归期都无准信，因此怨怪金钱，表达她盼丈夫归来而不得准信的恼恨。于是，女子又说"何人寄与天涯信，趁东风、急整归船"。意思是希望有人代自己向天涯游子捎去书信，盼他趁东风水涨时，马上准备归舟，那样返程会快些。"纵飘零"三句说尽管你到家时已是柳绵吹尽时候，毕竟还是春天，意即呼唤丈夫趁着春天还在(其实是趁女子韶华未老),赶快回来,别让这一年的春天完全在孤独中溜走。以此结尾,呼应上片的"谁怜枉度华年",传达浓浓的春思,使全篇浑然一体。

酹江月①驿中言别友人 　　　文天祥

水天空阔,恨东风,不惜世间英物②。蜀鸟吴花残照里③,忍见荒城颓壁。铜雀春情④,金人秋泪⑤,此恨凭谁说。堂堂剑气,斗牛空认奇杰。　　那信江海余生⑥,南行万里,扁舟齐发。正为鸥盟留醉眼,细看涛生云灭。睨柱吞嬴,回旗走懿,千古冲冠发。伴人无寐,秦淮应是孤月。

【作者简介】

文天祥(1236—1283),初名云孙,字宋瑞,又字履善。道号浮休道人、文山。吉州庐陵(今江西吉安)人,南宋爱国诗人,与陆秀夫、张世杰并称"宋末三杰"。遗著有《文山先生全集》。

【注释】

①酹江月:即"念奴娇",词牌名。

②不惜:不爱惜,不帮助。英物:英雄人物;这里指南宋抗元的将士们。

③蜀鸟:指杜鹃鸟,传说是蜀帝杜宇的魂灵变化的,啼声凄苦。吴花:指金陵的花。这二句写金陵的残破景象。

④铜雀春情:铜雀,即铜雀台,曹操所建,故址在今河南临漳西南。杜牧《赤壁》:"东风不与周郎便,铜雀春深锁二乔。"文天祥借此典故暗指宋室投降后妃嫔归于元宫之事。

⑤金人秋泪:李贺《金铜仙人辞汉歌序》:"魏明帝青龙元年八月,

诏宫官牵车西取汉孝武捧露盘仙人,欲立置前殿。宫官既拆盘,仙人临载,乃潸然泪下。"这里指南宋文物宝器被敌人劫运一空。

⑥那信:想不到。

【解读】

此词抒写亡国之痛,表不屈之心。

上片写过金陵的见闻感想,抒亡国痛恨。开头三句回忆抗元斗争的失败。借用三国周瑜赤壁之战中火烧曹军的典故,说长江水面宽阔,本是阻敌天堑,但如今上天却不似当年借东风与周瑜那样来帮助抗元的南宋将士,怅恨之情直露。"蜀鸟吴花残照里"至"此恨凭谁说"写途经金陵所见:子规啼声凄厉,吴地花草衰残,金陵城满目残垣断壁。宫中嫔妃、珍玩宝物都被掳掠洗劫。这样的残破让沦为俘虏的词人深感国耻难以洗雪,景中悲情,饱含仇恨与痛苦。"堂堂剑气"两句是懊恨自己的失败。宝剑精气通天,却是白白认我为英雄。意思是自己落入敌手,辜负了这将自己当作英杰的好剑,满怀惋惜叹恨。

下片回顾抗元斗争的艰苦经历并表示誓不屈服的决心。"那信江海余生"三句回顾自己摆脱元兵监视,乘小船经海路南逃的事。"余生"即幸存的生命,语多感慨。"正为鸥盟"两句用《列子》中人与海鸥交友的典故,说自己南行万里是为了寻找战友共举抗元大业,"留醉眼""细看涛生云灭"指勇敢地面对战局的风云变幻。"睨柱吞嬴"以下三句分别用蔺相如怒退秦王、诸葛亮回旗吓退司马懿、幽燕之士怒发冲冠诀别荆轲的典故,表示不畏强敌,誓死斗争到最后的心志与自我期许。结句"伴人无寐,秦淮应是孤月"回到现实,写眼前被拘留在金陵的驿馆,只有秦淮河上的孤月相伴无眠,以"孤月"意喻好友的分离、各人形单影只,点"驿中言别",朋友之情、家国之悲深蕴其中。

解连环^①孤雁

张 炎

楚江空晚，怅离群，万里怳然惊散^②。自顾影欲下寒塘^③，正沙净草枯，水平天远。写不成书^④，只寄得相思一点。料因循误了，残毡拥雪^⑤，故人心眼。　　叹谁怜，旅愁荏苒^⑥。谩长门夜悄^⑦，锦筝弹怨^⑧。想伴侣犹宿芦花，也曾念春前，去程应转。暮雨相呼，怕蓦地玉关重见^⑨。未羞他，双燕归来，画帘半卷。

【作者简介】

张炎(1248—1314后)，南宋词人、词论家，字叔夏，号玉田，晚年号乐笑翁。临安(治今浙江杭州)人。宋亡后家道中落，晚年漂泊落拓。有词集《山中白云词》和词论专著《词源》。

【注释】

①解连环：词牌名，又名"望梅""杏梁燕"等。以柳永词《望梅·小寒时节》为正体。

②怳(huǎng)然：失意貌。

③自顾影：顾影自怜，对自己的孤单表示怜惜。下寒塘：唐崔涂《孤雁》诗："暮雨相呼失，寒塘欲下迟。"

④写不成书：雁飞行时行列整齐如字，孤雁而不成字，只像笔画中的"一点"，故云。这里还暗用了苏武雁足传书的故事。

⑤残毡拥雪：用苏武事。苏武被匈奴强留，毡毛合雪而吞食，幸免于死。这里喻指困于元统治下有气节的南宋人物。

⑥荏苒(rěn rǎn)：辗转不断。

⑦谩：漫，徒然的意思。长门：汉宫名，汉武帝时，陈皇后被打入长

门冷宫;这里用长门宫的寂寞冷落来形容孤雁的凄凉哀怨。

⑧锦筝:筝的美称。古筝有十二或十三弦,斜列如雁行,称雁筝,其声凄清哀怨,故又称哀筝。

⑨玉关:玉门关,这里泛指北方。

【解读】

此词糅咏雁、怀人、自怜而为一,抒发家国之痛、漂泊之苦。

上片开篇三句写孤雁失群,向晚时分,楚地空阔,孤雁离群而惊恐万端。以空旷之境反衬孤雁的孤单渺小,以暗淡肃杀的氛围烘托它的凄苦惊悸,景中充满困顿惆怅,将"离"前之安和、"离"时之痛苦、"离"后之茫然的复杂感情曲达,为全词定下低沉的基调,寄托词人处在国势垂危之际,既无能为力又忧愤不已的幽怨。"自顾影欲下寒塘"三句说孤雁顾影自怜,在寒水暮天相接、沙漠衰草一片的天地间,想要觅得一栖身之所却又将下未下、犹豫迟疑,写尽其内心的孤独不安。"写不成书"两句借群雁飞行排行成书写孤雁单飞,只能成一点、寄一点相思,传达孤雁失群于万里而顾念同伴却不得传情的痛苦,寄寓作为宋朝遗民的词人与亲朋散失、孤身一人、满目凄凉的处境和苦况无可告人的凄凉惨痛,饱含身世之悲与家国愁恨。"料因循误了"三句说孤雁生怕自己误了苏武寄书传达故园心的事情,实际是借用苏武眷念汉朝至死不渝的忠爱表达顾念宋朝的心声。下片开篇"叹谁怜,旅愁荏苒"叹息自己离群万里、旅途劳顿和愁苦绵绵都无人顾怜,"谁怜"二字孤凄中见哀怨。"谩长门夜悄"两句借陈皇后长门幽闭空自怨叹之事,写孤雁哀愁无可告人,将人、雁之"怨"交融,抒发亡国之思与家破之愁无人可告亦无人怜之的愁怨,"谩"字渲染孤雁的哀怨孤苦。"想伴侣犹宿芦花"三句想见同伴夜宿芦花惦念自己的情景,表达它的念伴思归。"暮雨相呼"三句想象玉关春雨,北地黄昏,自己和旅伴们突然重见,彼此在暮雨中相互呼唤的动人景象。"相呼"见望伴情切和彼此深情;"蓦地"写重逢的惊喜激动;"怕"字更含意深微:"怕"见同伴于忽然之间不胜那突如其来的巨大喜悦,有设想美好未来时喜悦激动与不安焦虑交织的复杂心理。至此而转笔于春来的双燕,说"未羞他,双燕归来,画帘半卷"。意思是想到将来与同伴的重见,即使眼下孤苦无依,也绝不愿像春日归来的"双燕"一样寄人檐下,以此表现雁之孤高自傲的情怀,升华孤雁的形象,曲达词人不愿事奉新朝的心迹。

全词紧扣"孤"字以物喻人,把家国之痛和身世之感尽蕴含在对孤雁的描绘中。

鹧鸪天 张 炎

楼上谁将玉笛吹,山前水阔暝云低①。劳劳燕子人千里②,落落梨花雨一枝③。　　修禊近④,卖饧时⑤,故乡惟有梦相随。夜来折得江头柳,不是苏堤也皱眉⑥。

【注释】

①暝云:阴云。

②劳劳:遥远。

③落落:零落冷淡。

④修禊(xì):古俗春季(农历三月)于水滨设祭。禊,古人在水边洗濯,以袚除不祥的仪式。

⑤卖饧(xíng):清明前后卖糖粥。饧,用麦芽或谷芽熬成的饴糖。

⑥苏堤:作者家乡杭州西湖名胜,以柳闻名。

【解读】

此词写客中思家,亦含故国之思。

上片起首写因笛声撩人心魄而引起思乡之情,定下故园之思的基调。次句写作者起乡思而远眺,只见茫茫的春水和低垂的暝云,这一画面与凄恻的笛声交叠，压抑低沉，透露词人沉郁的心境。三、四句写燕子千里飞来，而自己也流落千里，只有一枝雨中零落的梨花相伴，既以燕子的归来反衬自己的漂泊不归，又以梨花的零落映衬自己的孤独，寄托思家而不能归的愁绪。

下片前三句写自己算着故乡临近的"修禊"和"卖饧"民俗，想着只能在梦里追寻这些节日之乐，表达乡思，"惟有"二字道尽埋藏在心的苦涩。结句说因为思乡夜不能寐，于是漫步江边以排遣愁绪，折得一枝新柳归来，不想虽非故乡苏堤之柳，却依然撩拨乡思，让人紧锁愁眉。杨柳与开篇的笛声呼应，让人联想起李白的"今夜笛中闻折柳，何人不起故园情"，杭州乃南宋故都，以此作结，将故乡愁与故国恨交融一体。

鹧鸪天 寄别李生 聂胜琼

　　玉惨花愁出凤城①，莲花楼下柳青青。尊前一唱阳关曲②，别个人人第五程③。　　　　寻好梦，梦难成。有谁知我此时情。枕前泪共阶前雨，隔个窗儿滴到明。

【作者简介】

聂胜琼，北宋名妓，生卒年不详。与李之问情笃。李归家别后，她以《鹧鸪天》词寄之。

【注释】

①玉惨花愁：形容女子愁眉苦脸。凤城：指北宋都城汴京。

②阳关曲：古人送别时唱此曲。

③人人：那个人，指所爱的人。程：里程，古人称一站为一程。

【解读】

此词上片写别时情景。开篇两句以送别入题,以"玉""花"自比,以"惨""愁"表现愁苦,见两人的情意绵绵,显示不忍分别的真挚情感。"莲花楼"是送别之地,楼下柳色青青,正与离别宴上的《阳关曲》相应,一起颤动着离人的心弦。三、四句说一唱《阳关曲》后,心上人马上就要起程了。"别个人人"即送别那个人,"第五程"言路程之远,意思是一程又一程地远离了,直写离别的不舍与愁苦。

下片写别后凄伤。开端三句说希望在梦里依稀可见心上人,但令人悲哀的是难以成梦,见相恋之深,思念之切,"有谁知"见无人知的孤独与愁苦。结尾两句写彻夜不眠、泪流不止,而窗前的夜雨也与她的泪水相伴到天明。这里以无情的雨声烘托相思的泪滴,更见离人的凄苦与离情的深沉。

全词写景抒情交融,感情细腻深沉。

市桥柳^① 送行 　　　　蜀中妓

欲寄意,浑无所有,折尽市桥官柳。看君着上征衫,又相将,放船楚江口。　　后会不知何日又,是男儿,休要镇长相守^②。苟富贵,无相忘。若相忘,有如此酒^③。

【作者简介】

蜀中妓,生平不详。《齐东野语》录其词一首。

【注释】

①市桥柳:词牌名,《齐东野语》原不著调名,《词综》作"市桥柳",因"折尽市桥官柳"句取名。

②镇:整日。

③有如:如同。

【解读】

此词是蜀地一女子饯别情人而作,表达了依依惜别之情和希望情人富贵后勿相忘的心愿。

上片写离别情景。开篇说无物可以寄意而带出"折尽市桥官柳"句。折柳以表别情是古人常俗,官柳是官道(大道)两旁栽种的柳树,"浑无"与"折尽"以"寄意",表临别的离情之深,柳之"尽"见情无穷。三、四句言情人整装待发。"放船楚江口",说明他的行程是由成都循水路南行,转长江出蜀,可见男子此行应是去临安求取功名。下片临别赠言。由于词人与心上人并非夫妻,且对方此去是求取功名,因此别后会不会有重逢之日,词人心里是没有把握的,所以说"后会不知何日又",一见后会之期遥远,二见词人对能否再见的担心,传达的是希望可以再见的心愿和对对方的真挚深情。"是男儿,休要镇长相守"说男儿志在四方,不要整日里与"我"长相厮守,这是对对方远行的理解与鼓励,也是对自己的一番宽慰。结句说:"苟富贵,无相忘。若相忘,有如此酒。"表明词人最关心的是对方富贵腾达后能够不忘旧情,并且以斩截的语气立誓:如若相忘,则如一饮而尽的杯酒,一刀两断,不留余地。看似无情之语,显示的恰是希望两情长久的真切。

此词词风率直,别具一格。

图书在版编目（CIP）数据

唐宋词选读 / 伍恒山主编；唐焱编著. -- 武汉：
崇文书局，2023.9
　（中华诗文选读丛书）
　ISBN 978-7-5403-7416-7

Ⅰ．①唐… Ⅱ．①伍… ②唐… Ⅲ．①唐宋词－选集
Ⅳ．① I222.84

中国国家版本馆 CIP 数据核字（2023）第 174249 号

出 品 人：韩　敏
选题策划：曾　咏　张　弛
责任编辑：张　弛
封面设计：杨　艳
责任校对：董　颖
责任印刷：李佳超

唐宋词选读
TANGSONGCI XUANDU

出版发行：长江出版传媒 | 崇文书局
地　　址：武汉市雄楚大街 268 号 C 座 11 层
电　　话：(027)87677133　　邮政编码：430070
印　　刷：湖北新华印务有限公司
开　　本：880×1230　　　1/32
印　　张：13.75
字　　数：300 千
版　　次：2023 年 9 月第 1 版
印　　次：2023 年 9 月第 1 次印刷
定　　价：49.00 元

（如发现印装质量问题，影响阅读，由本社负责调换）